El palacio secreto

DINAH JEFFERIES

El palacio secreto

Editado por HarperCollins Ibérica, S. A.
Avenida de Burgos, 8B - Planta 18
28036 Madrid

El palacio secreto
Título original: The Hidden Palace
© 2022 Dinah Jefferies
© 2023, para esta edición HarperCollins Ibérica, S. A.
Publicado por HarperCollins Publishers Limited, UK
© Traductora del inglés: Sonia Figueroa

Diseño de cubierta: Claire Ward © HarperCollinsPublishers Ltd 2022
Imágenes de cubierta: © Rekha Garton/Trevillion Images y Shutterstock

ISBN: 978-84-18976-42-1
Depósito legal: M-27685-2022

Para mi familia

En honor a sus valerosas gentes, concedo la Cruz de San Jorge a la Fortificación de la Isla de Malta como testigo de un heroísmo y una devoción que perdurarán por largo tiempo en la historia.

Rey Jorge VI
15 de abril de 1942

Malta, una colonia de la Corona británica, era una fortaleza militar y naval, así como la única base aliada que existía entre Gibraltar y Alejandría (Egipto). Entre junio de 1940 y octubre de 1942, este archipiélago soportó unos 3000 ataques aéreos por parte de la Alemania nazi y la Italia fascista; por otra parte, submarinos del Eje atacaban también a los convoyes británicos para evitar que comida y otros suministros de vital importancia llegaran a las islas. Intentaban someterlos mediante el hambre y los bombardeos, pero la guarnición aliada y los habitantes de Malta resistieron. El resultado fue que los países del Eje no lograron arrebatar a las fuerzas aliadas aquella base naval, un punto estratégico clave en el Mediterráneo. La población de Malta resistió con valentía a los bombardeos a pesar de todas las privaciones sufridas; por ese motivo, el rey Jorge VI concedió la Cruz de San Jorge a Malta y a sus gentes en reconocimiento al valor de toda una nación.

Prólogo

A bordo del vapor Adria

La mujer que estaba en la cubierta alzó la mirada hacia una bandada de malgeniadas aves marinas que chillaban con estridencia. «¡Necia! Qué necia eres, ¡qué necia!», graznaban burlonas mientras se abalanzaban sobre ella. Se agachó y alzó una mano para ahuyentarlas, pero no fueron ellas las que le tironearon del pelo, sino el viento. Tragó saliva, notó en la lengua el fuerte sabor de la sal junto con un ligero regusto a algas. ¿Estaba a salvo? Subir a bordo de aquel barco en Siracusa había sido un salto al vacío. Pero, cuanto más lejos saltaba, más lejos parecía estar de sentirse a salvo. Contempló el mar ondulante. Estaba recorriendo la senda que ella misma había elegido, ¿no?

El sol comenzó a ponerse mientras el barco avanzaba rumbo a tierra. Se aferró con fuerza a la barandilla y se inclinó hacia delante tanto como pudo, fascinada por algo que se movía bajo las aguas violáceas.

Cerró los ojos, sintió la caricia de la brisa refrescándole las mejillas ardientes.

Las aves marinas graznaron de nuevo. Levantó la cabeza, abrió los ojos y se enderezó. ¿Cuánto tiempo llevaba sujeta a la barandilla, escuchando las voces del mar? Porque ahora, conforme el sol iba hundiéndose finalmente en el horizonte, el cielo iba oscureciéndose hasta teñirse de un intenso índigo aterciopelado tachonado de un manto de estrellas que la dejó sin aliento. Y entonces, a medida que el barco iba acercándose poco a poco a la isla, una rutilante escena apareció ante sus ojos, como si se hubiera alzado un telón tras el cual se ocultaba un mundo de fantasía.

Cautivada por la estampa de las aguas del Gran Puerto reflejando, titilantes, las luces de cientos de embarcaciones iluminadas, se rodeó a sí misma con los brazos y se volvió hacia su acompañante.

—Todo irá bien —susurró—. Sí, me va a ir bien.

1

FLORENCE

Inglaterra, finales de agosto de 1944

Jack masculló una imprecación en voz baja e hizo una mueca de dolor. Acababa de dar un fuerte empellón a la ventana para intentar cerrarla, pero estaba totalmente atascada y resistió. El acre humo negro siguió entrando sin parar.

—Es inútil, no malgastes fuerzas —susurró Florence, antes de toser. Tenía la garganta seca y dolorida.

—Se dispersará cuando salgamos de este condenado túnel —dijo él.

Ella asintió, se reclinó contra la pared del vagón y fue bajando hasta sentarse en el suelo. Encogió las rodillas contra el pecho, apoyó la frente en ellas y se rodeó las espinillas con los brazos. Lo que fuera con tal de escapar de aquel olor. Y no era solo el humo de la locomotora; a eso se le sumaba la pestilencia de los cuerpos sucios y sudorosos, además del tabaco barato que inundaba el tren en nubes de color azul grisáceo que impregnaban el pelo y la ropa. Mientras permanecía sentada en el pasillo así, derrumbada y sucia y luchando por no respirar, se sintió exhausta e incapaz de desprenderse por completo del miedo que albergaba en la boca del estómago.

Llevaban más de tres cuartos de hora detenidos en la mortecina luz del túnel y todavía les quedaba por coger otro tren más antes de poder soñar siquiera con llegar a la estación de Exeter, donde cabía confiar en que el padre de Jack continuara esperando aún.

Finalmente, al notar una súbita y fuerte sacudida, alzó la cabeza y miró a Jack, quien hizo un gesto de asentimiento. Sonó un estridente silbato, los agotados pasajeros soltaron ahogadas exclamaciones de alegría mientras las ruedas empezaban a girar y el tren despertaba traqueteante. Un delgado guardia uniformado pasó por encima de tres o cuatro soldados que yacían medio dormidos en el suelo junto a la puerta, obstruyendo el pasillo con sus macutos; refunfuñando para sí, se abrió paso a codazos entre el apretado grupo de civiles que se apiñaba junto a Jack y Florence, pero los pies de este, grandotes y enfundados en voluminosas botas, resultaron ser un obstáculo inesperado que hizo tropezar al hombre.

—¡Westbury! —gritó a pleno pulmón, después de recobrar el equilibrio y fulminarlos con la mirada—. ¡Hagan transbordo los pasajeros con destino a Exeter!

Era una suerte que tuviera semejante vozarrón. Además de ser una buena forma de desfogarse para él, se habían eliminado todos los carteles indicadores de la estación, por lo que no tenías ni idea de dónde estabas a menos que fueras un lugareño.

Jack frunció el ceño al ver que el tren llegaba a la estación de Westbury escasos momentos después y dijo, al tiempo que se apresuraba a levantarse del suelo:

—Claro, era de suponer. De haber sabido que estábamos tan cerca, habríamos podido bajar y seguir a pie.

—No creo que vuelva a ir caminando a ningún sitio en toda mi vida —afirmó ella con firmeza.

Jack la miró con una sonrisa de conmiseración. Aquello tampoco era nada fácil para él, ya que ambos habían resultado heridos durante la huida a través de los Pirineos. Se había lanzado a salvarla cuando ella había sufrido una grave caída, agravando así una vieja lesión provocada por un mal aterrizaje en paracaídas en la región del Dordoña. Ella sentía las piernas como gelatina, él llevaba un brazo en cabestrillo. Menudo par.

Se incorporaron al denso flujo de gente que se dirigía hacia la puerta abierta entre zarandeos y empujones, todo el mundo estaba desesperado por salir del sofocante tren y llegar a su destino. Fatigados soldados deseosos de volver a ver a sus respectivas familias, aunque fuera por un breve espacio de tiempo, estaban de mejor ánimo; pero las exhaustas enfermeras, enfundadas aún en sus uniformes, miraban al frente con ojos desenfocados. Todo el mundo estaba demacrado y macilento.

Jack le preguntó a un guardia de rostro enrojecido a qué andén debían dirigirse, y el hombre les dio las indicaciones pertinentes.

El flujo de viajeros estaba a escasa distancia del tren con destino a Exeter, que aguardaba ya en el andén indicado, cuando Florence oyó a su espalda a dos hombres que hablaban en un idioma extranjero. Se quedó paralizada, pero Jack se percató de su reacción y la cogió del codo para instarla a seguir.

—Tranquila, no pasa nada —le aseguró en voz baja, antes de entrelazar el brazo con el suyo—. Solo son unos soldados polacos. Venga, debemos apresurarnos.

Florence sabía que aquellos hombres no eran alemanes, pero estaba tan cansada que la lógica y el sentido común la habían abandonado por completo. Su secreto era algo que no podía revelar nunca, jamás…, ni llegados a ese punto, ni en su Dordoña natal, ni en los Pirineos mientras eludían las patrullas nazis, ni en la España de Franco. Lenta, muy lentamente, habían evitado ser capturados mientras recorrían España de norte a sur bajo un sol de justicia; en Gibraltar habían embarcado en el Stirling Castle, que antes de la guerra había sido un transatlántico y ahora se usaba como buque de transporte de tropas entre Gibraltar y Southampton.

Jack la empujó con firmeza para que subiera los escalones y entrara en el tren.

—¡Frome! ¡Castle Cary! ¡Langport! ¡Taunton! ¡Exeter! —anunció otro de los guardias de la estación.

Florence tenía un fuerte dolor de cabeza debido al ruido constante y deseó no haberse visto obligada a abandonar Francia, pues aquella Inglaterra sombría y marchita no era la de sus recuerdos. Pero permanecer en Francia habría sido impensable, totalmente impensable. Lo que le había sucedido la había cambiado de forma irrevocable y rogaba poder estar a salvo allí, lo rogaba con todas sus fuerzas.

Avanzaron por el pasillo del tren durante lo que le pareció una eternidad y, cuando vio por fin dos asientos libres, se acercó trastabillante y se apresuró a ocuparlos. Una vez que ambos se acomodaron, se reclinó en el respaldo y suspiró aliviada. Se dijo a sí misma que iba a sobrevivir a aquello, que había sobrevivido a cosas mucho peores. Entonces se quedó dormida y tan solo fue vagamente consciente de que iban parando en las sucesivas estaciones, no volvió a abrir bien los ojos hasta que Jack le dio una pequeña sacudida y le dijo que estaban a punto de llegar. Se volvió a mirar por la ventanilla mientras el tren entraba en la estación de Exeter, se detuvieron con una sacudida y un estridente chirrido de ruedas. Había un cartel con una imagen de cabeza y hombros del primer ministro británico, Winston Churchill, acompañada de una frase suya que proclamaba lo siguiente: «Sigamos adelante juntos». Tenía razón. Todos debían seguir adelante, y ella tendría que encontrar la forma de reprimir el impulso de volver la vista atrás.

Se sintió algo mareada cuando Jack y ella se enderezaron en los asientos. Se levantaron entonces y aprovecharon para estirar las piernas e intentar alisarse la ropa arrugada. Cansados, hambrientos, mugrientos, estaban en casa.

«En casa». Florence suspiró para sus adentros, ¿dónde estaba ahora la suya? El hogar al que se dirigían era el de Jack. Bajaron las bolsas del estante portaequipajes, se apearon del tren y salieron de la estación.

Cuarenta minutos después, mientras circulaban colina abajo por un accidentado camino de grava con Lionel, el padre de Jack, al volante, Florence atisbó por primera vez la casa de Devonshire. Se quedó mirándola asombrada desde la ventanilla, parpadeando repetidamente y sintiéndose como si acabara de llegar al umbral entre lo real y la fantasía. Techada con paja y cobijada en un apacible espacio ubicado entre verdes colinas boscosas, parecía haber brotado del prado que se extendía frente a ella. Una casa de cuento de hadas, una silenciosa salvo por los faisanes suicidas que revoloteaban intentando huir de las ruedas. No podía haber mayor contraste con todo lo que acababan de pasar Jack y ella, y la mera imagen bastó para revivirla.

—Un lugar donde sanar el corazón y el alma. —Lionel le lanzó una mirada perspicaz a Jack conforme iban acercándose a la casa—. Me alegra verte de vuelta sano y salvo en Blighty, hijo.

—Dos lados de la casa dan a unas colinas pobladas de robles —explicó Jack—. Una pronunciada ladera desciende hasta la casa por el tercero y, como puedes ver, un riachuelo y un prado de agua bordean el camino de entrada. Magníficas rutas para pasear en todas direcciones.

—Como un santuario, con las colinas haciendo guardia. —Florence respiró en condiciones por primera vez en semanas.

—Espero que lo sea para ti, querida mía. —Lionel tosió ligeramente avergonzado, como si el comentario hubiera sido quizá demasiado personal teniendo en cuenta que acababan de conocerse; al observar que ella respondía con una sonrisa, añadió—: Ten en cuenta que el riachuelo no puede cruzarse en invierno con el coche. Hay que aparcar a este lado, pero puede cruzarse a pie por aquellas losas de piedra de allí cuando el cauce está crecido. Ahora no hay ningún problema. Por cierto, Jack, intenté cortar la hierba, pero estaba demasiado crecida y gruesa. Habrá que pasar una guadaña.

—Es el lugar más romántico que he visto en mi vida. —Florence contempló aquella profusión de flores silvestres, los enmarañados rosales, la cascada de clemátides que cubría la fachada—. Aunque a las enredaderas les hace falta una buena poda.

—¿Te gusta la jardinería, querida?

El padre de Jack era alto y de constitución recia, un hombretón con una densa mata de pelo salpicado de canas y unas rubicundas mejillas que la llevaron a pensar que podría tener afición a tomar alguna que otra copita de oporto de más. Una vívida imagen del jardín que tenía en su hogar, en Francia, le pasó por la mente y estuvo a punto de arrebatarle el aliento. Luchó por borrarla y tragó con dificultad antes de alcanzar a contestar, con voz estrangulada:

—Me encanta.

—Prácticamente es una experta, papá —afirmó Jack.

Cruzaron el riachuelo y Lionel aparcó el coche a un lado del empedrado camino de entrada de la casa, junto a un enorme castaño.

—Bueno, bienvenida a Meadowbrook —le dijo—. No verás ni un alma, aparte de la esposa del granjero. Y el viejo dueño de la casa grande jamás baja hasta aquí.

—Me encanta, muchas gracias por traernos —contestó ella—. Disculpa que estemos tan mugrientos.

—No te preocupes. La casa se ha aireado bien y disponéis de algo de comida…, pan, leche, beicon y otros productos básicos.

—Gracias, papá. —Jack le dio una afectuosa palmada en la espalda—. No sé qué hará Florence, pero yo necesito dormir más que nada.

Ella bajó la mirada hacia sus propias manos, vio la mugre que tenía incrustada bajo las uñas.

—Yo también, y mañana un baño.

Jack sonrió con cansancio.

—Trato hecho. Bueno, ¿lista para entrar?

2

Devonshire, 1944. A la mañana siguiente

¿Cómo podía seguir siendo la misma de antes? Era imposible y, aun así, el pasado seguía tironeando de ella. Durante toda la noche, en sus sueños, había buscado anhelante un jardín igual al que tenía en el Dordoña, pero lo que había encontrado en su sueño era algo muy distinto: un cementerio con una lápida donde estaba grabado su nombre, con rosas de papel esparcidas ante la tumba. Estaba debatiéndose entre ambos mundos, inmersa en ese estado neblinoso previo al albor de un nuevo día, con la mente nublada y el corazón turbado, cuando oyó el murmullo del agua discurriendo por las piedras. La noche anterior había visto desde la ventana de su dormitorio que el jardín tenía una ligera pendiente, por lo que el cauce era un poco más hondo allí antes de desvanecerse bajo arbustos y matorrales. Las cosas cobraron claridad de nuevo. Inglaterra. La luz de primera hora del día parecía más frágil allí que en casa, como difuminada. Entonces oyó unos golpecitos…, alguien estaba llamando a la puerta. El extraño sueño era un vago recuerdo en su mente cuando escuchó la voz de Jack, estaba frotándose los ojos para desperezarse cuando él asomó la cabeza por la puerta.

—Perdona que te moleste, ¿estás bien?

Florence se subió las cobijas hasta la barbilla, vívidamente consciente de que no llevaba camisón. La noche anterior, Jack había encontrado una camisola de franela de manga larga que había pertenecido a su abuela, pero ella no podía expresar con palabras cuánto detestaba aquella horrible cosa que picaba a más no poder.

Él se pasó los dedos por el pelo, dejándolo un poco revuelto, y mantuvo la mirada esquiva.

—No me has molestado, estaba medio despierta.

—He pensado que a lo mejor tendrías hambre.

—Nada de «a lo mejor», ¡estoy hambrienta!

—Hay huevos y salchichas de una granja cercana, además de una hogaza de pan recién hecha.

Florence sonrió.

—Dame quince minutos. No, diez.

—¿Revueltos? ¿Fritos? ¿Escalfados?

—Tú decides.

—Perfecto, la verdad es que solo sé hacerlos fritos.

Ella se echó a reír. Una vez que él salió de la habitación, se lavó la cara y, usando una toalla de mano, se aseó rápidamente con el agua de la jarra y la jofaina de porcelana situadas en el palanganero con tablero de mármol.

Se puso entonces la bata que Jack le había dado y se cepilló su enmarañado cabello rubio antes de recogerlo en una coleta baja. Se contempló en el pequeño espejo de pared y sonrió al verse… Los ojos de un plomizo azul grisáceo, la mugrienta cara de corazón, la fastidiosa marca rojiza que tenía en la barbilla; en fin, tendría que arreglárselas así por el momento. El alivio de saberse a salvo burbujeaba en su interior y, al abrir la puerta, le llegó el olor de salchichas friéndose en la cocina. Qué delicia, ¡se le hizo la boca agua!

Bajó la angosta escalera a toda prisa. Había un baño exterior con paredes de ladrillo, una especie de construcción anexa que contaba con un inodoro, un enorme lavabo estilo Belfast y una vieja bañera, pero que carecía de electricidad. De noche, tenías que usar una linterna o una vela. Se accedía a través de la trascocina, así que al menos no era necesario salir. Se dirigió hacia allí con rapidez antes de ir a la cocina.

—¡Huele de maravilla! —le dijo poco después a Jack—. Eché de menos un buen desayuno británico cuando vivía en Francia.

—Se me han quemado un poco, lo siento —contestó él con una mueca.

—Así es como se supone que hay que comer las salchichas.

—¿Te gustan así?

—¡Por supuesto!

Él tenía el cabello de un oscuro tono rubio y un rostro de facciones fuertes que ahora, por primera vez, estaba totalmente afeitado. Incluso el bigote se había esfumado. Aquel hombre que había llegado a su vida tan de repente, que había sido un amigo tanto para sus hermanas como para la Resistencia, había sido su salvoconducto para salir de Francia, su vía de escape.

—¿Mejor? —La miró sonriente, sus ojos verdes estaban llenos de vida.

Ella asintió con la boca llena de salchicha y entonces recorrió con la mirada la cocina de vigas de roble que, aunque pequeña, estaba inmaculada. Había una cocina Aga de color crema que Jack había llenado de antracita, que se almacenaba en uno de los cobertizos. Decidió asumir esa tarea cuando él se marchara.

Prefirió no pararse a pensar en lo que haría cuando él no estuviera. Jack la había llevado a aquel lugar para que tuviera un refugio tranquilo donde recuperarse antes de contactar con su madre. Él no le había revelado a dónde pensaba ir, y ella no quería pensar en su partida; hasta donde tenía entendido, continuaba siendo miembro de la Dirección de Operaciones Especiales, si bien era cierto que tenía un brazo herido.

Hizo un esfuerzo por apartar aquella perturbadora cuestión de su mente y miró alrededor. La cocina estaba dotada también de un aparador de madera empotrado, armarios con puertas de celosía y malla metálica en el interior, ganchos que colgaban de las vigas, un fregadero estilo Belfast y cuatro quinqués, cuya presencia era un mudo recordatorio de lo frágil de la instalación eléctrica de la vivienda. El profundo asiento de la ventana, situado a un lado de la mesa de pino, tenía vistas al prado de agua que había frente a la casa. Había otra ventana al fondo desde donde lo único que se veía era la verde ladera de la colina que se alzaba por detrás y donde, según le había contado Jack, los faisanes correteaban como lunáticos. Una mera sombra en la ventana bastaría para espantarlos. Una enorme chimenea abierta con una repisa de roble y que tenía un horno de pan a un lado abarcaba casi por completo una pared, y había una maciza tabla de cortar sobre una mesa más pequeña situada en el centro de la cocina.

—Es una delicia estar aquí —afirmó ella.

—Pero no cabe ni una mosca.

—Es una casa acogedora. Y, en cualquier caso, no quiero moscas.

—¿Querrías un gatito? Gladys tiene unos cuantos en la granja.

—No sería mala idea, pero no creo que mi madre me permitiera llevar uno a su casa.

—Sí, tienes razón. Cuando papá traiga su perro, podrías sacarlo a pasear si te apetece.

—Siempre y cuando pueda darme un baño antes.

Sentía ya la llamada de los paisajes de Devonshire. Le encantaba el campo…, los animales que había visto en la granja cercana, el arroyo, el prado, la flora y la fauna. Desde el mismo momento de su llegada el día anterior, le había encantado también el terroso olor a verde del lugar. La ayudaba a revivir el ánimo y a aligerar el agotamiento, la añoranza y la soledad que sentía al pensar en sus hermanas, quienes seguían aún en Francia. Llevaba más de dos meses sin verlas ni contactar con ellas; Inglaterra todavía estaba en guerra y Hitler había sembrado la destrucción en Europa, quizá tardara años en volver a ver a Hélène y Élise.

Más tarde, cuando ya estaba bañada y se había frotado el cuerpo hasta dejarlo rosado y rutilante, Lionel llegó a la casa con ánimo alegre y jovial. Le invitaron a tomar el té, pero él alegó que no podía demorarse y se fue de inmediato dejándoles a Justin, un labrador negro jovencito con unos ojos de color chocolate que te derretían el corazón.

Se prepararon de inmediato para salir a pasear con él. En la casa había botas, chaquetas, chubasqueros y botas de agua; según le dijo Jack, habían ido acumulándose allí con el paso de los años y ella no tendría problema para encontrar algo que le sirviera. Él había heredado aquel lugar de su abuela, pero, como solía pasar temporadas allí en el pasado, había dejado un montón de ropa suya guardada en armarios y baúles.

Fue un alivio tener al perro para aligerar la incomodidad que existía entre ambos. Compartieron unas risas al verlo corretear de acá para allá, ladrando a faisanes y a imaginarios conejos.

Después de cruzar el somero riachuelo que discurría por delante de la casa, subieron por el accidentado camino de grava que habían recorrido en el coche el día anterior. A la izquierda había un valle por donde discurría un sinuoso arroyo y, más allá, una arboleda poblada de hayas, olmos y robles ascendía por otra empinada colina. Jack caminaba un poco adelantado y, mientras lo observaba, Florence no pudo evitar pensar en lo que habían pasado juntos.

—¿Alguna vez piensas en lo de Biarritz? —le preguntó.

Él se volvió a mirarla y frunció el ceño.

—Estaba muerta de miedo —añadió ella, antes de alcanzarlo.

—Intento no pensar en ello, Florence, y preferiría que tú tampoco lo hicieras. Aunque debo admitir que creí que no lograríamos encontrar un *passeur*.

—No puedo evitar darle vueltas y más vueltas en la cabeza, imaginar lo que podría haber salido mal.

—Sí, ya lo sé.

Florence recordó cómo, siguiendo a ciegas los pasos de aquella persona, se había adentrado en la oscuridad y en los angostos pasos de las laderas de los Pirineos, con Jack en la retaguardia. Había trastabillado y tropezado y había soltado una exclamación, asustada y con el corazón martilleándole en el pecho.

Habían pasado la primera noche en la cabaña abandonada de un pastor, oyendo el sonido de disparos... «No te preocupes, los alemanes no nos encontrarán aquí», le había dicho Jack. Después de todo lo que había pasado, resultaba difícil acordarse siquiera de la muchacha que había sido un año atrás.

Al verlo adelantarse de nuevo llamando al labrador, aceleró también el paso para alcanzarlo.

—¿Pasa algo? —le preguntó él.

—Uy, no sé...

Jack le alborotó el pelo y sonrió.

—Qué graciosilla eres, Florence Baudin.

Y, aunque a veces la trataba como a una hermana pequeña, a ella le gustó el gesto.

Esa noche, tras correr las cortinas de las tres ventanas batientes, Florence se sentó en el sofá y encogió los pies bajo el cuerpo. La sala de estar era un espacio rectangular con vigas desnudas más amplio que la cocina, y estaba impregnada de un reconfortante olor a libros viejos. No hacía frío, aunque Jack había decidido encender la chimenea. Lo observó en silencio mientras él colocaba el papel, la leña y unas ramitas, intentando adivinar qué estaría pensando; pero, como de costumbre, su rostro permanecía inescrutable. De vez en cuando le sorprendía mirándola con ojos brillantes, intensos, daba la impresión de que estaba a punto de decir algo…, sin embargo, cuando ella sonreía para animarle a hablar, él fruncía el ceño y apartaba la vista.

Florence sabía que tenía que escribirle una carta a su madre, también hacerles llegar un mensaje a sus hermanas para que supieran que tanto Jack como ella se encontraba sanos y salvos en Inglaterra. Hélène debía de estar muerta de preocupación. Sintió un regusto agrio en la lengua, le pareció percibir también un ligero olorcillo. ¿Sentimiento de culpa, quizá? ¿Acaso tenía olor o sabor dicho sentimiento? Miró de nuevo a Jack. Ambos habían perdido ya tantos pedazos de sus respectivas vidas por culpa de la guerra, que aprovechar cada nuevo día y vivirlo plenamente sería lo más sensato, ¿no?

—El primer fuego de la temporada siempre es especial —dijo él con naturalidad. Parecía del todo ajeno a los pensamientos que ella tenía en la cabeza—. Bueno, la verdad es que la temporada no ha empezado aún, pero estas paredes son gruesas y puede hacer bastante frío de noche.

Permaneció en cuclillas mientras el fuego se prendía, pero giró sobre sus talones y alzó la mirada hacia ella.

—¿Estás a gusto aquí? Te noto un poco apagada.

Ah, entonces sí que había notado algo, pensó ella, mientras veía cómo las danzantes llamas proyectaban sombras sobre su masculino rostro.

—Siento haberte dado esa impresión. Gracias por traerme aquí, este lugar me encanta.

—No tienes por qué quedarte. Si prefieres ir a los Cotswolds con tu madre de inmediato, no me ofenderé.

Ella frunció el ceño.

—No es eso, me alegra estar aquí.

—Entonces, ¿qué sucede?

Florence pensó de nuevo en Hélène; sin embargo, no tuvo el valor (o la voluntad) de mencionar el tema y optó por hablar de lo extraño que iba a ser volver a ver a su madre después de siete años.

Entonces se quedó callada.

Inhaló el olor de la leña quemada mientras ambos guardaban silencio durante unos minutos más, con el crepitar del fuego como único sonido de fondo.

—La dichosa chimenea ahúma cuando el viento aúlla —dijo él al fin. Luego soltó una carcajada y añadió con voz siniestra—: Las ventanas traquetean, los fantasmas salen a jugar. ¡Buuu!

—¡Para ya! —exclamó ella entre risas.

Jack sonrió de oreja a oreja.

—Bueno, ahora no hace viento, por supuesto. Pero, llegado el momento, solo tienes que sacar estos dos tiradores. —Los indicó con un gesto.

Florence recordó de nuevo los Pirineos.

Allí tampoco aullaba el viento al principio.

Habían dormido un poco aquella primera noche y al llegar el alba, al atisbar las distantes cimas de las montañas, se había quedado impactada al darse cuenta de lo elevadas que eran…, y de lo elevado que era también el riesgo. Una joven y delgada guía vasca fue a buscarlos a la cabaña, pero se la veía demasiado nerviosa como para saber lo que hacía. Si Jack hubiera escogido a la persona equivocada, el hecho de que depositara su confianza en quien no debía podría haber supuesto una muerte segura para ambos.

Apartó de su mente las imágenes al darse cuenta de que él estaba preguntando algo. Desearía no seguir sumiéndose en aquellos oscuros pensamientos, pero nadie más podría comprenderla. No había habido nadie más con ellos en aquellas agrestes montañas, con el peligro constante de muerte. Tan solo Jack y ella. Entonces Hélène le vino a la mente otra vez, y un sentimiento de culpa le encendió las mejillas mientras el rostro de su hermana danzaba a la luz del fuego.

3

Dos semanas después, Florence se encontraba sentada tras la mesa de la cocina, leía por segunda vez la carta de su madre. La preocupación por cómo irían las cosas una vez que Jack se marchara había resultado ser innecesaria, porque iba a ser ella la primera en irse después de todo. Aunque él se mostraba extremadamente misterioso respecto a cuándo pensaba marcharse y a dónde. Tanto Claudette como ella habían recibido con júbilo la noticia de que, tras la victoria del Día D, el 25 de agosto se había producido la rendición de Alemania en París. Un toquecito en la puerta interrumpió sus pensamientos. Se atusó un poco el pelo, y al abrir se encontró con una mujer menuda vestida con un descolorido jersey gris, holgados pantalones verdes de pana y botas Wellington negras. Tenía unos ojos oscuros cual uvas pasas de cuyas comisuras irradiaban pequeñas arrugas al sonreír, y el cabello blanco estaba recogido en una gruesa trenza que le caía a la espalda.

—Ah, ¡debes de ser Gladys! De la granja.

La mujer cogió del suelo una cesta cubierta con un paño de cocina. La bandera británica que lo decoraba estaba bastante desgastada por el paso de los años, el rojo y el azul se habían desvaído y el blanco tenía un tono grisáceo.

—Sí, has acertado. Y este de aquí es Gregory. —La mujer se echó a reír, las arrugas se le dibujaron de nuevo alrededor de los ojos mientras un pato de andares bamboleantes entraba en la cocina tras ella—. Viene conmigo a todas partes, espero que no te importe.

26

—Los dos sois más que bienvenidos. Jack me comentó que a lo mejor pasabas por aquí.

—Ha salido, ¿verdad?

Florence asintió. Gladys lanzó una mirada a la carta que reposaba sobre la mesa y añadió:

—No quiero molestar si estás ocupada.

—No, no lo estoy. Solo es una carta de mi madre, quiere que me reúna con ella pasado mañana y me envía instrucciones para encontrar su casa. Vive en los Cotswolds.

—Se alegrará de verte. Jack me dijo que tienes hermanas viviendo aún en Francia.

—Sí, Hélène y Élise. Les escribí para hacerles saber que estoy aquí, pero nunca se sabe con el correo. No he recibido respuesta, solo me cabe esperar que recibieran el mensaje.

—Imagino cómo te sientes, querida. Debe de ser duro.

—Sí. No sé dónde están ni lo que estará pasando por allí. Hélène es enfermera, trabaja con el médico local. Y Élise está embarazada. Me preocupan.

—Entonces, ¿has venido hasta tan lejos para estar con tu madre? —Gladys la miró con ojos interrogantes.

Florence no podía contarle el verdadero motivo por el cual había corrido el riesgo de emprender un viaje tan largo y peligroso con destino a Inglaterra. De modo que, al cabo de un instante, se limitó a contestar:

—Es una historia muy larga, pero sí.

Gladys debió de percibir su renuencia, porque cambió de tema.

—Mira, he traído algo de comer. —Dejó la cesta sobre la mesa con pesadez y apartó el paño de cocina con una floritura.

Florence contempló la espléndida hogaza de pan moreno que reposaba en medio de la cesta junto a una botella de un líquido dorado. Inhaló el delicioso aroma.

—Gracias, eres muy amable. El pan huele de maravilla, y estoy deseando saber qué contiene la botella.

—Vino de grosella —contestó Gladys con una sonrisa.

—¡Qué delicia! Yo solía elaborar vinos de fruta en Francia.

27

—Lo echas de menos, ¿verdad? Debe de ser extraño venir hasta aquí mientras todos seguimos luchando esta guerra tan terrible, estamos agotados y apagados.

—Sí, pero era peor en Francia.

—Claro, aquí al menos no tenemos a los nazis. Pero la lucha se ha alargado demasiado. Todas las familias están preocupadas por los miembros que partieron al frente y que ahora están en el continente o en Oriente.

Florence murmuró su asentimiento.

—Y la gente pasa hambre —continuó Gladys—. Bueno, la que vive en el pueblo, nosotros estamos bien en la granja. Cultivamos verduras para mandarlas a los hospitales de la zona. —Añadió aquello último con voz llena de orgullo. Florence asintió mientras la mujer seguía hablando—: Todos ponemos nuestro granito de arena. Yo quería mandar comida a la Cruz Roja para que se la hicieran llegar a nuestros muchachos en el extranjero, pero solo necesitan productos enlatados. Leche condensada, *spam*, carne curada, queso procesado. Comida que no se eche a perder. Básicamente, lo que los muchachos quieren es chocolate y tabaco. Ese tipo de cosas. —Se la vio terriblemente abatida por un momento, pero se recompuso con rapidez—. ¿Piensas quedarte mucho tiempo con tu madre?

Florence suspiró. Apenas tenía dinero, así que iba a tener que buscar algún trabajo para ganarse el sustento mientras viviera en casa de su madre. Y tarde o temprano tendría que buscar un lugar propio donde vivir. Le entraba ansiedad solo con pensarlo, ¿cómo iba a ingeniárselas para construir una nueva vida en Inglaterra durante una guerra?

—Todo está un poco en el aire aún —admitió.

Gladys debió de notar su turbación, porque le dio unas palmaditas en la mano y dijo con voz tranquilizadora:

—Hay que ir paso a paso, querida, eso es lo que digo siempre. En fin, será mejor que me vaya si no quiero que mi marido piense que me han raptado los alemanes.

—Gracias por el pan y el vino —dijo Florence, sonriente.

—De nada. Se te ve cansada, querida, tienes que cuidarte. Venga,

Gregory, vámonos. —Se despidió de Florence con un gesto de la mano y se fue.

La mañana de su partida, Florence era presa de los nervios mientras terminaba de planchar el vestido que iba a ponerse. Era una prenda blanca moteada de verde a la que había tenido que hacerle unos ajustes, pues había pertenecido a la abuela de Jack. Alzó la mirada al oír que él la llamaba y lo vio entrar en la cocina segundos después.

—Ah, ¡aquí estás! —La estudió con detenimiento y frunció el ceño—. Estás un poco acalorada, ¿te apetece salir a dar un paseo antes de que te lleve a la estación? Tenemos tiempo, además puede que sirva para serenarte.

—Solo me falta terminar esto y vestirme. Como dicen los carteles, «Modifica y aprovecha lo que tienes». Debo estar razonablemente presentable para ir a casa de mamá.

—¿Has recogido ya tus cosas?

Ella murmuró una respuesta mientras luchaba por contener las lágrimas. No se sentía lista para marcharse de Devon, y la sola idea de despedirse de Jack le resultaba insoportable.

—La frente en alto —dijo él.

Florence le lanzó una media sonrisa, cogió el vestido y corrió escaleras arriba para ponérselo. Puede que marcharse de allí fuera lo mejor. Jack le gustaba, le gustaba de verdad, pero su propia hermana, Hélène… Fue incapaz de completar aquel pensamiento.

Mientras paseaban por el jardín, procuraron evitar la sombra proyectada por la colina de detrás de la casa y caminaron por donde la luz del sol se colaba entre los árboles. Florence le lanzó una breve mirada y vio su rostro surcado por franjas de luz. El perro de Lionel seguía olfateando el suelo alrededor de los enmarañados rosales, los descuidados lilos de verano y las matas de rojas y amarillas dalias, espantando a los faisanes a su paso. Ella lo observó en silencio mientras saboreaba la plenitud de las postrimerías de un verano británico e imaginaba la otoñal fruta que estaba por llegar. Aquellos días cálidos no tardarían en llegar a su fin; de igual forma, de manera más inminente aún, estaban por terminar sus días junto a Jack. Se preguntó si volvería a verlo algún día.

El ladrido del perro la sacó de sus pensamientos y se dio cuenta de que Jack acababa de decir algo.

—Perdona, ¿qué has dicho?

—He preguntado si te gustaría saber cómo terminó en manos de mi familia esta propiedad.

Lo dijo con un tono de voz alegre que la llevó a pensar que estaba intentando centrarse en algo que no fuera el hecho de que ella iba a marcharse en breve. Él estaba haciendo ese esfuerzo por ambos…, o quizá no. A lo mejor estaba limitándose a intentar aliviar el momento para hacerla sentir mejor a ella.

—Sí, por supuesto. —Esbozó una sonrisa forzada.

Jack se rascó la nuca antes de explicárselo.

—Mi casita de Meadowbrook se encuentra dentro de la propiedad de la familia de lord Hambury, quien tiene ochenta y cinco años. En otros tiempos le pertenecía a él.

—¿El viejo dueño de la casa grande?

—Sí. En su juventud, el anterior lord Hambury tuvo una «aventurilla» secreta con la niñera de la familia. Mi bisabuela, Esther.

Ella asintió mientras oía el relato, aunque también era consciente de la vorágine de pensamientos que se arremolinaban en su mente.

—Cuando Maud, la mujer de Hambury, los sorprendió en la cama, se montó una escena de mil demonios; según los relatos, se lanzaron copas de cristal de incalculable valor contra la cabeza de los amantes. Esther fue despedida sin una carta de recomendación, pero lord Hambury se había enamorada de ella y le regaló este lugar, con las escrituras y todo. —Jack se interrumpió y la miró—. Florence, ¿estás escuchándome?

Ella parpadeó varias veces.

—Sí, ¡claro que sí! No me habría gustado estar en el lugar de su esposa, debía de estar hecha una furia.

—Seguro que estaba fuera de sí, pero no había nada que pudiera hacer al respecto. Hambury mantuvo a Esther económicamente hasta que esta se casó y nació mi abuela, aunque nadie sabe si él era el padre en realidad.

—¡Vaya! En ese caso, ¡podrías ser el biznieto ilegítimo de un lord!

Él se echó a reír y dijo, sonriente:

—¡Sabía que te gustaría esta historia!

Por un momento, Florence imaginó que alcanzaba a oír a Hambury y a Esther murmurando en la oscuridad. Esos dos serían sin duda un par de fantasmas amistosos, aunque puede que la pobre esposa no lo fuera tanto.

Exhaló un suspiro. Había llegado el momento y no quería prolongar aún más el dolor de la despedida.

—En fin, supongo que será mejor que me ponga en marcha. —Lo dijo con un tono un poco más seco de lo necesario.

Él asintió y la miró con una expresión que ella fue incapaz de descifrar, pero que hizo que algo se retorciera en su interior.

4

Gloucestershire. Mediados de septiembre de 1944

Florence se alisó el vestido con nerviosismo. Menos mal que no se había puesto una prenda de manga larga, en septiembre no se sabía nunca la temperatura que iba a hacer y la ropa que había escogido había resultado ser perfecta para un día como aquel. Se secó la frente y se acercó a un portamaletas de la estación algo entrado en años para informarse sobre los trenes con destino a Toddington o a Broadway.

—Lo siento, señorita, los dos han salido ya. —El hombre dijo aquello con ínfulas de superioridad, e hizo ademán de dar media vuelta sin más.

—¡Espere! Es decir…, por favor. ¿Podría decirme cuándo sale el próximo?

—Ah. Mañana por la mañana. Lo siento, cielo. Hay un taxi fuera. Puede ir a un hotel, claro. Aquí, en Cheltenham, tenemos un montón. —Hablaba con orgullo y un marcado acento de Gloucestershire—. ¿Le llevo el equipaje?

Ella negó con la cabeza. Si tenía que pagar un taxi, iba a necesitar hasta el último penique; en cualquier caso, sus pertenencias eran tan escasas que apenas llevaba peso.

—¿A qué distancia queda Stanton? Por carretera.

—Pues no sabría decirlo con exactitud, unos diecinueve o veinte kilómetros. No he estado nunca allí, dicen que es bonito. ¿Va a visitar a alguien?

—Sí, a mi madre. —Le dio las gracias, agarró su maleta y se dirigió a la salida.

El taxi estaba disponible, y Florence se acomodó en el asiento trasero después de acordar un precio. Emprendieron la marcha, pasando junto a los elegantes edificios estilo Regencia del centro hasta llegar a un poste indicador donde ponía «Winchcombe».

—Creía que habían quitado todos los postes indicadores de las carreteras —comentó.

—Así es, ¡no hay mejor forma de confundir al enemigo! —contestó el taxista.

—¿Por qué no han quitado ese de ahí?

—Ni idea, cielo, todos hemos visto alguno que otro que quedaron olvidados. Mi hijo rompe los que se encuentra. ¿Eres de por aquí?

—Acabo de llegar de Devon.

Él le lanzó una mirada por el retrovisor y comentó:

—Es que te noto una especie de… acento, supongo. No, no es un acento, es…, no sé. Algo en tu aspecto, quizá.

—Ah.

Aquello la sorprendió. Que ella supiera, no tenía acento alguno, y nadie lo había mencionado con anterioridad.

—Perdona, cielo, no quería ofenderte. Es que hay que andarse con mucho cuidado en los tiempos que corren.

Una vez que se alejaron un poco más de la ciudad, Florence bajó la ventanilla y, sintiendo la brisa en las mejillas, alzó la mirada y aspiró una buena bocanada del fresco aire del campo. El cielo aborregado de antes había dado paso a una vaporosa extensión azul, salpicada tan solo por finas nubes ralas. Envuelta en el cálido ambiente, dejó que la mente vagara a su antojo. Bajar del ruidoso tren había sido un verdadero alivio. Dos niños habían salido de una de las cabinas, chillando entre risas, y habían corrido de acá para allá por el pasillo perseguidos por una madre abrumada; en esa ocasión no había tantos soldados de permiso que regresaban a casa, así que al menos no había tanto humo como en el tren procedente de Southampton. Aun así, había resultado un poco extraño oír las voces hablando en inglés a su alrededor, y no terminaba de acostumbrarse a no tener que mirar por encima del hombro por si aparecían los inevitables soldados alemanes. Además, tampoco podía acostumbrarse al hecho de que aquel lugar no se pareciera en nada a Francia, pensó para sus adentros mientras pasaban por un pueblo con cabañas techadas de paja, casas con entramado de madera y viviendas más grandes de estilo victoriano y georgiano.

—Prestbury. —El taxista se giró ligeramente para mirarla.

Ella contempló en silencio el exuberante y verde paisaje campestre mientras ascendían por el serpenteante camino, que avanzaba cuesta arriba. Los setos estaban preñados de bayas y se apreciaban con claridad los primeros signos de los colores otoñales, las pinceladas doradas y rojizas que salpicaban los árboles.

—Hace calor para esta época del año —añadió él—. El veranillo de San Miguel. Aunque yo prefiero que haga un pelín de frío.

Daba la impresión de que quería seguir charlando, pero Florence no estaba de humor para eso. La cabeza le daba vueltas al pensar en lo que iba a tener que decirle a su madre, Claudette, sobre el motivo que la había llevado a Inglaterra. No la veía desde antes de la guerra, ni siquiera había estado en aquella vivienda. Claudette había vendido la antigua casa familiar de Richmond tras la muerte de su padre, alegando que no podían permitírsela; según ella, la casa de vacaciones que tenían en Francia era demasiado pequeña para albergarlas a todas, así que se había mudado a aquella casita, mientras que Florence, que en aquel entonces tenía quince años, había ido a vivir a Francia junto con sus dos hermanas mayores. Claudette las había ayudado a instalarse en el continente en un primer momento y había prometido visitarlas de vez en cuando; no obstante, no había llegado a hacerlo y, entonces, había estallado la guerra, que las había mantenido separadas. Pero ahora había llegado el momento.

El paisaje fue volviéndose más llano, más abierto. El heno ya estaba amontonado, el ganado y las ovejas pastaban tranquilamente en los campos y poco después aparecieron las primeras casas de Stanton, unas construcciones de piedra de color miel.

—Esa de ahí es la casa señorial, a la izquierda —explicó el taxista—. En 1543 fue entregada a Catalina Parr como parte de su dote, dicen que hay fantasmas.

—¿La propia Catalina? —Él soltó una carcajada y Florence imaginó un campo de cróquet, un jardín amurallado y al fantasma de Catalina Parr vagando por allí, enfundado en un largo vestido blanco.

—¿Cómo has dicho que se llama la casa a la que vas?

—Little Charity. Y no creo que haya fantasmas. Según mi madre, está en lo alto de la colina, justo detrás de la oficina de correos.

Todas y cada una de las casas y las viviendas que flanqueaban la pintoresca calle principal en su curso ascendente por la colina se hallaban construidas con el mismo tipo de piedra dorada, y muchas de ellas estaban recubiertas de rosales trepadores o de los últimos vestigios de madreselva del año. Algunos de los edificios eran majestuosos, otros no tanto, pero era como si aquel lugar hubiera quedado en el olvido, como si hubiera quedado perdido en algún punto de un adormilado pasado. Imaginó a las gentes que debían de haber vivido allí tiempo atrás: las mujeres ataviadas con largos vestidos y tocados, la lavandera con su amplio delantal y unos musculosos brazos desnudos, los niños jugando al pillapilla y a las canicas o haciendo rodar sus aros por el suelo empedrado.

Cuando el taxista detuvo el coche frente a un verde parquecito que precedía el inicio de una pendiente más pronunciada, Florence le pagó, bajó del vehículo y contempló la casa de su madre. La vivienda estaba bañada por la luz del sol, había tres ventanas pequeñas en la planta superior y dos similares en la inferior. En la última carta que había recibido ya se le advertía que era pequeñita, que contaba con dos dormitorios y con un único baño en el exterior. Le resultaba imposible imaginar a su elegante y más que exigente madre lidiando con semejante situación durante un invierno inglés lleno de lluvia y lodo. Había también un minúsculo jardín delantero cercado por un seto bajo, y estaba acercándose al porche con columnas (enmarcado por unas otoñales enredaderas de Virginia) cuando la puerta principal se abrió.

Al ver a Claudette allí plantada, esperándola en el umbral con una tensa sonrisa en el rostro, sintió como si toda su niñez hubiera aparecido de repente frente a ella.

—Hola, *chérie*. Adelante, entra. Aquí vivimos con mucha sencillez, espero que lo entiendas.

Su madre estaba hablando en inglés, una lengua que nunca solía ser su primera opción. Pero, teniendo en cuenta que llevaba tanto tiempo en Inglaterra y, más aún, que había estado viviendo sola allí, era comprensible que se hubiera acostumbrado a emplear aquel idioma. Su cabello, surcado ahora por unas cuantas hebras canosas, estaba pulcramente recogido en un moño; haciendo gala de su sempiterna elegancia, iba vestida con una falda de tubo gris, un suéter, una chaquetilla a juego de un pálido tono rosado y un collar de perlas de una sola vuelta. Igual que cuando vivían en Richmond.

Florence se acercó a ella y dibujó una sonrisa en su rostro a pesar de sentir que las separaba una gran distancia. Su madre se veía avejentada, distinta a la Claudette de antes, y también parecía haber perdido algo de peso. Siete años eran mucho tiempo.

Después de un breve abrazo, Claudette la tomó de la mano y comentó:

—*Chérie*, no entiendo por qué decidiste viajar a Inglaterra mientras la guerra sigue y sigue. No me diste ninguna explicación en tu carta, ¿por qué corriste semejante riesgo?

—Es una larga historia, es que…

—¿No eras feliz allí? Yo creía que sí.

—Pues… —Se tomó unos segundos para pensar en cómo responder—. Era feliz, *maman*, hasta cierto punto.

—En ese caso, ¿por qué has vuelto?

—La guerra cambió las cosas —contestó, eludiendo la pregunta. Todavía no estaba preparada del todo para revelarle la verdad. Y entonces añadió, con fingida ligereza—: Te conté que me encargaba del jardín y que hacía tartas y conservas, ¿verdad? Me encantaban esas tareas.

—Ajá.

—Tendrías que haber visto el jardín, ¡estaba precioso! Cultivaba todo tipo de verduras, y teníamos pollos y cabras y…

Claudette la interrumpió sin más, daba la impresión de que ni siquiera estaba escuchándola.

—Cielos, ¿por qué estamos charlando así en la entrada? He encendido la chimenea de la sala de estar, hoy hace un poco de frío.

Florence frunció el ceño con desconcierto. A diferencia de su madre, ella había pensado que era una delicia tener un día tan cálido justo cuando el verano parecía estar llegando a su fin.

Al dejar en el suelo su equipaje, le llamó la atención un sencillo espejo que había en la entrada. Qué típico de su madre, no dejar pasar jamás una oportunidad de admirar su propio aspecto… Solo que, en esa ocasión, Claudette ni siquiera lanzó una mirada a su reflejo. Ella, sin embargo, aprovechó para echarse un vistazo y atusar sus rebeldes rizos rubios.

En el pequeño pasillo había un enorme gato anaranjado dormitando en una silla flanqueada por una mesita auxiliar a un lado, y un reloj de pie al otro. El animal abrió un verdoso ojo para examinarla con atención por un momento y entonces, dándose al parecer por satisfecho, siguió durmiendo.

—Tienes un gato.

—No es mío —contestó Claudette—. Pertenece a…, bueno, perteneció a una vieja amistad que pasó a mejor vida.

—¿Murió?

—Qué palabra tan desagradable. En fin, el gato acaba de venir a vivir aquí. Me gusta.

—¿Cómo se llama?

—Franklin Robinson, le llamo Robby. ¿Te apetece una taza de té?

Florence enarcó las cejas, sorprendida. ¿Desde cuándo tenía gatos su madre y bebía té? Durante todos los años que había pasado en Inglaterra de niña, cuando su padre estaba aún con vida, su madre había mantenido la férrea determinación de seguir siendo una francesa de pies a cabeza, por mucho que vistiera como una dama inglesa que llevaba las riendas de su casa.

Mientras la oía trastear por la cocina, se entretuvo echando un vistazo a la sala de estar. Era una bonita estancia de techo bajo, y reconoció algunos viejos recuerdos de la antigua casa familiar: los cojines bordados de color amarillo y azul que había en ambos sofás, y una alfombra azul marino y blanca que procedía del antiguo dormitorio de sus padres. Pero hacía un calor sofocante debido al fuego que ardía en la chimenea, y se moría de ganas de abrir una ventana.

Minutos después, cuando su madre reapareció portando una bandeja con el té, se puso en pie y preguntó:

—¿Dónde está el baño?

Su madre dejó la bandeja en una mesita auxiliar y señaló hacia la parte posterior de la casa. Tenía las manos visiblemente avejentadas.

Cuando Florence regresó del baño, la encontró sosteniendo en alto la tetera.

—Haré de madre, ¿de acuerdo? —dijo Claudette. Ambas se echaron a reír—. ¿Te apetece una galleta? De avena, por supuesto, y la mantequilla nunca está de más. Las preparo para el Instituto de la Mujer, las venden y se recauda dinero para colaborar con la campaña bélica.

Florence no supo cómo responder, estaba ante una versión extraña de su madre.

—Y mermelada. Ruibarbo y manzana. El ruibarbo lo cultivo y hay dos manzanos en el jardín, aunque resulta difícil conseguir el azúcar. Suelo usar zanahorias, o higos en verano.

Florence se preguntó si Claudette había echado de menos a su padre cuando se había mudado a aquella casa; se preguntó si las echaba de menos a ellas, a sus propias hijas. Jamás había mencionado el tema en sus cartas y casi nunca mencionaba la antigua vida que habían compartido en Richmond, más allá de cuando les contaba lo que había vendido y lo que había conservado. Le habría gustado preguntarle lo que sentía al recordar aquellos tiempos pasados, pero, dado que su madre no hablaba nunca de sentimientos, se limitó a decir:

—Deduzco que eres feliz aquí.

Claudette asintió, pero se la veía un poco forzada.

—La casa data del siglo XVII.

—¿Por qué decidiste venir a vivir aquí, a este pueblo?

—Los Cotswolds me recuerdan al Dordoña.

—Pero podrías haber ido a vivir allí con nosotras, *maman*. Cuando todavía era posible viajar. Así habríamos podido estar juntas durante la guerra, al menos.

—No, no podía. Sabes bien que no había espacio suficiente, no se podía vivir así durante un periodo largo de tiempo. Élise y tú habríais tenido que compartir habitación.

—No me habría importado.

—Nos habríamos sentido constreñidas. En cualquier caso, era mejor para vosotras tres estar allí sin mí.

Florence no pudo evitar tener la impresión de que Claudette estaba ocultando algo, ¿acaso había preferido estar sola para poder ver a…? No, imposible. Su madre había roto el vestido rojo muchos años atrás, hacía mucho desde la última vez que había visto a aquel hombre. Se llevó el té a los labios y tomó un sorbo. Estaba delicioso, no había duda de que el gusto impecable de su madre se había extendido a la preparación de un buen té inglés mientras el racionamiento estaba en vigor.

—¿Cómo están tus hermanas?

—Bien. O eso creo al menos, lo estaban cuando me fui. —Titubeó por un instante—. ¿Sabes que Élise está embarazada?

Claudette frunció los labios.

—Sin estar casada, según tengo entendido. Pero así es ella, siempre fue mi hija ingobernable.

—El padre del bebé se llamaba Victor, *maman*. Un hombre valeroso que fue ejecutado por los nazis. Fue terrible, pensé que Élise no superaría jamás lo ocurrido. No estoy segura de que lo haya hecho.

Claudette suspiró y sacudió la cabeza con pesar, pero no estaba claro si era por la muerte de Victor o por el hecho de que Élise no estuviera casada.

—Fue una época terriblemente difícil para todas nosotras —dijo Florence. Le tembló la voz al pensar en todo lo que había ocurrido. Serenó su respiración antes de proseguir—. Nos resultó imposible no involucrarnos con la Resistencia de la zona. Ni siquiera Hélène pudo mantenerse al margen, y ya sabes lo cauta que puede llegar a ser. Pero, al final…, en fin, no se estaba ni en un bando ni en el otro.

Claudette asintió, pero guardó silencio. No comentó lo horrible que debía de haber sido para ellas, no extendió una mano.

—Ni te imaginas lo dividido que estaba el pueblo, *maman*. Viejos amigos se convirtieron en enemigos, fue horrible. Aunque mucha gente cambió de opinión tras la ejecución de Victor, creo que fue la gota que colmó el vaso.

Claudette no respondió y Florence sintió como si sus palabras estuvieran cayendo en el vacío. La recorrió una incómoda energía nerviosa mientras luchaba por reunir el valor suficiente para dar voz a lo que realmente tenía que decir. Respiró hondo y habló al fin.

—Mira, sé que debo contarte el verdadero motivo por el que tuve que salir de Francia, y hay algo que debo decirte.

Su madre la interrumpió tajantemente.

—Ahora no, en otro momento será. Ahora no tengo tiempo para lo que ocurrió o dejó de ocurrir en Francia, Florence.

Ella sintió como si acabaran de golpearla y se rodeó el vientre con un brazo. Pero Claudette prosiguió como si nada, como si ni siquiera se hubiera percatado de su reacción.

—Quiero que vayas a un lugar por mí, que encuentres a alguien. Es urgente.

—Acabo de llegar, ¿no es algo que pueda esperar?

—No, en absoluto.

—Pero, *maman*… —Florence intentó recobrar la calma, aunque, por dentro, empezaba a temer que su madre no llegara a escucharla jamás—. Necesito hablar contigo, lo necesito de verdad. Sobre lo que ha estado ocurriendo, y sobre el pasado.

Pero su madre actuó como si apenas la hubiera oído.

—Pues el pasado tendrá que esperar. Como te he dicho, necesito que vayas a un sitio por mí.

Florence la miró en silencio y tensó la mandíbula. Había esperado mucho tiempo para poder hablar de aquello con su madre, pero resulta que las cosas no habían cambiado en nada. Según sus hermanas, ella siempre había sido la hija favorita; aun así, Claudette jamás había permitido que ninguna de las tres le hablara de temas espinosos.

—¿Por qué nos ocultaste cosas? —le preguntó sin más.

—No sé a qué te refieres; en todo caso, no importa en este momento. Nada de eso tiene importancia, ¡lo importante es esto! —Claudette se levantó con rigidez, se acercó a una estantería y regresó con una cajita de madera que procedió a entregarle.

—¿Qué es esto? —Florence intentó reprimir la ira que sentía.

—Ábrela.

Ella alzó la tapa y vio que contenía una nota junto con un rosario católico del que pendía una cruz maltesa.

—Me la envió Rosalie —afirmó Claudette.

—¿Tu hermana? —La miró sorprendida—. ¿Cómo sabía que vivías aquí?

—No lo sabía. La caja pasó una eternidad perdida en el servicio postal, pero terminó por aparecer en la casa de Richmond y me la hicieron llegar. Lee la nota de… de Rosalie. Dijo que volvería a escribir. Surgieron problemas, según cuenta, y necesitaba mi ayuda con urgencia. Pero no volvió a escribir.

Parecía estar al borde de las lágrimas y Florence extendió una mano, pero su madre no respondió al gesto. Se la veía desolada.

—Qué angustiante para ti, *maman*, cuánto lo siento. Pero, ahora que yo estoy aquí, tendremos tiempo de sobra para hablar sobre lo que sucedió, ¿verdad? Y también puedo ayudarte en otros aspectos.

—¡No! —espetó Claudette con voz cortante—. Por el amor de Dios, ¡no soy vieja ni necesito ayuda!

Florence reculó ligeramente, no estaba acostumbrada a oírla hablar con tanta aspereza. Élise estaba acostumbrada a que su madre le hablara con dureza, incluso con crueldad, pero ella no.

La sala quedó en silencio unos segundos, y al final fue Florence la primera en hablar.

—¿Echas de menos a tu hermana?

Claudette suspiró profundamente y contestó con sequedad.

—¡Por supuesto que sí! ¿Por quién me tomas? ¡Quedé hecha añicos cuando se marchó!

Florence se preguntó si la desaparición de Rosalie tendría mucho que ver en la forma de ser de su madre, quien añadió con firmeza:

—Creo que podría estar en Malta.

—¿Por la cruz que te envió?

—Sí. Es una pequeña isla amurallada situada al sur de Sicilia, cerca de África.

Florence asintió.

—¿Cómo sabían tus padres que había huido, que no la habían…? Que no se la había llevado alguien.

41

—Lo sabían. Sí, no lo dudes. Ellos lo sabían, al igual que yo.

—¿Y sabían el porqué?

—Sí.

—¿Y tú?

—Sí. ¡Y ya basta de preguntas! —añadió Claudette con voz cortante.

—De acuerdo. —Florence había estado a punto de insistir para saber qué había sucedido exactamente, pero la angustia que se reflejaba en los ojos de su madre hizo que dejara en el aire las preguntas que tenía en mente. Todas menos una—. Muy bien, ¿qué necesitas de mí?

Los ojos de Claudette brillaban con lágrimas contenidas, se la vio perdida por un momento.

—Creo que Rosalie podría estar muerta. Pero quiero que lo averigües. Por favor. Si está viva, podría ser mi única oportunidad de…, bueno, de corregir lo que ocurrió en el pasado. No la ayudé cuando me necesitaba en París ni cuando me envió esa nota.

—Pero no te dijo dónde estaba —dijo Florence, sorprendida—. Además, hace cerca de veinte años que huyó, ¿verdad? No la ha visto nadie, nadie sabe dónde está.

Claudette hizo una mueca de dolor.

—Siempre se metía en problemas. Era ingobernable e independiente, igual que tu hermana. Mis padres no podían manejarla.

—¿Era como Élise?

Claudette asintió y se secó las lágrimas con una trémula mano.

—Y sí, es cierto que nadie sabe dónde está y que no sé nada con certeza. Lo único que tengo es esta nota y el rosario. Pero, si llegaras a encontrarla, necesito que le digas cuánto lo lamento. Hay pocas cosas de las que me arrepiento…

Florence no tenía claro que aquello fuera cierto. Estaba convencida de que su madre debía de arrepentirse de un buen número de cosas. Pero no comentó nada al respecto, y Claudette añadió:

—Pero sé que… En fin, la cuestión es que…, sé que le fallé a mi hermana.

—¿Tienes una fotografía?

—La única es la que puse en el espejo de la entrada de la casa de Francia, ¿la recuerdas?

—Sí. Era pelirroja, ¿verdad? La foto era en blanco y negro, pero recuerdo haberte oído mencionar su color de pelo. —Florence intentó recordar el rostro de la muchacha de la fotografía.

—Tenía una preciosa y lustrosa cabellera pelirroja, unos bellísimos y profundos ojos azules. El pelo le llegaba mucho más abajo de los hombros en su juventud. Nuestra madre siempre la obligaba a trenzarlo, decía que era tan ingobernable como ella.

Florence se rascó la nuca con gesto ausente, no sabía qué pensar al ver que su madre hacía una petición tan extraña. Su madre, ¡ni más ni menos! La mujer que jamás se disculpaba por nada, que tan solo había mencionado a su hermana en contadas ocasiones y nunca había explicado por qué se había marchado, que incluso había fingido que era un tema carente de importancia. Había sido el misterio familiar del que nadie hablaba y tanto la propia Florence como sus hermanas se habían acostumbrado a ello, lo habían aceptado. No entendía a qué venía eso ahora, después de tanto tiempo. ¿Qué le había pasado realmente a Rosalie y por qué era tan importante para Claudette a esas alturas?

5

Florence pasó una noche inquieta en la habitación libre de Claudette. Por un lado, se sentía mal por la angustia de esta; por el otro, aún no había hablado con ella sobre el pasado y no dejaba de dar vueltas y más vueltas a lo que debía decir, y cómo hacerlo. Y, por si fuera poco, también se sentía molesta. Hélène y Élise siempre habían acusado a Claudette de ser una insensible, pero ella nunca las había comprendido hasta ese momento.

Durante la noche pensó también en Rosalie y en la petición de su madre. La desaparición de la primera resultaba enigmática, pero la segunda parecía no darse cuenta de que era casi imposible viajar mientras estaba librándose una guerra. Desearía poder pedirle a Jack su opinión al respecto.

Echaba de menos Devon y, al pensar en cuánto añoraba la preciosa casita de Jack y a él mismo, se le constriñó el pecho. Pero se reprendió a sí misma por albergar aquellos pensamientos, se levantó de la cama, decidió que ya haría acopio de valor más tarde para salir a usar el baño exterior y se puso la misma ropa del día previo. Esa era la vida que iba a tener en adelante; cuanto antes se olvidara de Jack, mucho mejor.

Bajó a la primera planta y vio que su madre no estaba en la sala de estar. Tampoco la encontró en la cocina, pero echó un vistazo por la ventana y la vio en el jardín, mirándola a su vez con semblante inexpresivo. La saludó con la mano, se dirigió a la puerta trasera y salió. Había llegado el inevitable momento, tenía que contarle lo que había descubierto en Francia. No podía seguir postergándolo.

—¡Buenos días, *chérie*! —la saludó Claudette—. No he querido despertarte, he supuesto que necesitarías descansar. —Estaba cortando unas rosas blancas con un ligero toque rosado.

—Son preciosas —comentó, al llegar junto a ella.

—Alfred de Dalmas, según tengo entendido. Una variedad muy antigua y difícil de conseguir. Pero este rosal estaba aquí cuando me instalé en la casa, no lo planté yo.

—¿Dónde tienes el huerto?

Su madre señaló hacia el fondo de todo del jardín.

—Detrás de aquel seto. En realidad, no está en mi jardín, sino en el campo de atrás. El granjero me dio permiso por la guerra. ¿Ves la puertecita?

—Sí.

—Ve a echar un vistazo.

Florence dio un paso hacia allí para obedecerla, pero entonces se volvió de nuevo hacia ella. Tenía que abordar la cuestión por muy espinosa que fuera.

—*Maman*, quería hablar contigo sobre Francia.

—¿Ah, sí?

—Ya te lo dije.

Pero Claudette siguió hablando como si nada y se acercó a un lecho de rosadas malvarrosas y azules acianos.

—Ven, mira estas plantas de aquí. Ahora ya no están en su mejor momento, claro, pero crecen bien bajo las mismas condiciones, con un suelo fértil.

—Yo usaba composta de estiércol en Francia. —Pero Florence estaba decidida a decir lo que tenía que decir, así que añadió—: ¿Podríamos conversar mientras tomamos una taza de té?

—Todo a su debido tiempo. Ven, déjame presumir de mis lechugas.

Florence suspiró y salió tras ella por la puertecita del fondo del jardín.

—Bueno, ¡aquí estamos!

Claudette actuaba con jovial ligereza e ignoraba por completo a Florence, cuya frustración iba en aumento. Pero se contuvo y mantuvo un tono de voz conciliador al decir:

—Bien hecho, *maman*. Jamás pensé que mostrarías interés por mantener un huerto.

Claudette se inclinó para arrancar una lechuga y se enderezó de nuevo antes de contestar.

—Como dicen por aquí, la necesidad obliga. Con esta lechuga podemos preparar una buena ensalada para la comida, ¿verdad? Y unos tomates del invernadero.

—Yo cultivaba tomates en Francia. ¿No lo echas de menos? Vivir allí, me refiero.

Claudette frunció el ceño, se apartó de la cara varios errantes mechones de pelo y los colocó tras las orejas.

—No, no lo echo de menos en especial.

—¿Y lo vivido allí en tu niñez? Cuando eras pequeña y pasabas los veranos allí, ¿no añoras aquellos días?

Claudette dio media vuelta y respondió con voz cortante.

—No pienso en ellos. Cielos, ¡mira esas malas hierbas de ahí!

Florence suspiró al verla alejarse en dirección al cobertizo; cuando regresó al fin, iba pertrechada con un rastrillo de mano y se atareó usándolo en una zona donde no se veía ni rastro de malas hierbas.

Pero ella no se rindió, siguió insistiendo.

—¿Papá vino alguna vez a Francia con nosotras? Al fin y al cabo, era medio francés. No le recuerdo allí.

Silencio.

—*Maman*, ¿podemos entrar en la casa para hablar? Por favor. —Lo dijo con voz suave y persuasiva con la esperanza de convencerla.

—Tengo que hacer esto.

—¡No! Por el amor de Dios, *maman*, ¡no hay ninguna necesidad! —espetó con aspereza, mientras una tormenta de sentimientos cobraba fuerza en su interior.

Su madre se puso en pie y contestó con la espalda bien erguida y furia en los ojos.

—¡No me hables en ese tono de voz! Tengo que quitar las malas hierbas.

Florence sintió que algo se le retorcía por dentro.

46

—¡Y yo tengo que decirte que he conocido a mi verdadero padre! Estoy enterada de… de la verdad.

Se cubrió la boca con la mano, arrepentida al instante de haberlo soltado sin más. Su intención era sacar el tema con delicadeza, ir contando poco a poco cómo habían ocurrido las cosas, pero ahora no tenía más opción que soltarlo todo de golpe.

—He conocido a Friedrich, madre. Mi verdadero padre. Sé que es alemán, que tuvisteis una aventura, y que tengo un hermanastro llamado Anton. —Intentó mantener la voz serena mientras el corazón le latía acelerado. Al ver que su madre esquivaba su mirada, optó por seguir—. *Maman*, mi padre alemán fue el motivo que me llevó a marcharme de Francia. Hélène pensó que habría problemas durante la liberación, y también después. Ya están castigando a los colaboradores. Fue terriblemente duro, tener que irme. El viaje fue…

Se interrumpió, abrumada, mientras empezaban a caer las lágrimas. Su madre mantuvo el rostro inescrutable y se limitó a escudarse los ojos con una mano por un momento.

—No era mi intención soltártelo a bocajarro, perdona que haya…, pero ¿por qué me ocultaste la verdad?

Claudette dio media vuelta, echó a andar hacia la casa con paso decidido y abrió la puerta trasera. Florence se quedó atónita al ver que entraba sin decir ni una palabra y cerraba la puerta tras de sí. Se secó los ojos con los dedos y fue tras ella.

La encontró en la cocina. Claudette permaneció unos segundos en silencio con la mirada fija en el suelo y el rostro empalidecido, pero de repente alzó la cabeza y la fulminó con la mirada.

—¿Cómo te atreves a venir a esta casa y hablar de semejantes cosas? ¡Y en el jardín, donde podría escucharte cualquiera!

—Perdona, ha sido sin querer. Te he pedido que entráramos a hablar.

Claudette masculló su respuesta entre dientes.

—¡Se trata de algo privado! ¡En Inglaterra no se habla de un padre alemán! ¡No esperaba que mencionaras ese tema!

—Lo siento. Lo siento de verdad, pero debo saber lo que pasó. ¿Amabas a Friedrich, *maman*? —Lo dijo de forma tentativa, ya que no estaba segura de querer oír la verdad. Se sintió frustrada al verla girar la cara—. ¿Por qué eres así? ¡Solo quiero saber si estabas enamorada de él!

Oyó lo que podría ser un sollozo ahogado y se acercó a ella. Intentó tocarla, consolarla…, pero retrocedió al ver que Claudette la apartaba de su lado. Se sintió dolida ante aquel rechazo.

—¿Amaste alguna vez a papá? ¿Te sentiste desdichada en Richmond desde el principio? ¿No eras feliz con nosotras?

—¡No sigas con semejantes preguntas! —Su madre cada vez se mostraba más rígida e inflexible.

—No lo entiendo, ¿por qué actúas con tanta frialdad? ¿Te avergüenza que nos enteráramos?, ¿es eso?

El tictac del reloj de la cocina parecía resonar con excesiva fuerza. Claudette no contestó, pero la forma en que se le crispaban los dedos no auguraba nada bueno.

—¿Acaso no tengo derecho a saber la verdad?

Su madre alzó una mano como para impedir que siguiera hablando.

—El pasado, pasado está. No tienes derecho alguno.

—Pero mentiste, *maman*, ¡mentiste todos estos años! ¿Cómo se sentía al respecto mi padre inglés?, ¿cómo? ¿Y cómo pudiste hacerle algo así si no estabas enamorada de Friedrich?

—¡Ya basta! ¡Te prohíbo que hables del tema! ¡No vuelvas a mencionarlo jamás!

Claudette pronunció aquellas ásperas palabras entre dientes, y entonces soltó tal borbotón de imprecaciones en francés que Florence estalló en lágrimas.

—¡Basta! ¡No sigas!, ¡no hables así! Por favor, ¡no hables así!

Reculó atropelladamente al ver que su madre alzaba una mano como para golpearla, trastabilló ante la furia que distorsionaba su rostro.

—Por favor. ¿No es hora de que hablemos? —Sus palabras cayeron en el vacío, Claudette ya había salido de la cocina.

Florence subió corriendo a su dormitorio, amontonó su ropa y la metió sin miramientos en la maleta. Destrozada por la profunda intensidad de la furia de su madre, las lágrimas le bajaban por la cara; enfadada, desconcertada, se las secó con las manos. No entendía cómo era posible que su madre fuera así. ¿Cómo era posible que jamás se hubiera dado cuenta de que Claudette era capaz de albergar semejante furia? ¿Y qué clase de persona era ella misma, para no haberse dado cuenta de algo así? Recordó las discusiones de Élise con Claudette. En una ocasión, su hermana había gritado a su madre llamándola arpía, un horrendo monstruo de la mitología griega. Una aterradora mujer alada. Y Claudette se había levantado del sofá como si fuera a extender sus alas y había arremetido contra su propia hija, soltando amargas y estridentes carcajadas.

Florence siempre había culpado a Élise por ser tan cruel con su madre, pero ahora veía por primera vez en su vida el trato que su hermana había estado recibiendo y se sintió avergonzada. No tendría que haberla juzgado. Y, muy en el fondo, una susurrante vocecilla interior preguntaba si Claudette habría amado realmente a alguna de sus tres hijas alguna vez.

Una cosa estaba clara: si su madre no le permitía hablar de lo que había descubierto, ella no podía permanecer en aquella casa. Se sentía demasiado dolida y molesta. Cerró la maleta después de meter también el peine sobre la desordenada ropa, bajó la escalera a toda prisa y lanzó una mirada hacia la sala de estar para asegurarse de que no se dejaba nada. La ventana delantera estaba abierta y reinaba la quietud…, salvo por la brisa que alzaba la esquina de la última nota de Rosalie, que yacía olvidada sobre la mesa.

6

ROSALIE

París, 1925

Rosalie Delacroix caminó a paso apresurado junto a los Jardines de Lu-xemburgo en dirección suroeste y enfiló por las viejas calles de Montpar-nasse, que iban oscureciéndose ya. Lanzó una mirada hacia las luminosas ventanas del Café du Dôme al pasar. La rutilante cafetería, que había sido remodelada recientemente con paredes espejadas y toques de color escarla-ta y dorado, era el lugar de encuentro de quienes querían ver y dejarse ver. Percibió el olor del humo de los cigarrillos Gitanes mezclado con el de las cloacas y el del gas procedente de las escasas farolas que quedaban, así como un ligero efluvio a penetrante Shalimar procedente de la cafetería.

Le encantaba el bohemio barrio de Montparnasse, donde los acor-des del *jazz* emanaban de oscuros bares y cafeterías. *Le jazz hot*, así lo lla-maban. Descarnado, apasionado, natural; para ella, simbolizaba la libertad.

Cuando llegó a su destino, abrió la puerta de cristal ahumado y en-tró en el local. Johnny Cooper, el dueño, se acercó a recibirla y dijo, con una amplia sonrisa y un pésimo acento americano:

—Vale.

Tenía unos dientes horribles, no tenía pinta de americano y Rosalie estaba convencida de que se había puesto aquel nombre falso para atraer a los turistas de aquella nacionalidad que se encontraban en la fabulosa «ciudad de la luz». Incluso servía «filete de hamburguesa» (un plato que parecía gustar mucho a los americanos) y tenía un camarero londinense llamado Norman con el que ella pensaba practicar su inglés.

—Está bien —le contestó. Se volvió al oír que una voz femenina llamaba su nombre.

—Te has tomado tu tiempo. —La chica en cuestión dio una última calada a un Gauloise, lo tiró al suelo y lo apagó con el pie—. Venga, vamos.

—No podía marcharme hasta que se acostaran —contestó Rosalie.

La chica, una morena de ojos oscuros, era Irène, quien vivía en uno de los barrios bajos que habían recibido una oleada de refugiados que huían de la guerra.

—Si te parece duro, deberías probar la vida que llevo yo.

Rosalie era consciente de que los parisinos más empobrecidos estaban hacinándose en viviendas cada vez más pequeñas; mientras que ella anhelaba escapar del constreñimiento de su vida burguesa, Irène quería huir de una mucho más dura. Era una de las bailarinas de cabaré del pequeño grupo al que ella misma iba a sumarse esa noche en el camerino, cubierta con un rosado plumaje de flamenco y poca cosa más.

—¿Estás bien? —preguntó Irène—. Como es tu primera vez…

Rosalie asintió, pero en realidad estaba muerta de nervios.

Bajo la tenue luz del pequeño camerino, sacó el traje dorado que había creado ella misma en secreto. Lo había copiado del atuendo que llevaba la actriz Marion Davies en el último número de la revista *Vogue* que había comprado su madre.

—No está mal. —Irène la miró de arriba abajo con ojo crítico—. Pero tienes que maquillarte más.

Rosalie frunció el ceño al oír aquello, pero Irène le indicó que se sentara en una silla y abrió la caja de maquillaje de uso común que había sobre una mesita auxiliar.

—Pintalabios escarlata, *chérie*. Y bien marcado, dibujando un arco perfecto. Sensacional con tu pelo rojizo. Y sombra de ojos con efecto ahumado. Sabes que tienes unos ojos increíbles, ¿verdad?

—¿En serio?

—Venga, lo sabes perfectamente bien. Qué azul tan intenso. El color de pelo es distinto, pero te pareces a Leila Hyams.

—¿Quién es?

—Actriz de cine, increíblemente guapa. Cara con forma de corazón y una boquita preciosa. Como tú. Tendrías que cortarte el pelo, hacerte un peinado como el suyo. —Rebuscó en un montón de revistas que había en el suelo y alzó una para mostrársela—. Mira, aquí está. Todavía no es muy conocida, pero llegará a serlo.

Rosalie observó con atención la foto de una mujer de ojos preciosos, con una ondulada melena corta.

—Qué bien que te hayas arreglado las cejas. Pero voy a oscurecértelas un poco —añadió Irène.

—No quiero parecer una payasa.

Irène se llevó las manos a las caderas con teatralidad y puso cara de ofendida.

—¿Acaso dudas de mi maestría?

Multitud de chicas mayores que Rosalie habían bailado y disfrutado de la vida tras el final de la guerra en 1918. Ahora, con tan solo diecinueve años, ella quería dejarse llevar también. París ofrecía un sinfín de frívolas opciones de diversión y ahora era su turno, aunque tuviera que mantenerlo en secreto. De camino al local había ocultado su reveladora vestimenta dorada bajo el viejo y amplio gabán de su padre.

La ciudad de París adoraba a los músicos de *jazz* afroamericano, y un neoyorquino encantador llamado Saul iba a amenizar la velada aquella noche. No hablaba demasiado, pero era guapísimo; tenía unos ojos melancólicos y una cálida sonrisa. Desde el camerino se le oía calentar la voz, y aquellas sensuales notas la enardecieron y elevaron su ánimo. Él la saludó con un asentimiento de cabeza cuando Irène, perfectamente maquillada, lo condujo a toda prisa hacia los bastidores, detrás del telón que colgaba en el pequeño escenario.

Pero, por muy divertido que fuera todo aquello, también conllevaba cierto riesgo. Junto con aquella sensación de liberación y de emergente optimismo, aquella sensación de que todo era posible, se había formado un nuevo movimiento de derechas.

—Mantente vigilante, y esfúmate si entra alguno —le había advertido Irène, justo antes de que salieran al escenario.

—¿Cómo los reconoceré?

—Esos capullos son inconfundibles, no te preocupes.

Inspirados por el fascismo de Mussolini, los «capullos» en cuestión se hacían llamar *Jeunesses Patriotes* y detestaban a los comunistas. La mayoría de los escritores y pintores en ciernes que acudían al bar de Johnny no eran comunistas, tan solo iban a tomar unos tragos y se dedicaban a charlar sobre escritura y pintura mientras devoraban los baratos platos de *saucisse de Toulouse* con puré de patatas. Pero también existía un Partido Comunista que iba ganando adeptos y no se achantaba. Se habían producido altercados en las calles de París, y Rosalie no quería quedar atrapada en uno de ellos en medio de un bar. Ya estaba corriendo bastantes riesgos, no quería terminar arrestada.

Procedía de una familia estrictamente convencional afincada en el residencial distrito 16, cerca de los parques. El apartamento de elevados techos donde vivían databa del siglo XVII, contaba con dos balcones de hierro forjado y tenía unas maravillosas vistas del Sena. Pero allí, en aquel lugar donde todo y todos estaban adormecidos, Rosalie se sentía atrapada por las expectativas y las falsas esperanzas de sus padres. En esa otra zona de París, sin embargo, había ambiente y color y vida por vivir. Y estaba decidida a vivirla.

Estaba lista para salir al escenario, pendiente de que sonaran los acordes que señalarían el inicio de la actuación, pero Irène le agarró el codo y susurró:

—Aún no. Espera a que yo te empuje, y entonces sales.

Siempre la habían acusado de ser la hija rebelde y, esa noche, Rosalie iba a materializar su destino al asumir al fin ese papel. Hacía mucho que se había dado cuenta de que, si bien era cierto que había decepcionado enormemente a sus padres, ellos también la habían decepcionado a su vez. De modo que ahora —muerta de nervios, pero, al mismo tiempo, llena de entusiasmo y excitación— estaba obrando según sus propios deseos.

Quería llegar a ser alguien, fuera como fuese. Quería ser distinta, alcanzar un mundo más grande y excitante. Uno vívido y electrizante donde los sueños pudieran convertirse en realidad.

Y entonces, de repente, se le aceleró el corazón al oír que la música cambiaba. Había llegado el momento, era hora de salir al escenario y bailar.

Irène le dio un empujoncito y le susurró que saliera.

7

Habían pasado varias semanas desde la primera actuación de Rosalie, la gente disfrutaba de una nueva noche de sábado en París. El bar de Johnny estaba repleto; de hecho, la ciudad entera centelleaba con tanta luz, con tantas risas, que Rosalie estaba nerviosa. Se sentía como si la ciudad fuera a alzar el vuelo de un momento a otro y a dejarla allí, sola y expuesta a que la llevaran de vuelta a casa de sus padres. Sus ojos iban pasando de un rostro a otro mientras miraba alrededor. Por si se diera el improbable caso de que alguna de las amistades de sus padres saliera a disfrutar de la velada, cada noche tenía que asegurarse de que no hubiera ningún conocido entre el público ni en la barra del bar. En esa ocasión no reconoció a nadie, y suspiró aliviada. La recorrió una deliciosa corriente de energía, se sentía capaz de ascender por encima de las nubes y quedarse flotando allí para siempre. Pero entonces, al ver que Irène sacudía la cabeza y la miraba con cara de superioridad (aunque sin acritud alguna), bajó de las alturas y volvió a poner los pies en el suelo de golpe.

—¿Soñando despierta otra vez?

—¿Eso parece?

—Los pies en el suelo, chica. Estás en el bar de Johnny.

Irène tenía razón. Estaba en el bar, era su presente. Y le bastaba con eso… por el momento.

—Venga, a bailar otra vez —añadió Irène, antes de apagar su cigarrillo. Y entonces soltó una carcajada—. ¡Tú y tus grandes ideas!

—¿Tú no las tienes?

—¿Quién, yo? Qué va, me limito a conformarme con lo que tengo.

Cuando el grupo de bailarinas inició la segunda actuación de la velada, Rosalie sintió irritación en la garganta por el humo que inundaba la sala, pero logró contener el aliento y centrarse en mover el cuerpo al ritmo de la música. El baile era su amor, su vida, su pasión. Sonrió a Irène y a las otras tres chicas mientras giraban y danzaban por el escenario, extendiendo los brazos con jubiloso abandono, alzándolos bien alto y bajándolos prácticamente hasta el suelo antes de levantarse con unas patadas increíblemente altas. Rosalie era la más grácil de todas, como resultado de una década de clases de *ballet*. Y le encantaba dejarse llevar por la maravillosa música interpretada por Saul, cuando incluso el aire parecía vibrar y podías sentir ese sonido en la sangre y en los mismísimos huesos.

Cuando terminó la actuación oyó voces alzadas, y supo que Irène las había oído también al ver la cara que ponía. Una ominosa inquietud recorrió el escenario. Desde el principio de la noche, reinaba en el ambiente una especie de sensación febril, como si el deseo de divertirse estuviera llegando a un punto álgido. Era una de esas noches en las que podría llegar a pasar cualquier cosa. Rosalie había notado una especie de tensión que había ido *in crescendo*, aunque no había sabido identificarla hasta ese preciso momento. De modo que no se sorprendió cuando, después de los gritos, se oyó un fuerte estrépito… y otro más, como si hubieran volcado una mesa, seguido del ruido de cristales rotos.

Saul dejó de tocar y, justo cuando estaba indicándoles que fueran a por sus abrigos y se cubrieran, una maraña de hombres se precipitó a la sala desde la zona del bar. Se levantaron del suelo y empezaron a agarrar sillas, alzándolas por encima de la cabeza y lanzándolas a quien se pusiera por delante. Rosalie regresó corriendo al camerino para ponerse el abrigo, y al salir de nuevo al escenario vio que uno de aquellos jóvenes alborotadores tenía a Saul sujeto mediante una llave de cabeza. Todo era ruido, confusión, humo…, tantísimo humo, aunque no alcanzaba a ver de dónde procedía. El corazón le martilleaba contra las costillas, su instinto le advertía que saliera corriendo de allí, pero no podía hacerlo. No, tenía que ayudar de alguna forma, y cuanto antes. Corrió hacia Saul para intentar liberarlo, pero Irène la detuvo de un tirón y le susurró con apremio al oído.

—¡No servirá de nada! ¡Preocúpate de ti misma!

La única vía de salida era a través del bar, el origen de aquella batalla campal. Desde el caótico batiburrillo de mujeres gritando, hombres vociferando y chicas llorosas, una oleada cada vez más grande de gente iba inundando la pequeña sala para sumarse a la pelea. Rosalie se zafó de Irène sin pensárselo dos veces, corrió hacia Saul, agarró del brazo al tipo que lo tenía sujeto y tiró de él para intentar que lo soltara. El codo de alguien la golpeó en la sien de repente, el impacto la desequilibró y agitó los brazos ciegamente para intentar aferrarse a algo y frenar la caída. Pero no había nada. Se golpeó la cabeza contra un escalón, vio un último rayo de luz antes de perder el conocimiento.

Para cuando volvió en sí de nuevo, aturdida y traumatizada, habían llegado un montón de agentes de policía que estaban esposando a un indignado Saul y a varios de los *Jeunesses Patriotes* de derechas que los habían increpado y pateado. Uno de los agentes la ayudó a levantarse del suelo y, cuando se disponía a darle las gracias, quedó estupefacta al ver que la esposaba también.

—¡Pero si no he hecho nada! —protestó.

—¿En serio? ¿Y por qué tiene la cara ensangrentada?

Rosalie se tocó las mejillas y notó la viscosa humedad, contempló pasmada su mano.

—¡Ay, Dios! ¡Estoy sangrando!

El agente la miró con desconfianza.

—Sí, así es. A ver, ¿qué hace una joven de buena cuna como usted en un lugar como este? ¿Cuántos años tiene?

—Veintiuno —mintió sin dudarlo y se palpó la boca con cuidado, temía haberse roto algún diente.

—Sí, claro, y yo soy el alcalde de París. Venga, derechita a comisaría.

Ella intentó cerrar el abrigo, abrocharlo, ocultar su reveladora vestimenta.

—No se preocupe, señorita, ya he visto todo lo que hay que ver. Un suculento bocado, la verdad. Supongo que estaba prostituyéndose.

—¡Claro que no!

—Bueno, podrá dar las explicaciones necesarias en comisaría. A menos que tenga alguna otra cosa que ofrecerme, claro. —Se echó a reír.

Rosalie le propinó una patada en la espinilla y otro agente la agarró del brazo y la condujo sin miramientos al furgón policial que esperaba en la calle. Protestó a gritos, pero hicieron caso omiso a sus objeciones y la subieron al vehículo.

Al día siguiente, apenas había amanecido cuando la puerta de la celda que Rosalie compartía con dos mujeres (ambas, por cierto, con los ojos amoratados) se abrió de repente y un policía entró sin más. Había empleado el abrigo para limpiarse la sangre de la cara, así como todo el maquillaje que había podido. Del pintalabios escarlata no debía de quedar ni rastro y esperaba haber podido deshacerse también del colorete, pero, en cuanto al maquillaje de ojos… en fin, no lo tenía tan claro. No tenía ningún espejo a mano para comprobarlo, pero no quería que sus padres la vieran «emperifollada como una furcia», tal y como solía decir su madre al ver a alguna mujer maquillada y arreglada «con vulgaridad». El agente la obligó a recorrer un largo pasillo mohoso que apestaba a sudor y a tabaco, y subieron entonces una escalera que conducía a una pequeña sala situada en la parte posterior de la comisaría. Y allí estaba su padre, esperando de pie con el cuerpo rígido de furia.

—Gracias, agente. —Apretaba tanto los dientes que su voz era prácticamente un susurro—. Puedo asegurarle que esto no se repetirá jamás.

—Muy bien, señor.

—¿Confío en que mantendrá esto en secreto?

El agente asintió y se dio unas palmaditas en el bolsillo, estaba claro que lo había sobornado.

Rosalie abrió la boca con intención de decir algo, pero su padre alzó una mano para callarla.

—Ni. Una. Palabra. —La sacó de la sala de un empujón y salió tras ella.

Rosalie pasó el silencioso trayecto en coche hasta el hogar familiar intentando idear alguna explicación plausible. Todavía tenía el abrigo bien abrochado y su padre no había visto lo que llevaba puesto debajo, así que quizá podría alegar que una amiga la había llevado al bar para tomar una copa. No es que fuera la mejor excusa, la verdad, y a sus padres no iba a hacerles ninguna gracia esa explicación. Pero era mejor que admitir que trabajaba de bailarina en aquel local. Al autoritario de su padre le daría un síncope. En cuanto a su madre, quién sabe lo que podría llegar a hacer, pero su reacción incluiría sin duda un ataque de histeria. Ninguno de los dos tenía ni idea de lo que era la diversión.

Su padre llevaba muchos años trabajando como funcionario en el Ministerio de Obras Públicas, y se enorgullecía de haber actuado como portavoz de todo lo relativo a la reconstrucción de Francia durante la época de tormenta política entre ministros. Su carrera lo era todo para él, daba la impresión de que lo único que le inspiraban su esposa y sus hijas era una indiferencia que apenas disimulaba.

Rosalie tan solo le había revelado que trabajaba en secreto como bailarina a su hermana, Claudette. Esta tenía nueve años más que ella y, aunque había prometido no decir ni una palabra, le había aconsejado encarecidamente que dejara el trabajo. Claudette tenía tres hijas (Hélène, Élise y la pequeña Florence) con las que vivía en Inglaterra junto a su marido, quien tenía sangre francesa e inglesa. Regresaba a París con regularidad para ver a sus padres, pero Rosalie la echaba terriblemente de menos entre visita y visita. Porque la suya era una casa de escasa calidez donde mantener las apariencias lo era todo, las emociones se reprimían, y ella tenía el deber de convertirse en buena esposa y madre. Claudette era la única a la que quería.

Una vez que llegó a casa, sus padres le hicieron pasar las de Caín, pero ella se ciñó a su relato inventado: había ido al bar de Johnny para tomar una copa por iniciativa de una amiga, y había resultado ser una pésima decisión.

—¿Qué es esa cosa negra que tienes alrededor de los ojos? —preguntó su madre.

—Eh…

—¿Qué amiga? —insistió su madre, sin esperar a que respondiera.

Su padre estaba menos interesado en esos detalles y tomó la palabra.

—No voy a permitir que te involucres con los comunistas —afirmó, como era de esperar.

—¡No tengo nada que ver con ellos! —Al fin y al cabo, era la pura verdad. No tenía nada que ver con los comunistas.

Su padre apoyaba al movimiento Action Française, que, según decían, estaba respaldado económicamente por el perfumista, empresario y editor de periódicos François Coty. Se rumoreaba que era un hombre que tenía muchas amantes y multitud de hijos ilegítimos, pero su padre hacía la vista gorda; al fin y al cabo, lo único que le importaba a él era que Coty había logrado convertirse en uno de los hombres más adinerados de Francia y había financiado varios de sus proyectos de reconstrucción. Al margen de si los rumores sobre Coty fueran ciertos o no, lo que estaba claro era que tanto sus compañeros de derechas como él querían evitar el auge del comunismo francés a base de avivar el populista miedo al comunismo.

Su madre todavía estaba exigiendo saber el nombre de la amiga que la había llevado al bar.

—Solo es una chica que conocí en clase de *ballet*. Da igual, ya se ha ido.

—¡Pues te prohíbo que vuelvas a verla! —contestó su madre—. De hecho, ya es hora de que dejes el *ballet*. Cancelaré tus clases y te concertaré algunas más de mecanografía.

Rosalie gimió para sus adentros.

—Eres muy alta para llegar a ser bailarina de *ballet*, y demasiado…

Su madre se detuvo ahí, pero Rosalie sabía a qué se refería: era una joven extremadamente voluptuosa. Ese era uno de los motivos por los que Johnny estaba tan dispuesto a contratarla, por supuesto. A los americanos les gustaba que una mujer tuviera algo a lo que poder agarrarse, no les interesaban enjutas chicas parisinas medio muertas de hambre.

—Ya es hora de encontrarte marido —añadió su madre—. Como sigas así, terminarás siendo una solterona. No puedes permanecer para siempre bajo nuestro techo, haciendo lo que te viene en gana.

Rosalie dio media vuelta. Cuando encontrara al hombre adecuado para ella, lo sabría. Su corazón latiría alborozado, y sentiría una pasión tan poderosa que sacudiría su mundo entero. Ninguna de las elecciones de su madre había causado ni el más mínimo temblor.

8

Un hombre barbudo de nariz bulbosa (a juzgar por su aspecto, bien podría ser un artista o un criminal) parecía estar observando con atención a Rosalie. Ella intentó cruzar la mirada con él, pero sus pálidos y velados ojos estaban centrados en algún punto por encima de su oreja izquierda. La situación la ponía nerviosa. A juzgar por la red de venillas rotas que surcaba sus mejillas, era un borracho, pero Irène la condujo hacia la barra del bar para presentarlos.

El hombre frunció el ceño y la recorrió una ominosa sensación; una especie de advertencia, quizá. Rosalie le lanzó una mirada interrogante a su amiga, ¿por qué estaba empeñada en presentarlos?

Irène hizo caso omiso a su mirada y se limitó a decir:

—Te presento a Pierre.

—¿Quieres un trago? —ofreció él.

Rosalie vio que tenía dos dientes rotos y entonces bajó la mirada hacia sus pies. El calzado de una persona podía decirte mucho sobre ella y aquel tipo llevaba unos zapatos caros, cuero italiano. Alzó la mirada y le sonrió.

—Pernod, por favor.

—Buena elección —dijo él.

—Pierre tiene algo para ti —afirmó Irène.

—¿Ah, sí? —Rosalie tamborileó los dedos sobre la barra del bar.

El hombre examinó su rostro antes de hablar, y hubo algo en la forma en que lo hizo que la puso en guardia. Su mirada era amenazante.

Rosalie se dio cuenta por la forma en que la piel de alrededor de los ojos se tensaba, como si estuviera tramando algo.

—¿Qué dirías si te cuento que tu padre tiene un secreto?

Ella frunció el ceño, ¿cómo sabía siquiera quién era su padre?

—Me reiría de usted. —Algo le decía que quizá no hubiera vuelta atrás si seguía hablando con aquel hombre.

Él ladeó la cabeza y la observó con semblante pensativo.

—Sería un error por tu parte hacer eso.

—¿Cómo puede saber algo sobre mi padre alguien como usted?

—Podría darle la información a la policía.

Aquel hombre exudaba peligro, aparte de un olor a colonia empalagosamente dulzón.

—¿De qué se trata?

Él escribió algo a toda prisa en un papel, y Rosalie enarcó las cejas al leerlo.

—¿Qué me dices? ¿Estás interesada en salvar la reputación de tu padre?

—¿Tiene pruebas?

—Sí.

—¿Qué quiere a cambio?

—Un pequeño pago, nada más.

—¿Cómo de pequeño?

La puerta se abrió de golpe y un bullicioso grupo de jóvenes adinerados (mayores que ella, por supuesto) entró en el bar bromeando entre sí, pidiendo champán entre risas. Estaban de fiesta, animados y despreocupados, y Rosalie anheló ser uno de ellos.

Enarcó de nuevo las cejas cuando el tipo le susurró algo al oído.

—No tengo esa cantidad de dinero.

—Seguro que puedes encontrar la forma de conseguirlo.

—En ese caso… —se volvió para observar a los recién llegados y sopesó la situación con rapidez antes de girarse de nuevo hacia él—, le veré junto con sus pruebas pasado mañana por la noche.

—No, mañana mismo —dijo él.

* * *

61

Al día siguiente, mientras su madre dormía una siesta vespertina en el diván de la sala de estar, Rosalie entró a hurtadillas en el dormitorio de sus padres, donde no entraba ni un resquicio de luz debido a las tupidas cortinas de terciopelo que cubrían las ventanas. Aquello era arriesgado, y habría preferido esperar a que su madre saliera a disfrutar de la comida semanal con sus amigotas.

¿Sería capaz aquel tipo de acudir a la policía? ¿Qué información podría tener en realidad? Había pasado la noche en vela, dándole vueltas al asunto. Sacó la llavecita del viejo joyero que su madre guardaba en uno de los estantes de su armario. Su padre tenía intención de instalar una caja fuerte en el apartamento, pero, por suerte para ella, no lo había hecho todavía. De modo que usó la llavecita, alzó la nacarada tapa del joyero y abrió el segundo de los cajoncitos recubiertos de satén, el que contenía las piezas más pequeñas guardadas en saquitos de terciopelo. Llevaba años probándose aquellas joyas de la familia sin que su madre lo supiera. Sacó unos rutilantes pendientes pequeñitos cuya ausencia podría pasar más desapercibida, volvió a meterlos en su saquito de terciopelo y, al oír un ruido procedente de la sala de estar, salió de puntillas de allí y corrió de regreso a su propio dormitorio sin hacer ruido.

Esa noche bailó como nunca. De forma más abiertamente sensual, y más arriesgada. En la abarrotada sala llena de humo de tabaco, los espejos brillaban reflectando la luz y, acrecentando la intensidad de su actuación, contoneó la pelvis, sintiéndose como una hechicera. Entonces se giró y rotó su trasero cubierto de plumas, provocando así los jubilosos gritos de entusiasmo de los presentes. Alzó las piernas y giró el cuerpo con un erotismo que avivó aún más el ardor de un público que ya estaba enardecido de por sí.

Cuando la actuación terminó y los clamorosos aplausos se apagaron, volvió a encontrarse con Pierre. Irène, intuyendo quizá que iba a tratarse de un intercambio privado, no estuvo presente en esa ocasión.

—¿Tienes lo que pedí? —preguntó él, una vez que estuvieron acomodados en un reservado con unas bebidas. Silbó cuando ella le mostró discretamente los pendientes—. No está mal, pero dije que quería efectivo.

—No pude conseguirlo. Estos diamantes valen mucho más.

—Ya, y son más fáciles de rastrear —refunfuñó él.

Rosalie sonrió, empezaba a disfrutar de la situación.

—Seguro que encuentra la forma de sacarles partido. Bueno, ahora le toca a usted. ¿Qué información tiene para mí?

Él respiró hondo y se inclinó hacia delante con actitud cómplice.

—Es complicado. La cuestión es que tu padre está usando otro nombre, uno que no es el suyo.

—¿Para qué? —Lo miró desconcertada.

—Para estafar al Gobierno.

Ella se echó a reír.

—¡Menuda ridiculez! Está claro que no conoce a mi padre.

Él inclinó la cabeza y la miró con una sonrisa de lo más falsa.

—Se publicó un artículo en el que le citaron y publicaron su fotografía.

—En *Le Temps*, lo vi. Hablaba sobre el éxito de la reconstrucción francesa después de la guerra, es el departamento donde trabaja.

—¿Y te sentiste orgullosa de él?

—No tengo ese tipo de relación con mi padre, aunque eso no es asunto suyo.

—Ah, entonces supongo que no te interesará saber que ha creado una pequeña empresa de construcción propia, ¿no?

—Es un asunto que me resultaría de lo más aburrido.

—Una empresa que en realidad no existe. A la que se han entregado considerables sumas de dinero gubernamental, para unos trabajos que no se han realizado.

Rosalie se echó a reír de nuevo.

—¿De dónde ha sacado todo eso?

—Tengo mis contactos.

—¡Pues acuda a la policía!

—Ellos no pagan por ese tipo de información.

—¿Ha traído alguna prueba de lo que dice?

Él le pasó una carpeta.

—Aquí la tienes. Mi prima, por llamarla de alguna forma, trabaja en el banco donde se ingresa el dinero. Tu padre lo retira usando un nombre falso, como ya te he dicho, pero mi «prima» lo reconoció gracias a la fotografía de *Le Temps*.

—¿Dónde está ese banco?

—Toda la información está en la carpeta. El banco está en un barrio retirado donde nadie reconocería a tu padre en circunstancias normales. Los funcionarios del Gobierno suelen ser hombres anónimos a los que no se les pone rostro. Por regla general, su imagen no habría salido en el periódico, pero, al no haber ningún ministro en el puesto, la publicaron.

—Pero no entiendo por qué haría algo así mi padre, no tiene sentido.

—Puede que no lo sepas, pero tiene otro secreto.

Lo miró en silencio y sintió un extraño cosquilleo en el pecho.

—No me diga que tiene otra familia.

Él se echó a reír.

—Tranquila, no es eso. Hace apuestas, querida mía.

Aquello la tomó desprevenida.

—¿Dónde?

—En clubes privados para miembros, clubes secretos.

—¿Por qué no ha acudido a él directamente con esta información?

Él hizo una mueca irónica.

—Pues porque no se lo tomaría nada bien y lo más probable es que me arrestaran, acusándome de ser un chantajista.

—Porque lo es.

—Es posible. —Alzó los pendientes y sonrió—. Pero no soy un hombre codicioso, me conformo con estos.

—¿Quién más está enterado?

Él suspiró.

—Mi prima es la única que sabe lo del banco. Pero tengo un contacto que trabaja en uno de los clubes privados. Yo fui el único que até cabos.

* * *

El día siguiente era domingo y Rosalie estaba inquieta, tenía los nervios completamente a flor de piel. Debía decidir si iba a mostrarle la carpeta a su padre o no. Si lo hacía, él se pondría furioso y se enfadaría muchísimo con ella, y seguro que lo negaba todo; pero ¿qué pasaría si no lo hacía? Pierre o su prima podrían volverse más codiciosos. Puede que pidieran más dinero o, peor aún, que informaran a la policía. Si estallaba un escándalo, todo estaría perdido y su padre podría ir a prisión. No es que ella fuera su mayor fan precisamente, pero tampoco le odiaba. Si le entregaba la carpeta, al menos podría evitar ser humillado y caer en desgracia.

Después de una agobiante comida que se le hizo eterna, durante la cual no dejó de golpetear el suelo con el pie con nerviosismo (le llamaron la atención por ello, claro) y su madre comía con agónica lentitud, fue a su habitación a por la carpeta.

Se dirigió entonces a la sala de estar y se la ofreció a su padre.

—Tienes que ver esto, papá.

Él contestó sin alzar la mirada.

—Déjalo donde sea, estoy leyendo.

—Papá, tienes que verlo de inmediato.

Su madre alzó la barbilla.

—¡No le hables así a tu padre, niña! ¿Qué modales son esos?

—Pero, *maman*...

Su padre alzó finalmente la mirada.

—Anda, dámelo.

Tomó la carpeta y Rosalie esperó ansiosa mientras la abría y leía lo que contenía. Él empalideció visiblemente.

—¿De qué se trata? —preguntó su madre con sequedad. Su padre intentó poner la carpeta fuera de su alcance, pero ella se la arrebató sin contemplaciones.

Rosalie permaneció inmóvil con el aliento contenido. Su padre estaba mirando fijamente el suelo y respiraba con dificultad.

Hubo un largo y terrible silencio.

Su madre se levantó entonces de la silla, tenía el semblante rígido y pálido. Se acercó a ella con paso firme y le propinó un sonoro bofetón.

—¡Descarada!

Rosalie soltó una exclamación ahogada, retrocedió un paso y se frotó la dolorida mejilla.

Su padre tomó de nuevo la carpeta e intentó ocultarla, pero le temblaban las manos y se le veía desencajado.

—¿A qué viene este desatino? ¿Cómo se te ocurre venir y mostrarme algo tan absurdo?

—Me lo han dado, pensé que era mejor que estuvieras al tanto.

—¡Qué ridiculez! —insistió él. Pero, a pesar de su aparente indignación, en sus ojos se vislumbraba algo más—. ¿Creíste de verdad que esta bazofia era cierta?

—No… no sabía qué creer.

—¡Basta! ¡No quiero oír tus explicaciones! —exclamó él.

Pero Rosalie les vio intercambiar una mirada muy extraña, y en ese momento tuvo la certeza de que su madre sabía algo del tema. Y esta fue quien exclamó entonces, con voz que destilaba veneno:

—¡Niñita traicionera…! Cuanto antes te marches de casa y te abras camino por ti misma en el mundo, mucho mejor. ¡Entonces sabrás lo dura que es realmente la vida!

Rosalie salió de la habitación hecha un mar de lágrimas; poco después, oyó un fuerte portazo. Era la puerta principal, su padre acababa de salir de casa a pesar de que los domingos nunca solía ir a ninguna parte.

Dolorida aún por el bofetón, permaneció cabizbaja en su dormitorio mientras oía el taconeo de los zapatos de su madre yendo de acá para allá por el pasillo.

Su padre regresó a casa varias horas después. Le oyó hablar entre murmullos con su madre, las voces de ambos fueron alzándose hasta que lo único que alcanzaba a oír eran las acusaciones y los sollozos de su madre, su padre cerró entonces una puerta con un sonoro portazo. Se moría de ganas de saber lo que estaba pasando, pero sabía que ellos no se lo contarían jamás. Lo que estaba claro era que se trataba de algo muy malo, y que ella terminaría por cargar con la culpa.

—¡No es justo! —murmuró, con los ojos inundados de lágrimas—. ¡La culpa no es mía!

Su intención había sido intentar ayudar, poner sobre aviso a su padre, pero los conocía bien a ambos y sabía que no la perdonarían jamás. Su madre ya estaba resentida con ella por ser la hija que había llegado de forma inesperada y demasiado tardía, la hija no deseada que siempre había sido un estorbo.

Tuvo claro de repente lo que iba a tener que hacer. Quién sabe lo que sucedería allí a partir de ese momento; en cualquier caso, su presencia no cambiaría en nada las cosas y, si optaba por permanecer allí, quedaría presa en su propia casa. Su madre tan solo la dejaría salir para casarse con un hombre adecuado, pero ¿cómo iba a encontrar marido si estallaba un escándalo familiar? En cualquier caso, su vida como bailarina habría llegado a su fin…, mejor dicho: su vida entera. No podía acudir a Claudette, su hermana ya tenía bastante trabajo cuidando a sus tres hijas.

Resultaba aterrador, pero era una persona que se preciaba de ser independiente, de saber adaptarse con facilidad y seguir avanzando sin pensárselo dos veces.

Aunque eso jamás se había puesto a prueba, claro, hasta ese preciso momento.

9

FLORENCE

Devonshire, 1944

A su regreso a la casita de Jack, Florence la encontró cerrada con llave y no vio ni rastro de él, así que dejó su maleta allí y subió por el camino hasta la granja para ver si Gladys sabía cuándo estaría de vuelta. Lo que vio cuando la mujer abrió la desconchada puerta azul la hizo parpadear sorprendida. La cocina era un espacio amplio y cuadrado con vigas negras y un techo bajo, y olía a beicon y a gatos. Hasta la última superficie disponible estaba cubierta de platos, revistas, periódicos viejos, tazas, vasos y aparatos eléctricos. Y, en medio de todo aquel batiburrillo, alcanzó a ver tres gatos: uno enorme y gris con grandes ojos amarillentos, que la observaba con actitud imperiosa desde lo alto de una mesa cubierta con un hule a cuadros blancos y anaranjados; uno atigrado, que dormía enroscado en una silla Windsor; y otro más pequeño blanco y negro con una única oreja, que estaba estirándose en el interior de una sopera situada en el aparador, flanqueada por una olla a presión y una sartén.

Pero lo que realmente captó su atención, lo que aceleró su corazón, fue ver a Jack de pie junto a la chimenea. La miraba con los ojos abiertos de par en par, parecía estar tan sobresaltado ante el inesperado encuentro como ella misma y su rostro se iluminó por un segundo, pero su expresión se ensombreció de inmediato. ¿Por qué?, ¿no se alegraba de verla?

—Has vuelto —dijo ella.

—De hecho, no me he ido aún. Pienso hacerlo mañana temprano.

Gladys, cual gallina clueca, insistió en que se la veía pálida y desmejorada y necesitada de comida. Procedió a conducirlos a la sala de estar, donde les sirvió unas humeantes tazas de té y una bandeja de sándwiches de Bovril antes de dejarlos a solas. Y allí, en aquella desordenada sala que olía ligeramente a gato, Florence se desahogó contándole a Jack todo lo ocurrido. Le habló de la frialdad de su madre y de su completa falta de interés en todo lo relativo a la vida que sus hermanas y ella habían llevado en Francia; y con la voz entrecortada, al borde de las lágrimas de nuevo, le describió lo furiosa que se había puesto Claudette.

Él permaneció en silencio unos segundos antes de asentir, como si estuviera asimilando todo aquello.

—Siento mucho ponerte en semejante aprieto, pero... —añadió ella.

Jack la interrumpió.

—No pasa nada, Florence. Lo entiendo.

—Tengo que encontrar trabajo, Jack, y en un lugar donde pueda iniciar debidamente mi vida aquí, en Inglaterra. Tengo la cartilla de racionamiento que me conseguiste, pero nada más.

—El pasaporte y la documentación que obtuve en España te servirán aquí. Demuestran tu identidad, tanto para un trabajo como para alquilar una vivienda.

—¿Estás seguro?

—La Embajada Británica en Madrid ya estaba usando certificados médicos falsos para recuperar a los prisioneros británicos «enfermos» de Franco. Después se los trasladaba a Gibraltar con pasaportes falsos, como en tu caso, y desde allí se les repatriaba a Inglaterra. Justamente eso fue lo que John Lyons, el diplomático británico del que fui compañero de clase de forma tan conveniente, terminó haciendo para ayudarnos.

La miró sonriente antes de proseguir.

—Si a eso le sumamos que tu abuela era inglesa, tu padre medio inglés, que él trabajó en el Ministerio del Interior y tú residiste durante mucho tiempo en Richmond, no debería resultarte difícil obtener el permiso de residencia aquí, si eso es lo que vas a necesitar a largo plazo. Puede que ni siquiera sea necesario.

—Me alivia saberlo.

—Instálate en Meadowbrook por ahora. De todos modos, yo estaré ausente buena parte del tiempo, así que tendrás la casa para ti. Tómate tu tiempo.

Vaya. Florence sintió cómo se esfumaban sus esperanzas de que, en el fondo, él se alegrara tanto como ella de verle.

Habían transcurrido dos semanas, y Florence se había acomodado en la casa mientras Jack estaba fuera. Él no le contó lo que hacía ni dónde estaba, pero cabía suponer que le habían admitido en alguna sección de operaciones especiales de algún ministerio gubernamental. No era tonta ni mucho menos. Él había mencionado que estaba asistiendo a reuniones y había insinuado que estas estaban relacionadas con su antiguo trabajo de arquitectura, pero había algo en su rígido tono de voz que la hacía sospechar que no estaba siendo sincero. Ella no creía que fueran a enviarlo de nuevo a Francia (su brazo había sanado, pero todavía le dolía y no tenía tanta fuerza como el otro), así que quizá estuviera entrenando a reclutas nuevos o algo así.

En fin, eso no era asunto suyo.

Se había acostumbrado al sonido de los aviones de la RAF sobrevolando la zona, y ya no alzaba la mirada cada vez que los oía; además, ahora hacía algo con lo que disfrutaba a más no poder. Era difícil conseguir suficiente azúcar, pero había tenido la suerte de encontrar un limoncito creciendo en una maceta de un ruinoso invernadero, y media botella de jerez dulce en la vitrina de las bebidas. Abrió la puerta del horno y un tentador aroma a tarta inundó el aire. Jack había enviado una nota para avisarle cuándo esperaba estar de vuelta en casa y, si todo iba bien, haría acto de aparición al día siguiente, así que quería preparar algo delicioso a modo de bienvenida. La combinación del limón, una pizca de mantequilla y el dulzor del jerez lograba que se te hiciera la boca agua; al fin y al cabo, ¿quién podía resistirse a una tarta?

Recordó la última conversación que había mantenido con Jack después de regresar de casa de su madre, antes de que él se fuera.

—Claudette me pidió un favor —le había dicho—. Es extraño, pero quiere que yo encuentre a su hermana, Rosalie. Huyó de París veinte años atrás y nadie volvió a verla desde entonces.

70

—¿Adónde fue? —preguntó él.

—*Maman* me mostró una caja que contenía algo que Rosalie le había enviado. Una cruz maltesa colgando de un rosario, por eso cree que su hermana debe de estar allí. En Malta. Rosalie no decía nada en su nota, tan solo le pedía ayuda. Pero han pasado algunos años desde entonces, así que podría estar muerta.

—Ahora te resultaría imposible viajar a Malta.

—Por la guerra. Sí, ya lo sé. Y ni siquiera sé por dónde empezaría a preguntar por ella. Hay personas desaparecidas por todo el mundo.

—¿Por qué te lo ha pedido ahora?

Florence había sacudido la cabeza para indicar que no lo sabía. Pero, fuera cual fuese el motivo, lo último que necesitaba en ese momento era emprender otro viaje. La petición de su madre la había llenado de inquietud, y ya había secretos de sobra. No sabía lo que podría llegar a encontrar si accedía y partía en busca de Rosalie, y todavía estaba asimilando no solo las cosas terribles que habían sucedido aquel año, sino también su propia identidad. La revelación de quién era su verdadero padre había cambiado de forma irrevocable su visión del pasado.

Suspiró y se dio la vuelta después de dejar la tarta enfriándose en una rejilla. El sistema de racionamiento cubría buena parte de los alimentos (mantequilla, beicon, queso, azúcar, etc.), así que una tarta era un capricho puntual. Podían obtener fruta y verdura, y tenían la suerte de tener cerca la granja de Ronnie y Gladys; de hecho, en ese preciso momento oyó a esta última acercándose por el jardín.

—¡Hooolaaa! ¿Hay alguien en casa? —Gladys abrió la puerta sin más.

—¡Hola! Pasa, por favor.

—Vaya, ¡huele de maravilla! Se te dan bien las tartas, Jack es un hombre con suerte. —Mientras su pato entraba tras ella bamboleante, alzó el paño a rayas que cubría la cesta que traía consigo y anunció—: ¡Mira lo que te traigo hoy!

Y Florence bajó la mirada y vio seis hermosos huevos, mantequilla elaborada por la propia Gladys y unas cuantas lonchas de beicon de sus propios cerdos.

—No puedo aceptar todo esto, de verdad que no. El otro día trajiste todas aquellas hortalizas.

—¿Y qué? ¡Jackie es como de la familia! —contestó Gladys, con ojos chispeantes—. Además, es un verdadero héroe de guerra. ¡No pienso permitir que pase hambre!

—Eres muy amable.

—Tendréis vuestro propio huerto al llegar la primavera, pero al menos podréis contar con nosotros para lo demás.

—Dejad al menos que os paguemos.

—Ya veremos.

Desde su regreso a la casa de Jack, Florence no había perdido tiempo y había arado una pequeña sección del jardín donde ahora ya había plantado, sobre todo, hortalizas de hoja: coles y espinacas, además de cebollas, rábanos, nabos y habas. A principios de primavera tendrían su propia cosecha. Prefería no pararse a pensar en si todavía estaría viviendo allí para aquel entonces (o, de hecho, para cuando llegara el invierno) o si se vería obligada a regresar antes a casa de Claudette.

Mientras Gladys parloteaba sobre el tiempo y sobre lo necesario que era que Jack comprara algunas gallinas ponedoras, ella se puso a barrer el suelo. Estar en aquella casita con jardín y una cocina, cocinar para Jack, le recordaba a su hogar y la ayudaba a que aquella nueva vida resultara menos extraña.

—Envié otra carta a mis hermanas —le dijo a Gladys.

—¿Recibiste noticias suyas?

—No, aún no.

No mencionó que, aunque les había contado a Hélène y a Élise que se alojaba temporalmente en casa de Jack, había dejado implícito que él casi nunca estaba allí. Bueno, era más o menos cierto…; aun así, había vuelto a sentir el agrio regusto del sentimiento de culpa en la lengua. Sabía que Hélène estaría pendiente de si había alguna información sobre él en la carta. En ese momento se oyó el sonido de la puerta principal abriéndose, y tanto Gladys como ella alzaron la mirada.

—Debe de ser Jack, que llega un día antes —dijo sonriente. Se limpió las manos en su enharinado delantal y se atusó un poco el pelo.

Se había sentido sola sin Jack durante aquellas dos semanas. Siempre había tenido cerca a sus hermanas, nunca había pasado demasiado tiempo completamente sola, así que jamás se había planteado que podría temerle a la soledad. No se trataba tan solo de los típicos temores nocturnos, también estaba ese miedo inexplicable que se ocultaba bajo la coraza externa de una persona. Cuando Jack se había ido, ella había procurado no sacar las cosas de quicio porque estaba convencida de que a él no le agradaría en absoluto una mujer que montara una escenita ante la más mínima incomodidad. Pero lo cierto era que le había echado enormemente de menos y que había estado contando en secreto los días que faltaban para su regreso.

Abrió la puerta que daba al pasillo, dispuesta a darle la bienvenida. Pero no era Jack. Parpadeó sorprendida al ver a una mujer rubia, alta y bien arreglada plantada allí, ataviada con un inmaculado traje azul claro. El estilo era muy similar a la ropa práctica y sencilla que llevaban la mayoría de las mujeres (hombreras, cintura entallada y un dobladillo por debajo de la rodilla), pero aquella destilaba más elegancia. La tela tenía pinta de ser cara y, fuera por lo que fuese, era la persona de aspecto más pulcro y refinado que Florence había visto en mucho tiempo. Y estaba allí de pie tan tranquila, balanceando unas llaves con indolencia, con una maleta a sus pies.

El mundo quedó en suspenso por un instante... y de repente, antes de que Florence pudiera comprender lo que sucedía, se movió con demasiada rapidez.

La mujer enarcó sus finamente delineadas cejas en un gesto de sorpresa y exclamó:

—Vaya, ¡no sabía que Johnny había contratado a un ama de llaves! ¿O solo vienes a limpiar?

—¿Johnny? —Florence repitió el nombre sin saber qué pensar.

—Jonathan Jackson, el propietario de la casa. ¿Quién eres?

—Florence, me alojo aquí. Creía que esta era la casa de Jack.

La mujer se echó a reír.

—Claro, ¡acabo de decírtelo! Algunos le llaman Jackie. Yo no, nunca.

—¿Y quién es usted? —Empezaba a notar una capa de incomodidad que ya amenazaba con ensombrecer su día.

—Belinda Jackson, por supuesto. Su esposa.

73

Las dos se quedaron inmóviles mientras Florence la miraba con incredulidad. No encontraba palabras para semejante situación. Por supuesto que Jack no estaba casado, lo habría mencionado. Sí, lo habría hecho, ¿verdad? ¿Era posible que aquella mujer de cincelados pómulos estuviera diciendo la verdad? Desconcertada, lo primero que registró su mente fue el estupor que la inundaba, seguido de un profundamente perturbador sentimiento de traición. Fulminó con la mirada a la mujer, a la tal Belinda. ¿Por qué habría de creerla?

La susodicha seguía parada en la entrada, en su rostro se reflejaba una impaciencia creciente.

—Dios, necesito un trago —dijo de repente.

Florence parpadeó sorprendida.

—Eh… Puedo prepararle una taza de té si le apetece, ya está listo.

Belinda se echó a reír.

—Queridita, necesito algo mucho más fuerte que un té. No te preocupes, puedo servirme yo misma. Sé dónde está el alcohol.

Gladys asomó la cabeza por la puerta en ese momento y dijo, con semblante adusto:

—No esperaba volver a verte, ¿sabía Jackie que vendrías?

Belinda la miró por encima del hombro.

—Eso no es asunto tuyo, queridita. —Puso un sarcástico énfasis en la última palabra.

Gladys puso cara de indignación, pero no contestó.

—En fin, llevaré mi maleta a la habitación de invitados —añadió Belinda.

—Pero… ¡Esa es la que uso yo! —protestó Florence, horrorizada.

—Ah, ¿no compartes su lecho? —Se la veía sorprendida—. Como has dicho que no venías a limpiar, he pensado que debías de ser la última fulana de Johnny. Así que aún no ha llegado a eso contigo, ¿no? Qué gracia, siempre fue bastante rápido en ese sentido.

—De hecho, Jack me ayudó a cruzar los Pirineos para huir de los nazis.

—Uy, claro, por supuesto —dijo Belinda, con un tono de voz que seguía rezumando sarcasmo—. Bueno, ya puedes llevar todas tus cosas al desván bien rapidito, y yo dejaré mi maleta en la habitación de invitados.

Quizá duerma una pequeña siestecita. ¿Las sábanas limpias están donde siempre, Gladys?

La aludida no contestó, de modo que Belinda se limitó a alzar su maleta y, con la cabeza en alto, subió con paso decidido la escalera.

Florence se quedó allí plantada mientras oía cómo los viejos peldaños de madera crujían bajo sus tacones altos; Gladys, por su parte, se llevó las manos a las caderas, hinchó de aire las mejillas y terminó por soltarlo en un sonoro bufido.

—¡Condenada mujer! —masculló—. ¡Ya veremos lo que dice Jack al respecto!

Florence se sentía un poco aturdida cuando ambas regresaron a la cocina. La brecha entre cómo eran las cosas en realidad y cómo le gustaría que fueran iba ampliándose con rapidez.

—Querida niña, ¡qué pálida estás! —exclamó Gladys con preocupación—. Anda, siéntate y te sirvo una taza de té bien fuerte.

Florence se dejó convencer sin rechistar y retiró una silla en silencio. A veces tenía la sensación de que aquello no era real del todo, como si se hubiera adentrado en el mundo de otra persona y estuviera esforzándose en copiar a la gente real, en ser como ellos. Pero no lo había logrado del todo… excepto cuando estaba con Jack. Entonces sí que se sentía real, sólida. Sentía que realmente formaba parte del mundo. Pero eso se había tambaleado ante la inesperada llegada de aquella supuesta esposa. ¿Cómo era posible que Jack se hubiera casado con una mujer tan odiosa y egocéntrica?

—Deduzco que Jackie no te había mencionado a Belinda —dijo Gladys con voz suave.

Sintiéndose más desolada de lo que debería, Florence negó con la cabeza.

—¡Y con razón! —añadió Gladys. Parecía hablar con conocimiento de causa.

—¿No te cae bien?

—Después de lo que hizo, en absoluto.

Florence frunció el ceño al oír aquello y preguntó:

—¿Qué fue lo que hizo?

—Creo que debería ser Jackie quien te cuente eso.

10

Después de una noche de lo más incómoda debido a la presencia de Belinda en la casa, Florence se levantó temprano e intentó mantenerse atareada y distraída a la vez. Barrió y fregó suelos, limpió el polvo de superficies, abrillantó todo cuanto pudo encontrar, sacudió las alfombras, ahuecó los cojines. Era incapaz de desprenderse de la necesidad de cuidar de los demás, aunque empezaba a creer que Jack no lo merecía.

El silbido de la tetera interrumpió sus pensamientos y fue a la cocina a toda prisa. Sacó la cajita del té del armario más próximo a la cocina Aga.

—Eres una hormiguita trabajadora, ¿verdad?

El frío tono de voz de Belinda hizo que se tensara. Se preguntó si la llegada de aquella mujer había sido planeada para coincidir con el regreso de Jack o si habría sido una mera coincidencia.

—Buenos días. —Se volvió hacia ella con una sonrisa fingida.

—¿Tienes intención de ocupar mi lugar, queridita? —Belinda indicó la cocina con un amplio gesto de la mano—. Dentro de nada estarás remendándole los calcetines. Pero no se dará ni cuenta de lo que hagas por él, créeme. ¿Estás preparando té? ¡Estoy sedienta!

—No está listo todavía. —Florence se giró para terminar su tarea.

—¿Qué hay de desayuno? Tortitas, gachas, arenque ahumado…, ¿o el típico plato de beicon con huevos?

—Iba a prepararme unas tostadas con la mermelada de manzanas silvestres que trajo Gladys. Le quedó un poco acuosa porque no pudo conseguir azúcar, pero tiene buen sabor. ¿Le apetecen?

—Gracias, la verdad es que sí. Debe de ser por el aire del campo, porque en Londres no desayuno nunca. Por cierto, dadas las circunstancias, puedes tutearme.

Florence cortó las rebanadas de pan y las puso a tostar en la Aga antes de servir el té.

No dejó de mover el pie con nerviosismo mientras desayunaban en silencio. Estaba deseando poder huir escalera arriba para cambiarse de ropa y arreglarse un poco, ya que era consciente de lo infantil que parecía en comparación con Belinda. Tenía en mente un vestido en color celadón cuyo tono no era verde ni gris, sino un punto medio que combinaba a la perfección con el azul verdoso de sus ojos y su pelo rubio. En un principio era una prenda amplia y pasada de moda que le había dado Gladys, una elaborada con una delicada tela estampada con toques lilas y rosados, pero ella había metido la tijera y la había modificado. El corpiño le quedaba ahora perfecto, y el vuelo de la falda circular se levantaba al girar; había añadido bolsillos laterales, una hilera vertical de botones blancos en la parte delantera y un cinturón con hebilla, y se sentía satisfecha con el resultado. Le encantaban las labores manuales y ya tenía un montón de planes para la casa, comenzando por pintar la sala de estar. Se recordó a sí misma que era muy probable que esos planes no llegaran a materializarse, ya que estaba por verse cómo se desarrollaban los acontecimientos. Suspiró con resignación, la sofocante casa de su madre se oteaba en el horizonte.

Belinda sacó un cigarrillo con filtro de la marca Kensitas y lo encendió con un encendedor grabado que tenía aspecto de ser caro.

—¿Es de oro?

—Sí, me lo regaló Jack. —Se lo pasó por encima de la mesa—. Uy, tendría que haberte ofrecido un cigarro.

Florence dirigió la mirada hacia el paquete de color crema y rojo, que seguía aún sobre la mesa, y leyó entonces la inscripción del mechero: *Para mi querida Belinda.*

—No fumo —contestó al fin. Tosió como para demostrarlo.

—Claro, cómo no. —Belinda entrecerró los ojos—. Dime, ¿qué hace una muchachita como tú poniendo el punto de mira en el gran John Jackson?

Florence tragó y le pasó otra tostada. Intentó alegar que aquello no era cierto, pero supo que había fracasado en cuanto notó que se le enrojecían las mejillas. Maldición. Belinda, aquel parangón de elegancia, parecía tener la habilidad de leerla como si fuera un libro abierto.

—Sí, es un hombre glamuroso, lo admito, con todos sus relatos de grandes hazañas —añadió Belinda—. Pero lo que cuenta es lo que hay bajo la superficie, ¿verdad?

Florence se mordió el interior de la mejilla y no contestó.

—Bueno, no puedo pasar el día entero aquí sentada, charlando. Tengo cosas que hacer. Supongo que no te importará que use el anticuado aseo, antes de nada. Qué desastre de lugar.

Florence esperó a que saliera de la cocina, y entonces dejó su taza sobre la mesa con un sonoro golpetazo. Se preguntó si habría algo bajo el elegante y superficial exterior de Belinda, o si era una arpía por dentro y por fuera.

Se dirigió a la sala de estar y miró por la ventana hacia el camino, aunque no habría sabido decir si quería ver a Jack o si temía que llegara en ese momento. Se apoyó en el ancho marco de la ventana. Aquellas paredes narraban historias, y a ella le encantaba disfrutar de un buen relato; de hecho, devoraba novelas siempre que tenía ocasión. La abuela de Jack había acumulado muchísimas, y decidió ponerse a leer una. Escogió *La hija de Robert Poste*, una comedia escrita por una autora inglesa llamada Stella Gibbons. Necesitaba algo de lo que poder reírse.

Después de desayunar con Belinda, le habían dado ganas de tirar la tarta a la basura, pero no había sido capaz de desperdiciar comida; además, puede que Jack tuviera una explicación razonable… Pero ¿qué explicación podría haber? Aunque su mente era incapaz de dar respuesta a esa pregunta, depositó la tarta sobre la mesa de la cocina junto con un cuchillo y varios platos bellamente decorados, por si él llegaba mientras ella estaba fuera. Procedió entonces a ponerse sus botas Wellington, salió de la casa y alzó la mirada hacia los bancos de densas nubes que encapotaban el cielo. Tenían la parte central oscura, los bordes exteriores estaban ribeteados de plata y, entremedias, había franjas de un azul muy clarito. ¿Terminaría por llover o ganaría la partida el cielo azul? Esperaba que al final no hiciera mal tiempo y, aunque llevaba puesto su mejor vestido, decidió alejarse todo lo posible de la casa.

En vez de cruzar el llano prado de agua y dirigirse a la colina que se alzaba al otro lado, abrió la puerta del cercado más cercana a la casa y empezó a subir la empinada cuesta que había en la parte de atrás, donde pastaban unas ovejas. Al llegar a la cima se detuvo a recobrar el aliento y bajó la mirada hacia la casa de Jack, acurrucada entre colinas y bosques que iban coloreándose de rojo y dorado. El cielo se había oscurecido un poco más, las nubes eran tan bajas que tuvo la impresión de que prácticamente podría tocarlas si alargaba la mano. Pero la presencia de Belinda la incomodaba demasiado como para regresar tan pronto; con un poco de suerte, le daría tiempo de dar un paseo en condiciones antes de que lloviera.

Desde donde estaba alcanzaba a ver las ondulantes colinas y los valles de Devonshire, los serpenteantes caminos, los densos arbustos, los tupidos robledales y las extensiones de bosque mixto. Escogió una dirección y, tras coronar la cima y descender por la otra ladera, siguió un sendero bordeado de zarzas que se extendía hasta donde alcanzaba la vista, internándose en el bosque. Tan solo se oía el viento, que había ganado intensidad y se colaba sibilante entre las titilantes hojas de los árboles.

Siguió caminando durante largo tiempo, sumida en sus pensamientos, hasta que dio media vuelta para iniciar el trayecto de vuelta. En ese momento empezaron a caer las primeras gotas de lluvia y se dijo a sí misma que no pasaba nada, que no sería más que una ligera llovizna. Sabía de antemano que el buen tiempo de septiembre no podía durar, y así había sido: estaban a principios de octubre, y era como si hubiera bajado una cortina que ocultaba el sol.

—Ha llegado el otoño. —Lo dijo en voz alta y oyó el susurro de los árboles, que parecían darle la razón.

En cuestión de media hora, la lluvia caía en cortinas tan densas que apenas podía ver el sendero; por si fuera poco, como hacía algún tiempo que no llovía, el terreno no tardó en ponerse resbaladizo. Inhaló el intenso olor a campo mojado mientras la lluvia saciaba la sed de la tierra y empapaba el seco sotobosque; por regla general, disfrutaba de la paz que se respiraba al pasear en tiempo lluvioso, la sensación de calma interior y de estar en armonía con la naturaleza. Antes creía en las hadas de la lluvia y en los duendecillos del agua y, aunque huelga decir que ya no era así, lo cierto era que echaba de menos a la inocente muchacha que había sido en el pasado, y que lloraba la pérdida de ese sereno mundo de su niñez que había sido destruido con tanta brutalidad.

No estaba vestida para semejante diluvio, y poco después tenía el pelo empapado cayéndole por la espalda; en cuanto al vestido que con tanto esmero había escogido, estaba empapado y se le pegaba a las piernas. Se enfadó consigo misma por haber salido sin chubasquero ni paraguas, aunque este se habría volteado en cuestión de segundos por el fuerte viento.

Bajó la mirada al llegar a lo alto de la colina con la esperanza de ver la casa, pero la cortina de lluvia la ocultaba por completo e incluso llegó a dudar por un momento de si estaría en el lugar correcto. Procuró ir descendiendo con el máximo cuidado posible, pero la hierba estaba tan resbaladiza que perdió el equilibrio y logró evitar por los pelos la caída. Prosiguió con cautela, pero el terreno era muy irregular y terminó metiendo el pie en un agujero que no alcanzó a ver. En esa ocasión cayó de bruces al suelo. El golpe le arrebató el aliento y permaneció allí unos segundos, sintiendo el escozor de las lágrimas incipientes, pero al cabo de un momento se puso en pie con dificultad y bajó la mirada. Su precioso vestido estaba enlodado y manchado de hierba, se apartó el pelo húmedo de la frente. Todo había ido mal desde la llegada de Belinda, ¡todo! Estaba tan feliz preparando una tarta para Jack y deseando verle, pero resulta que ahora tan solo le quedaba la esperanza de disponer de tiempo suficiente para asearse antes de que él llegara.

Al llegar a la casa, se dio cuenta de que esa esperanza no iba a cumplirse. Lionel, el padre de Jack, estaba abriendo la puerta de su coche con el abrigo echado por encima de la cabeza y, justo cuando se disponía a entrar en el vehículo, alzó la mirada y la vio llegar hecha un desastre.

—¡Querida niña! ¿Qué te ha pasado?

—Me he caído.

—Pero ¿por qué has salido sin un abrigo?

—No creí que fuera a empezar a llover tan de repente, ni con tanta fuerza.

—Sí, a veces pasa.

—Supongo que Jack está de vuelta, ¿no?

—Le dejé en la casa hará unos diez minutos.

—¿Sabes que su mujer está aquí?

—Sí, por desgracia. Mira, intenta no preocuparte por Belinda. No creo que…, bueno, espero que no sea peligrosa. No ha sido… En fin, debería ser Jack quien te lo contara, la verdad.

—Eso fue lo que me dijo Gladys.

—Y con razón. Ha sido un placer volver a verte, Florence.

Consciente de que no podía seguir más tiempo allí fuera para evitar entrar, inhaló hondo y soltó el aire de golpe antes de dirigirse a la puerta de atrás. Al llegar al porche, con una mano apoyada en la pared, se sacó una Wellington, después la otra, y las dejó allí tiradas antes de abrir la puerta. Jack estaba en la cocina con la espalda contra la cocina Aga, se le veía tenso; Belinda, por su parte, estaba tomando un jerez y exhalaba aros de humo que flotaban hacia el techo. Se respiraba tensión en el ambiente.

—Hola, bienvenido a casa —lo saludó, consciente de que estaba en clara desventaja con aquel pelo desmadejado y el vestido empapado.

—Gracias —contestó él, con una tensa sonrisa.

Florence se sintió como si hubiera un océano de distancia separándola de él. Distaba mucho de ser la reunión que esperaba vivir.

—En fin… —dijo Belinda.

Florence se preguntó cuánto jerez habría tomado aquella mujer, ya que arrastraba ligeramente las palabras. La tarde anterior, la había visto pulirse prácticamente una tercera parte de una botella de Laphroaig, el *whisky* preferido de Jack.

Este guardó silencio y Florence se dirigió con disimulo hacia la puerta que daba al pasillo. No quería revelar lo afectada que estaba.

—Tengo que cambiarme de ropa, voy a…

Belinda la interrumpió sin miramientos.

—¿Qué piensas hacer al respecto?

Jack suspiró antes de contestar.

—Ya te lo he dicho.

—Sentaste las reglas, sí, pero mi abogado afirma que tengo mis derechos.

—Por el amor de Dios, Belinda, tienes el piso de Londres. Nunca te gustó este lugar.

—Os dejaré a solas para que habléis —alcanzó a decir Florence, antes de salir a toda prisa de allí.

Pero, mientras subía la escalera, oyó lo que debía de ser el impacto de un plato al estrellarse contra la pared, seguido de un grito airado de Jack.

—Madre de Dios —murmuró ella—. Como haya sido mi tarta la que ha volado por los aires, soy capaz de matar a esa mujer.

11

Florence estaba sentada en la incómoda cama plegable del desván contemplando con semblante furibundo la colina situada detrás de la casa a través de la ventana, cuyos cristales estaban surcados de gotas de lluvia. Aquella cama tan pequeña y horrible estaba tan cerca del alféizar que sus rodillas quedaban presionadas contra él, y era muy incómodo. Se sentía tan frustrada que ardía en deseos de estamparle un buen golpe, pero se limitó a apretar los puños y a aporrear su almohada. Es que no era justo, de verdad que no. Jack tendría que haberle contado lo de su mujer, y se sentía dolida por el hecho de que él le hubiera ocultado un secreto tan condenadamente enorme…, y no solo a ella, también se lo había ocultado a su hermana. Hélène no estaba enterada de nada de todo aquello.

Oyó un ligero toque en la puerta, pero no contestó; al cabo de un momento, Jack abrió y entró en el desván. En el lado de la cama de Florence no quedaba espacio, así que se vio obligado a quedarse detrás. Ella mantuvo la mirada fija en la colina, pero ya no estaba viéndola. Tan solo era consciente de los latidos acelerados de su propio corazón.

—Lo siento mucho —se disculpó él con voz grave.

—¿El qué?

—El desastre que se ha formado.

—¿Te refieres a la tarta? —Lo dijo con toda la altivez de la que fue capaz y le oyó reprimir una carcajada.

—Bueno, sí, a eso también, pero…

—Solo tienes que contarme lo que pasa.

—¿Con Belinda?

Florence se volvió hacia él y no pudo ocultar el enfado que sentía; de hecho, no quería hacerlo.

—¡Pues claro! ¡Con la dichosa Belinda! ¿Qué crees que quiero saber?, ¿lo que pasa con el precio de las salchichas?

—La verdad es que no las compramos, nos las trae Gladys.

Florence se puso de pie como un resorte, le hervía la sangre.

—¡Esto no tiene ninguna gracia, Jack!

—Lo siento.

—Y con razón.

Los dos se quedaron callados. Ella respiró hondo varias veces mientras las voces clamaban en su cabeza…, la de Jack, la de Belinda, la de Hélène, incluso la suya propia.

—Mira, no podemos hablar en este cuartito —dijo él al fin—. Vamos a dar un paseo y te prometo que te lo cuento todo.

—Todavía llueve —alegó enfurruñada.

—Ahora solo cae una fina llovizna, ¿te molestan unas gotas?

—De acuerdo, deja que me quite esta ropa mojada y me seque un poco el pelo.

Antes de todo aquello, cuando dormía en la habitación de invitados, el silencio la envolvía como una suave manta impenetrable. Saber que él estaba justo al otro lado del descansillo, que unos cuantos pasos valerosos bastarían para estar a su lado, había sido reconfortante. Ahora todo parecía distinto.

En vez de cruzar la larga extensión de hierba que conducía al cercado prado de agua, Jack y ella llevaban varios minutos subiendo por el sendero salpicado de bellotas. Ninguno de los dos había dicho ni una palabra, el silencio era tentativo. «Mientras no le mire, estoy a salvo», se dijo para sus adentros. Decidió dejarle llevar el peso de la conversación; al fin y al cabo, no era asunto suyo que él tuviera esposa…, como si tenía cinco, escondidas por la propiedad. Tan solo eran amigos y él no le debía nada, aunque ella tuviera el corazón dolorido por el tremendo destrozo que

84

Belinda había causado en la apacible vida que habían llevado hasta entonces.

—Belinda y yo nos casamos siendo jóvenes —dijo él al fin—. Un romance vertiginoso, como suele decirse, y apenas nos conocíamos. Todos los matrimonios tienen sus defectos, por supuesto, y los nuestros empezaron a aflorar muy pronto.

Se quedó callado y Florence oyó el viento soplando entre los árboles. Parecía un sonido terriblemente triste, lleno de melancolía y desolación, y reflejaba de maravilla cómo se sentía ella en ese momento.

—Adelante, continúa —le pidió.

—Supongo que me dejé consumir por el trabajo y que pasaba más y más tiempo aquí o en otras partes del país y después, cuando estalló la guerra, también en Francia. Cada uno lidió a su manera con la brecha creciente que había entre nosotros. Ella se quedó en Londres disfrutando de una vida de fiestas con sus glamurosas amistades y su amante, Hector.

—¿Te fue infiel?

—Sí.

—Da la impresión de que está muy amargada.

—Lo está. Y afectada. Los dos lo estamos.

—¿Porque el matrimonio fracasó?

Él no contestó, se limitó a negar con la cabeza como con incertidumbre y siguió caminando.

El silencio se prolongó mientras descendían por la ladera, y entonces se tomaron su tiempo para recorrer sin prisa uno de los lodosos senderos que cruzaban el bosque.

—En Francia no se te veía afectado —comentó ella con voz queda.

—Allí todo era mucho más fácil. Tenía un trabajo que debía llevar a cabo y podía ser otra persona.

—Eso lo entiendo, pero ¿y cuando llegamos a Meadowbrook? ¿Por qué no me dijiste entonces que estabas casado?

—No sé, tendría que haberlo hecho.

—¿Y qué pasa ahora?

—Un divorcio, pero ella insiste de repente en que la propiedad de mi casita de campo sea compartida. Acordamos que seguiría siendo únicamente mía y que ella se quedaría con la vivienda de Londres. Es un piso situado en Chelsea y vale mucho más que esta propiedad, que me pertenece desde que murió mi abuela. No tengo ningún interés en ese apartamento.

—¿Por qué ha cambiado de opinión?

—No lo sé. Conociéndola como la conozco, yo diría que solo ha venido a causar problemas.

—Quizá no esté lista para despedirse del todo.

—¿De qué?

—De ti, supongo.

—Puede ser. No me cabe duda de que se pondrá más obstinada ahora que te ha visto aquí. Estoy seguro de que no desea recuperarme, pero tampoco quiere que nadie más… En fin, supongo que te haces una idea. Y todavía tiene a Hector, al menos que yo sepa. Pero se niega a seguir adelante con el divorcio si no le entrego la mitad de Meadowbrook.

Florence tenía la mirada puesta en el suelo, pero la alzó al oír eso y vio que él estaba contemplándola con ojos llenos de tristeza.

—Mira, estoy inmiscuyéndome en algo que no me incumbe. Esto es entre Belinda y tú. Regresaré a casa de mi madre, permaneceré allí hasta que termine la guerra y entonces volveré a Francia. O puede que viaje a Malta para ver si logro encontrar a Rosalie.

—Eso no me parece buena idea, ni siquiera sabes si tu tía sigue viva. En el asedio a Malta, el país fue bombardeado de forma implacable durante cerca de dos años y medio.

—No sabía que hubiera durado tanto tiempo, ¿por qué se alargó tanto?

—Era una isla importante para los británicos desde un punto de vista estratégico, así que la Italia fascista y la Alemania nazi lucharon contra las Reales Fuerzas Aéreas y la Armada Real para arrebatarles el control de la zona. Ese lugar estará en ruinas, no puedes ir sola.

—Ya veremos.

—Lo digo en serio, Florence. No es buena idea ir a Malta. Los países del Eje decidieron bombardear o matar de hambre a la población para lograr que el país se sometiera. Será peligroso. Y puedes quedarte aquí, estoy acostumbrándome a tu presencia. Lo que pasa es que… —Se interrumpió y suspiró—. No te vayas. Insistiré en que Belinda se marche, no tiene cabida aquí.

Pero Florence sentía que era ella la que estaba en el lugar equivocado. En Francia se había encargado de la casa, de la comida, del jardín, de los animales y, por supuesto, de cuidar a sus dos hermanas, y se le había dado bien hacerlo. Había sido su forma de colaborar mientras Hélène trabajaba duro de enfermera para el médico del pueblo, un hombre muy querido por todos, y Élise ayudaba a la Resistencia en la lucha contra las fuerzas de ocupación alemanas. Cuidar de su familia también había sido su propia salvación cuando…, cuando le había sucedido aquello tan horrible. Todavía le costaba decirlo en voz alta.

Allí, en Inglaterra, no sabía cuál era el lugar adecuado para ella. Aunque había pasado buena parte de su niñez cerca de Londres, era en el Dordoña donde se sentía realmente en casa.

Jack esbozó una sonrisa, pero una muy débil que ella no devolvió.

Mientras caminaban de vuelta en silencio, optó por centrarse en la petición de Claudette, en Rosalie. Intentó imaginar a la tía a la que no conocía, la que había huido, y la recorrió una abrumadora oleada de compasión. Estar así, tan terriblemente sola… ¿Cómo había podido soportarlo? Ella se sentía aplastada a veces bajo el peso de su propia soledad, pero era consciente de que su situación era temporal; además, al menos sabía dónde estaba su familia. Rosalie había pasado veinte años sin tener ningún tipo de contacto con ellos. Lo más probable era que hubiera formado su propio hogar, ¿no? Su propia familia, incluso. ¿Qué había estado haciendo durante todos aquellos años? ¿Qué tipo de vida había llevado? Y, en caso de que realmente estuviera viva, ¿dónde se encontraba en ese momento? Aunque se alegraba de que no fuera posible viajar a ninguna parte por el momento y la ponía nerviosa la posibilidad de que salieran a la luz más secretos, no pudo evitar especular y hacer conjeturas sobre lo que habría podido sucederle a Rosalie.

12

ROSALIE

Malta, 1925

—¡Es la flota del Mediterráneo! —Charlotte Salter, la nueva y excitable amiga inglesa de Rosalie, le apretó el brazo—. De la Armada Británica. Con base en el fuerte de San Ángel.

Era la primera vez que Rosalie veía las danzantes luces del puerto y, encandilada, absorbió la escena a placer. Aquel era un mundo que jamás habría podido imaginar.

—Me cuesta creer que pueda ser real —susurró, mientras contemplaba desde la cubierta la isla que tenía frente a ella.

—¿Verdad que es emocionante?

—Más que eso, ¡es arrebatador! —Rosalie señaló hacia los baluartes y las torretas del fuerte—. ¡Mira cómo relucen bajo la luz de la luna!

—¡Espera a ver cómo se alza el sol por encima de las almenas del fuerte de San Elmo al amanecer! Desde el agua las verás teñirse de rojo, incluso de escarlata, ¡el color es tan intenso que parece que estén ardiendo! Por no hablar del cielo, ¡adquiere un tono rosado increíble! Podríamos tomar una *dghaisa* si quieres, y te lo enseño.

—¿Qué es eso?

—Unas barquitas de vistosos colores, hay un hombre de pie en la proa que se encarga de remar. Es una experiencia fantástica.

Rosalie miró sonriente a su nueva amiga y, de buenas a primeras, todas las dudas que aún le quedaban se desvanecieron y tuvo la respuesta a la pregunta que había estado haciéndose a sí misma. Sí, aquella era la decisión correcta, y estaba deseando iniciar su nueva vida. No había previsto encontrar un lugar tan encantador como aquel, y allí ya no tendría que soportar la opresiva convencionalidad ni las sofocantes reglas de sus padres.

Ya era bastante tarde cuando el barco bajó por fin el ancla, por lo que tuvieron que pasar la noche a bordo. A primera hora de la mañana, ebria de entusiasmo y de su recién obtenida libertad, descendió tras Charlotte y subió a una de las lujosas *dghaisas* que se mecían en el agua. Era una especie de colorida góndola con ojos pintados a ambos lados…, un taxi acuático, pensó para sí cuando se unieron a otros seis pasajeros que ya estaban acomodados en el interior junto con sus respectivos equipajes. Encajonada contra una voluminosa británica que se quejaba del olor a pescado, giró el rostro para contemplar La Valeta y la maravillosa estampa de los enormes adarves, muros defensivos y baluartes que se alzaban del océano cual dorados riscos. El barquero inició la travesía y poco después los había conducido remando hasta el muelle, donde desembarcaron justo al lado de los que, según les explicó él, eran los escalones de la Casa de Aduanas.

El lugar era un hervidero de actividad frenética. Animales por todas partes, perros ladrando, caballos piafando y resoplando, burros que permanecían quietos salvo por el movimiento de sus orejas espantando insectos. El lugar olía a pescado, carbón, naranjas, gatos…, decenas de estos últimos, esperando en la zona a la que se llevaba la pesca capturada. El calor, el ruido y el color resultaban aturdidores, Rosalie no sabía hacia dónde mirar. Había amarradores atando cabos a los bolardos, estibadores descargando mercancías, mozos que se acercaban a toda prisa para hacerse cargo de las maletas. Oyó a pescadores de voz áspera, agentes de aduana dando órdenes, y delgados niños descalzos con ojos de lince que pedían limosna e intentaban rapiñar algo de comida. Deseó poder darles algo, pero no llevaba nada consigo y no tuvo más remedio que darse la vuelta.

—Vaya, ¡creía que sería un lugar tranquilo! —comentó.

Charlotte se echó a reír.

—¡De eso nada! ¿Dónde te alojas?

Rosalie evadió la pregunta, consciente de que parecería una insensata si admitía que todavía no tenía trabajo ni alojamiento allí. Tan solo contaba con un recorte de periódico que llevaba a buen recaudo en el bolso, y cuyo contenido se sabía de memoria.

SE BUSCAN ARTISTAS EXTRANJEROS CON EXPERIENCIA
BAILARINAS DE CABARÉ, CANTANTES Y ACRÓBATAS.
EN EL FLORECIENTE CORAZÓN DE LA VALETA, MALTA.
CONTACTAR CON GIANNI CURMI EN EL EVENING STAR.
STRAIT STREET, MALTA.
EXCELENTE REMUNERACIÓN

Había visto por casualidad el anuncio en un periódico que uno de los clientes del bar de Johnny se había dejado en la mesa, y lo había recortado con vistas al futuro. Aquellas palabras se le habían quedado grabadas en la mente, y el nombre del lugar la había atraído incluso antes de saber que iba a poner rumbo a Malta. «La Valeta» sonaba exótico y algo en su interior le decía que el destino había planeado que aquel periódico quedara allí, olvidado sobre aquella mesa, esperando a que ella lo encontrara. Aunque eso había sido antes de la hecatombe que había ocurrido en casa, claro. Todavía tenía la imagen de los estupefactos rostros de sus padres grabada en la mente, podía verlos con tanta claridad como si los tuviera delante…, la mirada descompuesta de su padre, la amarga y acusadora furia de su madre.

La recorrió una oleada de añoranza al recordar cómo, bien entrada la noche, había entrado de puntillas en el despacho de su padre para recuperar su propio carné de identidad, robar algunos francos y sacar unos documentos de viaje de uno de los cajones del escritorio. Había empleado parte del dinero en comprar un carné falso que le permitiría adoptar una nueva identidad en Malta, lo que había supuesto un día de retraso. Había contactado con Claudette para pedir ayuda, pero esta se había negado a intervenir alegando que lo que debía hacer era quedarse en casa y resolver las cosas con sus padres. Pero eso era imposible, de modo que no había tenido más remedio que arrebatarle a su madre algunas valiosas joyas más. «De todos modos, ella no se las pone nunca», se había dicho a sí misma a modo de justificación. Y entonces había vendido varias de aquellas piezas para comprar un billete en la preciosa estación de Lyon.

90

Tenía tanta prisa por escapar antes de que el escándalo que seguramente se avecinaba terminara por estallar, que no había tenido tiempo de enviar una carta al tal Gianni Curmi de La Valeta, ni de esperar su respuesta. De modo que había actuado sin más dilación y, con el corazón encogido de miedo, había subido al tren antes de que la recluyeran o algo peor. Ahora que había llegado a su lugar de destino, tenía que encontrar la forma de labrarse una nueva vida.

—Tengo la dirección en el bolso, buscaré un taxi —le dijo a Charlotte.

—Como quieras. Pero seguro que el chófer de Archie te llevaría de buen grado a donde le dijeras.

Archie Lambden era el pulcro y respetable prometido de Charlotte. Rosalie no estaba dispuesta a admitir ante nadie la situación en la que se encontraba, y mucho menos alguien como él.

—No hace falta, gracias. Nos vemos, ¿seguimos en contacto? —La miró sonriente.

Su nueva amiga tenía la tez pálida, un cabello rojizo similar al suyo y una complexión casi transparente. Cabía preguntarse cómo iba a lidiar con el implacable calor de Malta, aunque, teniendo en cuenta que no era la primera vez que visitaba el lugar, debía de haber encontrado algún método.

—¡Por supuesto que sí! —estaba diciendo Charlotte—. Pienso organizar una fiesta en la playa o una cena muy pronto, tienes que venir. Tienes mi dirección, podrías pasarte por allí y te daré la fecha exacta.

—De acuerdo. Mira, ¡ahí mismo hay un taxi tirado por un caballo! —Le besó la mejilla, tomó su maleta y se dirigió a toda prisa hacia allí.

Una vez salieron del Gran Puerto, el taxista le dijo en un inglés con marcado acento que se dirigían al centro de la ciudad. Ella asintió, agradecida de haber dedicado algo de tiempo a practicar su inglés (aprendido en el colegio, su nivel era razonablemente bueno) con el camarero británico del bar de Johnny a cambio de unas caricias.

—Hemos llegado. El Gut —dijo el taxista, después de detener el vehículo.

—Pero… —Rosalie frunció el ceño con desconcierto.

—Strait Street. La llamamos el Gut.

Sintió una punzada de desilusión cuando se apeó y vio un largo y oscuro callejón pavimentado. El contraste con el puerto era impactante. Los edificios estaban espectralmente silenciosos, no había rastro alguno de vida y todas las persianas estaban firmemente cerradas.

—Disculpe, ¿sabe dónde está el club Evening Star?

—A mitad de calle, más o menos. No estará abierto a estas horas.

Se le cayó el alma a los pies. Pensó en París, tan rebosante de vida y energía, y sintió una súbita punzada de añoranza.

—Hay una buena cafetería a la vuelta de la esquina, en Old Bakery Street.

—Usted conoce muy bien La Valeta, ¿verdad?

—Lo sé todo sobre este lugar. Cuando quieras una visita guiada, solo tienes que llamar a mi puerta y dejarle el mensaje a mi mujer. —Se llevó una mano al bolsillo y le entregó una tarjeta—. ¿Te llevo a la cafetería? Así podrás comer algo, y pasarte más tarde por el Evening Star.

Rosalie volvió a entrar en el vehículo, que se detuvo de nuevo al cabo de un momento. Le pagó y se le hizo la boca agua cuando abrió la puerta de cristal de la cafetería y la golpeó de lleno el aroma de los dulces y las pastas. Era un local cálido y acogedor cuyo dueño —un hombre bajito y gordo de mediana edad que lucía un enorme mostacho de puntas rizadas, y con unas imponentes cejas pobladas de canas hirsutas que apuntaban en todas direcciones— la recibió con una gran sonrisa.

—¡Bienvenida! ¡Bienvenida! —Se retorció las puntas del mostacho.

Ella le dio las gracias y se sintió más animada.

—¿Qué te sirvo? ¿Café exprés o un *kafe fit-tazza*? —le preguntó él, mientras se limpiaba las manos en el amplio delantal a rayas que llevaba puesto—. Café en un vaso, combina de maravilla con un *kannol* relleno de dulce ricota o un *pastizz* calentito.

Rosalie pidió el café y un *pastizz*, aunque no tenía ni idea de lo que era. Él le indicó que se sentara y que se lo llevaría en cuanto lo tuviera listo, así que escogió una mesa situada junto a la ventana. Mientras veía a los transeúntes pasar frente a las elevadas viviendas del otro lado de la calle, reflexionó sobre el siguiente paso que dar.

El hombre se acercó poco después con una bandeja que depositó sobre la mesa.

—Aquí tienes tu *pastizz* y tu café.

—¿A qué sabe? —preguntó ella, mientras observaba con curiosidad la pasta con forma de medialuna que tenía en el plato.

—A queso, pero también los hay rellenos de guisantes al curri. Son muy populares en la zona.

—Huele de maravilla.

—No eres inglesa, ¿verdad?

—No, francesa. De hecho, quería preguntarle si sabe dónde puedo encontrar alojamiento. Soy artista, espero conseguir trabajo aquí.

Él esbozó una gran sonrisa al oír aquello.

—Ah, ¿has visto alguno de los anuncios de mi yerno? Está casado con mi hija, Karmena.

—Vi un anuncio de un tal Gianni.

—Siempre está buscando artistas extranjeros, dile que has hablado conmigo. Karmena tiene una casa de huéspedes en St Joseph Street. Cuando llegaron los ingleses, le pusieron ese nombre a la calle, pero nosotros la conocemos como la calle de los franceses. Mi hija te alquilará una habitación. —Frunció el ceño—. Aunque será un alojamiento un poco tosco para una dama.

—¿Por qué es la calle de los franceses?

—Porque está cerca de la Cortina Francesa, una fortificación costera.

—Muchas gracias por su ayuda.

—A tu servicio. Soy Nikola, pero todos me llaman Kola.

Le dijo cuánto costaba la comida y ella rebuscó en su bolso, pagó, terminó de comer su delicioso *pastizz*, saboreó su café y se dispuso a marcharse. En la isla se usaba la libra inglesa, menos mal que había cambiado algunos francos antes de marcharse de París.

—Por cierto, ¿cómo se llega a St Joseph Street?

—Es fácil. Baja por Old Bakery Street, gira a la derecha al final de la calle y después tomas la segunda a la izquierda. Strada San Giuseppe está al final de todo de Strait Street. No es una calle larga, unos cuatrocientos metros más o menos. Paralela a Fountain Street y Republic Street. ¡Hasta la vista! —Se despidió de ella diciendo adiós con la mano.

Rosalie siguió sus instrucciones, pero se llevó una decepción al llegar a la calle de los franceses. Esperaba algo parecido a las calles a las que estaba acostumbrada a ver en París (unas calles elegantes a pesar de tener, quizá, un aspecto avejentado), pero lo que encontró fue una desagradable sorpresa: una sórdida hilera de bloques de viviendas, de seis pisos de altura; ropa tendida en balcones de madera; niños medio vestidos, campando descalzos a sus anchas; un repulsivo hedor a comida podrida y retretes. Oyó un grito de advertencia que hizo que se quitara de en medio de un salto, y logró esquivar justo a tiempo a un hombre cuya mula tiraba a toda velocidad de un carro cargado hasta los topes de botes de parafina.

Se preguntó si el barrio parisino donde vivía Irène sería un lugar como ese; de ser así, su amiga merecía una medalla por su corrección y compostura. La echaba de menos, pero no tenía sentido pensar en París; ni ahora, ni nunca. No, no tenía sentido, pero es que… ¡Solo había que ver ese lugar! Volvió a recorrer los altos edificios con la mirada y, llena de nostalgia, se llevó una mano al corazón. Era totalmente distinto al mundo al que estaba acostumbrada, ¿por qué había cometido aquella insensatez? Había tomado una decisión impulsiva sin pensar en las consecuencias, como siempre, y ahora ya era demasiado tarde para arrepentimientos.

13

La cosa no mejoró cuando Rosalie entró en la casa de huéspedes. Una mujer flaca y menudita estaba bajando la escalera con un cubo lleno a rebosar, y el lugar olía a algo que no alcanzó a identificar en un primer momento.

—Estoy buscando a Karmena —dijo en inglés. Cuando la mujer asintió y señaló una puerta entreabierta, se dirigió hacia allí y empujó con suavidad para abrirla más—. ¿Karmena?

La mujer que estaba dentro, una casi tan ancha como alta, asintió.

—¿Quién quiere saberlo?

—Me envía Kola. Necesito una habitación, ¿tienes alguna disponible?

La mujer frunció el ceño.

—Sí, pero será mejor que te la enseñe.

Rosalie la siguió escalera arriba y a través de un laberinto de pasillos; pasaron junto a dormitorios y salitas, subieron más escaleras. Preguntó por los baños y la respuesta fue que no había retretes, cuartos de baño ni cocinas propiamente dichas.

—¿Y cómo cocina la gente?

—En una *kucïniera* —contestó la mujer.

Rosalie reconoció entonces el olor de la parafina que alimentaba ese tipo de cocinillas, entremezclado con el de un fuerte desinfectante. Pues claro, eso era lo que había percibido al entrar en el edificio.

—Viene un carro de parafina casi cada día.

—Lo he visto, por poco me atropella la mula.

Karmena se echó a reír.

—La mula de Spiru, puede ser un pelín briosa.

—¿Dónde se lava la ropa? —Rosalie lanzó una mirada alrededor.

—Se hierve en un cubo, en un hornillo Primus.

Rosalie estaba estupefacta al ver que el lugar no tenía ni los servicios más básicos.

—¿No hay habitaciones individuales? —Al verla negar con la cabeza, insistió—: ¿Y en algún otro edificio de esta calle?

La mujer se encogió de hombros.

—Casi todas las casas de huéspedes son solo para marineros. Siete, ocho camas por habitación. Se emborrachan, necesitan un lugar donde dormir.

—En ese caso, ¿adónde me aconseja que vaya?

—¿Tienes trabajo?

—Soy bailarina.

—Pero ¿estás contratada ya? ¿Sí o no? —Suspiró al verla negar con la cabeza—. El Evening Star tiene habitaciones para los artistas, empieza allí.

—Está cerrado.

—Ve a la una. Gianni, mi marido, estará haciendo la contabilidad. Maneja el negocio para los peces gordos, también contrata. Dile que te envía Karmena.

Rosalie miró la hora en su reloj de muñeca. Todavía eran las once de la mañana.

—¿Qué hago hasta entonces?

—Deja tu maleta aquí. Ve a dar un paseo. La Valeta, preciosa ciudad. —Soltó una pequeña carcajada al verla titubear—. Yo me encargo, vete.

Rosalie dejó allí su maleta y salió a recorrer las estrechas calles pavimentadas de La Valeta, donde flacos perros dormitaban junto a las paredes y rechonchos gatos la observaban con altivez. Debía de haber ratones en abundancia; incluso ratas, quizá… Sí, seguro que las había. Prestó atención al runrún de la ciudad, a los sonidos de la vida cotidiana. No tardó en comprender que todas las calles eran rectas, algunas de ellas extremadamente estrechas y bastante empinadas; las de la zona principal, sin embargo, eran mucho más anchas. Enfiló por una de estas y encontró a su paso puertas desconchadas del color del oporto, pasó por calles que ascendían y bajaban con vertiginosos tramos de escalera. Le encantaron las hileras de balcones de madera que adornaban las fachadas de los edificios de piedra caliza; sobresalían hacia la calle, y estaban pintados de infinidad de colores distintos (más tarde se enteraría de que se llamaban *gallariji*).

Un niño de ojos oscuros emergió de una de las estrechas callejuelas y se acercó a ella corriendo.

—¡Llevo a algún sitio, señorita! —Al verla negar con la cabeza, preguntó—: ¿Inglesa?

—No, francesa.

—Mejor —afirmó él, con un gesto de asentimiento.

—¿No te gustan los ingleses?

—Mi madre trabajar para ingleses. Mi padre, no gustar.

—¿En qué trabaja tu madre?

El niño se limitó a encogerse de hombros.

—¡Llevo a algún sitio! Jardines, ¡vistas bonitas!

Siguió parloteando mientras caminaban y Rosalie empezó a ubicarse poco a poco; no era tan difícil como había pensado en un primer momento, porque todas las calles estaban dispuestas según el mismo patrón.

—¡Jardines superiores de Barrakka! —anunció con orgullo el niño al llegar.

Sonrió de oreja a oreja cuando ella le entregó una moneda, y se marchó corriendo.

Él tenía razón, las vistas al Gran Puerto eran impresionantes. El aire estaba impregnado del aroma a geranio, rosa y jazmín, y una brisa transportaba el salado sabor de la espuma del Mediterráneo, que se extendía cual rutilante joya bajo su mirada. Respiró hondo, era una delicia después de soportar la hedionda mezcla de orina, caballos sudorosos, vendedores callejeros y polución de la ciudad.

Por primera vez desde que había dejado atrás París, sintió que la tensión se esfumaba de su cuerpo.

El tren la había llevado por tierras suizas y se había adentrado en Italia, y al llegar a Génova aún seguía aterrándola la posibilidad de que le dieran el alto de un momento a otro y la arrestaran por robar las joyas de su madre. Los trenes habían sido excelentes hasta Roma, pero los que había tomado a partir de ahí no eran tan avanzados. Había titubeado ligeramente al subir a uno que se dirigía al sur y que estaba abarrotado de gente, pollos e incluso cabras. Los niños chillaban, los perros ladraban y las mujeres chismorreaban sin cesar en un rápido italiano. Ella intentó aislarse contemplando la Italia rural que se extendía ante sus ojos…, los curtidos y delgados granjeros trabajando en los campos, las mujeres vestidas de negro y formando grupitos. El tren seguía avanzando traqueteante, las ventanillas cerradas mantenían atrapado en el interior un aire viciado y lleno de humo. De ahí su alivio cuando finalmente tomó un ferri que se dirigía a Sicilia, y después prosiguió rumbo a Malta. Era la primera vez que estaba tan lejos de casa, pero era libre.

En ese momento, mientras contemplaba el puerto desde los jardines bajo un sol abrasador, se dio cuenta de que iba a tener que conseguir un sombrero. A primera hora de la mañana, ese mismo sol había bañado los barrocos edificios de la ciudad con una suave luz dorada; ahora, sin embargo, todo parecía haber quedado incoloro.

Notaba el sudor que iba humedeciéndole el vestido, la espalda, las axilas, incluso las cejas. Vio un banco a la sombra de un gran pino y caminó hacia allí, pero un joven con sombrero de paja y una camisa en un vívido tono azul se acercaba también en ese preciso momento. Él se detuvo y le indicó que le precediera con una pequeña inclinación, pero, en cuanto Rosalie ocupó el banco, se sentó junto a ella.

Se volvió a mirarla y preguntó:

—¿Turista?

Ella observó con atención a aquel hombre rubio de ojos azules y aspecto pulcro, y contestó con un tono ligeramente insolente.

—No, bailarina.

Él no se tomó a mal su tono de voz y sonrió.

—Ah, ya veo. ¿Y dónde bailas?

«Uf, ¡otra vez las mismas preguntas!», pensó ella para sus adentros. Mintió sin titubear.

—En el Evening Star.

—No eres inglesa.

—No.

—Por tu acento, yo diría que eres… No sé, ¿francesa?

—¿Hablas francés?

—Un poco, pero soy inglés. Somos terriblemente malos con los idiomas.

Ella soltó un bufido burlón.

—Claro, porque sois demasiado superiores para aprender.

—Oye, ¡eso no es del todo justo! —exclamó él, con fingida consternación.

—¿Qué haces tú en esta isla?

—He venido a visitar a mi tío.

—Ah, ¡entonces eres tú el turista!

Él ladeó la cabeza y sonrió. Tenía una sonrisa preciosa, la verdad. Y unos dientes blanquísimos.

—No del todo. De niño casi siempre pasaba el verano aquí, es como un segundo hogar para mí.

—¿Dónde vives?

—En la vieja y querida ciudad de Londres.

—Ah. Yo soy de París.

—Preciosa ciudad.

—¿Has estado allí?

Él sonrió de nuevo y sus ojos se iluminaron.

—Sí, ¡es una ciudad que adoro! Debes de echarla mucho de menos.

Rosalie se encogió de hombros y, consciente de que jamás podría regresar a casa, sintió una punzada de añoranza.

—Podría mostrarte este lugar —estaba diciendo él—. Eh… ¿Estás bien?

—Sí, perfectamente bien. —Se esforzó por recobrar la compostura.

—Estaba proponiendo que, si quieres, podría mostrarte Malta. En tu tiempo libre, claro. Mdina es un lugar mágico con unos palacios secretos maravillosos. Es una ciudad antiquísima. Sus muros siguen intactos y tiene una única vía de entrada y salida, te gustará.

Eso estaba por verse, pero Rosalie tenía claro que él sí que le gustaba. Al igual que tantos otros británicos, estaba henchido de una arrogante seguridad en sí mismo, pero resultaba bastante atractiva en su caso.

—Robert Beresford —añadió él con una sonrisa.

Algo le dijo que aquel hombre iba a jugar un papel importante en su vida, así que sonrió a su vez y usó de nuevo su nuevo nombre. Lo había usado una única vez anterior hasta el momento, cuando había conocido a Charlotte en el barco.

—Riva. —Se volvió hacia él y extendió una mano—. Riva Janvier.

«Adiós, Rosalie», pensó para sus adentros.

14

FLORENCE

Florence estaba preparando la cena cuando Belinda entró de improviso en la cocina. Alzó la mirada al oírla pasear de acá para allá rezongando en voz baja hasta que, con los ojos irritados por las cebollas que estaba cortando, preguntó al fin:

—¿Qué pasa? Me estás poniendo nerviosa. —Suspiró al ver que se limitaba a morderse el labio—. Mira, estoy cocinando y tengo que concentrarme si no quiero hacerme un corte o quemarme. Si tienes algo que decir, adelante; en caso contrario, te pido por favor que te sientes.

—Crees que lo sabes todo sobre Jack, ¿verdad?

Florence frunció el ceño, sorprendida.

—Claro que no, ¿a qué viene eso?

Belinda ladeó la cabeza y la observó con una expresión extraña en el rostro antes de contestar.

—Te lo contó todo en aquel paseíto tan agradable que disteis juntos, ¿no?

Florence se limitó a encogerse de hombros, no quería que la conversación siguiera por esos derroteros.

—En ese caso, supongo que te habrá hablado de Charlie, ¿no?

—¿Quién es Charlie?

—¡Lo suponía! —Belinda exclamó aquello con tono despectivo antes de salir de la cocina sin más.

Florence alzó los brazos al aire en un gesto de desconcierto, ¿a qué venía todo aquello? ¿Tendría siquiera algún sentido? Vio a través de la ventana que los faisanes huían hacia las colinas sin ningún motivo aparente y sintió una incipiente inquietud. Verlos salir corriendo a toda velocidad solía ser divertido, pero en esta ocasión no le causó ninguna gracia. Se volvió para echar las cebollas en la sartén y no pudo evitar preguntarse quién sería el tal Charlie, ¿se trataría de alguien significativo? De no ser así, ¿por qué lo habría mencionado Belinda? Quizá fuera una chica, ¿acaso era una novia de Jack? Pero, en ese caso, él habría comentado algo al respecto, ¿no? Bueno, quizá no; al fin y al cabo, no había mencionado que tenía una mujer, así que quién sabe cuántos secretos más podría estar ocultando.

Al cabo de un rato estaba sentada en la sala de estar, contemplando el paisaje por la ventana mientras el sol poniente teñía el cielo de rojo y dorado. Se sentía incómoda estando a solas con Jack mientras este encendía la chimenea, y era incapaz de concentrarse en su libro. Belinda estaba paseando de acá para allá en la planta de arriba, y sabía perfectamente bien que ellos oían sus pasos.

Florence recordó la cercanía que había compartido con Jack durante las semanas de travesía a través de las montañas, y exhaló un profundo suspiro. Allí no había nadie que comprendiera realmente la dura prueba por la que habían pasado, aunque quizá sería más acertado decir que nadie quería comprenderlo; al fin y al cabo, la guerra estaba alargándose agónicamente y daba la impresión de que todo el mundo tenía una historia propia que contar.

—Qué suspiro tan profundo, ¿estás bien?

Ella asintió, pero, a modo de distracción, se puso a contar los paneles de cada una de las tres ventanas. Todas ellas tenían triple acristalamiento y estaban coronadas por un precioso arco. La de la parte de atrás tenía doce paneles, la que daba al frente dieciocho, la pequeña del lateral solo tenía nueve. Faltaba poco para que cayera la noche y se levantó a cerrar las cortinas, unas forradas y tupidas con motivos florales que tenían pesos de plomo en el dobladillo y protegían en buena medida del frío.

Justo cuando estaba cerrando la última, Belinda hizo acto de aparición ataviada con un escotado vestido de crepé bastante ceñido y unos zapatos de tacón ridículamente altos. El vestido era negro y lo lucía con soltura, había escogido como único accesorio un collar de perlas de una sola vuelta. Pero tenía los ojos enrojecidos por haber estado llorando —o por haber tomado demasiado alcohol, quién sabe—, y su temblorosa mano sostenía un vaso lleno de *whisky*. A pesar de estar demasiado delgada, seguía siendo increíblemente bella.

—¡Por el amor de Dios, Belinda! Anda, dame el vaso y siéntate. Lo estás derramando. —Jack se puso en pie.

Belinda se sentó en una silla Windsor de madera y echó a un lado las cortinas para ver el exterior.

—Prefiero que estén abiertas, me gusta ver cómo va acercándose la oscuridad. En Londres no las cierro nunca. ¿Verdad que no, querido?

Él soltó un bufido burlón.

—No digas sandeces, Belinda. Las que tienes allí son opacas.

Florence había notado que ella no arrastraba las palabras y eso la llevó a pensar que quizá, después de todo, no había estado bebiendo, sino llorando. Justo cuando estaba tomando el libro que había estado intentando leer, Belinda habló de nuevo.

—Bueno, ya sé que vosotros dos sois la mar de amiguitos, pero ¿podrías darnos algo de privacidad, Florence? Tengo que hablar con Jack.

Él se dispuso a protestar, pero Florence ya estaba de pie y encogió los hombros con fingida indiferencia antes de decir con voz serena:

—No pasa nada, tengo trabajo en la cocina.

—Estás hecha una amita de casa perfecta. —Belinda empleó un tono de voz almibarado de lo más desagradable—. No sabía que tus gustos fueran por ahí, Jack.

Florence salió de la sala y cerró la puerta tras de sí. Por una parte, se compadecía de Belinda; por la otra, sin embargo, estaba temblando de irritación. Aquella mujer no le había dicho «Sal ahora mismo de aquí, queridita», pero se sentía como si hubiera recibido esa orden.

Aunque, después de todo, ¿podía culparla por ello?

En un principio, la había visto como un obstáculo que se interponía entre ella y la vida que podría llegar a compartir con Jack, nada más. Aunque lo mismo podía decirse de su lealtad hacia Hélène, la verdad. Por no hablar de que Belinda tenía el derecho de estar allí, de intentar arreglar las cosas con él. La intrusa era ella, y debería dejarles privacidad. Decidió empacar su equipaje y marcharse de allí al día siguiente, aunque la embargó un profundo pesar solo con pensarlo.

No tenía trabajo ni un alojamiento alternativo, de modo que no iba a tener más remedio que volver a casa de su madre. Hasta que encontrara empleo, al menos. No quería marcharse ni regresar sin haber descubierto alguna información sobre Rosalie, pero no podía ir a Malta hasta después de que terminara la guerra. Anheló poder hablar con Hélène o con Élise, pedirles consejo o, mejor aún, regresar a Francia y verlas en persona. Cuando estaba dándole vueltas a algún asunto, siempre la había ayudado debatir los pros y los contras con ellas, y deseó poder hacerlo en ese momento.

A la mañana siguiente, al despertar y ver por la ventana un cielo coloreado del rosado rubor del amanecer, se estiró placenteramente por un momento. Pero entonces lo recordó todo de golpe, tenía que marcharse de allí. Con el pecho constreñido de dolor, sacó la maleta de debajo de la cama y se puso a empacar; una vez concluida la tarea, contempló por la ventana los cirros que surcaban el cielo. Iba a echar de menos ese lugar.

Incluso antes de que el desayuno estuviera listo, dejó la maleta junto a la puerta principal y su abrigo sobre el respaldo de la silla del recibidor. Se dirigió a la cocina y puso a calentar agua para el té. Estaba cortando dos rebanadas de pan para tostarlas cuando entró Jack con el pijama puesto aún, el pelo revuelto y el ceño fruncido.

—He visto la maleta, no me digas que te vas de verdad.

Florence le dio la espalda y fingió atarearse con la Aga, sintió las mejillas acaloradas.

—Florence, no tienes por qué marcharte.

Ella se volvió de golpe a mirarlo.

—¡Cómo quieres que me quede? Ella es tu esposa, y yo… no soy nadie.

—No digas eso, ¡y mucho menos después de todo lo que hemos pasado juntos!

Se le veía consternado, pero Florence se limitó a sacudir la cabeza. Él insistió.

—He hablado con ella, vamos a divorciarnos. El proceso ya está en marcha. No va a quedarse aquí, regresará a Londres.

—¿Cuándo?

—En un par de días.

—Pero tú te marchas otra vez mañana, ¿no? —Suspiró al verlo asentir—. Qué bien.

El agua estaba hirviendo, así que le dio la espalda de nuevo para calentar la tetera, echar unas hojas de té con la cuchara, verter algo de agua y remover.

—Mira, si te quedas durante mi ausencia, estoy convencido de que Belinda se marchará. Pero la creo capaz de empeñarse en permanecer aquí si tú te vas.

—No puedo estar en medio de este asunto —contestó ella, antes de depositar la tetera sobre la mesa.

Se hizo el silencio mientras servía el té y añadía la leche y un poco de azúcar.

Él exhaló un sonoro suspiro antes de insistir otra vez.

—Florence. Anda, ven a dar un paseo en coche. Hablemos las cosas con calma.

—No sé si queda algo por decir.

—Averigüémoslo. Podríamos ir a Dartmoor, me queda algo de gasolina extra. No has estado allí todavía, ¿verdad? —Sonrió al verla negar con la cabeza—. Te encantará, todo ese espacio ayuda a despejar la mente. Di que sí. Por favor. Deja tu maleta en mi habitación.

—¿En la tuya? —Le vino a la mente una imagen de su gran cama de hierro forjado.

—Sí. Haz notar tu presencia. Yo dormiré en el desván.

—Ah.

Intentó esbozar una sonrisa, por un instante había llegado a pensar que… Bueno, daba igual lo que hubiera pensado o dejado de pensar. Su matrimonio era una presencia espectral que todavía rondaba por la casa, como si los fantasmas del Jack y la Belinda del pasado vivieran aún allí. Puede que las cosas fueran distintas en Dartmoor.

Se pusieron en marcha cuando Belinda ni siquiera había despertado todavía.

Era un frío día otoñal, las zarzas cargadas de bayas temblaban ligeramente bajo la brisa. Fueron tomando un serpenteante camino tras otro en dirección a Dartmoor y no tardaron en ver un pequeño poste indicador que señalaba hacia Princetown, el único que habían encontrado hasta el momento. Una vez que dejaron atrás las granjas y los bosques, llegaron a las colinas más agrestes y desiertas, y Jack detuvo el coche a un lado de la carretera. Florence se apeó y miró alrededor, se alejó unos pasos sintiendo una inesperada sensación de liviandad. Los arbustos ya estaban anaranjados y marronáceos, pero el contraste con el amplio e increíble azul del cielo hacía titilar el aire. Los vívidos colores y la sensación de amplitud inspiraban tanta paz, tanta dicha, que sintió que su cuerpo entero se relajaba. Alzó los brazos al cielo y se estiró.

—¿Ves como yo tenía razón? —dijo él al ver su reacción—. Siempre vengo a este lugar cuando no sé el rumbo que debo tomar.

—¿En lo referente a Be…?

No alcanzó a terminar la frase porque él la tomó de la mano.

—Ven, vamos a dar un paseo.

Y echaron a andar, aplastando la maleza a su paso.

—Este lugar alberga infinidad de secretos. —Jack alzó el brazo y abarcó con un amplio gesto la gran extensión de terreno y cielo—. Círculos de piedra, monolitos, los restos de asentamientos medievales. ¿Verdad que es una maravilla?

Ella asintió y señaló con la mano hacia lo que parecía ser una cruz de granito.

—Hay muchas de esas —dijo él—. Me gusta pensar en la gente que vivió, murió o pasó por estas tierras. Y saber que no han cambiado gran cosa desde las épocas prehistóricas.

Hubo un momento de silencio, y Florence se volvió a mirarlo al oírle suspirar.

—¿Qué pasa?

—Nada, es que… Espero que no perdamos nunca nuestros espacios salvajes, indómitos. En la naturaleza, por supuesto.

—Pero a veces también quiero ser salvaje e indómita por dentro —comentó ella, pensativa—. ¿Tú no?

—Sí, aunque puede ser peligroso.

—¿Aquí fuera o en tu interior?

—Ambas cosas, supongo. —Hizo una mueca y la miró sonriente—. Esta es una zona de nieblas, descienden tan rápido que incluso ha llegado a morir gente.

—¿Cómo?

—Se pierden. Aunque uno conozca la zona, hay que traer un mapa y una brújula.

Florence notaba el olor a boñiga de oveja y a turba húmeda, y un dulzón vestigio de madera quemada; pero, más allá de eso, alcanzaba a oler y a percibir la energía vibrante, casi primitiva, que le corría por las venas. Embriagada por la sensación, se volvió abruptamente, dispuesta a tocarlo, pero él ya se había apartado un poco y estaba mirando hacia otro lado.

Ella contempló de nuevo el páramo y la luminosa cualidad del aire. La verdad era que no quería marcharse de Devon.

—En verano son los brezos los protagonistas —explicó él—. Un poco antes, lo que más llama la atención es el increíble aroma de la aulaga; es una especie de mezcla de coco y mazapán, sobre todo cuando hace calor.

—Leí en algún sitio que, según las creencias populares, algunas brujas se ocultaban en los brezales.

Él se echó a reír.

—Bueno, ellas serían las únicas que podrían sobrevivir a las espinas. Yo solía venir de niño, a ver si encontraba alguna.

—¿La encontraste?

Él sonrió de oreja a oreja.

—¿Tú qué crees? —Hubo un momento de silencio, y entonces miró la hora en su reloj de muñeca—. ¿Qué te parece si vamos a comer antes de regresar? Conozco un hotel que no está mal.

Florence asintió y caminaron de regreso al coche. Se detuvieron antes de entrar en el vehículo, y él la miró con cierta indecisión.

107

—Eh… —Se metió las manos en los bolsillos, bajó la mirada y golpeteó el suelo con el tacón de la bota—. ¿Recibiste noticias de tu madre durante mi ausencia?

Ella negó con la cabeza y, tras unos segundos de silencio, dijo con voz suave:

—Jack, tú nunca hablas de la tuya.

Él desvió la mirada por un momento, pero se volvió de nuevo hacia ella al contestar.

—Yo tenía un hermano gemelo. Murió al nacer, y ella quedó muy afectada. Pero preparaba unas tartas y unas pastas deliciosas, al igual que tú. Me acuerdo de eso.

—¿Cómo falleció?

—Peritonitis. —Lanzó una mirada al cielo y cambió de tema—. Se está nublando.

—Lamento lo de tu madre, y lo de tu gemelo.

—Todo eso está en el pasado. —Se acercó un poco más a ella—. Gladys dice que los gatitos están listos para el destete, quiere darte uno atigrado que se ve que es una dulzura. Prométeme que te quedarás.

Ella contempló el paisaje en silencio por un momento, y entonces se volvió de nuevo hacia él.

—Jack, ¿quién es Charlie?

Él alzó la mano y le apartó el pelo de los ojos. El gesto fue tan tierno, tan cariñoso, que a Florence le dio un brinco el corazón.

—Es cierto que parece un entorno realmente salvaje, ¿verdad?

No le pasó desapercibido que él había ignorado su pregunta; en cuanto a su comentario, más que salvaje, a ella le parecía un lugar inhóspito donde las condiciones serían brutalmente duras bajo un plomizo cielo invernal.

—Vengo a este lugar por el vacío del páramo —añadió él—. Y por la sensación de que la vida es algo más que aquello que nosotros mismos nos permitimos reconocer.

Ella asintió y se hizo un largo silencio. Vio un pájaro —un zorzal, quizá— que estaba dando unos saltitos a menos de medio metro de distancia de Jack, para entonces alzar el vuelo y dirigirse hacia un espino blanco. Estaba muy quieta, pensando que él iba a contestar por fin a su pregunta, cuando una enorme bandada de unas aves de plumaje negro y dorado apareció en el cielo y terminó por posarse a cierta distancia.

—Chorlitos dorados —dijo él con voz queda, casi hablando consigo mismo—. Migrarán de un momento a otro hacia las tierras bajas.

Y entonces se volvió a mirarla y, conforme los segundos fueron transcurriendo con lentitud, Florence vio cómo iban profundizándose las arruguitas que irradiaban de las comisuras de sus ojos.

—Charlie era mi hijo, Florence. Mi pequeño.

La expresión de indescriptible dolor que apareció en su rostro la dejó sin aliento, le vino a la mente un cuadro de una Madona con el niño mientras reprimía la sorpresa que sentía. Jamás pintaban a los padres, ¿verdad? Sin embargo, al mirar a Jack, el dolor que había mantenido oculto era claramente visible.

—Cuando supimos que estaba embarazada, Belinda y yo intentamos reparar la relación lo mejor que pudimos. —Se interrumpió para contemplar el cielo, se volvió de nuevo hacia ella al cabo de unos segundos—. Florence, habría estado dispuesto a dar la vida por ese niño. Pero… En fin, no fui yo el que murió.

Ella tomó aire en silencio, no estaba segura de querer oír qué terrible desgracia le había pasado a su hijo.

Jack no se lo contó de inmediato. Dio media vuelta y siguió caminando, pero con mayor lentitud. Entonces, empleando un tono de voz distante y carente de inflexión, dijo al fin:

—Yo estaba fuera y Belinda en Londres, ella ya fumaba y bebía demasiado para aquel entonces. Una noche, durante lo que ella interpretó como un paréntesis en los bombardeos de septiembre de 1940, se quedó sin tabaco. Charlie estaba dormido, así que lo dejó allí y fue a toda prisa a casa de Hector, que estaba justo a la vuelta de la esquina, durante el apagón. Habían empezado a verse de nuevo. Ella jura que no se ausentó mucho tiempo y él lo confirma, pero cayeron más bombas durante su ausencia.

Florence se cubrió la boca con una mano.

—Una de ellas impactó en el edificio, Charlie murió al instante. No se enteró de nada.

Ella tenía la garganta tan constreñida por la tensión que ni siquiera podía tragar.

—Tenía cuatro años —dijo él con voz trémula—. Cuatro.

—No…

—No hace falta que digas nada. La cuestión es que, cuando estalló la guerra, le supliqué a Belinda que viniera a vivir a Devon con él. Esta zona era mucho más segura. Pero ella se negó tajantemente.

—Dudo mucho que alguien pudiera obligarla a hacer algo en contra de su voluntad.

Él suspiró.

—Es posible, pero jamás me perdonaré a mí mismo.

—¿Ni a ella?

—Exacto.

—No sabes cuánto lamento lo de tu hijito, debiste de… Bueno, ni siquiera puedo imaginar lo horrible que debió de ser.

Él asintió con lentitud, pero mantuvo la mirada esquiva.

—En realidad, sigue siéndolo. Pero la vida sigue. Y ni siquiera sé si eso es bueno o malo.

Florence prácticamente no se atrevía ni a hablar. Después de una pérdida tan terrible… En fin, no era de extrañar que él no hubiera querido contárselo ni a ella ni a nadie.

—Por eso eras tan reservado en Francia, por lo que le ocurrió a Charlie.

—Allí era más fácil. Y no olvides que estaba en el país como miembro de la Dirección de Operaciones Especiales.

Caminaron un ratito en silencio. Ella mirando el suelo, con la cabeza y el corazón a punto de estallar de dolor por él. Sentía la necesidad de tenderle la mano, de ayudarlo de alguna forma. Pero quizá no fuera ese el momento.

—Después de la muerte de Charlie, solía venir a este lugar. Me ayudaba.

—Me alegro.

Él sonrió y la tomó de la mano. Y, por un instante apenas, volvió a crearse entre ellos ese maravillosamente profundo momento de conexión. Él alzó la mirada al cielo de nuevo y comentó:

—Los chorlitos se han ido.

Y entonces la soltó y bajó la mano.

15

Jack ya se había marchado y, aunque él había afirmado que Belinda partiría rumbo a Londres, todavía seguía allí y resulta que Gladys iba a pasar a buscar a Florence en la camioneta de un momento a otro. Estaba segura de que había un mapa de Malta —o puede que fuera de Italia, eso no lo tenía claro— dando vueltas por algún lugar de la granja, y había dejado caer que quizá le gustaría aprovechar para ver a los gatitos mientras estaban allí. Y eso a pesar de que Florence había repetido en reiteradas ocasiones que no sabía por cuánto tiempo iba a vivir en Meadowbrook (aunque, ante la insistencia de Jack, había accedido a quedarse un poco más).

Justo cuando estaba poniéndose el abrigo, oyó que el cartero llamaba a la puerta con su característico golpeteo: tres golpecitos seguidos, una pausa, tres golpecitos más.

—Una carta para ti, querida.

Le entregó un sobre, uno grueso y blanco de Basildon Bond. Florence reconoció la inconfundible letra de su madre, tan perfecta como siempre, y visualizó mentalmente la escena con nitidez: el botecito achaparrado de tinta azul Quink, y su madre mojando la pluma estilográfica. Le dio las gracias al cartero, se dirigió a la sala de estar con la carta y, después de abrir el sobre con cierto nerviosismo, vio de inmediato que el mensaje consistía en poco más que una nota. A juzgar por las primeras palabras de su madre, parecía tratarse de una disculpa, lo que era toda una novedad; por regla general, Claudette no se disculpaba jamás.

Chérie:

Espero que perdones a tu madre por su falta de hospitalidad en nuestro último encuentro, y que disculpes mi mal humor.

Bueno, lo de «mal humor» no empezaba a describir siquiera cómo había sido en realidad la violenta furia de su madre; aun así, era un pasito en la dirección correcta.

Tú fuiste sincera conmigo y mi respuesta no fue educada; más aún, ruego para que puedas comprender que estos asuntos que se remontan a tantos años atrás resultan difíciles para mí. En el futuro, procuraré enmendar mi respuesta. Esperaba cerrar la puerta del pasado, pero, si pudieras considerar la posibilidad de venir a verme de nuevo en algún momento dado, intentaré ser más comprensiva y puede que incluso hable también acerca de lo que le ocurrió a mi hermana, Rosalie. La quería tanto como tú a tus propias hermanas, y la idea de no saber lo que fue de ella me atormenta. Espero que reconsideres lo de ayudarme a encontrarla.
Sigues siendo bienvenida aquí.

Maman

Florence no sabía qué pensar. Adoraba Meadowbrook y no quería marcharse, pero en realidad no era su hogar; por otro lado, la casa de su madre tampoco lo era y no tenía ninguna prisa por regresar allí, pero al menos daba la impresión de que su madre podría estar más dispuesta a hablar. Además, se sentía intrigada por lo que le habría deparado el destino a Rosalie; al fin y al cabo, un misterio familiar resultaba emocionante, ¡cualquiera querría saber más al respecto! Pero no podría hacer gran cosa hasta que terminara la guerra. La próxima vez que fuera a ver a su madre, la instaría a hablar con sinceridad no solo sobre su hermana, sino también sobre su aventura sentimental con su amante alemán (Friedrich, el verdadero padre de la propia Florence). Anhelaba saber más cosas sobre él y conocer más detalladamente lo que había sucedido entre ellos tantos años atrás.

Poco después, mientras Gladys conducía su maltrecha camioneta

113

rumbo a la granja, ella seguía pensando en su madre…, también en Belinda. Ambas eran madres, ambas sufrían de distinta forma.

—Te noto muy callada, querida. —Gladys le lanzó una mirada de soslayo.

—Estaba pensando en Belinda, lamento lo que le pasó.

—Pues claro, es terrible perder un hijo. Yo lo sé bien, los mapas que tenemos en casa eran del mío. Estaba loco por conocer mundo.

Florence se quedó petrificada al oír aquello. Al cabo de un momento, alcanzó a decir:

—Ay, Gladys, ¡cuánto lo siento! No lo sabía.

—Al principio de la guerra. Edward. Lo tuvimos siendo ya algo mayores, pero eso hacía que fuera más especial aún. Su barco se hundió. «Desaparecido en el mar», eso fue lo que nos dijeron.

—¿Vuestro único hijo? —Le dio unas palmaditas en la mano al verla asentir.

Permanecieron en silencio durante el resto del breve trayecto hasta la granja y en esa ocasión, cuando Gladys abrió la desconchada puerta azul y entraron en la casa, Florence estaba preparada para el caos que iba a encontrar. Los gatos estaban allí, por supuesto, pero el empapelado de las paredes le llamó la atención y se preguntó cómo era posible que no se hubiera fijado antes en él. Zanahorias, naranjas, manzanas, jarras y tarros, en tonos anaranjados y amarillentos, replicados una y otra vez sobre un fondo beis, tantos y tantos que te daba vueltas la cabeza. Pero lo que también le llamó la atención fue la presencia de un joven bastante apuesto vestido de paisano, sentado a la mesa y leyendo un periódico con unas gafas apoyadas en lo alto de la cabeza.

—¡Hola, Bruce! —Gladys parecía alegrarse mucho de verlo—. No sabía que vendrías, ¿hoy no trabajas?

Él se levantó de la silla con una amplia sonrisa en el rostro.

—Dos días libres enteritos. He venido a decirte que mamá no puede ir a la reunión del Instituto de la Mujer de esta tarde, así que no hace falta que pases a buscarla.

Gladys se volvió hacia Florence.

—Es el hijo de mi amiga Grace. Bruce, te presento a mi vecina, Florence.

Él rodeó la mesa para estrecharle la mano y Florence lo observó con atención. Alto y delgado, pelo oscuro y rizado bastante corto, unos cálidos ojos de color avellana. Le dio buena impresión, más aún porque saltaba a la vista que tenía una relación cercana con Gladys.

—Bueno, mensaje transmitido. Será mejor que vaya a hacer surcos.

—¿Con el cacharro ese que conduces? —preguntó Gladys.

—¡Pues claro! —Sonrió y la besó en la mejilla—. Nos vemos. Adiós, Florence.

Gladys tenía cierto brillo en la mirada y, en cuanto él se marchó, se volvió hacia ella y anunció:

—Solo tiene veintiocho años y es médico en un hospital, el Royal Devon and Exeter. Lo conozco desde que nació.

—Debes de sentirte orgullosa de él, parece una bella persona.

—Estarás preguntándote por qué no lo han cazado aún.

—Pues la verdad es que no, pero seguro que me lo cuentas.

Gladys la observó con ojos penetrantes antes de contestar.

—No quiero que le hagan daño, por supuesto, pero nuestro Bruce es una opción nada desdeñable. Estuvo prometido a una muchacha de Exeter que se largó con un americano cuando Bruce tuvo que marcharse a trabajar fuera.

—Vaya.

—¡Menuda casquivana!

Florence disimuló una sonrisa.

—Por lo que dices, está mejor sin ella.

—No sé si lo sabes, pero, cuando las bombas cayeron sobre Devonshire durante el Blitz, a las embarazadas del ala de maternidad del hospital de Exeter les entregaron cuencos esmaltados y sábanas para protegerse la cabeza.

Florence se echó a reír.

—¡Cielos! No sé si les habrían servido de gran cosa.

—Bueno, en el hospital no cayó ninguna bomba, así que nunca lo sabremos. Bruce te contará con más detalle lo que pasó si se lo pides. En fin, ¿quieres ver ya al tuyo o prefieres dejarlo para luego? —Lo dijo con un tono de lo más inocente.

—¿A qué te refieres?

—¡Al gatito atigrado que tengo reservado para ti! Lo llamo Bart y es adorable.

—Sé lo que intentas hacer —afirmó Florence con una sonrisa.

—Hay un beneficio añadido —añadió Gladys en tono cómplice.

—¿Ah, sí?

—Belinda es alérgica al pelo de gato.

Florence se echó a reír.

—¡Menuda lianta estás hecha! Pero sabes que no puedo adoptar un gato cuando ni siquiera sé dónde voy a vivir.

Florence estaba tumbada en la cama de Jack con un codo apoyado en el colchón, mirando sin ver el mapa que le había prestado Gladys y sintiéndose como en el limbo. El hecho de que Belinda todavía siguiera allí lo había cambiado todo; su propio futuro le parecía incierto y no sabía qué rumbo tomar. Aquella incertidumbre no era agradable ni mucho menos. A decir verdad, teniendo en cuenta que ni siquiera tenía un lugar que pudiera considerar como propio, un hogar, si pudiera viajar a Malta en ese mismo momento, quizá lo hiciera sin pensárselo dos veces. Eso le daría al menos una tarea útil con la que ocuparse; además, le gustaba hacer feliz a la gente y sabía que su madre se llevaría una alegría al enterarse de que estaba indagando en Malta. Ya había contestado a su carta para darle las gracias por la disculpa y asegurarle que iría a verla de nuevo.

Le encantaba el dormitorio de Jack. Tenía dos ventanas, una que daba al frente y otra a la parte de atrás y, aunque la decoración no era tan masculina como ella esperaba, la combinación de unas vigas del color de la miel, un lustroso suelo de madera y varias alfombras persas creaba un ambiente desenfadado y agradable. Un armario archivador de madera ocupaba una de las esquinas, y estanterías llenas de archivos y libros abarcaban buena parte de una pared. No había podido evitar echar un vistazo al armario de ropa, pero había reprimido las ganas de examinar lo que había encima (y dentro) del gran escritorio situado bajo la ventana que daba a la parte de atrás. Se acurrucó en la cama y estuvo leyendo un rato, pero, para cuando empezó a caer la tarde, le entró hambre y decidió bajar a la cocina. Dio gracias al cielo al no ver ni rastro de Belinda, pero no bajó la guardia del todo.

Se dirigió a la despensa y frunció el ceño al ver que la última botella de jerez se había esfumado, y que lo que había sido un preciado queso de pequeño tamaño estaba cortado en pedazos bajo su malla protectora. No había que ser un genio para saber lo que había ocurrido allí.

Se quedó inmóvil al oír unos ruidos raros procedentes de la sala de estar. Era como si Belinda estuviera murmurando algo, ¿acaso estaba discutiendo con alguien en voz baja? Aguzó el oído y se dio cuenta de que la discusión la mantenía consigo misma. Una incipiente inquietud se agitó en su estómago, se le quitó el hambre y se dirigió a la sala de estar.

—Ah, aquí estás. Adelante, pasa —dijo Belinda, con una sonrisita burlona y los ojos brillantes—. ¿Un trago?

—No me gusta demasiado el jerez.

—También hay *whisky*. —Alzó la botella—. ¡Uy, qué poco queda! Lo siento, queridita.

Florence suspiró.

—Gracias, pero la verdad es que solo bebo vino.

—¡Aaaaahhhh, claaarooo! —La señaló con un dedo—. ¡Eso es porque eres francesa! Por cierto, ¿qué es lo que estás haciendo exactamente aquí, en Inglaterra?

Florence recordó que Claudette le había advertido que había que mirar a los enemigos frente a frente, ¿se encontraba Belinda en esa categoría? Enderezó los hombros, estaba harta de ser sumisa.

—Mira, Belinda, debo decirte que yo no voy a marcharme, pero creo que tú deberías regresar a Londres.

—¡No me digas! —Arrastraba un poco las palabras y se le escapó un hipido de repente—. Disculpa.

—¿Crees de verdad que tu presencia aquí está haciéndoos algún bien a alguno de los dos?

—¡Cielos! ¿Cómo puedes preguntarme eso? Estás pensando en ti misma, en tu propia conveniencia.

—Soy amiga de Jack.

117

—¡Y yo su esposa, maldita sea! —Y entonces rompió a llorar.

Florence la miró consternada y sin saber qué hacer, ¿debería intentar consolarla?

La cosa no tardó en ir a más. Al verla sollozando y lamentándose como si el corazón se le estuviera rompiendo en mil pedazos, dándose golpes de pecho con los puños apretados, se acercó a ella y le puso una mano en el hombro de forma tentativa, titubeante. Esperó a que se percatara finalmente de su presencia, y procedió a entregarle un pañuelo.

—Está limpio —le aseguró.

Belinda lo aceptó. Tenía el rostro congestionado y surcado de arrugas de expresión, el maquillaje corrido. Se limpió los hinchados y enrojecidos ojos, se secó las mejillas e intentó pasarse una mano por el pelo, pero todavía estaba luchando por recobrar el aliento. Una nueva oleada de sollozos la hicieron doblarse hacia delante, las lágrimas se le colaban entre los dedos y goteaban sobre su regazo. Su profundo dolor hizo que los ojos de Florence también se inundaran de lágrimas.

Cuando logró detener de nuevo los sollozos, Belinda se rodeó con los brazos y empezó a mecerse mientras de sus labios escapaba un agudo y lastimero plañido.

—¡Yo tengo la culpa! —susurró al fin—. Él me culpa a mí, y con razón.

—¿Cómo puedo ayudar? —Florence era consciente de que, en realidad, no había nada que ella pudiera hacer, pero formuló la pregunta de todas formas.

Dio la impresión de que Belinda ni siquiera la había oído.

—Tengo un agujero en mi interior. Nunca deja de doler, por eso bebo. Porque me anestesia. Jack no lo entiende.

Hubo una ligera pausa.

—Quiero el olvido. Dejé morir a mi niño, ¿te das cuenta? A mi propio hijito. Lo dejé morir. Y me odio a mí misma, me odio mucho más de lo que me odia Jack. —Había pronunciado aquellas últimas palabras con voz suave, entrecortada, como si apenas pudiera soportar darles voz.

—Estoy convencida de que no te odia.

Belinda se echó a reír con amargura al oír aquello.

—¿En serio? Bueno, lo que está claro es que no me ama. Nuestro matrimonio ha llegado a su fin y lo único que quiero es ponerle fin a todo. Ya está, ¡lo he admitido!

Florence no tuvo claro por un momento a qué se refería. ¿Estaba hablando de su matrimonio o de su propia vida?

—Mira, si quieres quedarte aquí, puedo hacerte compañía. Quizá pueda ayudarte.

—¿Cómo?, ¿cómo podrías ayudarme? ¿Quién podría hacerlo? ¿Es que no lo entiendes? No soporto seguir viviendo cuando mi niño está muerto y sabiendo que fue por mi culpa…

Esa noche, mientras permanecían allí sentadas durante horas, Florence fue el sostén de Belinda mientras esta daba rienda suelta a su dolor.

Al día siguiente, Belinda se detuvo en el umbral mientras se esforzaba por contener las lágrimas. La capa de maquillaje que usaba a modo de máscara volvía a estar impecable. Se despidió de Florence con una débil sonrisa y una contenida palmadita en la espalda, y entonces procedió a montar en el taxi que la esperaba. Florence sintió que el corazón le martilleaba en el cuello mientras el vehículo se alejaba por el camino. Belinda estaba hecha añicos por el dolor más terrible que se pudiera imaginar, la enormidad del cual iba más allá de la de cualquier otro que ella hubiera visto en su vida. Respiró hondo y exhaló el aire lentamente. Esperaba que Belinda lograra superar las adversidades a las que tuviera que enfrentarse y encontrar su propio camino.

Pensó también en Jack, cuyo dolor por lo ocurrido debía de ser el motivo de que guardara con tanto celo sus propias emociones. Abrirse al amor suponía abrirse también al sufrimiento, no tenías elección posible. Eso era algo que ella misma había aprendido a partir de su propia experiencia tras la violación. Esperaba tener hijos algún día, pero ese inmenso amor traía consigo el riesgo de sufrir una pérdida igual de enorme. La muerte de un niño debía de generar un sentimiento de culpa terrible, un peso imposible de soportar. El deber de un padre, de una madre, era proteger a su hijo; si no podías hacerlo, ¿en qué clase de persona te convertía eso?

16

Una semana después, con la grava crujiendo bajo sus pies, Florence enfiló por el sendero con la intención de dar un corto paseo antes de ir al pueblo en busca de empleo. Había decidido permanecer allí ahora que Belinda había regresado a Londres, y era imperioso encontrar un trabajo lo antes posible. Le encantaba la quietud que se respiraba por la mañana en aquel lugar, y la tomó desprevenida un súbito movimiento que vio un poco más adelante de donde estaba. Se detuvo en seco y aguzó la mirada para ver con más claridad. Al cabo de unos segundos, apareció una larga cola de color rojizo, seguida del resto del cuerpo de un zorro que echó a andar hacia ella entre las altas briznas de hierba mojada. El animal se detuvo, se quedó mirándola como tomándole la medida con unos impactantes ojos de un luminoso tono ámbar, y entonces dio media vuelta como un rayo y se esfumó. Ella sabía bien con qué rapidez podían moverse los zorros entre la vegetación de los bosques; sabía bien la facilidad con la que podían colarse por estrechos resquicios, sortear zanjas de un salto, correr sigilosos a lo largo de una pared. Los había visto en alguna que otra ocasión de día, pero era poco habitual que uno se detuviera y se quedara mirándola. Qué forma tan maravillosa de iniciar el día, quizá tuviera la suerte de cara.

Cuando regresó a la casa, montó en la vieja bicicleta de Gladys y salió en dirección al pueblo. Estaban a principios de noviembre y empezaba a apretar el frío, el paisaje había cambiado mucho desde su llegada en pleno verano. Ahora hacía bastante viento, buena parte de los colores otoñales habían desaparecido y las negras osamentas de los árboles quedaban silueteadas contra un cielo invernal.

Le sorprendió la poca gente que vio por las calles de Bransford.

Antes de nada, fue al quiosco de prensa a echar un vistazo a las ofertas de trabajo que había en la ventana. Albergaba la esperanza de que alguien necesitara un jardinero en algún lugar al que pudiera llegar en la bicicleta, pero tan solo vio anuncios solicitando trabajo cualificado y ofertas para manitas o fontaneros. Habló entonces con el hombre de avanzada edad que estaba detrás del mostrador, quien le aconsejó que consultara el periódico local. De modo que compró uno y se dirigió al salón municipal, que estaba cerca del *pub* Royal Oak y donde, según le había explicado Gladys, el Instituto de la Mujer organizaba una reunión de señoras para tomar café.

Se sentó en una mesa con una taza de café de achicoria y un pastel de roca (cuyo nombre, según descubrió al primer bocado, era muy acertado), abrió el periódico, buscó la página donde estaban los anuncios clasificados y deslizó un dedo por las columnas. No hubo suerte.

Su taza de café se tambaleó en el platito y estuvo a punto de volcarse cuando, de buenas a primeras, una corpulenta mujer se sentó con pesadez en la misma mesa con un profundo suspiro. La desconocida estaba luchando por recobrar el aliento cuando sus miradas se encontraron.

—No pasa nada, querida. Solo me falta un poco de aire. No te había visto antes por aquí, ¿verdad?

—No, es la primera vez que vengo. No esperaba que hubiera tan poca gente.

—Tendrías que haber estado aquí antes del Día D. Te costará creerlo, pero este lugar estaba abarrotado. Por cierto, soy la señora Wicks.

—Encantada de conocerla, soy Florence. ¿Cómo eran las cosas aquí antes del Día D? Siento curiosidad.

La mujer suspiró y tomó un trago de café antes de contestar.

—Había mucho ajetreo. Nuestros muchachos venían de los campos de entrenamiento militar de Dartmoor. Y entonces, en 1943, empezaron a llegar también los americanos. Algunos de los oficiales se alojaban en la gran casa de lo alto de la colina, la de los Hambury.

—Ah, yo vivo cerca de allí.

—Es una zona agradable, sí señor. Celebrábamos bailes para los soldados aquí mismo, en el centro municipal. Habrías podido venir si hubieras estado aquí.

—Suena divertido.

—No tenían mucho interés para alguien como yo, pero mi hija Jennifer sí que iba. Salió un tiempo con un americano, un tal Shane. ¡Menudo nombrecito! Aunque la entiendo, la verdad es que esos americanos tenían muy buena planta. Y buena dentadura.

Florence se echó a reír.

—Sí, eso he oído decir.

—También tenían dinero, aunque no teníamos ni idea de por qué estaban aquí. Lo supimos cuando llegó el Día D y este lugar…, ¡puf!, se convirtió en un pueblo fantasma de la noche a la mañana.

—Debe de echar de menos ese ambiente animado.

La señora Wicks frunció la nariz.

—En parte sí, en parte no. Las muchachas de la zona siguen viniendo al *pub* los sábados por la noche. Y a principios de mayo de este año, después de que bombardearan otra vez Plymouth, una joven familia se vino a vivir con unos familiares. Las bombas habían destruido su casa y no tenían dónde refugiarse. Ahora los tengo viviendo al lado, siempre están haciendo ruido.

Poco después, cuando la mujer hizo ademán de ponerse el abrigo, Florence se levantó y le echó una mano.

—Ha sido un placer conocerla, señora Wicks.

—Me llamo Freda, querida. —Se levantó también y le estrechó la mano—. Vivo justo detrás del *pub*, en el número once. Pasa a verme cuando quieras, te contaré lo de Slapton Sands.

—¿Qué fue lo que pasó allí?

—A ver, solo son rumores y hubo mucho secretismo en su momento, fue a principios de agosto cuando nos enteramos.

—¿De qué?

La mujer se acercó un poco más y habló en voz baja.

—Fosas comunes, querida. Fosas comunes. Bueno, tengo que irme ya a tender la colada.

—Sí, yo también me voy ya.

—¿Al trabajo?

—¡Qué más quisiera! —Florence suspiró con pesar—. Me alojo en casa de un amigo y estoy intentando encontrar trabajo.

—¿Por qué no lo has dicho antes? ¿Se te da bien cocinar?

—¡Me encanta!

—Pues ya está, ve a la casa grande. Deirdre, mi vecina de al lado, trabaja allí de cocinera, pero solo va media jornada porque su padre está enfermo. Podría haber un puesto para ti.

—¡Gracias! —exclamó Florence, con una gran sonrisa.

—De nada, querida. Nos vemos otro día, espero.

La posibilidad de trabajar en la casa grande le había levantado tanto el ánimo que, antes de regresar a casa de Jack, se dirigió a la biblioteca, se registró y tomó prestado un libro sobre Malta. Justo cuando estaba saliendo del pueblo a lomos de la bicicleta, vio a un hombre desmontando de una moto con sidecar y lo reconoció en cuanto se quitó el casco. Él alzó la mirada y la vio acercarse.

—Hola de nuevo. Eres Florence, ¿verdad? —Se pasó la mano por el pelo, lo tenía muy rizado.

—Sí.

Él esbozó una sonrisa que dibujó unas arruguitas en las comisuras de sus ojos color avellana.

—Nos conocimos en la granja, soy Bruce.

—Sí, me acuerdo. ¿Este es el cacharro al que se refería Gladys?

—Una Douglas Aero de 1936, ¿entiendes de motocicletas?

Ella se echó a reír.

—No, ¡en absoluto!

—Es mi tesoro más preciado. Me ofrecería a llevarte de vuelta a casa, pero… —Alzó las manos y se encogió de hombros—. Solo dispongo de quince minutos para pasar por el salón municipal y recoger a mi madre, después tengo que ir a Exeter. Trabajo allí.

Florence se echó a reír de nuevo.

—No pasa nada, ¡no te preocupes! En cualquier caso, tengo mi bicicleta.

—En otra ocasión será, quizá.

—Sí, me gustaría. —Se despidió con una sonrisa e hizo ademán de marcharse.

—Espera un momento, Florence. Si lo dices en serio y realmente te apetece dar una vuelta en este cacharro… —Sacó un desgastado lápiz y una libretita del bolsillo del abrigo y anotó algo. Arrancó la hoja y se la entregó—. Comparto casa con otros tres médicos. No te sientas obligada. Pero, si quieres, puedes dejar un mensaje haciéndome saber cuándo te iría bien quedar. Mi madre ve a Gladys a menudo, así que puedo contestarte a través de ellas. Supongo que no tienes teléfono.

—No, lamentablemente no. Pero gracias.

—De nada. ¡Hasta la vista! —Se fue en dirección al salón municipal.

Florence se giró para seguir con la mirada su figura delgada y de largas piernas. Entonces regresó pedaleando a casa, llena de esperanza y sonriendo para sí misma. Su intuición le había dicho horas atrás que ese sería un buen día, ¡y no se había equivocado!

Vio una carta en el felpudo en cuanto llegó, se apresuró a recogerla y le dio un brinco el corazón al reconocer la letra de Hélène. Estaba deseando abrirla de inmediato, pero primero se preparó una taza de té a toda prisa. Y entonces se sentó tras la mesa de la cocina, abrió el sobre apresuradamente y empezó a leer.

Querida Florence:

Espero que sigas bien. Por favor, escribe de nuevo y háznoslo saber.

Como ya sabes, con la ayuda de la resistencia francesa y lideradas por el general Charles de Gaulle, las tropas aliadas liberaron París el 25 de agosto.

La cuestión es que finalmente, después de cuatro años de ocupación alemana, hará falta algo de tiempo para asimilar la nueva situación. Estamos acostumbrándonos de forma gradual a poder respirar sin mirar por encima del hombro, sin temer que llamen a la puerta de un momento a otro. Ahora que los nazis ya no están, nuestra vida cotidiana va mejorando, las tiendas vuelven a estar abiertas y podemos salir a comer fuera. Pero me temo que han

*estado ocurriendo algunas cosas terribles durante la liberación, y el país está
sumido en un gran caos.*

*Querida Florence, debo darte una noticia verdaderamente horrible. Ha
habido represalias, venganzas, tal y como era de esperar. ¿Te acuerdas de
Henri, el propietario del* chateau? *Pues han matado a su esposa. Durante la
guerra se la vio a menudo en el pueblo acompañada de oficiales nazis, con los
que parecía tener una relación cordial. Ella no tenía alternativa porque esos
hombres vivían en su casa, en el* chateau, *y tenía que hacerles creer que era
de fiar. Pero, en realidad, durante todo ese tiempo estuvo pasando información a Violette y a Élise sobre las actividades y los movimientos de los alemanes. Élise intercedió por ella cuando se enteró de que la habían capturado,
insistió en que había estado trabajando de forma encubierta para la Resistencia durante todo este tiempo. Pero, como Suzanne había interpretado tan
bien su papel, esos desatinados que ni siquiera formaban parte de la Resistencia no creyeron en su inocencia y ejecutaron su venganza. Imaginarás lo cons-
ternados que estamos todos.*

*Lamento muchísimo darte una noticia tan horrible. Espero poder con-
tarte una muy buena en breve. Creemos que Élise no tardará mucho en dar
a luz. No sabemos las fechas exactas, pero ya está enorme. Te mandaré un telegrama en cuanto llegue el bebé.*

Por favor, Florence, cuídate mucho.

Élise y yo te mandamos todo nuestro cariño.

Hélène

*P. D.: Ya sé que comentaste que Jack pasa mucho tiempo fuera, pero
¿sueles verlo con asiduidad?*

Florence alzó la mirada, pero lo veía todo borroso debido a las lágrimas que le caían por las mejillas. No intentó reprimirlas. Querría estar
allí, en Francia; querría poder abrazar a sus hermanas en aquellos momentos tan convulsos. Las echaba de menos, añoraba la vida que tenía en
Francia y también a la gente del pueblo. La pobre *madame* Deschamps,
una anciana cuya hija, Amélie, había muerto; Clément, un hombre en-
corvado de noventa años que sacaba su silla y su acordeón a la calle y

tocaba la típica música callejera de París; incluso echaba de menos a Angela, la mujer de llamativo pelo rubio que regentaba la tienda de caramelos y que era bastante metiche. Se sentía como una forastera en Inglaterra, por mucho que hubiera vivido allí hasta los quince años. Ni siquiera el posible puesto de trabajo que había atisbado en el horizonte pudo evitar que su ánimo se fuera a pique. Pobre Suzanne. Pobre Henri. Dirigió la mirada hacia el libro sobre Malta que reposaba sobre la mesa, junto a la carta de Hélène. Se preguntó si Claudette echaba de menos a su hermana Rosalie tanto como ella a Hélène y a Élise, si también sentía ese dolor desgarrador en el corazón.

17

ROSALIE

Malta, 1925

Rosalie alzó la mirada y contempló la avejentada casa del siglo XVIII. Situada en Kalkara, un pueblecito de Malta, sus habitaciones tan solo se alquilaban a artistas extranjeros y sería su hogar en adelante. Entró y la condujeron a un amplio dormitorio dotado de una terraza lo bastante amplia para sentarse, y desde donde había unas espectaculares vistas al Gran Puerto y a La Valeta que la dejaron sin aliento. Desde la península de Kalkara, La Valeta se alzaba justo al otro lado del agua, reluciente y dorada, y esponjosas nubes rosadas flotaban remolonas en el cielo. El reflejo de la ciudad parecía verterse en el mar como un líquido dorado. Después de lo vivido en la casa de huéspedes, no esperaba encontrar un alojamiento tan bonito y conveniente a unos once kilómetros de La Valeta por carretera.

—Es más rápido tomar un ferri o una *dghaisa* —dijo Gianni.

—Gracias. Por esto y por el puesto de trabajo. No te defraudaré.

Él le estrechó la mano.

—¡Eso espero!

Era un hombre alto y musculoso que tenía unos impactantes ojos oscuros, una nariz torcida y una presencia imponente que no parecía deberse tan solo a su físico. Dos brillantes dientes de oro habían asomado cuando había sonreído al oír el nombre de su mujer, Karmena, y había silbado con aprobación cuando Rosalie había demostrado sus dotes de bailarina; aun así, cuando aquella curtida y fuerte mano había estrechado la suya, la había atenazado la poderosa sensación de que estaba ante un hombre al que nadie con cierta sensatez querría enfadar.

En cuanto él salió de la habitación, procedió a colgar sus escasas prendas de ropa en un riel que había detrás de una llamativa cortina de gasa. Bajó entonces a explorar el pueblo y encontró una plaza, una iglesia, una cafetería y una tiendecita donde compró pan, aceite de oliva y queso. Después compró también fruta y tomates en un puesto ambulante, y decidió cenar en la terraza mientras disfrutaba de la puesta de sol. Empezaba a trabajar en dos días y no tenía claro lo que iba a hacer hasta entonces; parecía haber iniciado con buen pie su nueva vida, pero estaba en un mundo distinto y debía aprender cuáles eran las normas que lo regían. Una vez de vuelta en la casa, estaba subiendo la escalera rumbo a su habitación cuando oyó ruido procedente de la cocina que iba a compartir con varias chicas más, así que se dirigió hacia allí. Abrió la puerta y entró con timidez.

—Ah, ¡debes de ser la nueva! —dijo una voluptuosa rubia con ojos del color de un cielo tormentoso y un marcado acento inglés.

—Sí.

—¿Inglesa?

—Francesa. Riva Janvier. —Todavía no estaba acostumbrada a su nuevo nombre.

—Bienvenida. Soy Erika, de Hungría. ¿Trabajas esta noche?

—Pasado mañana.

—Ven conmigo hoy, así ves el ambiente.

—Gracias, me encantaría.

Erika se echó a reír y le advirtió sonriente:

—¡No digas eso hasta que lo hayas visto!

Horas después, Rosalie estaba en el club Evening Star, sentada en un taburete de cuero de la lustrosa barra de caoba del bar. Era un local de paredes espejadas decorado en tonos carmesíes y dorados, con luces de gas como única fuente de iluminación. El resultado era un ambiente profundamente evocador y, aunque el aire ya estaba cargado de humo de tabaco, le gustó de inmediato. De camino hacia allí, Erika le había ido indicando distintos locales como el Club Cairo, la sala de baile Egyptian

Queen, el bar Four Sisters…, había tantos que era imposible acordarse de todos.

—Todo está aquí —había afirmado Erika—. Restaurantes, salas de baile, bares de *jazz*.

—¡Me encanta el *jazz*! En París… —Se había interrumpido de golpe. Era mejor no decir gran cosa sobre París.

Todavía era temprano y no estaba pasando gran cosa. Rosalie estaba charlando con un barman que hablaba en inglés, un maltés llamado Ernest que estaba contándole cómo transcurriría la velada.

—Hay algunos garitos de mala muerte. La calle se conoce como «el Gut», los soldados vienen a pasar un buen rato.

—¿Y consiguen lo que quieren? —Tuvo su respuesta cuando él enarcó una ceja y le lanzó una mirada elocuente—. ¿Quién trabaja por aquí?

—¿En la calle?

Ella asintió.

—Malteses en los clubes y en los bares; camareras y bármanes, como yo.

—¿Y esa de ahí? —Indicó con un gesto a una muchacha que lucía un vestido de noche. Se la veía glamurosa, pero era extremadamente joven.

—Es una de las chicas de alterne.

—¿De dónde procede la clientela?

—Vienen americanos, británicos, italianos…, un poco de todo.

—Yo vivo con una húngara.

—Sí, Erika. Buena chica. En este lugar, si no eres de esas, eres de las otras.

Cuando el club empezó a llenarse, Riva —tenía que empezar a interiorizar su nueva identidad— vio cómo la barra iba abarrotándose de marineros. Bromeaban entre risas y flirteaban con ella, pero, básicamente, conseguían una copa y se alejaban para ver el espectáculo.

La primera en actuar fue Erika, acompañada de otras dos chicas a las que Riva solo conocía de vista. Las tres estaban fabulosas con unos trajes de color turquesa adornados con plumas y lentejuelas plateadas. El baile no fue nada atrevido, aunque puede que la cosa fuera caldeándose durante el transcurso de la noche. Después le tocó el turno a Tommy-O, un transformista que salió a escena con un traje de seda y satén y con una fabulosa peluca pelirroja cuyos rizos le caían sobre los hombros. Era fantástico y arrancó tanto las exclamaciones de sorpresa como las carcajadas del público, pero, cuando se puso a cantar mientras tocaba el piano, los tuvo a todos comiendo de la mano y se creó un silencio absoluto. En cuanto terminó hubo una ronda ensordecedora de aplausos, pisotones en el suelo y silbidos. Los taconazos peligrosamente altos que llevaba puestos aumentaban aún más su estatura (que ya era considerable de por sí) y, después de hacer una última reverencia de despedida, se dirigió bamboleante hacia la barra con paso lánguido.

A partir de ese momento, el bullicio se volvió ensordecedor en el interior del local. Y, cada vez que alguien abría la puerta principal para salir a tomar algo de aire, el jaleo procedente de fuera era incluso peor. Riva fue a echar un vistazo justo cuando unos marineros borrachos pasaban por allí agitando al aire botellas de cerveza, abrazándose unos a otros, cantando y avanzando tambaleantes por la calle. Aunque no puede decirse que «cantaran» exactamente, quizá fuera más acertado decir que berreaban sin ton ni son. El aire estaba espesado por el humo del tabaco y el olor a perfume barato, pero había algo más…, el peligro no podías olerlo, pero lo percibías.

Riva retrocedió ante los silbidos y los comentarios libidinosos de tres hombres que se dirigían directamente hacia ella. Uno la agarró del codo, forcejeó con él y chocó con un grupito de mujeres muy maquilladas que estaban apoyadas en la pared, fumando.

—¡Ándate con cuidado! —exclamó una de ellas, antes de apartarla con un fuerte empellón.

Trastabilló y logró recobrar el equilibrio, se coló por detrás de las mujeres y consiguió alcanzar la puerta del club. Los artistas estaban tomándose un descanso y el lugar estaba menos abarrotado, puede que parte del gentío se hubiera desplazado a otro local. Los sonidos de *jazz* emergían de un club cercano.

Tommy-O la vio y la invitó a acercarse con un gesto. Llevaba puesto un ceñido vestido negro cubierto por una túnica de color escarlata que llegaba al suelo, se había pintado los labios a juego y se había aplicado una sombra de ojos de color verde iridiscente. Gotitas de sudor emergían de la gruesa capa de polvos y colorete, perlando su rostro.

—¿Y quién eres tú, cielo? —La miró con una pequeña sonrisa y le ofreció un cigarrillo.

Ella rechazó el ofrecimiento con un gesto de la cabeza y le dio su nuevo nombre. Estaba tan delgado como un fideo, era increíblemente guapo además de cortés. Alargó una mano y ella se la estrechó sin dudarlo, aquel hombre le había caído bien de inmediato.

—Bueno, desembucha. ¿Qué te ha traído hasta aquí? ¿Estás huyendo?

Ella parpadeó, pero se las ingenió para disimular lo sorprendida que estaba.

—¿Cómo lo has adivinado?

—Casi todos los que vienen a este lugar están huyendo de algo. Asuntos políticos, familiares, la cárcel… —Esbozó una sonrisa que dejó al descubierto unos dientes perfectos y blancos, y que hizo asomar unos inesperados hoyuelos en las mejillas de su angular rostro—. Supongo que en tu caso será lo segundo. Da igual, aquí todos somos iguales. Incluso los fantasmas.

Pero Riva no tardaría en descubrir que eso no era cierto cuando, al día siguiente, fue a ver a Charlotte bajo un despejado cielo estrellado.

La dirección que esta le había dado correspondía a un alto edificio de piedra amarillenta con los típicos balcones de madera de la zona. Vio una enorme aldaba de hierro en forma de concha y golpeó con ella la tachonada puerta central.

La propia Charlotte abrió momentos después. Iba ataviada con un inmaculado vestido blanco de seda salpicado de ramitos de lavanda que la hizo sentir que su propia vestimenta no estaba a la altura, pero su amiga actuó con toda naturalidad y la invitó a pasar con una cálida sonrisa.

—¡Cuánto me alegra que hayas venido! ¿Te apetece un té?

—Sí, gracias.

—Vivimos en la planta de arriba. Vamos.

Riva la siguió a través del vestíbulo y, después de pasar por un salón enorme con una mesa central redonda, subieron por una impresionante escalinata de piedra con ornamentados balaustres dorados. Deslizó una mano por la lustrosa baranda de ébano.

—¿Es tuya esta casa, Charlotte?

—¡Dios, no! Archie y Bobby, un amigo suyo, la han alquilado. A mí me parece bastante vulgar, pero lo de los balaustres es oro de verdad.

—¡Madre mía!

—Sí, es difícil de creer. Y llámame Lottie. Charlotte hace que me sienta como mi madre. En fin, este lugar se construyó en el siglo XVI y pertenece a un noble maltés, un marqués o algo así, pero su familia y él viven en Mdina ahora.

—Entonces, ¿Archie y tú ya vivís juntos?

—En teoría, no de forma oficial —contestó Lottie, con una sonrisa pícara—. Tengo mi propio apartamento. —Procedió a abrir otra puerta.

Riva entró tras ella en un luminoso salón con ventanas altas y un panelado techo blanco decorado con molduras doradas. Dirigió la mirada hacia el fondo de todo, donde, como si de un escenario se tratara, un amplio tramo de unos cuatro o cinco escalones subía hasta el majestuoso arco de entrada de un dormitorio.

—¡Vaya! ¡Es espectacular! —exclamó.

—Sí, qué suerte la mía. —La voz de Lottie estaba cargada de ironía—. Venga, anota tu dirección en mi agenda para que sepa cómo contactar contigo. ¿Qué has estado haciendo? —Colocó un cigarrillo en una boquilla de plata.

Riva titubeó, pero al final optó por ser sincera.

—Soy bailarina, trabajo en Strait Street.

Lottie retrocedió unos pasos, habría empalidecido si no tuviera la tez tan blanca de por sí. Sus ojos se abrieron de par en par y contestó de forma un poco atropellada.

—Eh…, es que…, en fin… Iba a invitarte a una cena que se celebra este domingo en el Club de la Unión. Es un club de caballeros, pero en estas cenas que organizan se hace una excepción y también estamos invitadas las chicas.

—Me encantaría ir, los domingos no trabajo. ¿Qué ropa me pongo?

—Eh…, la cuestión es que… Bueno, sería un poco incómodo…

Riva comprendió de inmediato lo que ocurría.

—¿Porque trabajo de bailarina?

132

—Exacto. A mí no me importa, por supuesto. Pero en el club es distinto.

—Tranquila, no iré. ¡No quiero avergonzarte frente a tus amistades! —espetó con indignación, antes de dirigirse hacia la puerta.

—¡Espera! No podrás decirle a nadie a qué te dedicas, pero a lo mejor podríamos inventar algo. Espero que podamos seguir siendo amigas. Anda, ven conmigo a la cena. Por favor.

—¿Y cómo tengo que ir vestida?

—Ponte algo glamuroso, pero sin demasiado escote. Algunos de los miembros son bastante estirados. No son malteses, claro.

—¿Y eso?

—Bueno, es que se trata de un club británico chapado a la antigua. Fue fundado por oficiales británicos en 1826, pero ahora también hay civiles. Seguro que habrá algún que otro buen mozo en la cena. Está en el Albergue de Provenza, en la Strada Reale. Archie va a mandarme un coche, le pediré al chófer que te recoja antes en Kalkara.

La primera semana de trabajo de Riva fue bien, aunque cada vez le causaba más repugnancia el sofocante olor a colonia barata, humo de tabaco y cerveza. En París, al menos el perfume había sido del caro. Pero aquello era Malta. Un lugar que a veces era maravilloso, pero que también podía ser aterrador. En todo caso, ahora estaba allí y no tenía más remedio que quedarse, al menos hasta que tuviera más claro el curso a seguir y los vientos la llevaran en otra dirección.

En general, aquella isla le gustaba. Parecía un lugar muy británico a primera vista, pero en el fondo no lo era y tenía un apasionante pasado histórico que la fascinaba. Los relatos de los Caballeros de San Juan, los guerreros católicos que habían derrotado a las temibles tropas otomanas en 1565 y que habían construido las fortificaciones costeras que se alzaban ante sus ojos en la actualidad; el folclore, las historias de fantasmas; la extraña mezcla de culturas exóticas, sumadas a la mediterránea… y a la británica, por supuesto. Y, al ir descubriendo una capa tras otra de historia, había descubierto que los franceses habían invadido también la isla.

Había empezado bailando con las otras tres chicas, pero el sábado por la noche había avanzado un pasito y había tenido su propia actuación en solitario, justo después de la de Tommy-O. Debía bailar acompañada de un nuevo músico de *jazz* afroamericano, y en su primera noche lo había dado todo en el escenario y había recibido un aplauso estruendoso por parte del público. Una vez terminada la actuación, Erika se había acercado corriendo y la había abrazado.

—Debería arrancarte los ojos, pero ¡has estado fantástica! Me quito el sombrero, ¡bravo! *Ez már derék!*

—Eh…, gracias, supongo —había contestado ella, con una gran sonrisa en el rostro.

—Pero no sé si esas dos se alegran mucho. —Erika miró de reojo a las otras dos bailarinas, que estaban fulminando con la mirada a Riva—. No les hagas caso, ya se les pasará. Pero ¿cómo aprendiste a bailar así?

—Fui a clases de *ballet* durante años, pero terminé siendo demasiado alta.

Tommy-O se acercó a ellas, lánguido y con una sonrisa irónica en el rostro.

—Menuda sorpresa nos has dado. —Aplaudió con lentitud—. Esta noche ha nacido una estrella, amigas mías.

Al día siguiente, Riva se puso con cuidado el vestido de noche que había traído consigo. Era muy distinto a los trajes que usaba para sus actuaciones: corto, sin mangas y elaborado con seda negra, diseñado para quedar holgado y que rozara apenas la piel; estaba decorado con grupitos de cuentas plateadas en el cuello, la cadera y el bajo, y le llegaba justo por debajo de las rodillas. Antes de cortarse el pelo y de teñírselo de un color tan oscuro, el contraste de la prenda con sus lustrosos rizos pelirrojos resultaba impactante, pero ahora temía que el efecto global fuera un tanto apagado. Decidió complementarlo con una pequeña y reluciente diadema para añadir algo de brillo, y unos pendientes a juego pusieron el toque final. A diferencia de Lottie, quien llevaría sin duda joyas caras, lo suyo eran meras piezas de bisutería, pero así estaban las cosas.

Cuando el chófer detuvo el coche ante el Albergue de Provenza, se apeó del vehículo y contempló admirada la fachada de lo que solo podía describirse como un verdadero palacio. La casa de Lottie le había parecido majestuosa (aunque la vivienda fuera alquilada, la consideraba la casa de su amiga), pero el edificio que tenía ante sí lo era aún más. Pilares de piedra flanqueaban una imponente entrada de estilo barroco, la fachada estaba salpicada de infinidad de ventanas iluminadas por la luz de grandes arañas de luces que alcanzaban a verse desde fuera.

—Vamos —dijo Lottie, desprendiéndose del abrigo antes de apearse del coche.

Riva contempló con envidia su vestido plateado cargado de pedrería, consciente de que debía de costar una fortuna; cuanta más pedrería, más cara era una prenda.

Pasaron junto a un bedel uniformado que ofreció una cálida bienvenida a Lottie, y entonces subieron por la escalera; al llegar arriba, las condujeron a una antesala donde había grupitos de gente charlando, tomando cócteles y fumando.

Un hombre de lo más rígido y estirado de unos cuarenta años se acercó al verlas llegar. Tenía el pelo corto y salpicado de canas, los ojos azules y sostenía un bastón de caoba con puño plateado. Miró a Lottie con una sonrisa que carecía por completo de calidez sincera.

—¿Y quién es este encantador espécimen? —preguntó.

Había algo en él que hizo que a Riva la recorriera un escalofrío.

—Mi nueva amiga, Riva, recién llegada de Francia. Riva, te presento al señor Stanley Lucas.

—Encantado de conocerte. —Él le ofreció la mano mientras la escudriñaba con la mirada.

Ella se la estrechó y contestó, aunque no le había gustado que la llamaran «espécimen». Notó lo fría que era la mano de aquel hombre.

—¿Puedo preguntarte a qué…?

Lottie lo interrumpió antes de que pudiera terminar la frase.

—Ah, ¡ahí está Archie! —exclamó sonriente.

Señaló hacia un hombre de constitución fuerte, semblante cordial, mejillas coloradas y pelo rubio que estaba conversando con otro que estaba de espaldas a ellas.

El señor Stanley Lucas se despidió con una pequeña inclinación y se alejó.

Archie esbozó una amplia sonrisa en cuanto vio a Lottie. No era nada glamuroso, sino más bien lo que la madre de Riva habría catalogado como un «candidato apropiado para el matrimonio». Se acercó a ellas con paso brioso y le estrechó la mano con calidez.

—¡Qué gusto conocerte!

Ella se disponía a responder cuando su mirada se posó en el hombre con el que él había estado conversando, que acababa de girarse en ese momento.

—Ah, ese es Bobby —estaba diciendo Lottie.

Riva se había quedado poco menos que boquiabierta. Porque quien se acercaba era ni más ni menos que el hombre al que había conocido el día de su llegada a la isla, vestido ahora con un exquisito traje hecho a medida.

—Robert Beresford —la saludó él, con un guiño de complicidad.

Archie soltó una pequeña carcajada al oír aquello y procedió a corregirle.

—Sir Robert Beresford, baronet.

—Eh… —Riva no sabía cómo reaccionar.

Bobby la interrumpió, estaba claro que le hacía gracia verla tan sorprendida.

—Lo que la dama está intentando decir, y espero que no le importe que lo cuente, es que ya nos conocemos. Creo que me ofrecí a hacer de guía y mostrarle Malta.

Riva logró recobrar la compostura y asintió.

—Sí, así es.

Se limitó a encogerse de hombros cuando Lottie, claramente pasmada ante aquella inesperada situación, le lanzó una mirada interrogante de reojo.

—Voy a ver dónde estás sentada —dijo Bobby—. Seguid conversando.

Y procedió a dar la vuelta alrededor de la larga mesa con paso sosegado, alzando de vez en cuando alguna de las tarjetitas donde estaba escrito el nombre de cada comensal y volviendo a dejarla después en su sitio. Actuaba con toda naturalidad, como si fuera el amo del mundo…, y quizá lo fuera, pensó ella para sus adentros al verle intercambiar una o dos con disimulo.

Una vez terminado el recorrido alrededor de la mesa, se acercó de nuevo a ella y se cubrió la boca con la mano al susurrar:

—Finge estar gratamente sorprendida cuando veas que estás sentada a mi lado.

Riva le lanzó una gran sonrisa, encantada ante aquel despliegue de seguridad en sí mismo. Pero entonces recordó de repente lo que ella le había contado el día en que se habían conocido, y fue como si le echaran encima un jarro de agua fría. Se le aceleró el corazón. Le había dicho que trabajaba de bailarina en el Evening Star. No solo estaba el hecho de que ella fuera una bailarina de cabaré que luchaba por salir adelante, y él un baronet inglés ni más ni menos; también existía el riesgo de que revelara la verdad sobre ella ante los demás invitados. Se debatió consigo misma sin saber qué hacer, dirigió la mirada hacia la puerta. ¿Lograría escapar de allí si echaba a correr?

Pero no hizo falta que lo hiciera, porque él le tocó el codo y susurró:

—No huyas. Tu secreto está a salvo conmigo.

18

Riva se puso un vestido amarillo de algodón que resaltaba al máximo su curvilínea figura, agarró sus zapatos de tacón y su sombrero de paja, y tomó entonces una *dghaisa* que la condujo hasta La Valeta. Bobby había logrado sonsacarle su dirección a Lottie durante la cena, y le había mandado una nota invitándola a verse en los jardines donde se habían conocido. Se sentía animada y de buen humor. La semana había ido bien en el trabajo, aunque tenía sus dudas sobre la edad de algunas de las chicas que trabajaban en el club. Daba la impresión de que algunas de ellas tenían dieciséis años como mucho, y la mayoría de ellas apenas tenían nociones de inglés.

Ya había pasado varias tardes sentada tranquilamente a la sombra de alguno de los árboles de los jardines inferiores de Barrakka, leyendo o contemplando el titilante Mediterráneo y las embarcaciones que entraban y salían del puerto. Le encantaban los pequeños veleros pintados de azul, verde y rojo, y al preguntar por ellos le habían explicado que procedían de Gozo. Pero en esa ocasión se dirigió al viejo y traqueteante ascensor que iba a subirla hasta la sección superior de los jardines.

Al salir del ascensor vio a Bobby, pero él no se percató de su presencia y aprovechó para detenerse y observarlo a placer por un momento. No llevaba sombrero y su cabello rubio parecía casi blanco bajo el sol, que apretaba con fuerza. Al ver que se volvía como si hubiera notado el peso de su mirada en la espalda y la saludaba con la mano, echó a andar hacia él. La embargó una súbita timidez cuando llegó a su lado y estuvieron frente a frente, y sintió —una vez más— que, de una u otra forma, aquel hombre iba a jugar un papel importante en su vida.

—Hola —lo saludó sonriente.

Él la besó en la mejilla.

Riva siempre había intuido cosas antes de que ocurrieran, aunque eso no implicaba que creyera siempre en sus propias fantasías. En ese momento, todo era tal y como debía ser. Él estaba allí, ella también. ¿Qué más cabía esperar?

—He pensado que podríamos comer en Mdina con mi tío. —La cogió de la mano.

—Vale. —Aunque asintió, estaba sorprendida. Habría preferido pasar el día a solas con él.

—¿Qué te parece si vamos a ver los acantilados de Dingli antes de ir a comer?

—Perfecto. —Lo miró sonriente—. ¿Dónde está tu coche?

—Justo a la vuelta de la esquina.

No había duda de que lo había aparcado para lograr el máximo efecto posible. Riva se quedó boquiabierta al ver el reluciente vehículo.

—Alfa Romeo RLSS —dijo él—. Italiano. Es fácil traerlo importado, mi tío me lo ha prestado.

Ella no contestó, seguía contemplando el automóvil más elegante que había visto en toda su vida.

—Es metal abrillantado, no está pintado —añadió él, antes de rodear el coche para abrirle la puerta. Estaba claramente complacido al ver su reacción.

Riva entró en el vehículo y se acomodó en un suntuoso asiento de cuero granate.

—¿Y si llueve? —preguntó.

Él alzó la mirada hacia el cielo, de un prístino azul y totalmente despejado, y se echó a reír.

—Tranquila, no hay ni una sola nube. Pero extenderé la capota si hace falta.

Ella asintió.

—Sujétate el sombrero.

Así lo hizo.

Poco después estaban circulando a toda velocidad por una serpenteante carretera que discurría por verdes y fértiles terrenos donde abundaban los huertos de árboles frutales y los cultivos en terrazas escalonadas. Riva contemplaba en silencio los pequeños campos de suelo pedregoso separados por muros bajos, una brisa traía consigo el olor de las hierbas silvestres. Y había molinos de viento a las afueras de los pueblos, ¡le encantaban los molinos!

—La recolección de las naranjas en diciembre es todo un espectáculo —comentó Bobby—. Y el aroma cítrico que impregna el aire es una maravilla. Espero que estés aquí para vivirlo.

Vieron algunos grupitos de campesinas descalzas, vestidas con blusas y largas faldas; llevaban la cabeza cubierta con bonitos pañuelos anudados bajo la barbilla, y acarreaban pollos en grandes cestas que sostenían sobre la cabeza. De vez en cuando pasaba algún carro tirado por un burro. En uno de los pueblos había un hombre con sombrero y un colorido pañuelo al cuello que estaba sentado en un escalón, tocando una guitarra.

—La isla apenas mide unos veintisiete kilómetros de largo y unos catorce de ancho —le explicó Bobby—. El océano jamás está a más de unos veinte minutos de distancia, más o menos.

Cuando llegaron a los acantilados de Dingli, situados en la costa oeste de la isla, aparcó el coche en un lugar cercano y fue a abrirle la puerta con caballerosidad. La forma en que la miraba, como si estar con ella y disfrutar de su compañía fuera todo cuanto deseaba en el mundo, la tenía encandilada.

Caminaron hacia el borde del acantilado por la llana y rocosa cima y contemplaron maravillados las impresionantes vistas…, el escarpado precipicio, el azul zafiro del mar, la blanca espuma acariciando las rocas.

—Unos doscientos cincuenta metros de altura —dijo él—. Vertiginoso, ¿verdad?

Riva estaba saboreando el momento, disfrutando de la belleza del lugar con el graznido de las gaviotas como telón de fondo.

—Y este es el Mediterráneo —añadió Bobby.

La extensión de mar ofrecía un panorama espectacular. Ella era una chica de ciudad y, aunque había pasado los veranos en la región francesa del Périgord, no estaba acostumbrada a estar junto al mar. Había un fuerte olor a sal que seguro que percibiría después en su propio pelo.

Él la despojó del sombrero con delicadeza, rozando ligeramente sus mejillas con la mano.

—Va a salir volando —dijo, a modo de explicación.

Ella asintió, consciente de que tenía razón. Había tenido que sujetar la prenda con la mano durante buena parte del trayecto en coche.

—Me gusta tu pelo. —La miró sonriente—. Muy moderno.

Pasaron un rato paseando, disfrutando del día sin más.

—¡Qué cantidad de flores amarillas! —exclamó ella en un momento dado.

—Siempre abundan en primavera. En verano, los protagonistas son el amarillo del hinojo y el dulce aroma de las flores de los arbustos de alcaparras. Y el aromático olor del tomillo es el que te envuelve al caminar. —Señaló entonces hacia una isla, cambiando de tema—. Mira, esa isla de allí es Filfla. Totalmente deshabitada.

La embargó de repente un intenso anhelo…, el impulso irresistible de plantarse justo en el borde del acantilado, de sentir que estaba en el mismísimo filo entre la vida y una muerte segura. Dio unos pasos hacia allí, y unos cuantos más. Se puso a prueba a sí misma —y también a Bobby, quizá— sacando las puntas de los pies un poquitín por encima del borde.

Él se acercó por detrás a toda prisa, le pasó un brazo por la cintura y la obligó a retroceder.

—¡No hagas idioteces! El suelo puede desmoronarse.

Riva giró el cuerpo para poder mirarlo frente a frente. Cuando vivía en Francia, deseaba con todas sus fuerzas descubrir un mundo más excitante, ¿no? Bueno, pues ya lo había encontrado. Y Bobby iba a ser el centro de ese mundo. Él se inclinó hacia delante y la besó en la boca con suma delicadeza. Se apartó segundos después, pero, inmersa en una cálida corriente de pasión y deseo, ella hundió los dedos en su pelo y lo atrajo de nuevo hacia sí. Momentos después, estaba besándola más profundamente y ella hincó las uñas en su espalda para instarlo a seguir, apretó las caderas contra las suyas y sintió la fuerza de lo que estaba desatándose entre ambos.

—Dios, ¿qué me estás haciendo? —le susurró él al oído, antes de acariciarle la nuca con ardor y deslizar la mejilla por su sedoso pelo.

—¿No íbamos a ir a casa de tu tío?

—Maldición, se me había olvidado.

—Habrá que dejar esto para una próxima vez.

—¿Te gustaría que la hubiera?

—¿Tú qué crees? —contestó ella con una carcajada, antes de adecentarle con la mano el pelo que acababa de revolverle; por algún extraño motivo, sintió que aquel pequeño gesto era incluso más íntimo que el beso.

Él la tomó entonces de la mano y la condujo hacia el coche.

Poco después se aproximaban a la amurallada ciudad medieval de Mdina, cuyos elevados y dorados muros creaban una estampa majestuosa y ligeramente intimidadora. Se alzaba imponente sobre los campos, asentada sobre la amplia cima de una colina sobre baluartes centenarios y un sólido lecho de roca, con sus domos y torres y cúpulas. Era un lugar perfectamente conservado, completamente inexpugnable. Riva le preguntó a Bobby al respecto, y este le explicó que el asentamiento había existido de una u otra forma desde los tiempos de los romanos, y que había sido la primera capital de Malta.

—Buena parte de sus habitantes son miembros de la nobleza maltesa.

—¿Tu tío es maltés?

—No.

—Entonces, ¿por qué vive aquí?

—Se casó con Filomena, una maltesa. Ella falleció, por desgracia, y él pasó a ser el dueño de la casa. Un edificio del siglo XVII, realmente precioso. Y no es el único británico que vive aquí, por supuesto.

Cruzaron la enorme entrada de piedra y, después de aparcar, pasaron un rato paseando por el laberinto de umbrías calles. Riva contemplaba boquiabierta los edificios que él llamaba *palazzi*: casas imponentes que se alineaban a lo largo de las calles en todas direcciones, con las persianas bajadas y las magníficas puertas cerradas a cal y canto. Había señales prohibiendo el paso por todas partes.

—La llaman la ciudad silenciosa. —Bobby indicó con la mano la magnífica arquitectura barroca que los rodeaba.

Ella se detuvo y aguzó el oído. El único sonido era el del viento.

—Me perdería aquí estando sola.

—Sí, es laberíntico. Dejó de ser la capital tras la llegada de los Caballeros de la Orden de San Juan, tenían que estar más cerca de los barcos. Y ahora la Administración británica también está centrada principalmente en La Valeta. —Se detuvo y sacó una llave de hierro de su bolsillo.

—¿Aquí es? —Riva contempló las inmensas puertas dobles, las dos macizas aldabas metálicas con forma de cabeza de león—. Madre mía, parece un castillo —añadió, sorprendida, al verle asentir.

Él metió la llave en la cerradura, la giró y abrió una de las pesadas y chirriantes puertas. Los ojos de Riva tardaron unos segundos en acostumbrarse a la penumbra que reinaba en el interior. Cruzaron el enorme vestíbulo y entraron en una gran sala, una de techo abovedado repleta de sombras y surcada por extraños haces de luz.

—Tenemos que atravesar el patio —dijo él.

Recorrieron un pasillo y una galería porticada, y salieron entonces a un patio interior rodeado por muros de piedra de color miel. Ella se detuvo para recorrer el lugar con la mirada y disfrutar del olor a jazmín.

Enredaderas escalaban los muros; desde la galería que discurría a lo largo de tres de los lados del segundo piso, bordeada por una ornamentada barandilla de hierro, caía una verde cascada de plantas.

—¡Qué maravilla de jardín! —exclamó, con la mirada puesta en unas grandes jardineras rebosantes de lirios.

—Allí hay una higuera. —Él indicó un árbol situado en una esquina con un gesto de la cabeza—. No encontrarás higos más buenos en ninguna parte. Y allí hay dos naranjos.

Riva oyó un suave tintineo de agua y vio una fuente que no ocupaba la posición central que cabría esperar: el agua salía de tres decorativos surtidores y caía en una pila de piedra pegada a uno de los muros.

—Náyades —dijo él, al seguir la dirección de su mirada—. Los surtidores.

Ella respiró hondo, exhaló el aire poco a poco y se limitó a decir:

—Vaya.

—Sí, vaya. ¿Lista para conocer al viejo?

Después de cruzar el patio, pasaron por el arco de entrada de una antesala que conducía a unas escaleras. Estas terminaban por abrirse a un majestuoso pasillo abovedado donde el olor a cera de abeja y a limones perfumaba el aire, con ventanales que abarcaban del suelo hasta el techo a lo largo de una de las paredes y retratos alineados a lo largo de la otra.

—Esto es un palacio secreto —susurró, maravillada—. Y absolutamente glorioso, no es una fortaleza en absoluto.

Él se echó a reír.

—Tienes razón, pero me parece que en otros tiempos fue ambas cosas.

Había sillas tapizadas y lustrosas lámparas de pie de latón colocadas a intervalos, media docena de alfombras orientales que debían de haber costado una fortuna se extendían de un extremo a otro del pasillo. Riva miró por una de las ventanas y vio otro suntuoso edificio cuyos balcones de piedra estaban decorados con estatuas.

—¡Cielos!

—Espera a ver las vistas que hay desde el otro lado.

Cruzaron un salón y Bobby llamó a una puerta. La abrió un hombre vestido de negro que ella supuso que debía de ser un mayordomo.

—Señor, señorita. —Hizo una pequeña inclinación—. Síganme.

—¿Tu tío tiene un apartamento aquí? —susurró ella.

—El palacio entero es suyo, pero prefiere vivir en sus propias habitaciones.

—¿Quién vive en las otras?

Pero en ese preciso momento salieron a una terraza superior descubierta y, sin esperar a oír su respuesta, se alejó unos pasos de él y contempló con el aliento contenido las magníficas vistas despejadas de la isla.

—Espectacular, ¿verdad? —Bobby la miró con una gran sonrisa—. Ah, ahí está mi tío Addison.

El hombre en cuestión estaba sentado en una butaca de mimbre, contemplando el panorama que se extendía más allá de la balaustrada. Se puso de pie de inmediato y se acercó a ellos.

—Nunca me canso de estas vistas. —Miró a Riva y le estrechó la mano—. Es un placer conocerte, querida mía. Soy Addison Darnell. Tutéame, por favor.

Ella reprimió justo a tiempo el impulso de hacer una reverencia, y alcanzó a decir:

—Riva Janvier.

El hombre que tenía ante sus ojos era alto (más de metro ochenta) y de hombros anchos, y tenía los mismos ojos azules como el aciano que su sobrino. Llevaba puesto un chaleco azul marino de terciopelo sobre una camisa blanca y tenía un rostro moreno y cubierto de una red de finas arrugas, pero lo que la sorprendió y le pareció extraordinario fue la vitalidad que exudaba. Eso y su largo pelo blanco, que llevaba atado a la altura de la nuca.

—Ven, Riva, siéntate conmigo. —Se giró hacia las vistas—. ¿No hace demasiado calor para ti?

—En absoluto, aquí arriba hay una brisa muy agradable.

Él la miró sonriente.

—¿Verdad que sí? Y un cielo enorme, por eso me encanta estar aquí fuera.

—Sí, pero solo cuando conseguimos apartarlo de su trabajo —comentó Bobby. Al ver que ella lo miraba sorprendida, añadió—: Mi tío es un pintor bastante conocido.

—Soy un mero aficionado…

—No es verdad.

—¿Los retratos del pasillo? —aventuró ella.

—Sí, me temo que sí —contestó Addison.

—¡Son preciosos!

—¡Vuelve cuando quieras! —La miró con una gran sonrisa—. Quizá podrías hacer de modelo algún día, quién sabe.

Ella le devolvió la sonrisa, pero en sus ojos detectó algo a lo que no supo darle nombre. Seguro que echaba de menos a su esposa, se dijo para sí, justo cuando llegó el mayordomo con unas bebidas. O quizá no fueran más que imaginaciones suyas.

—¿Algún otro familiar tuyo vive aquí? —le preguntó a Bobby, mientras disfrutaba de su copa.

—No. Mi madre viene de visita de vez en cuando.

Addison hizo una mueca.

—A mi hermanita pequeña no le gusta el polvo.

—Ni aprueba lo que haces —afirmó Bobby. Intercambió una mirada con su tío y se echó a reír.

—Mi sobrino tiene razón, a Agatha jamás le ha parecido adecuado que desempeñe un trabajo. En especial después de que se casara con el padre de Bobby, y yo entrara a formar parte de la nobleza británica.

—Mi padre nunca fue un esnob —afirmó Bobby con voz suave.

—No, no lo era —admitió Addison—. Debes de echarle terriblemente de menos, al igual que yo.

—Sí. La esnob siempre fue mi madre, sigue siéndolo.

—Así es mi hermana, lamento decir. Pero dejemos el tema, ¡estamos aburriendo a nuestra joven invitada!

Riva se había distraído mirando las macetas que había alrededor y sintió que se ruborizaba.

—No, ¡en absoluto! —exclamó.

—Háblame de ti —dijo Addison.

Ella miró con nerviosismo a Bobby, quien se echó a reír.

—Puedes hablar con sinceridad, ya he compartido con él tu oscuro secreto.

Riva sintió que el calor de un nuevo rubor le subía por el cuello y encendía sus mejillas, pero le contó a Addison lo de su trabajo en París (omitió la forma en que se había marchado) y también que había visto el anuncio y había partido rumbo a Malta porque anhelaba ampliar sus horizontes.

—Admiro tu valentía, querida mía. Dime, ¿has hecho muchos amigos?

—Bueno, están Bobby y Lottie, claro, y una de mis compañeras de trabajo.

—Debes venir más a menudo. En Malta hay algo más que británicos estirados.

—Mi tío organiza unas fiestas fabulosas. Viene gente procedente de todos los rincones de Malta y Gozo, de todo el mundo también. Artistas, escritores, actrices... ¡Lo pasarás de maravilla!

Addison enarcó una ceja al oír aquello.

—Bueno, eso era antes. Apenas celebro fiestas hoy en día. ¡Ah!, ¡ha sonado la campanilla! La comida está servida, mi señora.

Riva se echó a reír y siguió al mayordomo hasta el comedor más precioso que se pudiera imaginar. También estaba al aire libre y tenía vistas al campo, pero tenía un techo de cristal sostenido por pilares. Un jarrón de cristal tallado y repleto de grandes margaritas amarillas descansaba en el centro de una mesa cubierta con un prístino mantel blanco. Bobby le apartó una silla, así que tomó asiento y contempló a placer los arenosos terraplenes, los árboles y los arbustos que rodeaban la ciudad de Mdina.

—Como puedes ver, este *palazzo* está integrado en parte en las fortificaciones —dijo Addison.

—Nunca había visto un lugar con tanto encanto.

—Espero que la comida también consiga tu aprobación. Aún falta algo de tiempo para que tengamos higos, pero tendrás que venir a probarlos llegado el momento. Aunque es posible que Bobby no esté para ese entonces, en breve estará entrenando para ser piloto.

A Riva no se le había ocurrido que él pudiera marcharse, y su ánimo se ensombreció al instante. Sintió una súbita premonición de algo que fue incapaz de identificar y se estremeció a pesar del calor. Se reprendió a sí misma por ser tan tonta. No iba a pasar nada, todo estaba bien.

Comieron de primer plato *risotto* de calabacín, cordero de segundo y terminaron con un delicioso suflé al Grand Marnier y a la naranja. El tiempo pasó con rapidez. Addison y Bobby bromeaban entre ellos, incluyéndola en la conversación cada vez que ella no comprendía a qué se referían, y en un abrir y cerrar de ojos ya estaban levantándose de la mesa y despidiéndose. Addison la besó en ambas mejillas, y ella le dijo que lo había pasado maravillosamente bien.

—Vuelve pronto. —Él le entregó una tarjeta de relieve dorado, la intensa mirada de sus ojos azules la hizo sentir como si aquel hombre pudiera escudriñarle el alma—. Si alguna vez necesitas un respiro, no dudes en venir. Tengo habitaciones de sobra para invitados en este viejo lugar. O avísame si necesitas cualquier cosa.

Entonces, cuando llegaron a la puerta, él se detuvo y le susurró al oído:

—Jamás ha traído a ninguna chica para presentármela. Pero me alegra mucho que lo haya hecho hoy.

19

Riva seguía embriagada por los cálidos y luminosos recuerdos de aquella fascinante salida con Bobby, y los revivió mentalmente en incontables ocasiones durante los días posteriores. Pero ya había transcurrido una semana y no había sabido nada de él, por lo que empezaba a dudar tanto de sí misma como de lo que había ocurrido entre ambos.

—No puedo seguir así —murmuró, antes de sacar una taza del armario situado por encima del fregadero.

La examinó para asegurarse de que estuviera limpia.

Desayunar un café y una tostada con mantequilla en la terraza se había convertido en parte de su ritual matutino, pero aquel batiburrillo de pensamientos sobre Bobby y el palacio secreto de su tío la tenía un poco alicaída.

—¡Al cuerno con él! —Miró por una ventana que daba a la parte posterior de otro edificio, uno cuyas ventanas ya estaban cerradas a cal y canto para intentar mantener a raya el calor.

El ruido de pasos a su espalda interrumpió sus pensamientos. Se apartó de la ventana y al girarse vio entrar en la cocina a Paloma y a Brigitte, las otras dos chicas con las que compartía la cocina.

—¡Hola! ¿Todo bien? —Esbozó una brillante sonrisa, estaba decidida a ganarse su amistad.

Paloma frunció el ceño y le lanzó una mirada envenenada, pero no dijo nada. Era alta y delgada, pero tenía unos senos generosos y unas voluptuosas caderas. Brigitte, por su parte, era más menudita y enérgica, hablaba sin tapujos, tenía un genio volátil y unos ojos oscuros que en ese momento la observaban con desconfianza. Asintió de repente como si acabara de llegar a alguna conclusión, se acercó a ella y le hincó el dedo en el hombro antes de espetar:

—Te crees mejor que nosotras, ¿verdad? Porque eres francesa. *Ooohlalá!* —Ejecutó una pequeña pirueta de lo más extraña que no terminó de salirle bien.

Riva retrocedió un paso.

—¡Claro que no! —Ni sus palabras ni el golpecito en el hombro la habían dejado tan atónita como la pirueta. Estaba claro que aquella chica no era tan buena bailarina como ella, la verdad—. Mira, fui a clases de *ballet*, eso es todo. Me obligaron a ir.

Y entonces se puso de puntillas y ejecutó una pirueta, aunque no sirvió de nada. Ellas se limitaron a soltar unas risitas burlonas. Pero no se rindió y lo intentó de nuevo.

—No tengo más experiencia que vosotras como bailarina de cabaré; de hecho, seguro que tengo menos porque vosotras lleváis más tiempo aquí. Tengo multitud de hábitos de los que debería desprenderme, prácticas que adquirí con el *ballet* y que no sirven con el cabaré. Incluso el propio Gianni me lo comentó.

—¿En serio? —preguntó Brigitte con desconfianza.

Riva asintió. No era del todo cierto, pero dio la impresión de que aquello servía para apaciguar a la joven, que la miró con una sonrisita de superioridad. La situación laboral de todas las chicas era precaria, cualquiera de ellas podía perder el trabajo en cuanto apareciera alguna más joven o guapa. Era comprensible que Brigitte y Paloma tuvieran la necesidad de creerse superiores para sentirse seguras.

—¿Amigas? —Le ofreció la mano a Brigitte, quien se la estrechó.

Paloma, por su parte, no parecía convencida del todo y preguntó:

—¿Quién es ese novio rico tuyo? —Al ver que Riva la miraba con ojos interrogantes, añadió—: Te vimos entrar en su coche.

—Ese coche no es suyo, ¡se lo prestaron! —lo aclaró con una carcajada; al ver que parecía alegrarse al oír aquello, supo que iba a tener que ser más discreta si no quería generar celos entre sus compañeras.

—Va a venir una nueva —comentó Brigitte.

—¿Una bailarina?

—No, chica de alterne. La vi salir de nuestra habitación libre con un hombre.

—¿Gianni?

Brigitte intercambió una mirada con Paloma antes de contestar.

—No.

—Entonces, ¿quién era?

—El que las tiene asustadas a todas.

—¿Quién es?

Brigitte se calló al ver la mirada de advertencia que le lanzó Paloma y fue esta quien dijo, poniendo fin a la conversación:

—¡Nos vemos! —Agarró a su amiga del codo y la sacó de la cocina.

Riva se preguntó a qué había venido todo aquello, pero sus pensamientos no tardaron en centrarse de nuevo en Bobby. Se preguntó si lo que había sentido habrían sido meras imaginaciones suyas; al fin y al cabo, lo que ella había considerado un día perfecto —un día de perfectos cielos azules y aguas de color zafiro que anhelaba guardar por siempre en su corazón— había perdido algo de lustre con el paso del tiempo. Recordó la amabilidad de Addison, y la forma en que sus cuadros expresaban algo más que la mera superficie de una persona…, esperanza y amor, pero también sufrimiento.

Y recordó también el beso de Bobby. Aunque él no estaba ahí en ese momento, sintió su proximidad y la recorrió una cálida sensación.

Más tarde, en el club, estaba sentada en una de las mesas contemplando el ambiente durante uno de los descansos en compañía de Tommy-O, quien había elegido para esa velada una peluca casi negra, larga, lisa e impactante. Iba vestido con una túnica poco menos que transparente de lentejuelas cosidas sobre una malla, y había completado el atuendo con unos grandes pendientes de aro, una estola de piel y unas pulseras de oro engarzadas de rutilantes rubíes.

—¿Son auténticos? —le preguntó ella.

—¿Los rubíes? Qué va, no estoy forrado de dinero. —Tenía los ojos maquillados con una gruesa capa negra de kohl, estaba espectacular—.

¡Hoy quería cambiar un poco y he probado un *look* tipo princesa egipcia, cielo!

Tenían que alzar la voz para hacerse oír por encima del barullo de platos, copas tintineantes y conversaciones. El bar estaba lleno hasta los topes de marineros que pedían a gritos que les sirvieran, y de chicas que se aferraban seductoras a sus respectivas presas.

—¡Aquí estás desperdiciando tu talento! ¡Deberías estar en Hollywood! —contestó ella.

—¡Eso ya lo sé, muñeca! Ven, sígueme.

Tomaron sus respectivas copas y se refugiaron en un rincón alejado de la barra donde no había tanto jaleo.

—¿Esta sí que es auténtica? —Riva alargó una mano y tocó la estola.

—Claro que sí, cielo. —La miró sonriente y le guiñó el ojo—. ¡Visón de verdad! Un regalo de un admirador rico, ¿te la quieres probar?

Ella la aceptó y se la colocó sobre los hombros; entonces, cual estrella de cine, hizo un teatral puchero que le hizo estallar en carcajadas. Tenía una risa franca, potente, que estuvo a punto de hacer que se atragantara con el cóctel; una vez que se serenó, la miró sonriente y preguntó:

—¿Tienes ya tu placa?

—Gianni me la dará esta noche, ¿será como las que llevan las chicas de alterne?

—Sí, muy parecida. Las suyas llevan las iniciales de la policía de Malta junto con un número de registro. Legalmente, tienen que haber cumplido los veintiún años.

—Algunas parecen más jóvenes.

—Sí, y tienen que esfumarse cuando la policía viene a hacer una inspección.

—¿Ganan un buen sueldo?

—Reciben lo que se conoce como *landa*, una especie de vale, cada vez que consiguen que un cliente pida una bebida. Se ganan bien la vida.

—Y también se…, ya sabes, ¿se van con los clientes?

Él esbozó una sonrisa.

—Aquí no, cielo.

—¿Hay burdeles?

Él frunció la nariz antes de admitir:

—En teoría, están prohibidos. Pero algunos bares tienen cuartitos en la planta de arriba. Hubo una época en la que las chicas tenían que someterse a revisiones, por si tenían alguna enfermedad venérea. Eran cuatro revisiones al mes.

—¿Quién vela por ellas? Me refiero a las chicas de alterne y a las camareras de los bares, ¿quién las cuida?

—Terreno pantanoso. Aquí, en el club, Gianni. Pero no es un pez gordo.

En ese momento, Riva vio a Gianni precediendo a una joven menudita de cabello rubio claro, facciones delicadas y pequeña barbilla puntiaguda. Daba la impresión de que ni siquiera tenía aún los dieciséis.

—¡Mírala! —exclamó.

Iban acompañados de un hombre de oscuro cabello cano que sostenía un bastón. Estaba girado hacia el otro lado, pero tuvo la certeza de haberlo visto antes.

—Esa podría ser la chica que va a vivir en tu edificio —comentó Tommy-O.

—Sí, me han comentado que había una nueva inquilina. ¿Sabes quién es el hombre que los acompaña?

—Sí, y desearía no tener ni idea. —Le cogió el rostro entre las manos y le besó la nariz—. Lo siento, cielo, pero me toca salir al escenario. Aunque me encanta charlar contigo sobre los pros y los contras de la prostitución, debo cambiarme de ropa rapidito si no quiero que los lugareños se impacienten. Y no me refiero a los malteses.

Ella se echó a reír, y le vio alejarse contoneándose sobre aquellos zapatos de vértigo hasta que se lo tragó el gentío que bailaba al son de la música. Pasar un ratito en su compañía bastaba para hacerla sentir más optimista, su decaimiento anterior se había disipado. No tenía de qué preocuparse, seguro que no tardaba en tener noticias de Bobby.

La larga y estrecha sala iba llenándose cada vez más; a pesar de los espejos que cubrían las paredes, siempre daba la impresión de que había el triple de gente. La banda había empezado a tocar una canción alegre y movida que tenía enloquecidos a los bulliciosos clientes, en su mayoría marineros que abrazaban a chicas muy maquilladas con las que se marcharían al cabo de un rato. Si algo podía decirse a favor del parisino bar de Johnny era que allí, al menos, no había cuartitos en la planta de arriba. Recordó cómo había tenido que limpiarse el pintalabios escarlata y el colorete antes de que su furibundo padre la sacara de la comisaría, era como si hubiera transcurrido una eternidad desde entonces. Respiró hondo y exhaló lentamente. Su padre. ¿En qué situación se encontraría en ese momento? ¿Habría estallado el escándalo?, ¿habrían logrado silenciar el asunto? Era posible que no llegara a enterarse jamás. Se planteó mandarle una carta a Claudette para hacerle saber que estaba bien, no tenía por qué darle una dirección. Poder hablar con ella sería incluso mejor, pero sabía que eso era imposible. Sintió una punzada de dolor en el pecho al pensar en su hermana, anhelaba con toda su alma tener noticias suyas y de sus tres hijas: Hélène, Élise y la pequeña Florence.

20

FLORENCE

Florence mordisqueaba el extremo de su lápiz mientras miraba pensativa por la ventana. Su mente todavía seguía dándole vueltas a la última carta de Hélène, no podía creer que Suzanne hubiera muerto después de lo valiente que había sido durante aquellos últimos años. Pensar en Suzanne, en Henri, en sus hermanas y en la incertidumbre que seguía cerniéndose sobre ellos hacía que a su mente acudieran con más frecuencia los recuerdos de la guerra en Francia…, y de aquel aciago día que desearía poder olvidar.

Lápiz en ristre, empezó a escribir en el cuaderno que había empezado en aquel entonces, después del que había sido el peor día de su vida. Jack había estado presente, la había ayudado. La había alejado de los cuerpos sin vida de los dos hombres que la habían inmovilizado y a los que Élise había matado a tiros.

Jack la había visto tirada allí, golpeada y traumatizada, medio desnuda, doblada sobre la mesa de la cocina. Él la había visto así, y la recorrió una oleada de vergüenza. Se la había llevado de la cocina, la había alejado de lo que había ocurrido allí. ¿Acaso el hecho de haberla visto así, tan vulnerable y expuesta, había afectado a la imagen que tenía ahora de ella? Los horribles recuerdos de aquel día le revolvieron el estómago. Sucia, mancillada, no había podido articular palabra, lo único que quería era borrar de su mente la violación. El cuaderno se había convertido en su única válvula de escape. La única forma en que podía enfrentar la vergüenza, el sentimiento de culpa, la furia. Desde un punto de vista lógico, sabía que la violación no había sido culpa suya; aun así, el sentimiento de culpa persistía. Se puso a escribir.

Ha regresado otra vez. El peligro que acecha tras la puerta, la puerta cerrada. La puerta que yo, en mi inocencia, abrí libremente. La puerta que abrí yo misma, a través de la cual entró la violencia en mi casa —en mi cuerpo—, en mi alma. Incluso cuando estaba luchando y forcejeando, sabía que había sido yo quien la había dejado entrar. Y ahora el peligro que acecha tras la puerta jamás se va del todo.

Los ojos se le nublaron y dejó el lápiz sobre la mesa. Desde su llegada a Inglaterra, había relegado aquello al fondo de su mente, sobre todo mientras buena parte de su vida estaba en una especie de limbo. Pero, ahora que las cosas habían tomado algo de forma y había empezado a trabajar en la casa grande (preparaba las meriendas, las comidas y las cenas los fines de semana), los recuerdos volvían una y otra vez. Y otra, y otra, y otra. Y no podía detenerlos.

Con su cuaderno frente a ella sobre la mesa de la cocina, se obligó a enfrentarlos y finalmente, página a página, encontró algo de solaz. Antes cocinaba y preparaba mermelada; ahora escribía sus más oscuros sentimientos.

Jack siempre estaba ausente (ella daba por hecho que casi siempre estaba en Londres, aunque él jamás le especificaba a dónde iba) y se sentía muy sola a pesar de su trabajo de cocinera. Simple y llanamente, sentía la necesidad de hablar con alguien. Se había planteado subir andando hasta la cabina telefónica que había en la encrucijada y llamar al número que le había dado Bruce, pero algo en su interior le impedía dar ese paso.

Encendió la radio. Funcionaba con una batería, y sabía que iba a tener que llevarla al garaje para cargarla si no quería que dejara de funcionar en breve. Las noticias seguían centrándose en los V2 que los alemanes habían estado utilizando desde comienzos de septiembre, la gente los llamaba «conductos de gas voladores» porque el Gobierno había ocultado la verdad y había asegurado que los daños y las muertes de Londres habían sido causados por explosiones en los conductos del gas. Pero ahora todo el mundo sabía que los verdaderos culpables habían sido los cohetes del «condenado Hitler».

Apagó la radio, era demasiado deprimente. Optó por leer un rato. El libro sobre Malta que había tomado prestado de la biblioteca estaba repleto de palabras, pero le faltaban fotografías. Más que nada, lo que ella quería era ver aquel lugar, así que visualizaba con la imaginación una isla soleada con un titilante mar azul y suaves brisas.

Contempló el gélido mundo que se extendía más allá de las ventanas de la cocina. Allí no había brisas suaves, desde luego. El invierno se había adueñado de la campiña. Todas las mañanas había témpanos de hielo colgando de los bordes exteriores de las ventanas; en el interior de la casa, el frío se hacía sentir y decoraba los cristales con elaborados helechos de escarcha… excepto los de la cocina, gracias a la Aga.

Tomó su abrigo de *tweed*, se enroscó una gruesa bufanda alrededor del cuello, se puso el sombrero y los mitones, y entonces salió y echó a andar con pesadez por el llano prado de agua que había frente a la casa. La escarcha matutina seguía cubriéndolo todo y el frío ya estaba calándole los huesos. Se preguntó si el riachuelo se habría helado y se acercó por el manto de tosca hierba para comprobarlo; aunque había hielo, el agua seguía fluyendo. Vio un pajarillo extraño que parecía estar nadando bajo el agua, lo miró con detenimiento y sonrió con deleite cuando el animal salió a la superficie, se sacudió y se inclinó antes de ir a posarse en una piedra, donde se puso a trinar. Mientras oía su dulce y melódico canto, decidió consultar el libro sobre aves que Jack tenía en la casa. Era un pajarillo alegre y regordete, oscuro por arriba, con un babero blanco y cola corta…, no debería de resultar difícil identificarlo.

Dio media vuelta e inició el camino de regreso a la casa, pero vio los cuervos mucho antes de llegar. Eran cuatro y todos ellos grandes, negros e imperiosos. Aquellos animales no le gustaban lo más mínimo, hacía una semana más o menos que habían aparecido y se había sentido inquieta desde entonces.

Esa noche le dio de comer al gatito (se alegraba de haber accedido finalmente a adoptarlo) y se acostó con él acurrucado a su lado. Pero el viento aullaba alrededor de la casa, las ventanas traqueteaban mientras la lluvia golpeteaba los cristales, sentía que las paredes se le venían encima. Encendió la lamparita de noche, pero se oyó el súbito chasquido de un trueno y la habitación quedó a oscuras. Tanteó a ciegas en el cajón de la mesita de noche, en busca de cerillas y velas. Jack le había advertido que la instalación eléctrica era frágil durante el invierno y había insistido en que siempre debía estar preparada. Cuando por fin encontró lo necesario, colocó la vela en una palmatoria, encendió una cerilla y la acercó a la mecha. La llamita parpadeó al cobrar vida y elongadas sombras aparecieron en los rincones de la habitación.

La tormenta se prolongó sin tregua, siguió azotando la casa hasta hacerla sentir que aquel asedio no iba a terminar jamás. Imaginó el agitado y turbulento cielo, los airados dioses, su propio cuerpo siendo arrastrado hacia las nubes por un violento torbellino y se cubrió la cabeza con las mantas. No sirvió de nada. Se sentía como si el mundo que la rodeaba se hubiera vuelto irreal y en medio de la noche soñó que estaba perdiendo a Hélène, tal y como le había sucedido a Claudette con Rosalie. En el enmarañado entramado del sueño, todo iba mal. El extremo final del mundo estaba a oscuras, la negrura era total. Hélène emergió de las sombras como un espectro envuelto en la niebla y ella la llamó, le gritó hasta quedarse ronca… «¡Espera! ¡Detente!». Hélène se giró finalmente, la atravesó con la mirada como si fuera invisible y ni siquiera pudiera verla; y entonces se echó a reír con amargura, con la voz estrangulada, antes de alejarse hacia el borde. Desapareció al internarse en la negrura, la negrura del abismo, ¡Hélène se había caído por el abismo del fin del mundo! Pero… no, en realidad no se había caído, había sido ella quien la había empujado. Había empujado a su propia hermana hacia el abismo, hacia la oscuridad. Despertó gritando y jadeando horrorizada, con el corazón desbocado y las mejillas surcadas de lágrimas.

A pesar de su estado febril, logró dormitar un poco más con el viento aullando y fantasmagóricos cuervos revoloteando por la habitación. Al despertar e intentar levantarse, le flaquearon las piernas. Temblando de pies a cabeza, volvió a meterse en la cama y permaneció allí, fluctuando entre un frío gélido y un calor insoportable. Las sábanas se empaparon de sudor, pero estaba demasiado enferma como para cambiarlas y se pasó al otro lado de la cama; cuando este se humedeció también y se dio cuenta de que el gatito se había ido, se enroscó en un ovillo para darse algo de consuelo.

Florence despertó en un dormitorio gélido, con un fuerte dolor de cabeza y tan helada que se sentía como si se le hubieran congelado los huesos. No sabía si aquella era la mañana siguiente o si había pasado un día entero en la cama. Volvió a cubrirse la cabeza con las cobijas, pero intentó levantarse de la cama cuando le pareció oír a alguien en la planta de abajo. Era obvio que no estaba tan mal como antes, pero todavía tenía las piernas un poco debilitadas y no tardó en rendirse. Se tumbó de nuevo en la cama y aguzó el oído con el corazón en un puño. ¿Quién estaba abajo?, ¿sería Belinda? Y entonces oyó una voz que la llamaba. Era Jack, ¡gracias a Dios! Respondió con voz débil y quebradiza:

—¡Aquí! Estoy aquí.

Oyó que subía la escalera, y entonces la puerta se abrió y él apareció en el umbral.

—¡Santo Dios! ¿Pero qué diablos…? —Fue a abrir las cortinas a toda prisa mientras ella luchaba por incorporarse, se acercó a la cama con cara de preocupación—. Estás enferma.

Ella asintió. Él le apartó el húmedo pelo de la cara con delicadeza.

—Dios, estás helada.

—Tenía calor, tenía frío, no puedo levantarme.

—El Aga se ha apagado, por eso hace tanto frío aquí arriba.

—Lo siento, me advertiste que debía mantenerla siempre encendida.

—Estabas demasiado indispuesta.

—¿Qué me pasa?

—Una gripe bastante fuerte, diría yo. Está circulando por la zona. Voy a buscarte un vaso de agua. Después encenderé el Aga y todas las chimeneas, incluida la que tienes aquí.

—No suelo enfermar así.

—Sí, ya lo sé. Quédate tumbada por ahora; cuando la casa esté caldeada, ya veremos lo que hacemos. Hay que airear esta habitación.

—No me siento capaz de bajar la escalera.

—Ya se me ocurrirá algo —le aseguró él con una sonrisa.

—Había cuervos. Cuando los vi, supe que iba a pasar algo malo.

Él le subió un vaso de agua y lo dejó en sus temblorosas manos antes de ir a caldear la casa; poco después, cuando regresó de nuevo y se sentó en el borde de la cama, Florence se incorporó de nuevo con dificultad.

—La chimenea está encendida y cargada de leña —dijo él—, así que voy a bajarte en brazos a la sala de estar. Tengo que cambiar estas sábanas y abrir las ventanas, esta chimenea la encenderé después.

Ella asintió y él añadió:

—El Aga tarda un poco más en calentarse, así que no puedo prepararte una bebida caliente todavía. Ahora voy a pasarte un brazo por los hombros y el otro por debajo de las piernas. ¿Lista? —La alzó de la cama—. Vaya, ¡no pesas nada! ¿No has comido en mi ausencia?

Cuando Florence despertó a la mañana siguiente, supo de inmediato que estaba recuperándose. Había dormido profundamente, sin cuervos revoloteando por la habitación ni nuevos sueños que pudiera recordar. Supuso que la otra noche debía de estar delirando y se estremeció al recordar la pesadilla protagonizada por Hélène. Se deslizó hacia el lado con cuidado hasta quedar sentada en el borde de la cama, y comprobó si las piernas la sostenían. Logró ponerse en pie, pero notaba algo distinto en el ambiente… Lo único que se oía era el chisporroteante sonido del Aga en la planta de abajo, el mundo exterior parecía haber quedado completamente silenciado. Logró acercarse a la ventana poquito a poco y abrió la cortina.

—¡Oh!

El mundo entero se había vestido de blanco. La colina que se alzaba por detrás de la casa, los árboles despojados de hojas, los arbustos. Encontró su bata y abrió la puerta del dormitorio. Jack debía de haberla oído desde abajo y apareció al instante para ayudarla.

—Has podido levantarte, ¡perfecto!

—La nieve —dijo ella.

160

—Sí, ya lo sé.

—No tenemos comida.

—Tenemos de sobra. Mientras tú dormitabas ayer al calor de la chimenea, fui a por algunas cosas a casa de Ronnie; además, traje conmigo algo de comida que me sobró en Londres.

Él le rodeó la cintura con un brazo para servirle de sostén y bajaron poco a poco a la cocina, donde reinaba ahora un calorcillo muy agradable. Le apartó una silla desde donde se veía el helado prado de agua y la ayudó a sentarse.

—¡Es precioso! —exclamó ella, sonriente—. Vigorizante. Podríamos salir a dar un paseo por la nieve.

—Hoy no, hay unos ventisqueros enormes tanto en la puerta de entrada como en la trasera. Tendría que cavar para poder salir.

—¿Mañana?

—Vamos a esperar a que te recuperes; en cualquier caso, esta ola de frío durará unos cuantos días. ¿Te apetecen unas gachas?

—Sí, gracias. —Era tal su alivio al ver que se sentía mejor, que se echó a reír por primera vez en quién sabe cuánto tiempo. Fue un pequeño desahogo que le sentó de maravilla. Contempló fascinada el paisaje por la ventana mientras él preparaba las gachas—. Mira, ¡está nevando otra vez! ¿A que es mágico?

—Eres como una niñita —afirmó él, señalándola con la espátula.

Permanecieron tres días encerrados en la casa, viendo caer la nieve al otro lado de las ventanas. Era un bello espectáculo, pero, más allá de eso, Florence se sentía como si el mundo que había más allá de aquella nieve hubiera dejado de existir y solo existieran ellos dos. Jamás había sido tan feliz. Jack le leía libros y le contaba anécdotas divertidas; ella, por su parte, le habló de la existencia de su diario sin entrar en detalles. Pasaba buena parte del tiempo dormida, acurrucada en la amplia butaca al calor de la chimenea de la sala de estar mientras Jack le cocinaba y se aseguraba de que estuviera cómoda.

En la mañana del cuarto día, estaban charlando cuando él comentó:

—Por cierto, un conocido mío quiere que un arquitecto revise una casa que tiene en Sicilia para comprobar si está en buenas condiciones.

Me ha pedido que me encargue yo. Está forrado de dinero y, por lo que me ha contado, es un lugar maravilloso, pero es posible que esté bastante deteriorado. Y está a un tiro de piedra de Malta.

Ella lo miró en silencio, no tenía claro adónde quería llegar con todo aquello.

—Podrías acompañarme, si quieres —añadió él, con toda la naturalidad del mundo—. Aunque habrá que esperar a que termine la guerra, claro, y ni siquiera sé cómo viajaríamos hasta allí llegado el momento. ¿Te gustaría venir?

Florence se levantó de la butaca, se acercó al sofá donde estaba sentado y le abrazó. Notó su cálido aliento en el cuello, permanecieron abrazados un segundo más de lo estrictamente necesario... y entonces se apartó de él y contestó.

—¿Has tenido noticias de Belinda?

—Sí. Nos vimos para hablar, todavía está empeñada en no seguir adelante con el divorcio a menos que yo ceda y le entregue parte de la casa.

—Tendrás que mantenerte firme, esperar a que cambie de opinión.

—A veces me dan ganas de ceder, no quiero que ella siga siendo responsabilidad mía. Seguro que se promete en matrimonio con Hector en cuanto nos divorciemos, ya lo verás. En fin, voy a la granja.

—¿Puedo ir contigo?

—He despejado el camino, pero no sé si estás en condiciones de recorrer todo ese trecho nevado.

—¡Me muero de ganas de salir y disfrutar de la nieve!

—Vale, ¿qué te parece si salimos a dar un pequeño paseo y voy después a la granja?

Ella sonrió de oreja a oreja y se apresuró a ponerse las botas, el sombrero, el abrigo y la bufanda; antes de que él se hubiera puesto siquiera las Wellington, ya estaba lista y esperando en la puerta principal.

—¡Vamos, lentorro! —exclamó con una carcajada.

—Me parece que está usted un poco chalada, señorita.

—¿Solo un poco?

Él esbozó una gran sonrisa y abrió la puerta, dejando entrar una bocanada de aire gélido. La nieve aún estaba prístina y, embelesada,

Florence inhaló profundamente y saboreó la fría sensación antes de echar a andar hacia el prado de agua. La quietud que la rodeaba hacía que su mente se vaciara y se llenara de calma.

—No, por ahí no, es demasiado peligroso —le advirtió Jack—. No sabemos lo que es terreno sólido y lo que no.

—El otro día fui en esa dirección y enfermé y vi un pajarillo nadando bajo el agua en busca de comida.

—Ah, sería un mirlo acuático.

—¿Estás seguro?

—¿Cómo era?

—Regordete, con babero blanco.

—Un mirlo acuático, no hay duda. Subamos por el sendero, es más seguro. Ven, agárrate a mí. —Le ofreció el brazo—. Puedes consultar el libro de aves mientras estoy en la granja.

Las ramas de los árboles se combaban bajo el peso de la nieve, el sendero estaba completamente blanco y a uno de los lados se extendía un profundo ventisquero. El cielo estaba teñido de un azul prístino, el sol se reflejaba en la nieve y los cegaba; el aire, límpido y frío, parecía estar hecho de cristalitos.

El aliento de ambos formaba nubecillas mientras ascendían lentamente por el sendero, una pequeña ráfaga de viento alzó una fina cortina de nieve y se la llevó consigo. Estaban a medio camino de la cima cuando dieron media vuelta e iniciaron el camino de regreso. Florence iba un poco por delante y, mientras Jack contemplaba el panorama del valle, se agachó sigilosamente hasta el suelo y gritó de repente:

—¡Guerra de nieve! —Le lanzó una bola y erró el tiro por cuestión de milímetros.

Él hizo su propio proyectil entre risas y se lo lanzó.

Sonriente, con fuerzas renovadas, Florence preparó otra bola de nieve mientras Jack preparaba otra a su vez. Ambos proyectiles fueron lanzados al mismo tiempo y el de él salió desviado, pero ella le dio de lleno en el pecho y huyó corriendo, trastabillando por la nieve.

Él la alcanzó con rapidez, la agarró y cayeron en un profundo ventisquero entre risas y exclamaciones ahogadas. En sus verdes ojos apareció un brillo cálido al mirarla, tenía las mejillas y la nariz enrojecidas. Florence sintió la caricia de su aliento en la cara y se le aceleró el corazón mientras todo quedaba en suspenso a su alrededor. Esperó con el aliento contenido, envuelta en el silencio amortiguado por la nieve. Hubo un momento de incertidumbre… Entonces Jack se apartó y se puso de pie a toda prisa, poniéndole fin.

21

Al día siguiente, alguien llamó a la puerta y Jack fue a abrir. Aceptó un telegrama de manos de un joven mensajero y llamó a Florence, quien había visto al muchacho desde la ventana de su habitación y bajó corriendo la escalera.

—Para ti —dijo él.

Florence lo abrió a toda prisa, tenía el corazón en un puño, nunca se sabía si las noticias serían buenas o malas… y entonces soltó una exclamación de alegría.

—¡Ay, Dios! ¡Qué gran noticia! Élise ha dado a luz.

—¿Cuándo?

—Hace dos días, ¡es una niña! —Tragó un nudo de emoción y se echó a reír, presa de un júbilo incontrolable—. ¡Tenemos una sobrina! ¡Hélène y yo tenemos una sobrina!

Jack la contemplaba con una gran sonrisa.

—¡No me lo puedo creer! —añadió ella—. Debo responder de inmediato. Enviaré a Élise mis felicitaciones y le contaré que ha nevado.

—¿Sabe que encontraste trabajo?

—Sí, se lo conté en mi última carta.

No añadió que Hélène había expresado anteriormente su sorpresa al enterarse de que ella seguía viviendo en Devon. Por eso, en su siguiente carta, ella había recalcado lo tranquilo y agradable que era aquel lugar, y había reiterado que Jack no estaba allí casi nunca (y así era cuando había escrito aquellas líneas). Ya le había contado que Claudette le había pedido que localizara a Rosalie, la hermana que había desaparecido tantos años atrás. Y también había mencionado la discusión, pero le había asegurado a Hélène que la relación con su madre parecía haber mejorado.

Una vez que terminó de escribir la carta de felicitación para Élise, se puso a danzar por la cocina, sintiéndose como en una nube. Todavía le costaba asimilar la noticia, ¡le parecía un milagro!

—¡Soy tía! ¡Soy tía! —exclamó, llena de felicidad.

Y entonces rompió a llorar.

—¡Eh! Tranquila, ya está. —Jack la atrajo hacia sí, la sostuvo de los brazos mientras escudriñaba su rostro.

Ella alzó la mirada y, al ver aquellos ojos tan llenos de compasión, sintió algo en lo más profundo de su ser. Se echó a reír y a llorar al mismo tiempo sin saber siquiera por qué, como una niñita tan rebosante de felicidad que no puede evitar estallar en llanto.

—Ay, Jack, ¡ojalá estuviera allí! Me duele no estar con ellas.

Él la rodeó con los brazos.

—Ya lo sé. Un nacimiento, una nueva vida que se incorpora a la familia. Es un momento muy significativo y debe de ser horrible no estar presente.

—Sí.

Él la soltó y retrocedió un poco.

—Bueno, creo que esto hay que celebrarlo con una copita de oporto.

—¿Tienes una botella?

—He estado reservándola para alguna ocasión especial. Ah, y Ronnie me dio esto. —Le dio una lata—. Es un pastel de frutas. Y me proporcionó también un pollo pequeño, seis huevos, cuatro lonchas de beicon, un trocito de queso, pan, patatas, manzanas, zanahorias y nabos.

Él había insistido en usar sus propios cupones de racionamiento en esa ocasión, y ella sonrió encantada al oír que disponían de tanta comida. Las hortalizas que había plantado estaban ocultas bajo la capa de nieve (en cualquier caso, todavía no estarían listas) y, durante la ausencia de Jack, había subsistido a base de avena, repollos de invierno que le daba Gladys y algún que otro huevo frito muy de vez en cuando. Así que aquello era un banquete.

—¡Hoy voy a preparar una suntuosa cena de celebración! —anunció.

—Esperemos a ver cómo te encuentras despúes —contestó él con cautela.

Ella asintió, pero en realidad no estaba escuchándole. Estaba pletórica de energía, ¡se sentía capaz de escalar la más alta de las cumbres…! Bueno, puede que esa no fuera la mejor idea. Con la travesía que había hecho por las montañas ya tenía más que suficiente.

Sin embargo, poco después la invadió una súbita oleada de cansancio que la tomó por sorpresa, fue como si la hubieran desenchufado de repente. De modo que le dijo a Jack que iba a dormir una breve siesta y lo dejó en la sala de estar, encendiendo la chimenea.

Se desvistió, se puso el camisón y se quedó dormida al instante. Se quedó atónita cuando despertó y vio que ya era de noche. Buscó a tientas el interruptor de la lamparita, lo encendió y bostezó mientras la tenue luz inundaba la habitación. No tenía idea de cuánto tiempo había dormido. Encontró las zapatillas, tomó su gruesa bata de felpa y salió de la habitación, pero se detuvo en lo alto de la escalera y olisqueó el aire. Olía a pollo, Jack lo estaba asando.

Él alzó la mirada al oírla entrar en la cocina.

—Hola, dormilona.

—Lo siento.

—No te preocupes —le dijo sonriente.

—¿No dijiste que no sabías cocinar ni un huevo?

—Dije que solo sabía freírlos.

«Ah, así que tú también te acuerdas», pensó ella para sí. Pero se limitó a decir:

—La verdad es que huele de maravilla.

—Tome asiento, señorita. Ten, ¡atrápala! —Le lanzó una cajita de cerillas y señaló con un gesto la mesa, donde había cuatro velas en sus respectivos candeleros.

Ella las encendió mientras él seguía atareado con la comida.

—¿Tenemos vino?

—Sí, está listo. Tinto, he descorchado la botella para dejar que respire. Ya sé que lo tradicional es acompañar el pollo con vino blanco, pero soy fiel al vino tinto.

—A mí también me encanta, y me importa un cuerno la tradición.

—¡Esa es mi chica!

—Ya no soy una jovencita.

Él se giró para mirarla, entornó ligeramente los ojos y en su mirada relampagueó de repente… algo, algo que ella necesitaba desesperadamente descifrar. Y entonces supo de qué se trataba: era una especie de epifanía, de súbita comprensión. La forma en que los labios de él se entreabrieron, como si estuviera un poco sorprendido, le dijo que estaba viéndola con claridad por primera vez.

—No, no lo eres —dijo con voz muy suave, más para sí mismo que dirigiéndose a ella.

—¿El qué?

—Una jovencita.

«¡Se ha dado cuenta!», pensó ella para sus adentros, con el corazón palpitándole acelerado. «¡Se ha dado cuenta!».

Él procedió entonces a servir las patatas y las verduras asadas, y llevó el pollo a la mesa. Cortó un buen trozo para ella y le entregó un plato rebosante de comida.

—Madre mía, ¡no puedo comer todo esto!

Brindaron después de que él sirviera el vino, las velas titilaban y Florence se sentía relajada. Él parecía estar a gusto y ella no quería echar a perder ese momento, pero, después de la forma en que la había mirado, sabía que tenía que preguntarle acerca de Hélène. No podía seguir evitando enfrentarse a aquella cuestión.

Una vez terminada la cena, hizo acopio de valor y dijo:

—Hay algo de lo que quería hablar contigo.

—Sí, lo suponía. —Lo dijo con voz carente de inflexión, y la observó en silencio con semblante serio e inescrutable antes de añadir al fin—: Dispara.

Ella notó que las mejillas le ardían y supo que estaba sonrojada.

—Tengo que preguntarte qué es lo que sientes por Hélène. —Insistió al ver que él se limitaba a asentir—. ¿Y bien?

Se hizo un largo e incómodo silencio, el único sonido era el del aire ululando en el exterior.

—He visto esa pregunta en tus ojos. Pero he sido demasiado cobarde o… No sé. En todo caso, me he resistido a encontrar una respuesta.

—¿Por qué?

—Ya sabes que mi historial afectivo es complicado.

—¿Belinda?

Él tardó unos segundos en contestar.

—Supongo que podría decirse que sentía mucho… afecto por Hélène. Es una persona maravillosa y yo admiraba su fuerza de voluntad, pero no estaba preparado. Y no estaba enamorado de ella. Ni lo estaba en ese entonces ni lo estoy ahora.

Florence asintió. Se sentía aliviada, pero sabía que había algo más.

—¿Te acostaste con ella? —Lo dijo con suavidad, intentando que su voz no sonara acusadora.

—Una vez. —Hizo una pausa y sacudió la cabeza—. No tendría que haber sucedido. No estuvo bien y me culpo a mí mismo por ello, pero estaba tan alterada…, en fin, mantuve las distancias en mi última noche en Francia.

—Lo recuerdo.

—Cuando tú y yo llegamos a Inglaterra, contacté por carta con ella casi de inmediato, vía Ginebra, por supuesto, para aclarar las cosas entre nosotros.

—No me lo habías dicho.

—No. Fue una carta difícil de escribir; además, era algo entre ella y yo. Le di las gracias, le dije cuánto había significado su amistad para mí, le expresé mis mejores deseos. Aunque ella jamás mencionó nada al respecto, yo era consciente de sus sentimientos durante mi estancia en Francia, pero quería que comprendiera que no existía ninguna posibilidad de que surgiera algo más entre nosotros. Le dije que esperaba que siempre fuéramos amigos.

Florence sintió una punzada de dolor y susurró, con la cabeza gacha:

—Pobre Hélène. —Imaginaba lo dolida que debía de haberse sentido.

—¿Responde eso a tu pregunta?

Ella permaneció en silencio unos segundos, y entonces alzó la cabeza y lo miró a los ojos.

—Creo que sabes que no.

Él alzó la botella de vino.

—Está vacía —afirmó.

Florence se limitó a asentir. Él sacudió la cabeza, como si estuviera recordando algo, y añadió:

—Cruzar las montañas contigo fue una experiencia extraordinaria. Vi lo aterrada que estabas todos los días, pero eso no te detuvo. Fuiste valiente, Florence. Muy valiente.

—Jack, estoy...

Desesperada por tocarlo, alargó la mano con el corazón martilleándole en el pecho, pero él no respondió a su gesto y, sintiéndose herida, la retiró de nuevo. Respiró hondo para serenarse.

—No puedo darte lo que necesitas, Florence. Soy un viejo divorciado con mucho dolor a sus espaldas, y la cosa habría quedado ahí si las circunstancias no nos hubieran obligado a pasar tanto tiempo juntos. ¿Te das cuenta? No soy el hombre que necesitas, tan solo soy aquel al que debes aguantar temporalmente.

Ella asintió con lentitud, pero se le constriñeron los músculos de la garganta y fue incapaz de articular palabra. Sí, claro que se daba cuenta. Era humillante, pero se daba perfecta cuenta.

Se puso de pie y alcanzó a decir, con tanta naturalidad como pudo:

—Estoy cansada, será mejor que suba a acostarme.

Y subió escalera arriba, se cobijó en la cama y, con la almohada cubriéndole la cabeza, lloró en silencio.

22

Una mañana, en el espacio de tiempo comprendido entre la última conversación que había mantenido con Jack y las Navidades, Florence se enfrentó por fin a la realidad. Era hora de ser pragmática. Él no la amaba y, por mucho que fingiera que eso no la afectaba, tenía el corazón destrozado porque ella sí que estaba enamorada. Pero Jack había construido muros alrededor de su corazón y no había nada que ella pudiera hacer al respecto. Y el hecho de que tampoco hubiera estado enamorado de Hélène no suponía ninguna diferencia, ya que para su hermana seguiría siendo devastador enterarse de que ella había albergado aquellos profundos sentimientos hacia él.

Claudette había enviado una carta donde describía a Rosalie como una persona afectuosa a la que le gustaba divertirse; según explicaba, sus padres jamás habían entendido a su hermana, quien nunca había llegado a encajar en la familia, y habían intentado cortarle las alas por miedo a sus ganas de volar. La recorrió una oleada de compasión al darse cuenta de lo poco querida que debía de haberse sentido Rosalie, no era de extrañar que hubiera decidido huir. Al final, tras sopesarlo todo detenidamente, decidió viajar a Malta en cuanto terminara la guerra, y hacerlo sola.

Por el momento, iba a contactar con Bruce con la esperanza de que pudieran ser buenos amigos; al fin y al cabo, le había caído bien desde el principio. Había tenido sus dudas sobre si sería buena idea llamarle, pero sabía que tenía que alzar el vuelo, salir más, dejar de dar vueltas con melancolía a lo de Jack. De modo que fue a la cabina telefónica y marcó el número a toda prisa para no tener tiempo de poder cambiar de opinión. No esperaba que respondiera él mismo y se sorprendió al oír su voz.

—¡Florence! ¡Me alegra que hayas llamado!

La calidez de su voz la tranquilizó y le infundió confianza, le recordó que le había parecido una persona muy decente desde el principio.

—Perdona que haya tardado tanto, he estado ocupadísima. Me encantaría ir a dar una vuelta en tu sidecar en cuanto se derrita la nieve.

—¡Vaya!, ¡te tomo la palabra! Según los pronósticos, tendremos nieve unos cuantos días más, así que ¿te parece bien el jueves? Por cierto, ya sé que vives cerca de la granja, pero ¿dónde, exactamente? Pasaré a buscarte a las diez de la mañana.

—Tengo que ir a trabajar por la tarde.

Él se echó a reír.

—¡Estaremos de vuelta mucho antes! En esta época del año te hielas yendo en la moto, así que no olvides abrigarte bien.

El jueves, al oírle llegar desde la ventana de su dormitorio, bajó a la carrera con la esperanza de recoger sus cosas antes de que Jack tuviera tiempo de abrir la puerta. Se puso el abrigo y el sombrero de lana, pero no encontraba los mitones por ninguna parte y estaba buscándolos cuando le oyó abrir y hablar con Bruce. Encontró los mitones por fin y se dirigió hacia allí a toda prisa.

—Perdona, Bruce, no encontraba…

—No te preocupes, estaba charlando con Jack —contestó él con una sonrisa.

—¿Os conocéis? —Se quedó sorprendida. Era algo que no esperaba, y para lo que no estaba preparada.

Fue Jack quien, con un tono de voz bastante seco, contestó:

—Un poco. —Sin más, entró en la casa y cerró la puerta tras de sí.

El recorrido en moto no duró demasiado, la verdad era que hacía mucho frío. Pero Florence disfrutó de la sensación del viento azotándole las mejillas, así como también de la compañía de Bruce. Este aparcó finalmente la moto junto a una zona boscosa y estuvieron paseando un rato, dando patadítas a las hojas que alfombraban el helado suelo mientras conversaban relajadamente sobre la guerra y sobre el trabajo de ambos. Ella le habló de sus hermanas y de lo mucho que las echaba de menos. Él la escuchó con interés y le contó a su vez que solo le quedaba su madre; según le explicó, le habría gustado alistarse, pero estaba exento por ser médico, lo que había sido un gran alivio para su madre. En vez de ir a filas, había trabajado dos años en un hospital militar de Plymouth y había regresado después a Exeter, donde estaba especializado en cardiología.

—¿Siempre quisiste ser médico? —le preguntó ella.

—Desde que nací. De pequeño, los perros y los gatos de mi casa se escondían al verme llegar corriendo, blandiendo hojas de periódico cortadas a tiras y pegamento. Yo afirmaba que era un ungüento para curarlos.

Ella se echó a reír.

—Ser médico de hospital debe de ser muy duro a veces.

—Es más duro para los soldados que regresan de la guerra. No estamos hablando solo de huesos rotos o extremidades amputadas.

—Sí, ya lo sé. Mi hermana Hélène trabaja de enfermera en Francia.

—Me gustaría conocerla algún día, intercambiar impresiones.

Bruce era distinto a Jack, más directo, con menos complicaciones y contradicciones. Sabía lo que hacía, tenía un propósito claro en su vida, y eso fue algo que le gustó de él. Cuando iban de regreso a la moto y ella resbaló en el helado suelo, la sujetó para evitar que cayera y entrelazó el brazo con el suyo. Eso también le gustó.

Una vez que la llevó de vuelta a casa, él tomó su mano, enfundada aún en el mitón, y le dio un ligero apretón al decir:

—Me gustaría volver a verte, Florence. Quizá, si te apetece, podríamos ir a dar otra vuelta con la moto cuando mejore el tiempo. Podríamos ir a la costa. Aunque cualquier playa donde sea posible un desembarco anfibio estará minada, así que tendríamos que estudiar bien las posibilidades.

Florence se esforzó por actuar con toda la normalidad posible cuando entró en la casa. Jack apenas mencionó su salida con Bruce, pero se le veía más taciturno que de costumbre y eludía su mirada. Siguió así hasta el día de Nochebuena, cuando la sorprendió al talar un pino y llevarlo a rastras hasta la casa. Ella lo interpretó como una especie de ofrenda de paz por su parte.

—Me parece que hay más adornos navideños en el desván, a mi abuela le encantaba decorar el árbol. Subiré después a echar un vistazo. —Entonces salió y regresó con acebo, hiedra y una caja de cartón que, según le dijo, contenía piñas.

Ella dio unas palmaditas de entusiasmo.

—Yo me encargo de decorar mientras tú buscas los adornos del árbol.

—Seguro que en la radio ponen villancicos —afirmó él—. Podemos ponerla después, si quieres.

—¡Nada como un buen villancico para despertar el espíritu navideño!

—Por cierto, he descubierto una vieja botella de armañac al fondo de lo que queda de la licorera. No creo que se haya estropeado y he pensado que te recordaría a tu casa. —Al ver que se limitaba a asentir sin mirarlo y que mantenía el rostro girado, le preguntó con voz suave—: ¿Estás bien, Florence?

Ella asintió de nuevo, pero no se giró. Echaba muchísimo de menos su hogar, pero estaba reprimiéndose con todas sus fuerzas para no llorar frente a él.

Encendieron la radio, y cantar sus villancicos preferidos sirvió para animarla un poco. Extendió la hiedra sobre la repisa de la chimenea y añadió entonces las piñas y el acebo, que estaba cargado de vistosas bayas rojas. Poco después, tenía la sala decorada y con aspecto festivo, pero no le pasó desapercibido el hecho de que Jack no había llevado ni una ramita de muérdago.

Al cabo de un rato, él bajó del desván con una caja de madera.

—Creo que los adornos están aquí. —Depositó la caja sobre la mesita auxiliar y alzó la tapa.

Florence rebuscó con cuidado y encontró paquetitos individuales envueltos en seda. Esperó mientras él colocaba el árbol y lo aseguraba bien con ladrillos rotos y una capa superior de piedrecitas, y entonces sacó uno de dichos paquetitos y lo desenvolvió. Era un pequeño pájaro carpintero de alas verdes que tenía un agujerito en la parte superior, oculto tras una tapa metálica con un pequeño alambre.

—Estos viejos adornos de mi abuela están hechos y pintados a mano —dijo él.

—Es muy delicado, me da miedo romperlo.

—Tranquila, está seguro en tus manos. —Sacó un paquetito de la caja que resultó ser una casita de jengibre, dorada y cubierta de corazones, y se la ofreció.

—Espera, voy a por aguja e hilo para colgarlos del árbol. Hay que atarlos bien.

Cuando regresó, fueron abriendo paquetitos y colgando adornos de cristal con forma de corazones, pájaros, estrellas y ángeles. Los pusieron a una altura prudencial, para que el gato no alcanzara.

En un momento dado, Florence encontró un papel en el interior de la caja. Lo sacó para echar un vistazo.

—Mira, parece un albarán de envío. Está escrito a mano, la dirección de envío es…, ah, sí. Lauscha, Alemania.

—En ese caso, lo más probable es que algunos de los adornos sean de antes de la Gran Guerra. —Puso cara de sorpresa al verla desenvolver dos pesados racimos de uvas rojas—. ¡Vaya! Me acuerdo de estos, hacía años que no los veía. Son *kugels* alemanes auténticos, yo debía de tener unos cinco o seis años cuando mi abuela me permitió sostener uno. Aparte de uvas, también tenía manzanas, peras, piñas, bayas. A ver si hay más…

Desenvolvieron más paquetes y encontraron varios *kugels* más de colores diversos: azul cobalto, verde, dorado y amatista.

—Tienen un forro de plata auténtica, mi abuela me lo enseñó cuando rompí uno y me dijo que algún día serían valiosos. Me gustaría saber cómo los consiguió.

Florence se encogió de hombros. Aquellos adornos alemanes le habían provocado una sensación extraña en el estómago, le faltaba tanta información sobre su propia vida… Se preguntó cuántas cosas le había transmitido su padre alemán, Friedrich, sin que ella fuera consciente. Debía de haber millones de pequeños detalles, seguro que había multitud de cosas más allá de ese amor por la jardinería que Anton, su hermanastro, le había revelado que compartía con su padre. ¿Cuál era el color preferido de Friedrich? ¿Le gustaba el pescado? ¿Compartía la afición de Anton por la pesca? ¿Le gustaba nadar? A ella le encantaba. Y seguro que había también cosas de mayor envergadura que ni siquiera alcanzaba a imaginar por el momento. Desde que se había enterado de la verdad acerca de su padre, se sentía como si su psique hubiera cambiado. La música de su vida en Francia seguía palpitando en su corazón, pero algo había cambiado en el ritmo.

Jack y ella pasaron la velada de Nochebuena en armonía. Dieron buena cuenta del delicioso pastel de frutas de Gladys, generosamente bañado en licor de cereza; tomaron el armañac (y sí, el sabor la llevó de vuelta a su hogar en Francia); escucharon la radio frente a la chimenea. Después de las noticias, la emisora BBC Home Service emitió una adaptación de *Alicia en el país de las maravillas* seguida de un recital de música navideña a cargo de la Orquesta Sinfónica de la BBC que comenzó a las nueve y media. Ninguno de los dos mencionó la conversación que habían mantenido sobre Hélène ni la salida de ella con Bruce, y se acostaron a las diez y media. Pero Florence era consciente de la ligera tensión que pendía sobre ellos.

23

Cuando Florence despertó la mañana de Navidad, reinaba el silencio salvo por el ronroneo del pequeño Bart, que se las había ingeniado para dormirse prácticamente pegado a su cara y la hizo estornudar. Pensó en las navidades vividas en Francia junto a sus hermanas antes de la guerra, recordó la algarabía que se montaba, se preguntó cómo estarían pasando ahora las fiestas con una recién nacida en la casa. Ya habrían compartido la larga cena de Nochebuena (conocida en Francia como *le Réveillon*), aunque vete tú a saber quién habría cocinado o lo que habrían comido. Ahora que ella no estaba allí para encargarse de organizar el tema de los suministros, seguro que iban escasas de víveres.

Visualizó mentalmente la escena: Hélène, tan estricta somo siempre en el manejo de la casa, limpiándolo todo hasta dejarlo reluciente antes de que llegaran todos (incluso las habría abrillantado a Élise y a ella, si la hubieran dejado); Élise, por su parte, habría ido a última hora a por las ramas y plantas que iban a servir de adorno y estaría colocándolas por toda la casa. En los bares se servía vino caliente especiado, ¡vino especiado! Pensar en ello hizo que los ojos se le llenaran de lágrimas, pero se las secó y recordó lo que ella misma estaría haciendo en ese momento: asando el ganso. Prácticamente podía oler el aroma de su antigua cocina, y la embargó de nuevo una profunda añoranza por ese sentimiento hogareño.

Y entonces, en los viejos tiempos, Marie y el doctor Hugo llegarían con un enorme *bûche de Noël*, un elaborado tronco navideño de chocolate y castañas. Y Marie traería también una caja repleta de fruta, higos secos, avellanas, nueces, almendras, turrón y uvas pasas. Para atraer la buena suerte de cara al año que estaba por empezar, una vez terminada la cena había que comer trece alimentos dulces distintos en representación de Jesús y los doce apóstoles.

Pero entonces había llegado la guerra y las navidades jamás habían vuelto a ser lo mismo, aunque sus hermanas y ella se habían esforzado por mantener el espíritu festivo. Y ahora había que enfrentarse a un nuevo cambio, y te sentías tan desorientada… Creías que tu mundo permanecería inmutable, que seguiría como siempre; pero resulta que de repente y sin que tú hicieras nada, absolutamente nada, todo cambiaba de la noche a la mañana. Se preguntó si Friedrich y Anton estarían comiendo *stollen*, recubierto de una gruesa capa de azúcar en polvo y horneado con especias aromáticas. ¿Estarían pensando en ella?

Se levantó de la cama, y al mirarse al espejo vio que tenía los ojos enrojecidos y llorosos. Tenía que hacer algo, ¡se suponía que había que estar alegre en Navidad! Intentó poner cara de alegría y observó de nuevo su reflejo para ver si lo había logrado. El resultado no había sido muy brillante que digamos, pero Gladys siempre conseguía animarla y la verían en breve.

Bajó a la cocina después de asearse y vestirse. Jack estaba allí, y se acercó a ella con una cajita que le entregó con cierta timidez.

—Feliz Navidad, Florence.

—Vaya, no esperaba…

Él la interrumpió.

—Se me ocurrió en el último momento.

En un lecho de terciopelo rojo reposaba la pulsera más preciosa que Florence había visto en su vida, con dos cadenas trenzadas de plata con perlitas y gemas azules.

—Pertenecía a mi abuela —añadió él.

—Es preciosa.

—Las perlas son auténticas, las gemas azules son zafiros. Creo que mi abuelo la trajo de la India.

—¡Debe de ser muy valiosa!, ¡una reliquia familiar! ¿Estás seguro de querer dármela a mí?

—¿A quién, si no? —dijo él, con una sonrisa—. En cualquier caso, mi abuela estaría dichosa al ver que alguien la usa.

Después de un desayuno ligero, cuando estuvieron listos por fin, salieron para ver qué tiempo hacía, y justo entonces empezó a nevar de nuevo.

—Creo que tenemos nieve para rato —afirmó Jack, con la mirada puesta en el plomizo cielo—. Será mejor dejar aquí el coche.

—No pasa nada, iremos andando.

Él volvió a entrar en la casa, y ella dio pisotones mientras esperaba para mantener a raya el frío. Sintió curiosidad al verle salir con una caja.

—¿Qué es eso?

—Vino, brandi, fruta deshidratada. Lo traje de Londres.

—¡Cielos! ¿Cómo pudiste conseguirlo? Dudo que fuera con la cartilla de racionamiento.

—Te equivocas si crees que lo saqué del mercado negro. Uno de mis contactos me lo dio por sacarlo de Francia sano y salvo. Le dije que no me debía nada, pero insistió.

—¿Te dio la caja entera?

—Sí. Su familia posee una fortuna inmensa, así que saqueó la casa que tienen en Gloucestershire y me dio parte del botín.

Cuando llamaron a la puerta de la granja, Ronnie salió a abrir y los hizo pasar de inmediato a la cocina.

—Estamos todos en la sala de estar —les dijo, mientras les daba un empujoncito para que le precedieran por un largo pasillo.

Florence fue la primera en llegar a la sala, y la escena que apareció ante sus ojos le arrancó una exclamación de sorpresa. Un gran árbol de Navidad que llegaba al techo, iluminado por multitud de titilantes velas, unas velitas de verdad que reposaban en preciosos candeleros de pequeño tamaño. Los ojos se le inundaron de lágrimas. Gladys, quien estaba parada junto a la chimenea con un collie durmiendo a sus pies, sonrió.

—Sé que no puedes estar con tu familia, querida, así que quería que este día fuera muy especial para ti.

Florence no podía emitir palabra por el nudo que le constreñía la garganta, pero fue directa hacia ella y las dos se dieron un abrazo.

—Gracias —susurró—. ¡Muchísimas gracias!

—Bueno, ahora deja que te presente a mi amiga Grace, de Exeter. Le he hablado muchísimo de ti.

Una mujer de pelo castaño y piel del color de la nata se puso en pie y le estrechó la mano.

—Hola, Florence.

—Y ya conoces a su hijo, Bruce —añadió Gladys.

Florence se volvió a mirarlo y lo saludó sonriente.

—Me alegra verte, no sabía que estarías aquí.

Él esbozó una cálida sonrisa, se puso en pie para besarla en la mejilla y contestó, en un susurro claramente audible:

—En teoría, no iba a venir, pero sabía que vendrías. Así que, después de pedirlo con insistencia en el hospital y de un cambio de turno de última hora, héteme aquí.

Ella sintió que se sonrojaba.

—Siéntate en el sofá junto a él —propuso Gladys.

Florence miró a Jack, quien seguía plantado en la puerta con la mirada puesta en el suelo.

—Jack, ¿por qué no entras y le das la caja a Gladys?

Él alzó la cabeza y Florence vio algo nuevo en sus ojos. No es que su semblante fuera acusador, pero había algo en su mirada que no alcanzaba a descifrar…, una especie de dolor, quizá, que se vislumbraba en las profundidades de sus ojos. Dio la impresión de que el momento se alargaba durante una eternidad, pero en realidad había transcurrido un instante y nadie parecía haberse percatado de nada. Jack le entregó la caja a Gladys, quien la abrió y procedió a mostrarles a los demás lo que contenía.

—¡Qué bendición! —exclamó Ronnie, sonriente—. Solo teníamos nuestro licor casero.

Al cabo de unos segundos, Florence sintió que se le estrujaba el corazón al ver que Jack luchaba por recomponerse y apartar a un lado la emoción que parecía atenazarlo, fuera la que fuese. En ese momento cargado de tensión, supo que Jack sentía algo por ella; lo vio con claridad por mucho que él se negara a reconocerlo. Pero él ya había recobrado la compostura y estaba riendo.

—Me regalaron todo lo que hay en la caja, y este era el mejor lugar para disfrutarlo.

—¿Hay algo de jerez dulce? —Gladys se puso a rebuscar en la caja—. ¡Vaya! ¿Qué esto? Dramb… ¿Cómo se dice?

—*Drambuie* —dijo Jack—. *Whisky* escocés, miel, hierbas y especias. Por gentileza de las bodegas del padre de mi amigo.

—Hay que ver cómo viven algunos, ¿eh? —dijo Ronnie—. Venga, ¡vamos a probarlo!

—Suele servirse después de comer —contestó Jack.

—¡Qué más da! Ahora vengo.

Ronnie fue a la cocina y regresó con una bandeja repleta de vasos. Sirvió una primera ronda, y poco después ya estaba sirviendo la segunda.

Florence fue a la cocina con Gladys para ayudar con la comida; en un momento dado, esta la miró con picardía y susurró:

—Bruce te cae bien, ¿verdad?

—Sí, es muy agradable.

—Tú le gustas, mi niña. Es una buena opción para ti. Pero, como ya te dije, procura no herir sus sentimientos. Es un buen muchacho.

Florence se echó a reír.

—¡Por el amor de Dios, Gladys! ¡Eres incorregible!

Cuando la comida estuvo lista y todo el mundo estuvo servido, hubo un largo momento de silencio mientras saboreaban los platos con gusto. Estaba delicioso, todos coincidieron en ello mientras Ronnie iba pasándole trocitos de comida con disimulo al insaciable collie. Y entonces se oyeron múltiples exclamaciones de entusiasmo cuando Gladys depositó un flameante budín navideño en el centro de la mesa.

—No lleva brandi, solo he podido ponerle nuestro licor casero —les explicó—. Pero se enciende bien.

Florence los recorrió a todos con la mirada. Rostros felices, mejillas sonrosadas, ojos brillantes (en especial los de Bruce). La guerra estaba olvidada.

—¿Alguien quiere más? —preguntó Gladys, que a esas alturas ya arrastraba un poco las palabras.

Ella negó con la cabeza y, mentalmente, mandó una felicitación

181

navideña a Claudette, Hélène, Élise y a la pequeña Victoria, así como también a todos sus viejos amigos de Francia.

Encendieron la radio para escuchar el mensaje navideño del rey Jorge al Imperio.

Cuando llegó la hora de irse, Florence se dio cuenta de que un voluminoso ramo de muérdago había aparecido como por arte de magia en la puerta, aunque ella juraría que no estaba allí colgado cuando habían llegado. Vio de refilón a Gladys guiñándole el ojo a Ronnie.

Bruce se levantó, se acercó a ella para despedirse con un abrazo y dijo sonriente:

—Nos vemos pronto, espero.

Ella asintió sin decir palabra. Supo que estaba ruborizándose cuando él la besó en la mejilla, pero tuvo la esperanza de que los demás pensaran que su rostro estaba encendido por el vino.

Jack y ella se pusieron los abrigos, las bufandas y los sombreros, y se dirigieron hacia la puerta.

—¡Eh! ¡Tienes que besarla! —exclamó Ronnie.

Jack se detuvo bajo el muérdago, tenía las manos en los bolsillos y se le veía incómodo. Se inclinó hacia ella y depositó un fugaz beso en su mejilla.

—¡Eso no vale! —protestó Ronnie—. Venga, hijo, ¡ponle ganas!

Jack se limitó a abrir la puerta y, haciendo caso omiso a sus palabras, salió sin más. A Florence le pareció vislumbrar un brillo de anhelo en sus ojos, pero no habría sabido decir si había sido real o meras imaginaciones suyas.

La luna llena brillaba en un cielo despejado mientras caminaban de vuelta a casa en completo silencio.

24

Primeros de abril, 1945

Florence había ido posponiendo una segunda visita a su madre, pero, ahora que el tiempo había mejorado, pidió varios días libres en el trabajo. Al igual que en la visita anterior, fue en tren, pero en esa ocasión llegó cuando el paisaje estaba en su florido esplendor. La guerra no había terminado aún, pero las flores de vívidos y alegres colores proclamaban que no tardaría en suceder. Tenía en la memoria a la madre de semblante adusto y demacrado que había visto la última vez, pero Claudette salió a recibirla a la puerta y la tomó de las manos de inmediato. Desde aquella última visita, había albergado la preocupación de que Claudette pudiera estar enterrada aún entre sus propias oportunidades perdidas y sus sueños rotos, pero la encontró sonriente. Si había hecho examen de conciencia desde la última vez que se habían visto, lo disimulaba bien.

—¡Cuánto tiempo sin verte, *chérie*! Esperaba que vinieras antes.

—He estado trabajando, ahorrando dinero para viajar a Malta. Ya te lo expliqué. Y estoy intentando idear la forma de desplazarme hasta allí. No creo que resulte fácil ni cuando termine la guerra.

—Dijiste que trabajabas a media jornada.

—Sí, tardes y fines de semana, pero sin un solo día libre. Excepto en Navidad.

—Puedo ayudarte con algo de dinero para ir a Malta —le ofreció Claudette—. En fin, me alegra que estés aquí. Entra, prepararé una infusión. Solo tengo menta, no hay forma de conseguir un té negro decente. Estoy convencida de que lo barren junto con el polvo del suelo.

—La escasez de alimentos ha ido a peor. Pero la guerra terminará pronto, ¿verdad?

—Sí. Hace unos días oí por la radio que las tropas americanas habían conquistado Okinawa, la última isla en poder de los japoneses.

Florence creyó en un primer momento que su madre había olvidado la promesa de mostrarse más abierta, ya que estuvieron trabajando en el jardín durante buena parte de la tarde y después pasaron la velada escuchando la radio. La puerta del pasado permanecía firmemente cerrada, pero su paciencia se vio recompensada al día siguiente cuando, caída ya la tarde, Claudette sacó el tema de forma prácticamente inesperada.

—Sí que amé al hombre que creías que era tu padre. Me preguntaste al respecto en tu anterior visita.

Florence se preguntó si su madre iba a reescribir la historia, si estaba a punto de escuchar una especie de anodina versión de lo que había ocurrido en realidad. Contuvo el aliento por un momento, consciente de la puerta abierta del pasillo y del tictac del reloj de pie.

Exhaló lentamente, intentó controlar sus propias emociones.

—Sí, y la verdad es que me alivia mucho oírlo.

—Era un buen hombre, pero Friedrich…, en fin, era distinto.

—Me cayó bien —se limitó a decir—. Y también me causó buena impresión Anton, mi hermanastro. Una vez terminada la guerra, no sé cuándo podré volver a verlos.

—¿Estás segura de querer hacerlo? —Su madre la observó con ojos penetrantes.

—Sí, creo que sí, pero no sé si me será posible viajar a Alemania. Has dicho que Friedrich era distinto a mi padre, ¿podrías explicarme en qué sentido?

Hubo un cambio inmediato en el ambiente, una mirada distante nubló los ojos de su madre.

—Ay, *chérie*. Él era mi alma, mi vida.

Florence posó una mano sobre la suya y le dio un ligero apretón.

—Cuando viniste la otra vez y sacaste el tema, el impacto me dejó sin palabras —admitió Claudette—. Llevaba tanto tiempo manteniéndolo oculto, sepultándolo, intentando borrarlo de mi mente. Pensé que lo había conseguido, pero cuando dijiste que te habías visto con él y mi secreto salió a la luz, deseé que me tragara la tierra.

—*Maman*... —Se sintió un poco culpable por haberla alterado así. Al ver que suspiraba y que sus ojos se empañaban, añadió—: No tienes que contármelo, *maman*. No pasa nada.

Claudette alzó una mano para silenciarla y dio la impresión de que estaba reviviendo de repente el pasado, como si estuviera perdida en la época en que había sucedido todo aquello.

—Fui incapaz de regresar a su lado y dejaros a vosotras. Friedrich os habría aceptado de buen grado, pero vuestro padre vivía en Inglaterra. ¿Cómo iba a alejaros de él? ¡Le habría roto el corazón!

—¿Estás diciendo que permaneciste a su lado por nosotras? —La voz de Florence era prácticamente un susurro.

Claudette la miró confundida, pero asintió con lentitud al cabo de unos segundos.

—Sí, supongo que así fue.

—Y fuiste infeliz.

—¿Qué otra cosa habría podido hacer? —Sus ojos estaban apagados, llenos de desaliento—. Pero no podía ni respirar sin Friedrich, un dolor desgarrador se había adueñado de mi cuerpo. Todos y cada uno de los días de mi existencia a partir de ahí, creí que ese dolor iba a matarme, ¡quería que lo hiciera! Puede parecer absurdo ahora, pero era como si no pisara tierra firme en aquel entonces. Me aferraba a los muebles cuando vosotras estabais en el colegio o con la niñera, necesitaba tener un sostén para no desmoronarme. Así es como me sentía. Fueron días oscuros, *chérie*. Muy oscuros.

Florence estaba atónita, tenía el corazón lleno de dolor por su madre y los ojos inundados de lágrimas. Oír aquel relato descarnado era muy duro, casi demasiado.

Claudette se cubrió la boca con una trémula mano, el dolor que jamás había compartido ni expresado era claramente visible. Aquel dolor la había endurecido a lo largo de los años hasta que la persona que había sido en el pasado había quedado atrapada tras un frágil caparazón.

—Viéndolo ahora desde otro prisma, es posible que hubiera otra alternativa, pero fui incapaz de encontrarla en aquel momento. Hice lo que consideré mejor para vosotras.

—Sacrificaste tu propia felicidad.

—Era una felicidad inalcanzable, estaba casada…

Florence sintió que las lágrimas empezaban a brotar.

—Pero tienes razón —siguió diciendo Claudette—, no fui feliz. Algo se derrumbó en mi interior un día, y tomé una sobredosis. Tu padre me encontró y me obligó a tragar agua con sal hasta que vomité.

Florence la miraba atónita con las lágrimas cayéndole por las mejillas y la respiración entrecortada. Aquello era mucho peor de lo que imaginaba, lo que estaba oyendo era totalmente nuevo para ella. Se preguntó si Hélène y Élise estarían enteradas de todo aquello.

—No… —Claudette hizo una pequeña pausa—. Me duele mucho admitirlo, pero no fui una buena madre.

Florence sintió una punzada de dolor en el pecho.

—¡No digas eso, por favor!

—Es la verdad. No sabes cuánto lo siento, Florence. Erais mis niñas adoradas, y ni siquiera me daba cuenta. Veo mi fracaso en los ojos de Hélène, lo veo cada vez que Élise me mira ceñuda y lo veo también en ti, querida mía. Estaba tan sumida en mi propia infelicidad que no estuve a vuestro lado cuando me necesitabais, nunca lo estuve. Por eso os envié a Francia, era preferible a depender de una madre que estaba presente en cuerpo, pero no en mente ni alma. En Francia podíais apoyaros las unas a las otras.

Florence no dijo nada, era incapaz de articular palabra. Pero respiró hondo, se levantó del asiento, se acercó a ella y la envolvió en un fuerte abrazo. Su pobre madre estaba delgada, demasiado; temblaba perceptiblemente y de repente rompió a llorar, sollozando. Cerró los ojos y siguió abrazándola, consciente de lo difícil que debía de haber sido para ella hablar de la vida que había ocultado durante tanto tiempo.

Se acostaron poco después, y Claudette le explicó al día siguiente el porqué de la huida de su hermana. La familia se encontraba al borde del escándalo en París, un escándalo del que culpaban a Rosalie a pesar de que ella no había tenido la culpa de nada y había sido una mera mensajera. La cuestión era que la joven se había sentido muy dolida y no había visto más opción que marcharse. Y también estaba el hecho de que siempre había chocado con sus padres, quienes eran muy estrictos e inflexibles y querían que se casara con un hombre adecuado y formara una familia. Eso no era lo que ella quería, su deseo era convertirse en bailarina.

—Ten, es para ti —dijo Claudette, justo antes de que llegara el taxi que habría de llevar a Florence a la estación. Depositó en la palma de su mano una reluciente pulsera con colgantes—. Llévala siempre puesta. Rosalie tiene una igual con los mismos colgantes. Se la ponía todos los días, decía que le daba suerte. Si encuentras la pulsera idéntica, la encontrarás a ella.

—¿Puedes decirme algo más sobre ella?

Claudette estaba pálida, como si lo que había revelado el día anterior la hubiera dejado sin fuerzas, pero tenía los ojos sorprendentemente brillantes.

—Que era bailarina de cabaré en París. Nuestros padres no estaban enterados, pero me confió ese secreto.

—Está bien. Pero no tienes buen aspecto, *maman*. Podría quedarme aquí, ayudarte.

—¡No digas tonterías! —espetó Claudette con sequedad—. Estoy perfectamente bien.

Y Florence sonrió al ver la irritación que se reflejaba en sus ojos. Se alegraba (bueno, no es que se alegrara, pero casi) de ver que no había perdido esa irascible personalidad que le había servido de protección durante tanto tiempo.

—Te quiero, *maman* —le dijo, antes de abrazarla.

El taxi llegó en ese momento. Pasó buena parte del viaje con los ojos nublados de lágrimas, seguía sin poder hablar cuando Jack la recogió en la estación de Exeter. Cuando llegaron a Meadowbrook y él le preguntó si estaba bien y si le apetecía que encendiera la radio, se limitó a asentir. Estaban a 12 de abril y en las noticias se anunció que, después de doce años como presidente de los Estados Unidos de América, Franklin Delano Roosevelt había fallecido de una fulminante hemorragia cerebral.

La noticia dejó conmocionada a Florence. Estaban hablando del hombre que había capitaneado a su país durante los más aciagos tiempos, conduciéndolo hasta la situación actual en la que la Alemania nazi estaba al borde de la derrota y los japoneses estaban en plena retirada.

—Vaya, es muy triste que no haya llegado a ver el final de todo —comentó con voz estrangulada.

Jack extendió los brazos y ella se acercó y se cobijó contra su pecho. Lloró por el presidente americano y también por su propia madre, por sí misma y por Jack, por sus dos hermanas y por todo lo que habían pasado; y lloró por un mundo donde era posible que hubiera una guerra y tantas muertes sin sentido.

Mientras esperaban a que la guerra llegara a su fin, Florence se debatía entre una creciente sensación de alivio por un lado y, por el otro, la ansiedad ante la posibilidad de que algo se torciera, aunque Jack le aseguraba que esto último no sucedería. Daba la impresión de que él no pasaba tanto tiempo fuera de casa, salvo por los días puntuales en que iba a algún lugar de Dorset pertrechado tan solo con una navaja, una muda de ropa, un cepillo de dientes y una brújula. La Dirección de Operaciones Especiales no se cerraría hasta finales de ese año o comienzos del siguiente, pero gran parte del trabajo de Jack consistiría en atar cabos sueltos. Eso era todo cuanto había dicho él sobre el trabajo que estaba desempeñando.

La buena noticia era que Belinda había aceptado por fin que el divorcio se llevara a cabo, y había renunciado a intentar quedarse con parte de Meadowbrook. Jack parecía más alegre y relajado a raíz de eso, aunque ignoraba a qué se había debido aquel cambio de opinión. Florence tenía la impresión de que, como todo el mundo, Belinda quería pasar página y comenzar de cero ahora que el final de la guerra se oteaba en el horizonte.

Jack estaba mencionando de nuevo lo de Sicilia y, mucho antes de que se fijara una fecha o de que se tomara en firme la decisión de emprender ese viaje, Florence empezó a leer información sobre la isla, a hablar de ella e incluso a soñar con ella. Aunque había decidido que iría sola a Malta, sería mucho mejor que Jack la acompañara. Al pensar en Sicilia se imaginaba surcando libremente los cielos cual mítica criatura alada, sobrevolando edificios bañados por la luz del sol y titilantes mares azules. En sus sueños paseaba descalza por playas desiertas sintiendo la calidez de la arena y la caricia del agua bañándole los pies.

Contemplaba la isla en el atlas mundial de Jack, trazaba su contorno con la yema del dedo. Por alguna extraña razón, Sicilia ejercía sobre ella una atracción de la que Malta carecía hasta el momento. Se preguntó si Rosalie habría sentido lo mismo. A lo mejor había llegado a Sicilia, se había bañado en sus aguas y había decidido quedarse allí.

—¿Conoces esta historia? —le dijo a Jack, mientras visualizaba mentalmente a los personajes de la leyenda siciliana que se relataba en el libro de la biblioteca que estaba leyendo.

Él se limitó a murmurar algo ininteligible, así que añadió:

—La leyenda de la fuente de Aretusa en Siracusa, Jack. Me encantaría ir, ¿lo ves posible?

—Bueno, para eso…, y recuerda que aún no hay nada decidido, pero, en todo caso, para poder ir tendría que terminar primero esta dichosa guerra.

—Sí, ¡eso ya lo sé! —interrumpió ella, exasperada.

Él se rio de su reacción, aunque sin malicia.

—El ferri que lleva a Malta sale de Siracusa, así que supongo que sería posible —afirmó.

Florence volvió a bajar la mirada hacia el libro.

—El agua mana de una grieta que hay en la roca y forma un estanque natural. Según cuenta la leyenda, la diosa Artemisa transformó a una ninfa griega llamada Aretusa en un caudal de agua que fluía bajo tierra y emergía en Ortigia, para ayudarla a escapar.

—Ah, ¿tenía acceso directo a la diosa?

Florence esbozó una sonrisa.

—¿Acaso no lo tienen todas las bellas ninfas? Parece ser que la fuente está encantada, los enamorados acuden a tocar las aguas y a rezar pidiendo fertilidad y felicidad.

—Bien por ellos. Yo prefiero historias como la de Etna y el gigante Encélado, o la de los cíclopes. En el colegio me obligaron a estudiar los clásicos y tuve que leer una parte de *Las metamorfosis* de Ovidio.

—¡Uf! ¿Gigantes con un solo ojo? ¡No, gracias! —Al verle cubrirse un ojo con la mano y hacer una mueca horripilante, frunció el ceño y le amenazó con el cojín—. No te gusta la ficción, ¿verdad? Prefieres relatos bélicos, batallas, ese tipo de cosas.

—Te equivocas. Me gustan las novelas de Graham Greene. Y *El corazón de las tinieblas*, de Joseph Conrad, es uno de mis libros preferidos.

—¿Qué más?

—*Madame Bovary*. Seguro que también te gustaría.

—¿Quién lo escribió?

—Flaubert, publicado en 1856. Trata de una mujer, Emma Rouault, que se casa creyendo que disfrutará de una vida de lujos y pasión. Pero tiene una aventura porque su marido resulta ser terriblemente aburrido. Y entonces su amante la traiciona, y ella se hunde en una espiral de mentiras y desesperación.

—Suena deprimente.

—Lo que la convierte en una obra maravillosa es la forma en que el autor revela un mundo de personajes con defectos, individuos estrechos de miras que viven en su pequeño mundo. Nadie sale impoluto.

Sus palabras la hicieron reflexionar, sintió la comezón de la culpa al oír hablar de traiciones. ¿No era eso lo que estaba haciendo ella misma al enamorarse de él, a pesar de saber que Hélène lo amaba? ¿No era una traición optar por permanecer en Devon a pesar de que él había dejado más o menos claro que no la amaba, a pesar de que ella misma había decidido pasar página? Porque sí, eso era lo que había decidido, pero no lo había cumplido.

25

Florence abrió la puerta de la biblioteca, saludó con la cabeza a la bibliotecaria y fue directa a la sección de obras de referencia. Por suerte, la biblioteca de Bransford tenía un extenso catálogo, ya que era la única de la zona. Aún era temprano y no había casi nadie, así que encontró con rapidez el diccionario que necesitaba y se acomodó en una pequeña mesa situada en la esquina. Estaba cerca de una ventana lateral desde donde se veía la panadería, en un rincón fuera del paso donde podría concentrarse sin distracciones. Dejó su bandolera sobre la mesa y sacó de inmediato el libro de recetas, uno viejo y con multitud de páginas marcadas con esquinas dobladas. Su jefe (lord Hambury, el «viejo dueño de la casa grande») se lo había dado y le había asegurado que encontraría allí lo que buscaba, junto con una hoja grapada que contenía una traducción en inglés.

Antes de empezar, alzó la mirada y pensó en Bruce. Le había visto en una fiesta de Nochevieja y en otra ocasión posterior, cuando habían quedado para ir a la costa en la motocicleta. Pero la excursión se había cancelado porque hacía demasiado frío, y al final habían pasado la tarde en una acogedora cafetería donde habían charlado durante horas y se había sentido como si estuviera con un amigo al que conocía desde hacía años.

Ese era el primer día libre que él tenía desde aquella salida, y habían quedado en ir al cine de Exeter. Ojalá que proyectaran la película *Casablanca*, Gladys la había visto y no había parado de hablar de Humphrey Bogart con ojos soñadores desde entonces.

Abrió el libro de recetas y vio una dedicatoria en alemán escrita con góticas letras que no pudo descifrar; cuando buscó la página que buscaba, pudo leer el nombre del pastel a duras penas.

Berliner Pfannkuchen

—*Berliner Pfann… kuchen* —susurró, pronunciando tentativamente las extrañas palabras.

Lord Hambury había ejercido un cargo diplomático en Berlín antes de la Primera Guerra Mundial, y resulta que la embajada contaba con un chef alemán de primera categoría; bueno, eso era lo que ella creía haber entendido, porque él parecía pasar buena parte del tiempo yendo a la deriva entre el pasado y el presente. La enfermera Carol, que acudía a cuidarlo dos veces al día, le había revelado que estaba volviéndose senil. En fin, la cuestión era que la esposa de lord Hambury había aprendido a hacer unos dónuts alemanes por los que él tenía debilidad, y aquella era la receta. Con lágrimas en los ojos, le había pedido que los preparara, y ella se había conmovido tanto que había accedido. De modo que sacó la amarillenta hoja de papel, que ya no estaba grapada a la página, y leyó lo que quedaba de la traducción en inglés.

4 tazas de harina
40 g de levadura
¼ taza de azúcar
¾ taza de leche más 2 cucharaditas…
5…

Eso era todo lo que alcanzaba a descifrar, además de algunas palabras sueltas: … *dónuts fritos… vaciar en… emplear mermelada.*

Suspiró con resignación. El agua había dañado casi la mitad de la página y no iba a tener más remedio que recurrir al diccionario bilingüe. Solo lo había tomado de la estantería por mera curiosidad, no esperaba tener que utilizarlo demasiado. Contempló en silencio la receta escrita en alemán. Huelga decir que no entendía las palabras en sí, pero, por si fuera poco, la letra era muy anticuada e imposible de leer. Consultó la portadilla y vio que el libro se había editado en 1905.

Miró la hora en su reloj, aquella tarea iba a requerir algo de tiempo y tenía que tomar el autobús de las once y cuarto para ir a Exeter. Poco a poco, con agónica lentitud, se centró en ir identificando cada palabra para, a continuación, buscarlas en el diccionario y anotar en su libreta la que esperaba que fuera la traducción correcta.

Al cabo de un rato, se sobresaltó al oír un ruido sordo a su espalda y se volvió a mirar. Una corpulenta mujer de mediana edad estaba parada a escasa distancia, examinando los libros.

—Hola, señora Wicks. —Echó la silla hacia atrás y se levantó. Era la mujer con la que había compartido mesa en el Instituto de la Mujer, la que le había dicho que podría haber un puesto vacante en la cocina de la casa grande—. Me alegro mucho de verla, debo darle las gracias por...

La mujer la señaló con un dedo acusador y masculló entre dientes:

—¡Alemana! ¡Eres una de ellos!

—¡Qué? —La miró horrorizada, impactada no solo por la animadversión que se reflejaba en sus ojos, sino por lo mucho que se había acercado a la verdad.

—¡He oído hablar de gente como tú! —espetó la mujer con aspereza.

—¿A qué se refiere? —La pregunta emergió como un gritito chillón y respiró hondo para serenarse.

—Espías, viviendo entre nosotros. ¿Por qué lees en alemán si no eres una de ellos? ¡Seguro que también lo hablas!

Florence intentó mantener la calma a pesar de que el corazón le martilleaba en el pecho.

—En absoluto. Lord Hambury me pidió que le preparara unos dónuts que solía comer cuando trabajaba en la embajada británica de Berlín, eso es todo. Esta es la receta.

—¡Venga ya! ¡Está claro que no vas a admitirlo! —contestó la mujer con aspereza.

—¿Usted cree que estaría buscando algo a plena vista en una biblioteca pública si fuera una espía?

La mujer la fulminó con la mirada y Florence empezó a guardar sus cosas en la bandolera, tenía que marcharse de allí.

—¡Ya me parecía a mí que tenías un acento raro! Estuve dándole vueltas después de conocerte aquel día y lo comenté con mi vecina. Parecías una buena chica, pero había algo que no encajaba. Mi vecina me aconsejó que fuera a la policía.

Florence se tragó la ansiedad que la atenazaba y se mantuvo firme.

—Pues no soy alemana, y me ofenden mucho sus palabras.

La mujer se llevó las manos a las caderas y sonrió desafiante.

—¡Demuéstralo!

—¡Por el amor de Dios! —exclamó ella en un arranque de genio, olvidando por completo que era aconsejable actuar con templanza—. ¡Esto es absurdo! Estaba intentando hacerle un favor a lord Hambury, ¡eso es todo! Es un hombre mayor que está solo y quería alegrarle un poco. Y, para su información, viví unos años en Francia. Así que piense lo que le dé la gana, pero puede que ese sea el motivo de que mi acento fuera «raro», como usted dice.

La señora Wicks esbozó una sonrisa de satisfacción.

—¡Ah!, ¿lo ves? ¡Lo sabía! Por estos lares tampoco nos simpatizan los franchutes, ¡mira que dejarse pisotear así por Hitler!

Florence suspiró con exasperación. Maldición, ¿por qué había mencionado a Francia? Vete a saber qué mentiras iba a esparcir aquella mujer a sus espaldas, nada se extendía tan rápido como un buen escándalo. Si la señora Wicks esparcía sus peores sospechas, el pueblo entero no tardaría en dar por hecho que no era inglesa e incluso puede que todos creyeran que era alemana. Estaba al borde de las lágrimas, debatiéndose entre la ira y la vergüenza; después de todo lo que había tenido que pasar en Francia, y ahora resulta que tenía que soportar aquellas acusaciones tan injustas. Era el motivo que la había obligado a huir de Francia, ¿iba a verse obligada a huir también de Devon?

Al cabo de un rato iba rumbo a Exeter en el autobús, cuya conductora parecía llamar a todo el mundo «querida», «querido» o «cielo». No pudo evitar oír a un par de viejas urracas chismorreando en los asientos que tenía justo detrás, y su ánimo empeoró aún más. Había quedado con Bruce en la esquina de North Street con la calle donde se encontraba el cine. El encontronazo con la señora Wicks en la biblioteca la había dejado indignada y alicaída, pero se animó un poco cuando se apeó del autobús y vio la cara de alegría que puso él al verla.

—¿Ha ido bien el viaje? —le preguntó él, después de recibirla con un breve abrazo.

—Sí, perdona el retraso.

—La película no ha empezado aún, pero hay que darse prisa.

—Un par de ancianas estaban parloteando sobre lo terribles que son los alemanes. Y los nazis lo son, por supuesto que sí, pero no es aplicable a todos los alemanes. La guerra lo divide todo en «nosotros» o «ellos», y no lo soporto. —No le contó lo ocurrido en la biblioteca.

—Suenas de lo más inglesa —comentó él con una sonrisa—. Y no lo digo solo por tu acento, sino por cómo te expresas.

—Será porque paso mucho tiempo con Gladys.

El Gaumont era el único cine que había vuelto a abrir sus puertas tras el bombardeo de Exeter en 1942, y en esa ocasión se proyectaba una película bélica británica. Florence veía aquella salida como un ratito robado de esperanza en medio de su caótica vida. Las luces estaban apagadas cuando entraron en la sala, el noticiero Pathé ya había empezado y el acomodador apuntó la linterna hacia sus butacas, que estaban situadas en la zona central. Fueron disculpándose en voz baja al pasar por delante de los espectadores que estaban sentados en aquella fila, a los que no les hizo ninguna gracia la interrupción.

Florence se llevó una decepción al ver que la película no era *Casablanca*. En esa ocasión proyectaban *Went the Day Well?*, una adaptación de un relato de Graham Green. Mientras empezaba a sonar la estimulante música patriótica del principio, fue más que consciente de la presencia de Bruce a su lado; tenerle tan cerca la confundía y se preguntó si después irían a pasar un rato a la casa donde él vivía de alquiler. La pantalla parpadeó por un momento de repente y quedó en negro. Se oyeron murmullos y protestas junto con algún que otro expletivo, sonaron varios gritos airados entre el público. No era nada fuera de lo común, había problemas con las películas cada dos por tres. Pero entonces se encendieron las luces y una mujer de voz chillona empezó a hablar por los altavoces.

—Rogamos disculpen la interrupción, damas y caballeros. —La sala entera suspiró quejicosa al oír aquello—. La película se reanudará lo antes posible.

Cuando volvieron a apagarse las luces y la película apareció de nuevo en la pantalla, Florence se acomodó e intentó pasar un buen rato, pero la trama no contribuyó a relajarla. Su agitación fue en aumento mientras un grupo de paracaidistas alemanes disfrazados de soldados del Real Cuerpo de Ingenieros se adueñaba de una apacible aldea inglesa. Poco a poco fue quedando claro que entre los lugareños había un traidor que estaba contribuyendo a lo que, según terminó por descubrirse, era en realidad una ocupación por parte de los alemanes.

Llegados a ese punto, se oyeron exclamaciones de asombro y los espectadores se miraron entre sí, intercambiando en voz baja comentarios de desaprobación.

Cuando la aldea entera fue retenida a punta de pistola en la iglesia y mataron a sangre fría al párroco, quien había intentado tocar la campana para dar aviso, se hizo un silencio sepulcral. Pero lo que la estremeció de verdad fueron las escenas donde, como cabría esperar, los lugareños se enfrentaron a los soldados alemanes. Incluso la oficinista de correos mató con un hacha a su captor. No es que le pareciera mal que lucharan, por supuesto que debían hacerlo, pero no pudo evitar sentirse vulnerable. ¿Qué sería de ella si alguien llegaba a enterarse de que su padre era alemán? Ahora que la señora Wicks había dado en el clavo por mera casualidad, no se sentía segura. Meadowbrook había sido su santuario, pero ¿acaso iba a perseguirla su ascendencia por el resto de su vida?

—¡Están evacuando la zona! —estaba diciendo en la película una mujer con muchas agallas—. ¡Debemos liberar primero a los niños!

Pero un jovencito ya había salido por una ventana para ir a por ayuda, y Florence se estremeció al ver cómo lo abatían mientras intentaba huir de los soldados alemanes.

—¿Estás bien? —le preguntó Bruce.

Ella asintió, pero no dijo nada.

El público aplaudió entre vítores al final. Los aguerridos aldeanos habían salido vencedores y la gente empezó a levantarse de las butacas, riendo y comentando la película. La incorpórea voz que emergía de los altavoces se hizo oír de repente por encima del runrún del gentío.

—Una bomba sin detonar ha... —Un fuerte chasquido interrumpió sus palabras.

Florence miró a Bruce con ojos interrogantes.

—¿Qué ha dicho?

Oyó que más gente se hacía la misma pregunta a su alrededor; al cabo de unos instantes, la voz sonó de nuevo por los altavoces.

—... por ello les pedimos que abandonen sus asientos con calma y se dirijan a...

Echaron a andar, pero se oyó una súbita explosión procedente de la calle y las luces de la sala se apagaron de nuevo.

La señora mayor que había ocupado la butaca adyacente a la suya agarró a Florence del codo con fuerza.

—¿Puedo quedarme a tu lado, querida? Se me han caído las gafas y no veo bien en la oscuridad.

—Por supuesto, agárrese fuerte. Solo tenemos que ir hacia la salida.

—¿Han dicho por megafonía dónde estaba la bomba?

—Ya ha explotado. Estaba en la calle, se ha oído la explosión. No se preocupe. No me suelte, hay que salir rápidamente de aquí.

Bruce iba varios pasos por delante de ella para entonces, debía de estar subiendo ya por el pasillo. No alcanzaba a verlo en medio de la oscuridad y le había soltado la mano sin querer, pero oía su voz llamándola.

—¡Estoy aquí! —Alzó la voz para hacerse oír por encima del barullo y la confusión—. Sigue, ¡no te pares!

La gente estaba acostumbrada a la presencia de bombas que no habían explosionado, pero no era nada recomendable estar atrapada en un lugar a oscuras. Sintió una punzada de temor, era posible que hubiera más artefactos a punto de explotar. Aferró con fuerza a la mujer y la llevó casi a rastras por el pasillo. Quién sabe si realmente existía un peligro inminente, pero, fuera como fuese, la gente se apelotonaba y se daba empujones y una no podía evitar contener el aliento hasta que supiera que estaba a salvo. Pero entonces apareció en el balcón superior un acomodador que iluminó las escaleras con su linterna, y la luz les dio un poco de respiro. Florence se sintió aliviada y se dirigió a toda prisa hacia ellas, asegurándose de que la mujer no la soltara.

Poco después llegaron a lo alto de las escaleras junto con una oleada de extática gente que las arrastró por el vestíbulo hacia las abiertas puertas del cine; una vez que salieron a la calle, la mujer la miró con los ojos empañados de lágrimas y le dio las gracias por su ayuda. Ella le aseguró sonriente que había sido un placer y buscó entonces con la mirada a Bruce. El aire estaba impregnado de un penetrante olor a quemado, todos se miraban unos a otros y hacían cábalas sobre lo que había ocurrido.

Bruce agitó la mano para llamar su atención, le indicó que lo siguiera y la condujo por una estrecha callejuela que desembocaba en la parte posterior del cine. La zona estaba acordonada y Florence vio agentes de policía, además de grupitos de padres y madres que abrazaban con actitud protectora a sus hijos. Contempló enmudecida el humo que soltaban aún varios fuegos diseminados aquí y allá, los escombros que habían salido volando en todas direcciones por la explosión. Pero lo peor de todo era el cráter de unos cuatro metros y medio de ancho con bordes alzados, una terrible herida abierta en el suelo. El patio de los niños había quedado destruido. Dirigió la mirada hacia el edificio del colegio…, paredes que habían estallado hacia fuera, cañerías arrancadas, ventanas destrozadas, paredes salpicadas de agujeros como resultado de la explosión. En la distancia, el sonido de voces infantiles.

—Santo Dios —susurró. Se volvió hacia la pared posterior del cine y vio que también estaba cubierta de agujeros—. Estábamos justo al lado.

—Jodidas bombas sin explotar, esto ha sido más dramático que la dichosa película —dijo él con ironía—. Aunque la oficinista esa de correos con el hacha… Aún me acuerdo de la expresión de su cara, ¡qué terror! Voto por venir a ver una película romántica la próxima vez.

—O una comedia. No creo que pueda soportar más sustos, ¡lo que necesito son unas buenas risas!

El susto por lo de la bomba se le pasó, pero Florence no podía dejar de pensar en el incidente ocurrido en la biblioteca. La atormentaba pensar en lo que aquella mujer podría estar esparciendo por ahí, y tenía la impresión de que la vida que tenía en Devon era muy frágil. No había vuelto a ver a Bruce desde aquel día. Él le había escrito en dos ocasiones: la primera para decirle cuánto había disfrutado viendo la película con ella, a pesar del impactante final de aquella salida; y entonces, justo antes del día en que habían acordado volver a verse, le había mandado una nota diciéndole que su madre estaba enferma y que, como tenía que cuidarla y cumplir también con su trabajo en el hospital, no iba a tener ningún día libre en cierto tiempo. Se sintió desilusionada, pero le envió una nota a su vez deseándole una pronta recuperación a Grace.

Aunque anhelaba que Jack la abrazara, sentir que su fuerte cuerpo la reconfortaba —porque así sería, no tenía ninguna duda de ello—, no había compartido con él su preocupación por los chismes que la señora Wicks podría estar contando. Optó por decírselo a Gladys, quien no estaba enterada de la verdad sobre su padre y le dijo que no se preocupara, que hablaría con la gente del pueblo. Pero, como era de esperar, siguió preocupada. Era inevitable. También pensaba a menudo en Friedrich y en Anton, y esperaba que estuvieran sanos y salvos.

Y ahora, en aquellos días de espera, Jack y ella escuchaban la radio expectantes y nerviosos mientras iba llegando un aluvión de noticias. El 2 de mayo, cuando se enteraron de que Berlín se había rendido ante las tropas rusas, él lanzó gritos de júbilo mientras ella aplaudía. La escena se repitió dos días después, cuando una sección del Ejército alemán se rindió.

—Jack, ¿cómo crees que estarán las cosas en Alemania? Lo pregunto por Friedrich y Anton.

—No lo sé, la verdad. Pero lo que está claro es que la vida no va a ser fácil para ellos, al menos durante un tiempo.

El 7 de mayo, el locutor de la radio anunció que el nuevo presidente alemán, el almirante Karl Dönitz, había autorizado la rendición incondicional de las fuerzas armadas de la Alemania nazi. Añadió también que toda Gran Bretaña estaría de celebración al día siguiente, por ser el Día de la Victoria en Europa.

Jack y ella se miraron con lágrimas en los ojos. Ambos habían pasado por tantas vicisitudes durante aquella interminable guerra que resultaba casi imposible de creer que esta hubiera terminado, al menos en Europa. Ella cerró los ojos por un momento mientras sus pensamientos viajaban hacia Francia, hacia sus hermanas y toda la gente que había sufrido de forma tan terrible allí. Y entonces fue incapaz de contenerse y se deshizo en llanto mientras Jack la abrazaba.

26

8 de mayo de 1945. Día de la Victoria en Europa

Al día siguiente, Florence se puso un vestido azul con lunares blancos y mangas abullonadas; había añadido ribetes y botones rojos para mostrarse especialmente patriótica, y estaba encantada con el resultado. El cielo estaba nublado, pero no llovía y en ese momento se dirigía al pueblo en la camioneta de la granja junto a Jack, Gladys y Ronnie. No pudo evitar sonreír al imaginar cómo sería lo que, en palabras de Gladys, iba a ser «una fiestaza». Se requería algo de tiempo para asimilarlo todo después de seis largos años, pero no había duda de que iba a ser un día para el recuerdo. Siempre y cuando la señora Wicks no hubiera causado demasiados daños con sus chismorreos, claro.

Antes de aparcar, Gladys detuvo la camioneta para que pudieran echar un vistazo a la calle principal, y contemplaron sonrientes la alegre escena. Había ventanas y portales engalanados con verdes guirnaldas salpicadas de flores primaverales y de comienzos de verano, creando un ambiente como de tiempos pasados; gente con caseros sombreros de papel de color rojo, blanco y azul colocaban mesas de caballete, llevaban sillas sobre los hombros o transportaban precarias pilas de platos; niños ataviados con imaginativos disfraces (había elfos, princesas, soldados...) correteaban de acá para allá ondeando banderines y chillando; una banda de música afinaba sus instrumentos; innumerables banderas del Reino Unido y banderines de color rojo, blanco y azul ondeaban en lo alto de los edificios. Florence sintió una oleada de puro júbilo. Era cierto, ¡la guerra había terminado en Europa!

—No sé qué creen que vamos a comer —murmuró Gladys mientras se alejaban de la calle principal y se dirigían a una secundaria para aparcar—. Compartiremos lo nuestro, claro, pero no tengo suficiente para alimentar al pueblo entero.

—Todo el mundo aportará algo —contestó Jack—. Y habrá licor casero a raudales.

—¡Y sidra! —añadió Gladys.

Mientras ellos dos se encargaban de bajar de la camioneta una mesa pequeña y cuatro sillas, Ronnie miró alrededor y murmuró:

—Seguro que muchos terminan haciendo sus necesidades detrás de los setos.

Florence lo miró horrorizada, pero terminó por echarse a reír. Eso no tenía ninguna importancia en aquel momento tan fantástico y embriagador, ¡al diablo con las preocupaciones! Al diablo con los nazis, ¡al diablo con todo! Ese día, lo único importante era dejarse llevar y divertirse. Habían esperado más que suficiente, ¿no? Era un día glorioso, maravilloso, ¡un día para dar rienda suelta a la alegría!

Y eso hicieron. Antes de nada, la banda de música interpretó la canción *Land of Hope and Glory*. No fue una actuación terriblemente buena, la verdad, y Florence se cubrió la boca con la mano para ocultar una sonrisa, pero aplaudió y lanzó gritos de entusiasmo junto a los demás. Después desfiló la milicia popular seguida de la policía y de los soldados de la zona, y se sumaron también con orgullo viejos veteranos de la Primera Guerra Mundial con sus relucientes medallas. Los siguió el denso gentío (niños y adultos, avanzando bulliciosos entre risas y empujones) y el variopinto desfile terminó en el patio de la iglesia, en cuya verja había colgada una pancarta que proclamaba *Dios salve al rey*. Florence no sabía lo que Gladys le había dicho a la gente del pueblo, pero, fuera lo que fuese, debía de haber contrarrestado el efecto de cualquier rumor malicioso esparcido por la señora Wicks, porque nadie la miraba de forma rara. Se sintió aliviada.

Una vez que entraron en la iglesia, llegó el momento de las plegarias de agradecimiento y los cánticos.

Pero también hubo momentos agridulces, como cuando Florence oyó los sollozos de una mujer que estaba sentada en uno de los bancos de atrás.

Por mucho que fuera un día de celebración, eran demasiadas las mujeres que habían perdido a su padre, a su marido, a su novio, a sus hijos, a sus hermanos; además, algunos de los hombres del pueblo todavía estaban luchando contra los japoneses en Malasia y Birmania. Las palabras de Churchill resonaron en su mente: «Japón no se ha rendido aún… atroces crueldades».

La recorrió una oleada de compasión al ver que Gladys, quien estaba sentada junto a ella en el banco, se secaba las lágrimas con un pañuelo que aferraba con fuerza. Jack, por su parte, tenía la cabeza gacha y estaría pensando sin duda en su hijo. Cuando ella posó una mano en su brazo, la miró de soslayo e hizo un pequeño gesto de asentimiento para agradecer el gesto. Ella sintió que sus propios ojos se llenaban de lágrimas al pensar en las hermanas que no tenía a su lado, en la sobrinita a la que ni siquiera conocía, en todo lo que habían pasado. El párroco les dijo que, si bien la oscuridad y el peligro habían quedado atrás y era un día de celebración, no debían olvidar jamás a los caídos ni el precio tan terrible que se había pagado.

—Formando una fuerte hermandad —añadió con voz ligeramente quebrada—, debemos depositar nuestra fe en Dios y construir juntos el futuro.

Una vez concluido el servicio religioso, mientras las campanas repicaban aún, Florence le preguntó a Jack si se encontraba bien. Estuvo a punto de romper a llorar de nuevo al ver la inmensa tristeza que se reflejaba en la pequeña sonrisa que él esbozó a modo de respuesta.

—¡Cuánto lo siento, Jack!

—Venga, no podemos darle vueltas y más vueltas al pasado, hoy no es día para eso. Lo que hay que hacer ahora es decidirse entre la cerveza o la sidra.

Florence hizo una mueca al pensar en la primera opción, y poco después estaba apurando con gusto una jarra de sidra casera.

—¡Por el futuro! —Lo miró sonriente. Había estado a punto de decir «¡Por nosotros!», pero se había corregido a tiempo.

La sidra se le subió a la cabeza, ya que, aunque Jack había comentado que sería buena idea comer antes de la fiesta, estaba tan llena de entusiasmo y excitación que no había probado bocado.

Los niños iniciaron una bulliciosa ronda del juego de la soga que terminó con risas generalizadas cuando ambos equipos soltaron la cuerda a la vez y cayeron de culo. Y entonces, para sorpresa de Florence, el hijo del párroco sacó un piano con ruedas.

—Esto te gustará, Geoffrey es un profesional —le aseguró Jack.

Presenciaron la actuación el uno junto al otro, meciéndose al ritmo de la música y cantando junto con los demás los temas conocidos por todos. Empezaron con *Daisy Bell*, una canción conocida popularmente como «Una bicicleta para dos»; siguieron con *Pack Up Your Troubles*, y entonces cantaron a pleno pulmón *It's a Long Way to Tipperary* antes de concluir en un tono más sosegado con *Goodnight Sweetheart*.

A esas alturas, la bebida fluía libremente y un joven cojo sacó un gramófono de los años treinta que funcionaba con manivela y lo colocó sobre la mesa junto a la que estaba parada Florence, a cierta distancia de donde estaban Jack y los demás. Mientras él se alejaba un poco más, contemplando las celebraciones, ella deambuló a su vez por la calle en dirección opuesta, sonriendo a todo el mundo. Su sonrisa se ensanchó aún más al ver a los niños correteando entre las piernas de la gente, sorteando mesas y sillas, chillando y riendo cuando hacían trastabillar a algún adulto. Ella ya había bebido una segunda jarra de sidra y estaba un poco mareada.

Fue entonces cuando vio a Bruce parado detrás de su madre, quien estaba sentada tras una mesa. Se la veía pálida, pero recuperada. Él le hizo un gesto con la mano y se acercó a saludarlos.

—¡Cuánto me alegro de verte! —dijo él, con una gran sonrisa y ojos chispeantes—. Perdona que no hayamos podido quedar desde que fuimos al cine.

—Yo tengo la culpa —afirmó Grace—. Pero ya estoy mucho mejor.

—Mamá se ha empeñado en venir, aunque me he ofrecido a quedarme en casa con ella.

—¡Menuda celebración habríamos tenido los dos solos! ¡No podía perderme esta fiesta!

El hombre que iba a encargarse del gramófono empezó a girar la manivela en ese momento; después de varios chasquidos, empezó a sonar una alegre música de baile.

Bruce miró a su madre y, cuando esta respondió con una mirada que parecía decir «Adelante, ¡ve!», le ofreció la mano a Florence. Pasaron una hora bailando con abandono al ritmo de *In The Mood*, de Glenn Miller, y de otras piezas de lo más animadas. Más tarde, hacia el final del baile, se mecieron juntos al son del romántico tema *Wonder When My Baby's Coming Home*, de Jimmy Dorsey y su orquesta.

Florence estaba bastante ebria, se sentía libre y despreocupada entre sus brazos. Al final, cuando el hombre del gramófono puso *There'll Always Be an England*, de Vera Lynn, todo el mundo dejó de bailar y ella sintió que las lágrimas que llevaban el día entero amenazando con brotar le bajaban por las mejillas.

Bruce la miró con una sonrisa comprensiva y le ofreció un pañuelo.

—Está limpio —le aseguró.

Ella miró alrededor y vio que casi todo el mundo tenía lágrimas en los ojos. Las bombas, tanta destrucción en su hermoso país, los edificios en ruinas, el miedo, las vidas perdidas. Pero aquella tristeza transitoria generalizada no se debía tan solo al pasado, sino que estaba teñida de ansiedad ante lo que les esperaba en adelante: cómo vivir con lo que había sucedido, y a qué clase de futuro se enfrentaban. Y así transcurrió la tarde y, cuando empezó a anochecer, se encendió una enorme hoguera en el prado que había detrás del pueblo. Bruce había ido a hacerse cargo de su madre, y ella se dio cuenta entonces de que hacía una eternidad que no veía a Jack. Lo buscó con la mirada, pero no estaba por ninguna parte. No era posible que hubiera regresado ya a casa, ¿verdad? Debía de estar ayudando con la hoguera.

Bruce regresó poco después, le pasó un brazo por los hombros y preguntó:

—¿Tienes frío?

—No, en absoluto —contestó ella.

—Mamá está descansando en casa de una amiga suya. —Miró hacia la derecha—. Allí están preparando té, ¿Quieres una taza?

—Uy, sí, ¡estoy sedienta!

Compartieron una taza de té tibio y muy flojo, y entonces él la tomó del brazo y se dirigieron hacia el prado a paso relajado.

—¿Esperas poder ir a Francia pronto para ver a tus hermanas?

Ella exhaló un pesaroso suspiro antes de contestar.

—Ayer les mandé una carta, no sé cómo estarán las cosas por allí. La situación era caótica después de la liberación, y no parece haber mejorado.

No le contó que también tenía a Rosalie en mente y que lo más probable era que viajara a Malta. Claudette había vuelto a mencionarla en su última carta, y no había podido quitarse sus palabras de la cabeza desde entonces: *Debo saber lo que fue de ella, Florence, antes de que sea demasiado tarde.*

Al llegar a la hoguera, contempló las doradas llamas danzando sobre los felices y ebrios rostros de quienes estaban al otro lado. Se sentía liviana como el aire. Debía de ser por la sidra; aun así, era maravilloso sentirse tan libre de preocupaciones por una vez.

Bruce la hizo girar con delicadeza y dijo:

—Te he echado de menos.

Y entonces la besó en los labios, y Florence se apoyó en él y se olvidó de todo lo demás.

27

RIVA

Malta, 1925

Riva tenía una toalla en la cabeza a modo de turbante y otra alrededor del cuerpo cuando oyó que llamaban a la puerta principal. Era su día libre y acababa de lavarse el pelo, pero no podía bajar así a la calle. Oyó que una de las chicas bajaba a abrir, la oyó intercambiar unas palabras con alguien; poco después, Bobby entró en su habitación con una gran sonrisa en el rostro y pertrechado con bombones y flores.

—Vaya, estás...

—Desvestida. —La palabra le salió con más sequedad de la que pretendía, pero sentía que había sido negligente al permitir que la viera así—. *Deshabillée.*

—Espectacular, diría yo. Mejillas sonrosadas, frescura desbordante. ¿Vienes conmigo a casa de Lottie?

—¿Por qué?

Se sintió molesta y un poco dolida al ver que se limitaba a soltar aquello sin más, sin disculparse siquiera por no haber contactado ni una vez con ella en unas tres semanas.

—Su novio y ella estarán en Gozo hasta mañana, tendremos la casa para nosotros solos.

—¿Por qué no vamos a tu apartamento compartido?

—No es tan agradable. Desordenado, masculino, apesta a alcohol. La doncella estará allí.

—Qué maravilla.

Enarcó una ceja y decidió no ceder tan fácilmente. Estaba en un mundo nuevo y más allá de las puertas del club se respiraba un ambiente muy inglés, así que no tenía del todo claro cuáles eran las reglas de comportamiento. Deseó de nuevo poder hablar con Claudette, pedirle consejo quizá en lo referente a los ingleses.

—Estoy bastante ocupada, la verdad.

Él puso cara de desilusión.

—Ah. Perdona, ya sé que tendría que haberte avisado de antemano. Pero es que… estas semanas han sido un poco complicadas, mi madre vino a pasar unos días.

—¿Procedente de Inglaterra?

—No, tiene una casa en Italia.

—No se habrá alojado en tu… ¿Cómo era…? Desordenado, masculino y apestoso apartamento, ¿verdad?

Él se echó a reír.

—En el mejor hotel de La Valeta, de hecho.

—¿Y has preferido no llamarme durante su estancia aquí?

—No he tenido tiempo de hacerlo —afirmó él con una mueca.

Riva sabía que aquello no era más que una excusa, pero se limitó a contestar:

—Solo estoy bromeando, no me importa lo de tu madre.

—¿Quiere eso decir que vas a venir a casa de Lottie? Tengo champán.

Ella se echó a reír, y vio esperanza en aquellos ojos que le sostuvieron la mirada sin titubear.

—Como ya te he dicho, estoy bastante ocupada. —Alzó una mano para apartarse de la cara un mechón de pelo, y se le resbaló la toalla.

En un abrir y cerrar de ojos, él estaba a su lado besándola en la frente, en las mejillas; cuando la besó finalmente en la boca, ella se lo permitió sin protestar. Él posó una mano en su trasero y la apretó contra sí. Fue uno de esos besos tórridos, largos; durante esos pocos segundos, el tiempo se expandió antes de detenerse, y Riva se dejó llevar.

—Tienes un trasero precioso —le murmuró él al oído.

Estaba dispuesta a ceder en ese mismo momento, a darle lo que deseaba, ahí y ahora, porque ella lo deseaba también. Lo deseaba con todas sus fuerzas y, aun así, retrocedió un poco.

—Te he echado muchísimo de menos —dijo él—, no sabes cuánto lamento lo de mi madre. Ven, por favor.

Riva tenía el corazón acelerado y notaba el sudor que iba perlándole las axilas, pero intentó mostrarse tranquila e indiferente. Tenía la respiración acelerada, ambos lo sabían, pero logró dar media vuelta; de espaldas a él, contestó con frialdad:

—Está bien. A lo mejor. Pero puedes esperar en la calle mientras me visto. Y, antes de nada, llevarme a desayunar.

—Podría quedarme a ver cómo te vistes.

Ella no pudo evitar echarse a reír y exclamó, mientras le empujaba hacia la puerta:

—Anda, ¡sal de aquí!

Se cepilló el pelo sin prisa, y al mirarse al espejo oyó la desaprobadora voz de su madre advirtiéndole que las chicas fáciles no le gustaban a nadie. En ese momento, ni siquiera habría sabido decir si realmente tenía intención de pasar el día y la noche con Bobby. Quería emborracharse con champán y permitir que la desnudara; quería que la besara por todas partes, que bajara por su cuerpo y más allá. Quería…, no, anhelaba saborear todas aquellas sensaciones. Nunca había hecho el amor. Solo había experimentado algunos besos y caricias, nada parecido a las explosivas imágenes que estaba creando su imaginación.

Puso freno a su desbocada mente. Era absurdo, apenas conocía a Bobby. Habían salido juntos una única vez, tras la cual no había vuelto a saber de él hasta que había aparecido de improviso y sin avisar, dando por hecho que ella accedería a sus deseos. ¡Ja! Estaba claro que se creía irresistible y que a ella la veía como una mera distracción, una bailarina, poco más que una ramera; por otra parte, la había llevado a conocer a su tío. Tomó una súbita decisión: no iba a limitarse a hacer lo que él quisiera, también iba a tener en cuenta sus propios deseos. Procedió a vestirse con esmero. Eligió un vestido azul marino de algodón con un corpiño ligeramente ceñido, falda estampada con vistosas líneas zigzagueantes y lazo blanco en las caderas; tomó un sombrero blanco que había comprado recientemente y lo hizo girar en las manos; un toque de maquillaje, y quedó lista.

En el transcurso de lo que resultó ser un desayuno fabuloso (cruasanes, fruta y un café especialmente bueno), Bobby alzó su taza y brindó como si de una copa de vino se tratara.

—¡Chinchín! ¡Brindo por nosotros!

Ella se limpió los labios con la servilleta y, mirándolo a los ojos, le dijo con altivez que sería mejor que no se dejaran ver juntos en público.

—¿Por qué no? Quiero presumir de ti. —Estaba sorprendido, pero era obvio que también sentía curiosidad.

Riva alzó la mirada justo cuando pasaban volando tres pájaros negros como la tinta, y en ese momento vio a un hombre parado al otro lado de la calle. Tenía una mano alzada a modo de visera, la otra apoyada en un bastón.

—¿Conoces a ese hombre de ahí? No es la primera vez que lo veo, y parece estar observándonos.

Bobby dirigió la mirada hacia allí y alzó una mano en una especie de saludo. El hombre inclinó su sombrero y se alejó.

—Me parece que era a ti a quien observaba, tiene cierta fama.

—¿Con las mujeres? Pero si es bastante mayor, debe de tener más de cuarenta años.

—¡Esos son los peores! —exclamó él con una carcajada.

—¿Quién es?

—Stanley Lucas, supongo que lo viste en aquella pesadilla de cena a la que fuimos obligados por Lottie. Un hombre de negocios de la zona, además de un intermediario con buenos contactos. Pero no me has contestado, ¿por qué es mejor que no nos dejemos ver juntos?

Riva podría haber dado cualquier excusa, pero optó por decir la verdad.

—Las chicas se ponen celosas. No es aconsejable que se nos vea juntos por La Valeta.

—¿Qué más da lo que ellas piensen?

Ella suspiró como si estuviera tratando con un niño.

—Tengo que convivir con ellas.

—Ah.

—Y pueden ser crueles.

—Está bien, ¡seremos amantes en secreto!

—¿No estás dando por hecho algo? —preguntó ceñuda.

—Pensaba que…

—¿Qué?

—Pues…, que íbamos a ir a casa de Lottie.

Ella negó con la cabeza.

—He dicho que «a lo mejor».

Él tuvo la decencia de sonrojarse.

—Ah. Sí, por supuesto. Perdona, si no quieres ir…, no quiero que pienses que… En fin, podemos hacer otra cosa, ¡no hay problema!

Ella sonrió, estaba disfrutando al verlo tan incómodo.

—¿Tienes algo en mente? —añadió él.

—Podrías seguir enseñándome la isla, tal y como prometiste cuando nos conocimos.

—Pues claro, podemos llevar algo de comida para un pícnic.

—Me encantaría chapotear en el mar.

Él compró todo lo necesario para el pícnic mientras ella esperaba en el coche, y condujo después en dirección noroeste. Estaban aproximándose a un pueblecito cuando la miró y dijo:

—Desde aquí podemos seguir un camino hasta Riviera Bay.

—Suena bien.

—No te hagas ilusiones, no es como la francesa. Es pequeña y rural, pero preciosa. El nombre maltés es Għajn Tuffieħa, es mi playa favorita.

—Seguro que es una delicia.

—Me he enterado de que van a cerrar el camino y solo se podrá bajar por unos escalones.

Después de recorrer el resbaladizo y peligroso camino que conducía a la playa, Riva bajó del coche y contempló las panorámicas vistas…, la curvada bahía, las aguas de color turquesa del mar. Estaban completamente solos y rodeados por laderas de piedra caliza y elevados acantilados que se alzaban a ambos lados de la bahía.

Bobby empezó a sacar parte de la comida que había comprado: sobre una esterilla colocó *ġbejniet* (queso de oveja, según le explicó él), unas salchichas aderezadas con cilantro llamadas *zalzett*, pan rústico, aceite de oliva, anchoas y una botella de vino.

—¡Te echo una carrera hasta el agua! —exclamó después de comer, antes de echar a correr.

Riva se quitó los zapatos de un puntapié y fue tras él, corrió por la fina arena rojiza hasta llegar a la orilla. Estuvo chapoteando con los pies unos minutos, contemplando fascinada la colorida alfombra de conchas y piedrecitas, y al alzar de nuevo la mirada se dio cuenta de que él estaba contemplándola a su vez.

—¿Te gusta?

—¡Me encanta! —Recorrió con la mirada aquel lugar tan increíblemente bello.

—¿Se te da bien nadar?

—¡Claro que sí! —En realidad no era así, pero no quiso admitirlo.

—Hay corrientes, así que debemos ser cuidadosos. Es mejor venir en pleno verano, pero no creo que tengamos ningún problema. Y no hemos bebido demasiado.

Ella agachó la cabeza y hundió los dedos de los pies en la arena.

—Me limitaré a tomar el sol.

—Como quieras. Addison siempre tiene toallas y esterillas en el maletero. —Fue a buscarlas de inmediato.

Regresó poco después y colocó dos esterillas de paja sobre la arena. Las extendió bien para que quedaran totalmente planas y entonces le entregó una toalla, pero debió de percibir su incomodidad porque la miró con ojos interrogantes y preguntó:

—¿Qué pasa?

—No tengo traje de baño.

—Has sido tú quien ha propuesto venir a la playa.

—Ya lo sé, da igual.

Él alzó la mirada hacia el nítido cielo azul y comentó:

—En breve hará mucho calor.

Sus palabras no tardaron en confirmarse; por si fuera poco, no había ni una sombra. Consciente de que estaba mirándola, Riva se desabrochó con cuidado los botones y se quitó el vestido. Se sentía un poco cohibida estando allí, cubierta tan solo por sus rosadas braguitas, una combinación y la enagua. Las tres prendas eran de rayón, un tejido nuevo que en ese momento habría cambiado de buen gusto por la seda, porque era bastante caluroso. En Malta no solía molestarse en ponerse corsé, aunque su madre se habría escandalizado. Su madre. Agachó la cabeza al pensar en ella.

—¿Qué pasa? —volvió a decir él.

—Nada, me ha venido a la cabeza mi madre.

—Debes de echarla de menos.

—¡Ay, Dios! No, ¡en absoluto!

—Te entiendo —admitió él con una carcajada.

—Pero tu madre ha venido a verte, apuesto a que te considera el mejor hijo del mundo.

—Qué va. En cualquier caso, su único propósito no era verme.

—¿Tenía que hacer algo más aquí?

—Hubo unos problemillas en el banco, nimiedades de lo más aburridas. Es pájaro viejo, le gusta solucionarlo todo ella misma.

—Bueno, pero al menos ha venido.

Él sacudió la cabeza, pero no añadió nada más y se centró en quitarse los pantalones de algodón color crema y la camisa azul. Debajo llevaba un traje de baño de una pieza, con manga corta y pantalón por encima de las rodillas. Echó a andar hacia el agua, se detuvo en la orilla y se desprendió de la prenda ante la fascinada mirada de Riva. Era la primera vez que veía a un hombre totalmente desnudo, aunque solo fuera desde atrás. Tenía la piel clara y músculos bien marcados en muslos, glúteos y espalda. Se volvió a mirarla y ella se sonrojó al ver que la pillaba observándolo, aunque se dio cuenta de que eso era lo que buscaba al exhibirse ante ella.

Se acercó a la orilla cuando él se zambulló en el mar, sintió la caricia del agua bañándole los pies y se adentró un poco más para verle nadar; al cabo de un rato, él la miró y le indicó con la mano que se acercara.

—Métete, se está de maravilla.

—¡El agua está un poco fría! —gritó a su vez desde la orilla, cambiando el peso de un pie a otro y con la mirada puesta en la neblina que se extendía en el horizonte.

—¡Qué va! —Siguió nadando hasta perderse de vista.

Riva hizo acopio de valor, salió del agua, dejó la enagua en la arena y, enfundada en la combinación y las bragas, se internó en el mar hasta que el agua le llegó a la cintura. Chilló cuando las gélidas olas le bañaron el vientre.

—¡Está helada! —gritó, al verlo aparecer de nuevo.

Él se echó a reír y se acercó nadando.

—Es la primera vez que me baño en el mar —admitió ella, sintiendo el peso de su mirada en su cuerpo semidesnudo.

—¿Dónde solías hacerlo?

—En el Dordoña, un río de Francia.

—Pues esta playa es perfecta, entrarás en calor cuando empieces a moverte. Pero no te alejes demasiado de la orilla.

—A diferencia de ti.

Él inclinó la cabeza y, cuando ella empezó a nadar con brazadas un poco tentativas, permaneció a su lado unos minutos antes de alejarse. Nadaba a estilo crol como un profesional, cortando el agua a toda velocidad.

—¡No te alejes aún más de la orilla, Riva! —le recordó.

Ella disfrutó nadando a su propio ritmo, sumida en la belleza del mar y del extenso cielo azul. Apenas hacía viento y, una vez que hubo entrado en calor, cerró los ojos y se limitó a flotar, embargada por una profunda serenidad, sin la más mínima noción de lo lejos que estaba de la orilla. Pero entonces, de buenas a primeras, el mar se alzó en una súbita ola que le hundió las piernas mientras la alejaba más aún de tierra firme. Gritó pidiendo auxilio mientras agitaba frenética los brazos, intentando resistirse a la fuerza de una corriente que estaba arrastrándola. El pánico se adueñó de ella y se hundió, consiguió emerger de nuevo y mantener la cara por encima de la superficie unos segundos, los suficientes para tomar algo de aire. Boqueó con desesperación mientras una sucesión de imágenes aparecía en su mente. No podía permitir que ocurriera aquello, pero no podía evitarlo. Sintió que la fuerza que tiraba de ella se intensificaba y, cuando la arrastró bajo la superficie en esa ocasión, no le quedaban fuerzas con las que presentar batalla. Mientras la poderosa corriente la mantenía sumergida, supo que no iba a poder oponer resistencia y siguió hundiéndose...

Con un último arranque de energía, luchó y ascendió de nuevo, gritó con todas sus fuerzas; aterrada ante la idea de que se estaba ahogando, gritó de nuevo antes de tragar agua. Y los brazos de Bobby estaban rodeándola de repente, arrancándolos a ambos de las garras de la corriente, llevándola hacia la playa.

Cayó arrodillada al llegar a la arena, tosiendo y llorando al mismo tiempo; cuando fue capaz de volver a articular palabra, se puso de pie tambaleante y se encaró con él.

—¡Eres un malnacido! Podría haber muerto ahogada, ¿por qué diablos no estabas pendiente de mí?

Él se tensó.

—Has dicho que se te daba bien nadar.

—¡Y que era la primera vez que me bañaba en el mar!

Intentó mantener la dignidad mientras caminaba airada por la arena hacia el lugar donde había dejado su ropa y entonces, con cierta dificultad, se vistió sin quitarse las prendas interiores mojadas. Le daba igual el aspecto que pudiera tener. Ignoró la toalla que él le ofreció y espetó con sequedad:

—Llévame a mi casa ahora mismo. Después de esto, no quiero volver a verte en toda mi vida.

28

Riva soñó esa noche que se hundía. Sintió que el mar la arrastraba y la alejaba de la vida, revivió la horrible sensación de no poder salir a la superficie, sintió el escozor del agua salada en las fosas nasales, en la garganta, en los ojos. Despertó luchando por respirar, boqueando, ahogándose, llorando. Detestaba a Bobby por preocuparse tan poco por ella y, aun así, una vocecilla interior le decía que había sido ella la culpable. Él tenía razón, había mentido diciendo que se le daba bien nadar y él le había advertido que había que tener cuidado con las corrientes. Había sido una estúpida por querer impresionarlo, pero no podía desprenderse aún de su enfado.

Salió de la cama, abrió las ventanas y parpadeó bajo la intensa luz de un nuevo día. Echaba de menos sus neblinosas mañanas parisinas, el chocolate calentito que la doncella le llevaba a primera hora de la mañana en su taza favorita. Se sentó en la cama, dirigió la mirada hacia el reloj y vio que todavía era temprano, ¿qué iba a hacer hasta la hora de ir a trabajar? Podría ir a ver a Lottie, no quería estar sola sintiéndose tan melancólica y decaída. Su mente era un caos al recordar lo ocurrido en la playa, deseó no haber reaccionado con tanta aspereza. Recordaba una y otra vez la imagen del cuerpo desnudo de Bobby de espaldas a ella; por mucho que se esforzaba, no conseguía quitársela del todo de la cabeza.

Agarró la bata y salió al pasillo al oír el sonido apagado de unos sollozos. Aguzó el oído en la puerta de Paloma y después en la de Brigitte, pero todo estaba en silencio. Los sollozos parecían proceder de la planta de abajo y, mientras descendía de puntillas y con los pies descalzos, se dio cuenta de que estaba pasando algo en la habitación de la chica nueva. Se detuvo de golpe y titubeó, no sabía si debía intervenir. No quería inmiscuirse en los problemas personales de nadie, pero ¿y si se trataba de la chica que había visto en el club? Pálida, joven…, y sí, ahora que pensaba en ello, asustada.

Llamó con suavidad a la puerta. Nada. La entreabrió un poquitín.

—¿Puedo ayudarte en algo?

La chica gimió y negó con la cabeza, pero ella abrió un poco más la puerta e insistió.

—¿Te traigo un vaso de agua?

La chica asintió y alzó la cabeza. A juzgar por lo hinchados y enrojecidos que tenía los ojos, debía de haber pasado la noche entera llorando.

—Ay, cielo, no tengo pañuelo. Mira, voy a por algo de agua y una toalla para la cara.

La chica no respondió, pero se sorbió las lágrimas y se secó los ojos y la cara con las manos.

Riva regresó al cabo de un momento y se sintió aliviada al ver que la puerta seguía entreabierta. Entró en la habitación, depositó un vaso de agua en la mesita de noche y le dio una toalla húmeda.

—Aquí tienes, está limpia. Te sentirás mucho mejor cuando te limpies la cara y bebas un poco de agua.

La chica obedeció sin protestar y Riva aprovechó para recorrer la habitación con la mirada. Vio una maletita en un rincón y varios vestidos colgados de una barra. Esperó a que terminara de beber el agua, y entonces le preguntó de dónde procedía.

—Rusia. —Soltó un lastimero gemido.

Riva temió que fuera a romper a llorar de nuevo y le dio unas palmaditas en la mano.

—Me llamo Riva, ¿y tú?

—An… ya.

Hablaba un inglés precario, titubeante. Riva pasó un brazo por sus trémulos hombros, los tenía tan delgados que daba la impresión de que una ráfaga de viento bastaría para llevársela volando.

—Qué bonitas. —Señaló con la mano la hilera de muñecas de madera que había en el alféizar de la ventana.

Los ojos de la chica se iluminaron.

—Muñecas *matryoshka*. Madre tiene hija dentro, hija tiene otra hija dentro. Muchas. Todas juntas. Así es la vida.

—¿Una está dentro de otra?

—Sí.

—¿Cuántas?

—Ocho.

Riva se acercó a la ventana y tomó la más grande, una mujer que sostenía un gallo negro bajo el brazo. Saltaba a la vista que estaba hecha y pintada a mano. El amarillo y el rosa estaban un poco difuminados en algunas zonas, pero era una preciosidad.

—Ella es madre. —Anya esbozó una sonrisa—. Mi abuela dar. Muy vieja y valiosa. Yo llevo a todas partes.

—Pero solo hay siete.

—Yo esconder última.

—¿Por qué?

Anya se encogió de hombros, su rostro se entristeció.

—Yo no… querer venir aquí. No saber dónde está mi familia. Ellos obligaron a venir.

—¿Tu familia te obligó a venir aquí?

—A lo mejor. No sé. Creo que mi padre y mi hermano estar… están muertos.

—Y ahora eres una chica de alterne.

Anya la miró de reojo como si estuviera intentando decidir hasta dónde podía revelar.

—Eso dijeron. A mí no gustar.

—¿Cuántos años tienes?

—No poder… puedo decir.

—¿Quién te dijo que no podías hacerlo?

—Por favor. No más preguntas.

—¿Te apetece venir a tomar el té conmigo después? Conozco una cafetería muy agradable, allí no correrás ningún peligro.

—Tengo medio… No, miedo. Tengo miedo. Los hombres vienen. Llevarme otra vez.

—No te preocupes, estaré contigo. Tú descansa, vendré a buscarte esta tarde. ¿Sabes que el baño es la puerta que tienes justo al lado? —Al verla asentir, añadió—: ¿Puedo usarlo un momento? Seré rápida. Cuando termine, daré unos golpecitos a tu puerta para avisarte, pero tú puedes tomarte todo el tiempo que necesites.

Riva subió corriendo a por su toalla y bajó al baño antes de que alguien se le adelantara. Una vez que terminó, avisó a Anya y regresó de nuevo a su habitación para vestirse. Había logrado que una costurera de la zona le hiciera varios vestidos de algodón a buen precio, y se puso uno verde antes de proceder a peinarse. Los rizos se negaban a desaparecer por mucho que se cepillara el pelo y, aunque había podido teñírselo una vez más, el color se desvanecía con rapidez y no sabía por cuánto tiempo lograría mantenerlo.

De camino a casa de Lottie, intentó convencerse a sí misma de que no iba con la esperanza de ver allí a Bobby. En cierto sentido, era la pura verdad, porque sabía que se sentiría terriblemente avergonzada por cómo había reaccionado en la playa si se encontraba con él; además, el hecho de que lo suyo con él hubiera terminado no debería ser un impedimento para ver a Lottie, quien, al fin y al cabo, era su única amiga de verdad en aquel lugar.

—¡Riva! Hola, ¡qué alegría verte! —la saludó Lottie, sonriente, al abrir la puerta—. Adelante, ¡pasa!

La condujo escalera arriba y, cuando abrió la puerta del apartamento, Riva se quedó sorprendida al ver que había ropa por todas partes…, sobre el respaldo de las sillas, en montoncitos diseminados por el suelo. Y sobre la cama había tres grandes maletas medio llenas.

—¿Te marchas?

—Vuelvo a casa una temporada. Papá no se encuentra bien y me han mandado aviso.

—Vaya. Espero que se recupere.

—Lo más probable es que no sea nada, pero debo ir. Y me vendrá bien alejarme de aquí por el momento.

—¿Y tu prometido?

Lottie se encogió de hombros y Riva vio en sus ojos algo que no alcanzó a descifrar.

—Quieres casarte con Archie, ¿verdad?

Su amiga se mordió el labio, pero recuperó la compostura y esbozó una gran sonrisa.

—¡Claro que sí! La cuestión es que tengo que ir, mi madre parece estar sobrepasada por la situación. Por cierto, ¿has sabido algo de Bobby?

Riva hizo una mueca, y Lottie añadió:

—Le vi anoche, estaba muy alicaído. No pude sacarle ni una sonrisa.

—Discutimos.

—Ah, ¡el amor verdadero no es un camino de rosas! Nunca lo había visto así con nadie, ¿quieres hablar del tema?

—No. ¿Te ayudo a empacar?

—Te lo agradecería, ¡soy un desastre!

Pasaron las dos horas siguientes examinando las prendas de ropa una a una, seleccionando únicamente aquellas que Lottie podría usar en Londres. En un momento dado, miró a Riva y comentó:

—Esto es una locura. Tengo un montón de ropa en casa, ¿y si solo me llevo una maleta?

—Buena idea, solo tienes que llevarte lo necesario para el viaje.

Una vez completada la tarea, Lottie se acercó a la mesita de noche, sacó un juego de llaves y se lo dio.

—¿Para qué son? —preguntó Riva.

—Son las llaves de este apartamento, puedes quedarte aquí siempre que quieras.

—¿Estás segura? —El estilo de vida de su amiga le había dado envidia, y ahora se sentía avergonzada ante su gesto de generosidad.

—Si las cosas… En fin, si Bobby y tú os reconciliáis, necesitarás un lugar al que poder ir. Avisaré a Archie.

—¿No le molestará?

—No, en absoluto. Pero no traigas a nadie más aparte de Bobby. O Archie, claro. ¿Te parece mal que te ponga esa condición?

—Claro que no. Es muy amable por tu parte prestarme este lugar, pero no creo que lo necesite.

—Nunca se sabe.

Más tarde, Riva regresó finalmente a casa tras despedirse de su amiga, quien se quedó de lo más satisfecha con su maleta pulcramente empacada. Fue directa a la habitación de Anya y llamó a la puerta, pero no recibió respuesta y lo intentó de nuevo. Nada. A lo mejor estaba durmiendo y, de ser así, no quería despertarla. Todavía no era hora de ir a trabajar, quizá fuera preferible dejarla descansar. Se disponía a dar media vuelta, pero algo la detuvo…, la sensación de que algo no iba bien. Entreabrió la puerta con mucho sigilo y se asomó, el lugar estaba desierto. Entró sin pensárselo dos veces, cerró tras de sí y contempló en silencio la cama, totalmente despojada de sábanas y mantas. No habría sabido decir por qué, pero la ausencia de Anya la inquietaba y, atenazada por un mal presentimiento, revisó de inmediato la cajonera, el armario y la pequeña mesita de noche. La ropa, las muñecas, la pequeña maleta…, todo se había esfumado. No quedaba ni rastro de Anya.

29

Fue pasando el tiempo y nadie parecía saber nada acerca de lo sucedido; y, si lo sabían, preferían mantener la boca cerrada. Riva siguió preguntando a unos y otros acerca del paradero de Anya, la chica rusa que se había esfumado de la casa de huéspedes de forma tan súbita. Le parecía horrible que alguien pudiera desaparecer sin dejar rastro y que todo el mundo se mostrara indiferente, y al final decidió pasar su noche libre en el apartamento de Lottie. Necesitaba animarse, y disfrutar de algunos lujos podría ser justo lo que necesitaba; al menos, esa fue la justificación que se dio a sí misma. Pero cuando estaba subiendo la escalera coincidió con Bobby, quien estaba bajando en ese preciso momento.

Los dos se detuvieron en seco, se miraron unos segundos en silencio… y de repente hablaron al mismo tiempo.

—No he podido dejar de pensar en… —dijo él.

—Tengo que… —Supo en ese momento que, más que nada, quería recuperar su amistad.

Titubearon por un segundo, pero él abrió entonces los brazos y, embargada por un alivio abrumador, se fundió en su abrazo. Cualquier vestigio de resentimiento que pudiera quedar por el hecho de que no la hubiera cuidado mejor en la playa se evaporó en ese momento.

—¿Vas a casa de Lottie? —preguntó él después de soltarla.

Riva lanzó una mirada hacia la puerta del apartamento.

—Sí, me dijo que podía usarla.

—Perfecto, tengo una botella de champán en su nevera desde que se fue.

—¿En serio?

—Sí, de la marca americana Frigidaire. En mi casa no tenemos.

Ella se echó a reír.

—¡No me refería a la nevera, sino al champán!

—Ah. En fin, no sabes cuántas veces he subido y bajado esta escalera, cuánto tiempo he pasado sentado en el escalón de arriba, esperando a que aparecieras. Riva, no sabes cuánto lo siento. Tú tenías razón, fui un estúpido descuidado…

Estaba hablando atropelladamente, como si estuviera deseando soltarlo todo de una vez, y ella se vio obligada a interrumpirlo.

—No, fue culpa mía. Mentí, te dije que se me da bien nadar.

—Te he echado de menos.

—Yo también.

—¿Tomamos una copita de champán?

No hicieron el amor esa noche. Tampoco lo hicieron a la semana siguiente, cuando Riva volvió a tener fiesta en el trabajo. Ni a la otra semana. En las tres ocasiones, él regresó a altas horas de la madrugada al apartamento que compartía con Archie. Pero, en un momento dado de la cuarta noche, estando él despatarrado en un sofá, fumando y escuchando la radio, Riva se quedó mirándolo en silencio mientras decidía si se sentía preparada; y entonces, de buenas a primeras, soltó sin más:

—¿Por qué no te quedas? —Las palabras habían brotado como por voluntad propia, pero reiteró la propuesta con mayor firmeza—. Quédate conmigo esta noche.

Se acurrucó contra él en el sofá y le besó. Habían compartido multitud de besos y de conversaciones, y se sentía como si le conociera de toda la vida. Pero no como un viejo amigo. Aquello era muy distinto.

Ascendieron por la amplia escalera que conducía al dormitorio y, una vez allí, lo alentó a que la desnudara poco a poco, prenda a prenda, hasta quedar desnuda frente a él. No sintió ninguna timidez, ya que no tenía inseguridades en lo que a su cuerpo se refería. Era una mujer saludable, fuerte y curvilínea, y sabía que le resultaba atractiva a los hombres.

—¿Quieres que…? —Él dejó la frase inacabada, como si se hubiera quedado sin palabras.

Ella se sentó en la cama y, con deliberada lentitud, se tumbó de espaldas con las piernas ligeramente entreabiertas. Él no le quitaba los ojos de encima, entre ellos crepitaba una excitante corriente de energía.

—Dios, Riva… —Se desnudó a toda velocidad y, de pie aún, se inclinó hacia ella y deslizó los dedos desde su cuello hasta su ombligo.

La recorrió una oleada de placer y alzó las caderas de forma instintiva, pero él sonrió de oreja a oreja y dijo con voz suave:

—No, aún no.

Ella se echó a reír y extendió los brazos.

—¡Ven aquí, payaso!

Él negó con la cabeza, y ella confesó:

—Es la primera vez que…, ya sabes.

—Lo suponía.

Él posó la palma de la mano en su estómago y entonces bajó los dedos hasta sus muslos, abriéndole un poco más las piernas, acariciándola hasta que Riva no pudo seguir soportándolo más. Tironeó hasta hacer que la cubriera, deslizó las manos por su espalda, le agarró las nalgas e intentó atraerlo hacia sí para que la penetrara. Dada su falta de experiencia, estaba dejándose llevar por su instinto.

—No tan rápido —susurró él.

Lo miró con ojos interrogantes, creyendo que podría haber hecho algo indebido. Pero no parecía molesto, y de repente alargó una mano hacia el suelo y sacó algo del bolsillo del pantalón.

—¿Qué es eso? —preguntó ella.

—Algunos los llaman «condones» o «vainas para caballeros», debes de haber oído hablar de ellos. Un artilugio detestable —añadió con una carcajada—, aunque sé de buena tinta que los americanos sacarán algo mucho mejor en breve.

Después de ponerse el «artilugio detestable» (Riva observó el proceso con trémulas pestañas y ojos entrecerrados), se movió lentamente, tomándose su tiempo; cuando la penetró por fin, ella soltó una exclamación que era, en parte, de dolor…, pero también, por unos segundos, de frustración. Frustración porque una molesta vocecilla interior estaba dedicándose a comentar, a remarcar, a tomar notas. Pero entonces, sin saber siquiera cómo sucedía, se dio cuenta de que había cambiado algo y que, en vez de sentirse rara y, en cierto sentido, bajo escrutinio, estaba en sintonía con él. Dejó de pensar y supo de forma instintiva lo que había que hacer, ¿por qué no le había advertido nadie que aquello sería así? Héntela allí, en la cama de Lottie, con la mente totalmente en blanco. Cerró los ojos. Fue rápido y frenético, y terminó en un abrir y cerrar de ojos.

Después yacieron jadeantes por el esfuerzo físico, y ninguno de los dos habló hasta que pudieron respirar con normalidad de nuevo.

—¿Podemos hacerlo otra vez? —propuso ella.

—¡Ahora mismo? —Se echó a reír al verla asentir, alrededor de sus ojos azules se dibujaron unas arruguitas—. Dame un rato para recuperarme.

Pero poco después, dejándose guiar por él, Riva aprendió cómo ayudarlo a recuperarse, y volvieron a hacerlo de nuevo esa misma noche.

Al despertar a la mañana siguiente, lo primero que vio fue sus ojos azules observándola.

—Buenos días —dijo él.

Ella inhaló hondo y saboreó su aroma, ese aroma que solo le pertenecía a él. Laurel y clavo…, una especie de olor a la antigua, agradable y especiado.

—Mira, anoche quería hablar contigo de una cosa, pero las cosas fueron por otros derroteros y me distraje.

—Dime —dijo ella.

—Se trata de mi madre.

—¿Quieres hablar de ella ahora? ¿Después de lo que hemos estado haciendo durante toda la noche?

Él soltó una carcajada.

—Sí, tienes razón, pero resulta que estará un par de semanas aquí. No podré venir a pasar la noche contigo.

—Ah. —Se levantó de la cama y se estiró.

Él se sentó en el borde de la cama y la contempló a placer antes de añadir:

—La cuestión es que no se alojará en un hotel en esta ocasión, piensa quedarse aquí.

—¿En este apartamento? —Lo miró boquiabierta.

Él se echó a reír.

—¡No! En el que comparto con Archie.

—¿En serio? ¿Por qué no se aloja en el mejor hotel, como la vez pasada?

—Ha decidido de repente que no quiere gastar más dinero de la cuenta. He contratado a una señora de la limpieza para que adecente el apartamento.

—Podrías bajar a hurtadillas para algo rapidito —dijo ella con picardía.

—Algo me dice que nada de lo que haga contigo será rapidito —contestó él, sonriente.

—No sé, podría ser divertido.

Contoneó las caderas provocativamente y se inclinó hacia delante, con lo que él no tuvo más remedio que succionarle un pezón. Fue entonces cuando practicaron por primera vez sexo rápido y sin protección. Él se retiró en el último instante y, cuando recobraron de nuevo el aliento, la miró con ojos interrogantes.

—¿Tienes un periodo regular?

—¿Por qué lo preguntas?

—Porque también existe el método del ritmo. No es infalible, pero sabríamos al menos en qué días deberíamos ser más cuidadosos.

—He oído hablar de él. Trazaré un plan, ¡un plan sexual!

Se desternilló de risa al imaginar lo que diría su madre si se enterara, no tenía ni idea de cómo se las habían ingeniado sus padres para engendrar dos hijas.

Él sonrió y depositó un beso en su nariz antes de decir:

—Tengo que irme.

—¡Oh, no! ¿Tan pronto?

—Mi madre llega hoy, tengo que arreglar un poco el apartamento antes de que venga la limpiadora. Riva, sabes que es posible que tenga que marcharme dentro de poco, ¿verdad? Voy a aprender pilotaje aquí, en Malta, pero tarde o temprano completaré el entrenamiento en Inglaterra.

—¿Te ausentarás mucho tiempo?

—Aún no lo sé, pero será mejor que no nos preocupemos ahora por eso.

—Está bien. Anda, vete ya con tu mami.

Él sonrió como un niñito travieso.

—Por cierto —añadió ella—, iba a comentarte esto antes, ¡no sé cómo se me ha podido olvidar! Una chica que vivía en mi edificio desapareció hará unas tres o cuatro semanas. He estado preguntando por ella, pero nadie parece saber nada. Era joven, yo creo que menor de edad. Y rusa. La oí llorar, me dijo que estaba asustada.

—¿Te contó por qué?

—No. Tenía miedo de algo o de alguien, eso fue lo único que dijo antes de desaparecer.

—Haré algunas indagaciones.

—Con discreción.

—Por supuesto.

Después de vestirse, se acercó a ella para despedirse. Riva estaba sentada en el borde de la cama y, en cuanto lo tuvo lo bastante cerca, lo atrajo hacia sí y le bajó tanto los pantalones como los calzoncillos.

—¡Ay, Dios! —gimió él—. ¡Con qué rapidez te has convertido en una granujilla!

30

Después de que la madre de Bobby se fuera, aprovecharon uno de los días libres de Riva para ir por segunda vez a Mdina. Ella estaba encantada ante aquella oportunidad de volver a ver a Addison, y de poder visitar de nuevo su maravilloso palacio secreto; y también estaba deseando pasar la noche con Bobby, claro. Durante el trayecto en coche, empezó a tararear animada algo que había oído recientemente por la radio.

Bobby alargó la mano para apartarle un mechón de pelo de la mejilla, y ella lo miró sonriente y agarró su mano con suavidad para depositar un beso en ella.

—Ten cuidado, estoy conduciendo —le advirtió él.

Hacía un día precioso, aunque había algo de viento. Ella se reclinó hacia atrás para disfrutar de la caricia del sol en el rostro.

—Por cierto, tengo información sobre tu chica rusa. Eso creo, al menos —añadió él, sin apartar los ojos de la carretera.

—¿Son buenas noticias? —Lo miró esperanzada, pero contuvo el aliento cuando él negó con la cabeza—. Dime.

—Lo siento mucho, Riva. Es lamentable, pero los restos de una joven aparecieron en una de las playas. —La miró brevemente con semblante grave.

—¡Ay, Dios! ¡No!

—Tengo un amigo en el *Times of Malta*. Le mencioné lo que me contaste sobre una chica desaparecida y me dio esa información. Las autoridades suelen silenciar ese tipo de casos.

—¿Cuándo la encontraron?

—Hace unas dos semanas. Llevaba un tiempo en el mar.

—Dios, ¡qué horror! Pero ¿por qué crees que era ella?

—Alguien de Strait Street identificó el cuerpo, dijo que era una chica rusa que solo llevaba unos días aquí y que dejó de ir a trabajar de repente. No se preocuparon porque la gente va y viene con frecuencia.

—Podría tratarse de otra rusa.

—La persona dijo que se llamaba Anya.

Los ojos de Riva se llenaron de lágrimas. Se las secó rápidamente, pero sintió una tristeza enorme por aquella joven. Deseó poder haber hecho algo para ayudarla cuando se le presentó la ocasión. Sacudió la cabeza, se sentía fatal sabiendo que había optado por no quedarse con Anya aquel día y que ahora era demasiado tarde, que ya no podía hacer nada por ella.

Bobby suspiró.

—Mira, cariño, circulan rumores sobre asuntos turbios en Strait Street. Es probable que la policía tome medidas más duras. Ojalá te marcharas de ese sitio.

—¿Qué tipo de medidas?

—No lo sé con exactitud, pero mi amigo periodista quiere hablar contigo.

—¿Conmigo? ¿Por qué?

—Es un periodista con buen olfato para detectar problemas. Pero es un buen tipo, uno que vale la pena tener de tu lado. Me propuso que os encontrarais para tomar el té.

—¿Crees que es buena idea?

—Podría serlo. No tienes que contarle nada de lo que ocurrió en Francia, ni revelar tu verdadero nombre. Es que creo que…, en fin, si alguna vez necesitaras un amigo, creo que él te tendería una mano.

Lo miró en silencio y se preguntó si había sido un error contarle la verdad sobre su procedencia.

—Ya tengo un amigo, te tengo a ti.

—Yo soy más que eso, espero. Pero, en caso de que no esté aquí…

Se volvió hacia ella, la miró de una forma peculiar que Riva no comprendió, y entonces dirigió de nuevo la mirada hacia la carretera.

—Quiero que sepas que eres mi mundo entero, Riva.

—Y tú el mío. —Se inclinó hacia él y le besó la mejilla.

Estaba dichosa por lo que él acababa de decir, por supuesto que lo estaba. Tendría que haber sido un momento especial —y lo era—, pero también se sentía intranquila. Pensar en lo que le había sucedido a la pobre Anya empañaba su felicidad. Cuánto debía de haber sufrido, qué aterrada y sola debía de haberse sentido. Había preferido ir a casa de Lottie en vez de pasar el día con aquella triste joven; si se hubiera quedado con ella, quizá seguiría con vida. Por otra parte, no podía saber de antemano lo que sucedería; de hecho, seguía sin saber lo que había sucedido exactamente. ¿Cómo había terminado Anya en el mar? Alguien debía de saberlo. No pudo dejar de pensar en la joven hasta que llegaron a Mdina.

Addison, el tío de Bobby, les dio el mismo cálido recibimiento de la vez anterior y disfrutaron de una comida deliciosa donde se sirvió torta *lampuki* (un plato de pescado totalmente distinto a los que ella estaba acostumbrada) y *kannoli* (unos tubitos de crujiente masa frita rellenos de ricota). Aquel hombre grandote de gran corazón logró animarla y, mientras disfrutaban de un buen vino, los tres conversaron entre risas y comieron, comieron más y siguieron conversando. Después del café, Addison se limpió la boca y anunció:

—Quiero enseñaros algo. —Se levantó de la silla, entró en la sala y sacó algo del cajón superior de un escritorio—. Venid conmigo.

Salieron de su apartamento privado y bajaron la escalera. Se detuvo al llegar a una puerta de la planta inferior, la abrió con una llave y los hizo entrar en una sala blanquecina. Esta se abría a su vez a una preciosa sala de estar con el techo alto, grandes ventanales que abarcaban desde el suelo hasta el techo por donde la luz entraba a raudales, y una estrecha terraza descubierta.

—¡Qué preciosidad! —Riva contempló los cuadros en colores pastel y los femeninos muebles.

—Sí, eran las estancias preferidas de mi esposa. Aquí están las llaves, es como otro apartamento independiente. Es tuyo, Bobby.

—¿Estás seguro?

—No quiero alquilarlo, aunque arriendo la planta baja de vez en cuando; en cualquier caso, el edificio entero terminará por ser tuyo.

—Vaya, gracias —dijo Bobby, sorprendido—. Es un gesto generoso por tu parte, pero espero que sigas mucho tiempo entre nosotros.

—Por supuesto. —Addison se volvió hacia Riva—. Mi esposa Filomena y yo no tuvimos hijos y, como puedes ver, Bobby es como uno para mí.

—Creía que quizá le dejarías este sitio a mi madre —dijo él.

—¡Por Dios! ¡Claro que no! Ella detesta este lugar, lo vendería. No, este viejo lugar significa tanto para mí que prefiero que permanezca en la familia. Os he dado dos llaves, aunque tengo otra por si surge cualquier emergencia.

Riva no pudo evitar comparar por un momento a sus propios padres, que siempre eran tan críticos, con aquel hombre maravillosamente generoso.

—¿No te gusta? —le preguntó Addison, al oírla suspirar.

—No, me encanta. Perdón, estaba pensando en otra cosa.

Lo miró sonriente y, cuando él subió de nuevo a su propio apartamento, Bobby y ella exploraron aquel. Resultó ser más grande de lo que ella creía. Abrió las altas puertas acristaladas, salió a la terraza, extendió los brazos y empezó a girar una y otra vez mientras sentía que el mundo entero daba vueltas a su alrededor. Entró de nuevo al cabo de un largo momento y siguieron explorando. Encontraron un comedor y, más allá, una cocina; en la dirección opuesta había dos dormitorios y un cuarto de baño compartido, además de un baño más pequeño a un lado del pasillo.

—No puedo creer que podamos alojarnos aquí —dijo ella.

Bobby le lanzó una llave.

—Si yo no estoy, ven en autobús cuando quieras. Considéralo un refugio.

—De acuerdo. —Lo dijo sin saber hasta qué punto llegaría a ser un refugio en el futuro.

—¿Quieres que nos quedemos a pasar la noche aquí?

—¿Podemos hacerlo?

Él frunció las cejas y fingió pensar en ello largo y tendido.

—Eh…, pues sí.

Riva se echó a reír.

—En ese caso, voy a bañarme.

Él la tomó del brazo para detenerla.

—¿Antes o después de que inauguremos la cama?

—Antes.

—¡Noooo!

—Sí. Quiero estar sonrosada y resplandeciente y oler a esos maravillosos productos que he visto en el cuarto de baño.

Buscó y encontró unas esponjosas toallas blancas y una bata de seda de color lavanda.

—¡Hay comida! ¡Y vino! —gritó Bobby desde la cocina.

Era obvio que Addison no se había limitado a asegurarse de que el lugar estuviera bien limpio, sino que había obtenido todo cuanto pudieran necesitar. Riva inhaló profundamente y exhaló el aire poco a poco, ¿cómo había logrado llegar al paraíso?

Abrió el grifo de la bañera y se sentó en una banqueta mientras veía cómo iba llenándose de agua. Era una bañera preciosa con grifería dorada y patas con forma de garra del mismo color. Abrió el armarito con puertas de cristal, sacó botellas de aceites esenciales (rosa, azahar, eucalipto…) y echó una buena cantidad en el agua. Un fragante vaho emergió junto con sus esperanzas de cara al futuro. Bobby poco menos que había dicho que la amaba. No se atrevía a pensar en el futuro a muy largo plazo porque vete tú a saber lo que le deparaba la vida, pero no pudo evitar imaginar que estaban juntos e incluso que tenían un montón de hijos. El matrimonio no era algo que hubiera anhelado, jamás había aspirado a casarse; al fin y al cabo, iba a ser alguien por mérito propio. Pero quizá, solo quizá, podría hacer una excepción por el baronet sir Robert Beresford… Entonces se dijo a sí misma que era una tonta y se hundió bajo el agua.

Al cabo de un rato salió de la bañera, se secó y se envolvió el pelo con la toalla, y salió en busca de Bobby enfundada en la bata de seda. Estaba en el sofá con la cabeza apoyada en el respaldo, parecía haberse quedado dormido y ella dejó que la bata se abriera mientras se acercaba a él y se sentaba a horcajadas sobre su regazo. Empezó a moverse hacia delante y hacia atrás de forma rítmica y sintió que su miembro iba endureciéndose; aunque él mantuvo los ojos cerrados, lo delató la ligera sonrisa que dibujaron sus labios. Ella le desabrochó la camisa y le besó el pecho antes de enderezarse para poder desabrocharle los botones del pantalón; se sorprendió al descubrir que no llevaba nada debajo de la prenda, no se lo esperaba. Él seguía aún con los ojos cerrados. Descendió con cuidado sobre su miembro y, después de maniobrar un poco, logró introducirlo en su interior y empezó a moverse. Lentamente al principio, disfrutando de la sensación de control; acelerando el ritmo después, mientras él seguía fingiendo que estaba dormido. Aceleró más y más y llegó a la plenitud rápidamente, jadeante y con el corazón acelerado. Nunca había experimentado nada similar, había sido excitante e impactante y se sentía invencible por haber llevado las riendas, por haberlo poseído. Pero entonces Bobby abrió los ojos de golpe.

—Y ahora, como castigo... —Hundido aún en su cuerpo, la bajó al suelo y se centró en llegar también al clímax.

Ebria de placer, Riva se echó a reír hasta que prácticamente se le saltaron las lágrimas.

—¡Sabía que estabas despierto!

—Ya, pero yo quería rendirme.

—¡Robert Beresford! ¡Quién lo iba a decir!

—¿El qué?

—Que permitirías que una simple mujercita tomara las riendas.

—No tienes nada de simple, querida mía. Y la verdad es que me gusta que tú lleves las riendas.

—Te amo, Bobby.

Al día siguiente, con Anya ocupando de nuevo sus pensamientos, Riva se reunió con el amigo de Bobby en el British Hotel del Gran Puerto a la hora de la merienda. Él se levantó de la silla al verla acercarse y le estrechó la mano. Era mayor que Bobby (unos treinta y cinco años, quizá), más alto que él y de piel más morena; tenía el pelo castaño y rizado, y unos cálidos ojos de color ámbar con motitas doradas.

—Me alegra mucho que hayas decidido venir. Ottavio Zampieri.

—Riva Janvier.

El camarero apareció con el menú en cuanto se sentaron. Pidieron té y unas pastas, y Riva se tomó un momento para observarlo con atención. Era un hombre de buena planta y, aunque tenía un aspecto un tanto desaliñado, tenía su atractivo. Ella dirigió entonces la mirada hacia las magníficas vistas del Gran Puerto, dorado y reluciente bajo el sol del atardecer.

—¿Habías estado alguna vez aquí? —preguntó él.

—No. Tiene usted un nombre poco común, señor Zampieri.

—Mi padre era italiano, mi madre es maltesa. Tutéame, por favor. Llámame Otto.

—Un placer conocerte, Otto. Aunque no tengo claro por qué querías hablar conmigo.

—Bob me ha dicho que eres bailarina.

—Sí.

Él lanzó una mirada alrededor con semblante cauteloso y bajó la voz al decir:

—Y tenías una amiga que desapareció y que, lamentablemente, apareció muerta en la playa.

Riva suspiró profundamente y se inclinó un poco hacia delante.

—Sí, Anya. Para mí fue muy duro enterarme de lo que le había sucedido, pero la verdad es que no éramos amigas. Hablé con ella una única vez.

—¿Podrías decirme de qué hablasteis?

—Vivíamos en la misma casa, aunque me parece que ella solo llevaba uno o dos días allí. La oí llorar y bajé a ver qué le pasaba. Al principio no quiso contarme nada, pero finalmente me contó que la habían obligado a venir a Malta.

—¿Algo más?

—Se la veía muy asustada.

—¿Mencionó algún nombre?

Al ver que él bajaba aún más la voz, siguió su ejemplo.

—¿De quién?

—De los causantes de su posible temor.

—No. Y entonces desapareció de repente.

—¿Ese mismo día? —La miró ceñudo.

—Sí. Más tarde, cuando regresé, su habitación estaba vacía y no quedaba ni rastro de sus cosas.

—¿Por qué volviste a su habitación?

—Le prometí que lo haría, que saldríamos a tomar el té.

—No sé si…

En ese momento llegó el camarero con un carrito de postres. Lo acompañaba otro que depositó sobre la mesa una tetera plateada junto con leche y azúcar, y que procedió entonces a servir el té antes de retirarse.

—Qué británico parece todo —comentó ella, mientras echaba algo de leche y de azúcar a su taza. Se dio cuenta de que él no añadía nada.

—Sí. Y tú eres francesa, por supuesto.

—Sí, así es. Estos dulces parecen deliciosos, ¿te importa si me sirvo?

—En absoluto, adelante.

Riva seleccionó una porción de bizcocho, un pastelito de crema y lo que parecía ser una galleta de chocolate.

—Acabo de recordar algo. Antes de conocer a Anya, me pareció verla acompañada de alguien en el club donde trabajo.

—¿Con quién?

—Podría tratarse de un tal Stanley Lucas, ¿crees que estará involucrado?

—No lo sé. —Entonces, mientras ella se comía el bizcocho, añadió en un susurro—: Pero quería preguntarte si estarías dispuesta a ayudarme. Quiero averiguar lo que está pasando con esas chicas.

—¿Hay más? —Tragó tan rápido que por poco se atraganta. Alzó una mano y tosió varias veces antes de susurrar con apremio—: ¿Estás diciendo que Anya no es la única?

—Han desaparecido varias artistas extranjeras. No se ha vuelto a saber nada de algunas de ellas, pero tres aparecieron muertas. Anya ha sido la última, las otras dos eran una francesa y una húngara.

—¡Ay, Dios! ¡No tenía ni idea!

—Es un tema que se silencia. El problema es que la prostitución está en auge y se trata de un mercado que, hasta cierto punto, depende del tráfico de personas. Aparte de lo terriblemente inmoral que es eso, hay que tener en cuenta que estamos intentando fomentar el turismo. Lo uno no encaja con lo otro.

—Entiendo. Es improbable que los turistas quieran venir a un lugar donde aparecen chicas muertas con regularidad.

—Ni a uno que tiene mala reputación porque se rumorea que se trafica con mujeres y jóvenes extranjeras.

—Anya era rusa y muy joven.

—Sí, suelen serlo. La isla es preciosa, pero hay una corriente sumergida que pasa de lleno por Strait Street. Como trabajas allí, he pensado que serías la persona idónea para informarme de cualquier cosa que oigas o veas. Te pagaría, por supuesto.

—Quieres que haga de espía, qué emocionante.

Él se echó a reír.

—Sí, supongo que podría considerarse así.

—¿Puedo pensármelo?

Dio un bocado al pastelito de crema y masticó para darse unos segundos, aunque ya sabía cuál iba a ser su respuesta. Había anhelado cambiar, ser distinta a sus burgueses padres, y aquella era su oportunidad. ¡Una espía!, ¡qué sorpresas podía darte la vida! Por supuesto que estaba dispuesta a hacer lo que fuera para evitar que desaparecieran más jóvenes.

Él lanzó una mirada alrededor y habló en voz muy baja.

—Muchas de esas chicas trabajan para hombres peligrosos, criminales que se ganan la vida de forma inmoral y las maltratan. Tendrías que actuar con muchísima cautela.

—Soy capaz de cuidar de mí misma.

—Aun así, nunca está de más ser precavido. En fin, piénsatelo.

—¿Puedo contárselo a Bobby?

—No creo que se sienta muy complacido, pero… sí, puedes contárselo. Solo a él, a nadie más. Nos vemos aquí dentro de una semana.

—¿No crees que sería mejor que no nos dejáramos ver juntos en público? La gente podría atar cabos.

—He escogido este hotel porque es totalmente británico. El periódico para el que trabajo es probritánico, así que nadie se extrañará al vernos juntos. No te preocupes, aquí estás a salvo. Es en Strait Street donde debes ir con cuidado, allí es donde debes mantener los ojos bien abiertos.

Malta, 1926

—Tendrás que quitarte la máscara en la entrada —dijo Bobby, mientras se dirigían hacia el edificio.

El baile lo organizaba el Servicio Civil y podía asistir quien quisiera, el único requisito era disponer de suficiente dinero para pagar la entrada.

—Al llegar debes revelar tu identidad, pero ya está; una vez que entres, podrás llevarla puesta —añadió él—. También está prohibido llevar máscara después del anochecer.

—¿Por qué?

—Es una larga historia, quién sabe a qué le teme el Gobierno. A lo mejor no quieren que algún indeseable cometa un asesinato con impunidad por ir enmascarado. Pero los malteses están descontentos con estas medidas y lo entiendo, llevar máscara forma parte de su tradición. Cuando entras en el salón con la máscara puesta, todo el mundo está al mismo nivel. Es muy distinto a esos horrendos bailes tan elitistas que se celebraban en el Palacio del Gobernador.

Riva había alquilado un disfraz de Nefertiti, reina del antiguo Egipto y esposa del faraón Akenatón. Llevaba puesto un vestido dorado, un tocado alto y una máscara negra; Bobby, por su parte, era un faraón vestido de negro y dorado, y juntos formaban una pareja imponente..., quizá demasiado, pensó ella para sus adentros, al ver cuántas miradas se posaban en ellos cuando entraron en el luminoso salón. Llevaban varios meses juntos y aquella era su primera aparición en público como pareja.

Un hombre disfrazado de Sherlock Holmes se acercó a ellos. Resultó ser Otto, que preguntó con discreción:

—¿Podrías venir conmigo un momento, Riva?

Ella miró a Bobby, quien hizo un pequeño gesto de asentimiento con la cabeza y se limitó a decir:

—Después te encuentro.

Otto la condujo a un rincón alejado del gentío y de la orquesta.

—¿No tienes calor con ese disfraz? —preguntó ella.

—Sí, ha sido una idea nefasta.

—¿Alguna novedad?

—Sí. Me dijiste que habías visto a Stanley Lucas con Anya en el club, ¿te acuerdas?

—Sí. Y le vi con otras dos chicas jóvenes hará cosa de unos diez días, quería decírtelo. No he vuelto a verlas desde entonces.

Riva se había mantenido vigilante, y se reunía de vez en cuando con Otto para mantenerlo informado. No había ocurrido nada especialmente significativo hasta el momento. Habían llegado algunas chicas nuevas y también se habían marchado unas cuantas, pero, que ella supiera, ninguna de ellas había aparecido muerta.

—Pues resulta que Lucas ha sido arrestado —dijo él.

—¿Por tráfico de personas?

—No, por fraude. Pero espero que sirva para que la policía decida investigarlo más a fondo. Hasta el momento no tengo pruebas que demuestren que está metido en las mafias que trafican con personas.

—Es británico, ¿verdad? Y tiene mucho dinero.

—Sí, y eso lo convierte en un caso inusual. Es posible que otros se encarguen de conseguir las chicas y que él no esté involucrado en el proceso propiamente dicho.

—A lo mejor se encarga de trasladarlas a otra parte. Ayer, Tommy-O me comentó que lo había visto con una chica que no ha empezado a trabajar en Strait Street.

—Es posible que se la haya pasado a otros a cambio de una buena suma de dinero. Pero gracias, se te da bien recabar información. ¿Estarías interesada en colaborar más a fondo con la causa? Podrías ser mi asistente. En tu tiempo libre, claro.

239

—¡No, gracias! —exclamó ella, con una carcajada—. Quizá me lo replantee cuando esté vieja y llena de canas. —Su sonrisa se ensanchó al verle hacer una mueca—. ¡Uy, perdona! No estoy diciendo que tú estés viejo y lleno de canas, pero es que me encanta bailar y apenas me queda tiempo libre.

—Bueno, si alguna vez cambias de idea… Voy a iniciar una campaña para conseguir erradicar de este lugar la esclavitud y el tráfico de mujeres para la prostitución.

Bobby los encontró en ese momento y se llevó a Riva, quien olvidó a Otto y se centró en disfrutar del baile. Pasó la noche bailando y bebiendo hasta que apenas podía tenerse en pie; después, cuando se sintieron incapaces de seguir bailando, se aferraron el uno al otro, acalorados y sudorosos. Llegó un momento en el que el olor, el humo y los cuerpos sudorosos resultaron ser demasiado para ella; le daba vueltas la cabeza debido a todo el champán que había bebido, apenas podía moverse entre el bullicioso y ebrio gentío. Bobby la tomó de la mano poco después y, abriéndose paso entre la gente sin miramientos, la condujo al jardín; una vez allí, se sentaron en un pequeño patio bajo un cielo de color índigo salpicado de estrellas.

—Estoy demasiado borracho para conducir, no puedo ir a Mdina. ¿Vamos a tu casa?

Se levantaron y recorrieron tambaleantes las calles sin recordar que debían quitarse las máscaras, riendo borrachos por tonterías, sosteniéndose mutuamente. Riva lo veía todo borroso y se sorprendió cuando su mirada se enfocó al fin y vio las corpulentas siluetas de dos policías que se acercaban a ellos.

—Déjamelo a mí —murmuró Bobby, antes de quitarse la máscara para que vieran quién era.

Uno de los agentes lo reconoció de inmediato.

—Bien hecho, señor. Es una norma absurda, en mi opinión.

—Perdone, agente. —Bobby se llevó de allí a Riva sin que esta se viera obligada a revelar su identidad.

Recorrieron los jardines con vistas al puerto, y allí se quitaron las máscaras y se sentaron en un banco para contemplar las luces.

240

—Quedémonos aquí un rato —dijo ella con voz ensoñadora.

—Son las cuatro de la madrugada —comentó él, después de mirar el reloj.

—¿Dónde está tu espíritu aventurero?

Él se echó a reír.

—¡En la cama, contigo!

A Riva se le ocurrió una súbita idea.

—Vamos a dar una vuelta en una *dghaisa*, quiero ver cómo se levanta el sol por encima del fuerte de San Elmo. Lottie me dijo que es un espectáculo increíble, y no lo he visto aún a pesar del tiempo que llevo aquí.

—Y después podemos ir a desayunar café y dónuts —dijo él sonriente, dispuesto a aceptar el desafío.

Pasaron un rato charlando. Él le explicó que en breve tendría que viajar a Inglaterra para completar allí el entrenamiento para pilotos, pero que regresaría en dos meses.

—No quiero que te sientas atado a mí jamás —dijo ella.

—Quiero estar atado a ti, no existe nadie más.

—Ojalá pudiéramos salir en público abiertamente.

—Fuiste tú quien dijo que las otras chicas reaccionarían mal.

—A lo mejor no les importa ahora que me conocen.

Él la abrazó con fuerza, y Riva apoyó la cabeza en su hombro y estuvo a punto de quedarse dormida; al cabo de un rato, la sacudió con delicadeza y le dijo:

—Vamos a por una *dghaisa*.

Encontraron una enseguida, y ella se giró para contemplar la ciudad mientras se adentraban en el agua. Y entonces el sol matinal fue levantándose y lo pintó todo de rosa; las almenas fueron tiñéndose gradualmente de rojo, incluso de un intenso escarlata.

—Qué espectáculo, es como si estuvieran en llamas —susurró ella—. Malta es el lugar más maravilloso del mundo, ¿verdad?

Malta, 1929

Fueron pasando los años, el tiempo, la vida. Riva estaba sentada a solas, cubierta de un sinfín de abalorios, plumas y lazos, sintiéndose vulgar y hastiada mientras oía de fondo el bullicio de siempre…, el golpeteo de pies procedente de la zona de baile, los borrachos vociferando en la calle. Decir que aquel lugar era sórdido sería quedarse muy corta, y el malsano ambiente estaba revolviéndole el estómago. No había acudido a un médico —al fin y al cabo, no estaba casada—, pero no tenía ninguna duda de que estaba embarazada. Siempre había sido una mujer de curvas generosas, pero estas se habían vuelto más exuberantes aún en los últimos tiempos.

—¿Estás bien, cielo? —Tommy-O se sentó junto a ella en un taburete y escudriñó su rostro—. Se te ve un poco demacrada.

—Tengo veintitrés años y estoy harta del humo de tabaco y del olor a cerveza, pescado frito y ajo.

—Vaya, sí que te ha dado fuerte.

—¿El qué?

—El síndrome de «¡Tiene que haber una vida mejor que esta!».

Él tenía razón. Estaba harta de las brillantes luces de colores, de todo aquel encanto artificial que no tenía nada de encantador. Aquel mundo la repugnaba ahora, estaba matándola y tenía que hallar el valor suficiente para hacer un cambio en su vida antes de que su embarazo fuera obvio.

Tommy-O se levantó del taburete y le dio unas palmaditas en el hombro.

—A todos nos pasa tarde o temprano. Y ahora, mi amor, debo ir a ponerme un traje fabuloso.

—Hasta luego. —Le lanzó un beso con la mano.

Bobby y ella llevaban juntos desde 1925. Habían sido cuatro años de felicidad, pero él había faltado a su cita dos semanas atrás sin dar ninguna explicación. Llevaba preocupada desde entonces. No es que la relación hubiera sido siempre un camino de rosas; como cualquier pareja, discutían y peleaban, se exasperaban mutuamente. Ella podía tener un genio vivo y ser obstinada en ocasiones, y la actitud conciliadora que él mostraba en esos casos la enervaba aún más. Pero siempre hacían las paces, y la relación sobrevivía tanto a las temporadas que él tenía que pasar en Inglaterra como al complicado horario de trabajo de ella. Tenía intención de contarle que estaba embarazada dos semanas atrás, pero él no se había presentado a la cita y se sentía apremiada.

Ahora que estaba hastiándose cada vez más de la vida de bailarina y que un bebé estaba en camino, no sabía qué hacer. Strait Street era un lugar sórdido y vulgar. Bobby seguía siendo la única luz al final del túnel, aunque las pequeñas tareas detectivescas que desempeñaba para Otto seguían entreteniéndola.

Cuando tuvo otro día libre en el trabajo y Bobby tampoco hizo acto de aparición, decidió buscarlo. Había sido un hombre de palabra en aquellos cuatro años que llevaban juntos, siempre la avisaba cuando iba a retrasarse o debía ausentarse. ¿Qué podía haberle pasado? ¿Cómo iba a tomarse lo del bebé? De hecho, ni ella misma estaba segura de cuáles eran sus propios sentimientos al respecto. Por un lado, estaba extática, pero no habían hablado de casarse en ningún momento y la aterraba la idea de tener un hijo extramarital.

Habían hablado a menudo sobre la vida, sobre la mejor manera de vivirla. Él siempre decía que uno debía aprovechar todas las oportunidades que se le presentaran y exprimir cada día al máximo.

Habían hablado también de entrega y compromiso y él siempre había confirmado cuánto la amaba. Le compraba regalos y, cuando a ella le apetecía ir a algún sitio, la llevaba sin dudarlo; de hecho, a esas alturas salían en público abiertamente y nadie se extrañaba ni se escandalizaba al verlos. Lo acompañaba a cócteles organizados por Addison en Mdina y usaba el apartamento que este les había cedido allí, había conocido a todo tipo de gente interesante: hombres elegantes y mujeres glamurosas; gente adinerada; gente no tan adinerada, pero entretenida. Pero Bobby jamás había mencionado un posible matrimonio, y ella tampoco. No le había parecido importante sacar el tema, la verdad. Eran jóvenes y tenían toda la vida por delante, él conocía su verdadera identidad y sabía que había huido de París. Ella le había dicho que quería algo más que el papel de esposa y madre que, según había insistido siempre su propia madre, estaba destinada a asumir.

«No voy a caer en la misma trampa que tiene presa a mi hermana Claudette. ¡Yo nunca me conformaría con una vida así!», había afirmado con tono desafiante. Pero ahora se preguntaba si había sido un error hablar así, mostrarse tan tajante. Deseó haberle hablado más extensamente sobre sus padres y de su niñez, haber explicado más claramente a qué se refería con aquellas palabras.

Y ahora hétela allí, preguntándose sobre su paradero y sin tener ni idea de por qué no contactaba con ella.

Intentó no preocuparse, pero fue en vano. Aparte de las náuseas, sentía una especie de persistente dolor en el pecho que siempre estaba ahí, de fondo. La sensación de no poder respirar plenamente, de que su vida estaba en pausa. Deambuló cabizbaja por las principales calles de La Valeta, entornando los ojos bajo la brillante luz del sol como si así pudiera hacerlo aparecer de improviso en algún rincón, esperándola. Y al final quiso la suerte que viera a Lottie sentada al otro lado de la ventana de una de las mejores cafeterías de la isla. Su amiga sonrió al verla a su vez y le hizo un gesto con la mano, indicándole que entrara.

Una vez dentro, se acercó a la mesa y apartó una silla.

—Acabo de ir a tu apartamento —le dijo, al tomar asiento.

—Ahora hay otros inquilinos —contestó Lottie—. Ya sabes que Archie conserva todavía su «apartamento de soltero», es donde se aloja Bobby. Pero ahora tenemos una casa en Gozo.

—Sí, Bobby me lo había comentado, pero hacía tanto que no te veía que he pasado por el apartamento para ver si te encontraba.

—¿Estabas buscándome?

—Podría decirse que sí. A quien busco en realidad es a Bobby. —Se sorprendió al ver que se ruborizaba un poco y que parecía nerviosa—. ¿Qué pasa?

—Es complicado.

—Venga, Lottie. Si sabes algo, cuéntamelo. Seguimos siendo amigas, ¿no?

—Está bien. Mira, lo que pasa es que Bobby se ha ido.

—¿Adónde?

—Regresó a Inglaterra.

—¿Por motivos de trabajo?

—No, por el crac de Wall Street. Su madre envió un telegrama exigiéndole que regresara.

Riva la miró atónita.

—Pero ¿por qué no me lo dijo?

—Puede que no tuviera tiempo de hacerlo, fue algo muy súbito y urgente. Empacó una maleta y se fue. Apenas habló, se le veía muy afectado y se marchó.

—¿Tú estabas allí?

—Sí, estaba en el apartamento cuando llegó el telegrama.

—¿Y no tienes idea de cuánto tiempo piensa permanecer allí?

—No, lo único que sé es que la caída de la bolsa les impactó de lleno. Me dio la impresión de que... —titubeó y se mordisqueó el pulgar con nerviosismo.

—Dime.

—Yo creo que tardará en volver, Riva.

—Bueno, no pasa nada. Pero me gustaría que me hubiera avisado. —La observó con suspicacia al ver que asentía y mantenía la mirada gacha—. ¿Me estás ocultando algo? —Suspiró al no recibir respuesta—. Bueno, gracias de todos modos.

Todo aquello era muy extraño y se sintió más inquieta de lo que estaba dispuesta a admitir. Pero entonces se percató de que Lottie tampoco tenía muy buen aspecto.

—¿Qué tal va la vida de casada?

Su amiga alzó por fin la mirada.

—Bien.

—¿«Bien» sin más? ¿No eres gloriosamente feliz?

—Él sale mucho y me siento sola en Gozo, allí nunca pasa nada.

—Pues sal con él.

Lottie negó con la cabeza, pero en ese momento se le subió ligeramente la manga y Riva vio el moratón que tenía alrededor de la muñeca. Alargó una mano hacia ella y su amiga hizo un pequeño gesto de dolor.

—¿Cómo te lo has hecho?

—No es nada, olvídalo.

—¡No me digas que ha sido Archie! —Suspiró cuando los ojos de su amiga se llenaron de lágrimas, qué horrible situación—. ¿Te hace daño a menudo?

Lottie se limitó a bajar la mirada sin contestar, y Riva no supo qué decir ni qué hacer.

—¿Hay alguien con quien puedas hablar?

—¡Dios, no! —Lottie la miró mortificada.

—Bueno, ¿qué te parece si al menos seguimos quedando de vez en cuando para tomar un café? —Se sorprendió al verla negar con la cabeza—. ¿Por qué no?

—A Archie no le gustaría.

—¿Qué más da eso? ¿Acaso estás obligada a decírselo? ¿Te cuenta él todo lo que hace?

Lottie soltó una carcajada impregnada de amargura.

—No hace falta, deja multitud de pistas.

—¿Está con otras mujeres?

—Puede ser.

—Ay, Lottie, ¡cuánto lo siento!

Transcurrieron dos meses y Riva seguía sin tener noticias de Bobby. No tenía ni idea de cuál era su dirección en Inglaterra, tan solo conocía la de su antiguo piso de Londres, pero ese lugar había pasado a otras manos y no tenía forma de contactar con él. Aquello no tenía sentido, pero seguro que regresaba tarde o temprano, ¿verdad? O que mandaba al menos una carta; quién sabe, quizá lo hubiera hecho ya y la carta en cuestión se había extraviado. Estaba convencida de que él no la abandonaría así, de buenas a primeras. Debía de haber algún buen motivo para su comportamiento, aunque, cuanto más tiempo pasaba, más difícil resultaba aferrarse a esa convicción. Optó por centrarse en el trabajo para distraerse. Por suerte, el embarazo no se notaba demasiado todavía, pero vivía con la preocupación constante de no saber qué iba a ser de su vida. Gracias a Dios que el trabajo que hacía para Otto servía para mantenerla ocupada cuando no estaba bailando, y cada día iba averiguando más cosas.

Ahora sabía que periodistas, políticos y varias organizaciones llevaban un tiempo luchando contra el tráfico de mujeres y niños. En 1927, la Sociedad de las Naciones había publicado un informe donde se detallaba cómo se atrapaba a las mujeres en la industria del sexo mediante tretas y engaños: se las tentaba con supuestos contratos para trabajar como artistas de *music hall*, unos contratos que resultaban ser falsos. Ella tomaba nota cada vez que le parecía ver a alguna chica que había sido llevada hasta allí de forma ilegal y le pasaba la información al jefe de policía, quien, según había descubierto después, se limitaba a archivar dicha información en el cubo de la basura de inmediato. Aunque la campaña contra el tráfico de personas se había publicitado mucho en Inglaterra, las cosas no habían cambiado lo más mínimo en Malta.

Una noche, estaba en el baño de mujeres del club cuando la puerta se abrió de golpe y un hombre entró de improviso; creyendo que estaba borracho, se limitó a decir:

—Baño equivocado, el tuyo es la puerta de al lado.

El individuo la miró con una fría sonrisa y dio un paso hacia ella.

—Escúchame bien: mi jefe quiere que dejes de meterte en sus asuntos.

—¿A quién te refieres?

Y entonces, tan súbitamente que no tuvo ni tiempo de gritar, el tipo se abalanzó hacia ella, le tapó la boca con la mano y la aprisionó contra la pared.

—Mi jefe…

247

Riva le dio un mordisco y él apartó la mano, se la frotó..., luego cerró la otra y le propinó un puñetazo a un lado de la cara. El golpe la hizo trastabillar hacia atrás y su espalda impactó de nuevo contra la pared.

—Considéralo una advertencia —espetó el tipo, mientras ella se enderezaba y se frotaba la cabeza—. ¿Entendido?

Riva asintió, muerta de miedo. Y, en ese momento, decidió marcharse definitivamente de Strait Street.

Dos días después, se reunió con Otto en el British Hotel. Estaba sentado en la mesa de siempre, una situada en un rincón tranquilo y apartado del paso, pero al ir acercándose a él se dio cuenta de que había algún problema. Se le veía cansado, pero se trataba de algo más que eso.

—¿Estás bien, Otto? No tienes muy buen aspecto.

—Estoy un poco indispuesto, nada más. No te preocupes.

—¿Seguro? —No sabía si creerle o no.

—Sí. Pero lo principal es cómo estás tú.

Ella se frotó la cabeza y admitió:

—Un poco dolorida. ¿Se sabe algo de Stanley Lucas?

Se habían enterado de que lo habían soltado sin cargos (a pesar de las pruebas de fraude que lo incriminaban, y de los rumores de que se ganaba la vida con actividades inmorales), pero se había esfumado después de eso.

—¿Por qué lo preguntas?

—Por si fue él quien mandó a ese hombre que me amenazó.

—Sí, es posible que fuera él. ¿Acudiste a la policía?

—No, pero pienso dejar de trabajar en Strait Street. Mira, llevo un tiempo sin saber nada de Bobby y estoy pensando en ir a Inglaterra. Estoy harta de bailar, necesito un nuevo comienzo.

—Mira, Riva... —Parecía tan titubeante como consternado; al cabo de unos segundos, se llevó una mano al bolsillo de la chaqueta y sacó un recorte de periódico—. No sabía qué hacer respecto a esto. No sabía si ya lo habrías visto, ni si estarías enterada. Pero, por lo que acabas de decir..., en fin. Será mejor que lo leas. —Lo desdobló y se lo entregó.

Riva leyó el pequeño recorte procedente de un periódico inglés, y el corazón estuvo a punto de detenérsele en el pecho.

El baronet sir Robert Beresford contraerá matrimonio en mayo de 1930
con la rubia texana Joanna Walton, heredera de un imperio petrolero.

El camarero llegó en ese momento con la acostumbrada merienda de té con pastas, pero Otto le indicó con un gesto que se retirara. Riva sintió el escozor de las lágrimas contenidas. Con la mirada nublada, medio a ciegas, se levantó de la silla, se dirigió atropelladamente a la salida y salió trastabillando a la calle. No podía ser cierto, ¡estaba embarazada de él! Era inconcebible que Bobby pudiera hacer algo así después de sus cuatro años de relación. Le había creído cuando, con ojos llenos de sinceridad, le había asegurado que siempre la amaría. Él era su vida entera, se había convertido en su mundo.

En ese momento, tomó conciencia de que Otto la había tomado del codo y estaba diciendo algo.

—Vámonos de aquí, ¿quieres ir a algún lugar concreto?

—Sí. Mdina. ¿Puedes llevarme?

La alejó de la concurrida zona y la condujo hasta donde tenía aparcado el coche. Riva se metió sin decir palabra, entumecida.

—¿Pasamos a por tus cosas?

Ella negó con la cabeza. Lo único que quería era alejarse de La Valeta y también de Kalkara, marcharse lo antes posible para que no la vieran desmoronarse. Ninguno de los dos habló durante el trayecto; al cabo de un rato, cuando llegaron a Mdina, se volvió a mirarlo y dijo con voz queda:

—¿Podrías avisar a Gianni de que no voy a volver al club? De todas formas, él ya sabía que mi intención era dejar el trabajo. Dile que lo lamento.

Otto le abrió la puerta y ella se apeó tambaleante del coche.

—¿Puedo ayudarte en algo, Riva?

—No, gracias.

Él volvió a entrar en el vehículo y Riva se giró hacia la imponente puerta principal. Estaba abriendo con la llave cuando supo que iba a vomitar. Corrió escalera arriba hacia el apartamento que compartía con

Bobby, el apartamento que le pertenecía a él. Llegó al cuarto de baño justo a tiempo.

Se miró al espejo después de lavarse la cara. Creía que la desolación que sentía sería claramente visible, pero no era así. Se dirigió con la mirada perdida al dormitorio y vio un sobre en la mesita de noche, lo abrió a toda prisa y leyó lo que ponía: *Lo siento mucho. Bobby.* Nada más, cuatro escuetas palabras. Hizo trizas el papel, salió a la terraza y dejó que la brisa se llevara los trocitos.

Así que él había tenido tiempo de ir hasta allí y dejar aquella nota que no servía de nada. Qué tonta había sido, ¿cómo iba a casarse con alguien como ella? ¿Un baronet y una bailarina de cabaré? ¡Qué absurdo! Pero dolía en lo más hondo saber que jamás podría ser lo bastante buena. Se había entregado a Bobby, había confiado en él, y él ni siquiera había tenido la decencia de decirle en persona que la relación había terminado.

Pensó en todas las noches que habían pasado juntos en aquel apartamento. Ella no podría regresar allí nunca más; de ahí en adelante, él compartiría ese lugar con su esposa. Su esposa… Dios, ¡la mera idea la destrozaba! ¡No podía soportarlo! Se preguntó si se había equivocado al pensar que él la amaba sinceramente. Pero ese amor compartido le había parecido tan real, tan verdadero… La forma en que el uno comprendía al otro, todos los pequeños detalles. Seguro que el periódico había cometido un error; de no ser así, no le cabía en la cabeza que Bobby no se lo hubiera contado en persona.

Mientras el sol del atardecer iba bañando la sala de estar, abrió una botella de vino y se la bebió entera. Entonces abrió otra, y sollozó y gritó de dolor mientras el corazón se le rompía una y otra vez.

Quería esconderse en el apartamento, en la cama que habían compartido, pero terminó por quedarse dormida en el sofá. Esa noche notó los primeros dolores desgarradores en el vientre. Corrió hasta el cuarto de baño y sintió que un cálido líquido le bajaba por los muslos. Vio la sangre bajo la descarnada luz, la tocó con las yemas de los dedos, intentó limpiarla. Pero no pudo, era demasiado abundante, no paraba de salir. Se rodeó el vientre con los brazos, presa del pánico, con el corazón latiendo desbocado. No. No, por favor. El bebé, el bebé de ambos, era lo único que le quedaba de Bobby. Antes ni siquiera estaba segura de quererlo, pero ahora sí. Sí, ahora lo quería con todo su corazón. Tumbada de espaldas en el suelo del baño con una toalla bajo la cabeza, encogió las rodillas hacia el pecho mientras los dolores se intensificaban. Transcurrió una eternidad. Después vio los primeros gruesos coágulos junto con la sangre, y supo que era demasiado tarde. Estaba saliendo todo de su cuerpo y no podía hacer nada para evitarlo. Lloró, conmocionada y aterrada, sintiéndose más sola que nunca.

Llegó la mañana. Sintiéndose vacía, limpió la sangre, llenó la bañera, preparó una taza de té, y entonces se cobijó en el sofá de la sala de estar y pasó todo el día y buena parte de la noche siguiente durmiendo. Creía que en el mundo de los sueños no podrían alcanzarla la conmoción, el dolor ni la pérdida, pero se equivocaba. No soñó con el bebé malogrado que había estado en su interior de forma tan breve y que no había tenido oportunidad de vivir; no, en sus sueños vio a un niñito jugando en el jardín de una casa con una pelota y un cachorro, un golden retriever. Estaba en Inglaterra, pensó ella en el sueño. Un niñito que la llamaba *Maman*, de cabello rubio e igualito a Bobby.

Despertó con lágrimas secándose en sus mejillas. Se dio cuenta de que lo que la había arrancado del sueño había sido el sonido de la puerta del apartamento al abrirse, ¡Bobby había regresado!

—¡Bobby! —Intentó incorporarse, pero se derrumbó de nuevo en el sofá cuando Addison entró en la sala de estar.

—Traigo café. —La observó con atención—. Cielos, estás muy pálida.

—He…

—No hace falta que digas nada. Intenta tomar algo de café. También traigo aspirinas.

—Mi cabeza… —murmuró con voz débil.

No le contó lo del aborto ni lo del dolor en el vientre, no le habló de la horrible mezcla de emociones que había estado vapuleándola posteriormente. Se sentía entumecida, furiosa, triste, confundida…, todo a la vez.

—No hace falta que digas nada —repitió Addison.

Riva tomó algún que otro sorbo de café mientras él abría las puertas de la terraza para que entrara algo de aire fresco. La súbita claridad la cegó y giró la cara para protegerse de la luz.

—¿Estabas enterado? —preguntó al fin.

—No, pero vi el artículo en el periódico. Tenía intención de ir a verte hoy, no sabía si estarías al tanto.

Ella negó con la cabeza.

—¿Bobby no te lo dijo? —preguntó él.

—Ni una palabra.

—Qué horrible situación. Mi sobrino es un buen hombre y siempre le he querido, pero me temo que puede ser bastante cobarde, moralmente hablando. Estoy seguro de que esto es obra de la condenada de su madre.

—¿Por qué?

—Antes ya gastaba más de lo debido, pero el crac de Wall Street le asestó un duro golpe. Necesita que Bobby contraiga un matrimonio ventajoso para volver a llenar las arcas familiares.

—¿Y él siempre la obedece? —murmuró ella con amargura. Suspiró cuando él se limitó a encogerse de hombros—. ¿A ti también te afectó el desplome de la bolsa?

—No.

Riva apoyó la cabeza en el respaldo del sofá y sintió como si estuviera cayendo en un profundo agujero. A pesar de la luz que entraba a raudales por la terraza, oscuros nubarrones ensombrecían su mente.

—Enderézate, no quiero que te desmayes —le pidió él.

—He dejado mi trabajo y mi casa. No sé a dónde ir.

—Puedes quedarte aquí todo el tiempo que quieras.

—¿Y qué pasa con Bobby y la mujer esa? A lo mejor deciden venir.

—Ya le he escrito advirtiéndole que permanezca en Inglaterra. Además, tengo otra idea que quizá te interese. Podemos hablar del tema cuando te sientas un poco más fuerte. ¿Crees que comer algo dentro de un rato te ayudará a recobrar fuerzas?

Ella hizo una mueca y él asintió.

—Bueno, ya veremos. Solo tienes que llamar a mi puerta si necesitas cualquier cosa.

—Gracias.

—Eres una buena chica, Riva. Como ya he dicho, es una situación horrible. No mereces pasar por esto.

Cuando él se fue, Riva se acomodó en una silla sin tener siquiera fuerzas para seguir llorando. Quería tener a su bebé en los brazos, quería que Bobby estuviera a su lado. Quería lo que fuera con tal de no sentir aquella soledad desgarradora. Necesitaba que él la abrazara, aunque lo más probable era que lo matara si intentaba tocarla siquiera. Sus pensamientos vagaban sin rumbo fijo, quedaban encallados, vagaban de nuevo mientras se preguntaba si habría cometido algún error. ¿Cómo habían terminado así las cosas? Sin darse cuenta siquiera de que se avecinaba el final. ¿Tendría que haber intentado controlar su genio?, ¿no había sabido ver las señales? No se había planteado el impacto que habría podido tener tanto en la madre de Bobby como en él mismo el desplome de la bolsa. Bobby había mencionado la preocupación creciente de su madre en lo relativo al dinero, pero jamás había dado la impresión de que fuera un problema serio y ella no había pedido más explicaciones. No había querido saber más sobre el tema. ¿Serían distintas las cosas si le hubiera preguntado a Bobby al respecto? Y, aun así, por mucho que intentaba encontrar posibles explicaciones en las que ella era la culpable, al final llegaba siempre a la misma conclusión: Bobby iba a casarse con una rica heredera porque era lo que necesitaba su madre. Quién sabe, puede que ese fuera desde el principio el final inevitable de su relación, con desplome de la bolsa o sin él. Él no le había presentado nunca a su madre, no la había visto ni una sola vez. Eso ya era bastante esclarecedor de por sí, y tendría que haber bastado para que ella comprendiera la realidad de las cosas.

Y, en aquel lugar de infinito silencio, otra duda arraigó en su mente, una que la llenó de un pánico abrasador: ¿y si Bobby estaba realmente enamorado de aquella americana? ¿Y si nunca la había amado de verdad a ella? Rompió a llorar de nuevo, rota de dolor, con hondos gemidos de una tristeza insondable.

Inmersa en sus recuerdos, lloró la pérdida de aquellos momentos compartidos con él, lloró la pérdida de su hijo. Los días fueron pasando, aunque no habría sabido decir cómo. Y entonces pasaron las semanas. Tres, las tres semanas más largas y solitarias de su vida. Pensó en sus padres e incluso se preocupó por ellos, se preguntó qué habría sucedido tras su huida de París. Se entristecía ahora al pensar en aquello, en la forma en que se había marchado. Después de conocer a Bobby, creía tener tan clara la senda a seguir…, su vida parecía significativa, parecía haber tomado una forma que ella comprendía bien. Pero ahora solo había turbulencia e incertidumbre.

La furia fue reemplazando al dolor de forma gradual. Caminaba airada por el apartamento aporreando cojines, fulminaba con la mirada a su propio reflejo en el espejo. ¿Cómo se atrevía Bobby a abandonarla así? ¿Cómo osaba dejarla tirada como si fuera un par de zapatos que ya no quería? Pues ella iba a demostrarle de lo que era capaz, ¡iba a demostrárselo a todos! Pero, en el fondo de aquella furia, una susurrante vocecilla le preguntaba qué diantres iba a hacer ahora.

«No lo sé, no sé lo que voy a hacer…».

33

FLORENCE

Palermo, Sicilia. Septiembre de 1946

Poco más de un año después del final de la guerra en el frente oriental, Florence pisó por fin suelo siciliano. Esperaba partir rumbo a Malta mucho antes, pero el caos posterior a la rendición incondicional de los alemanes en mayo de 1945, seguida de la de los japoneses en agosto, había hecho que los viajes estuvieran sumamente restringidos. Le habría gustado ir a Francia a visitar a sus hermanas y, con la ayuda de Jack, había contactado con la oficina londinense del Ministerio de Relaciones Exteriores para preguntar cómo podría llegar hasta allí. Le habían advertido muy seriamente que era mejor que no lo intentara, ya que en ese momento se aconsejaba que solo se desplazara hasta allí personal diplomático y militar. Dadas las deplorables condiciones en las que había quedado el país, visitar a la familia no se consideraba un motivo de vital importancia.

La propia Hélène había mencionado dichas condiciones en una de sus cartas, una que la había hecho estallar en llanto al leerla por primera vez y que había llevado consigo a Sicilia, ya que Hélène había dibujado en ella un pequeño boceto de Élise amamantando a su hijita.

En ese momento, sacó la carta y pasó unos segundos contemplando el dibujo antes de volver a leerla.

Mi querida Florence:

Nos alegró mucho recibir noticias tuyas, pero debo advertirte que sería una insensatez visitarnos. Francia está arrodillada. La gente está enferma y hambrienta, dos tercios de nuestros niños padecen raquitismo y es terrible ver cómo muchos de ellos ni siquiera sobreviven al parto. No hay nada que funcione con normalidad y solo podemos trasladarnos de un sitio a otro en bicicleta porque todo escasea, incluso el combustible para los coches. Vamos a tener que reconstruirlo todo desde los cimientos. Aunque la guerra ha terminado, no puedo evitar sentir amargura por el sufrimiento de Francia.

Cientos de miles de edificios han sido destruidos. Según hemos oído, la producción agrícola e industrial no es ni la mitad que antes de la guerra. Debido al estado tan deplorable de puertos, vías de ferrocarril, carreteras y puentes, ni siquiera nos llegan los suministros médicos. El doctor Hugo está muerto de preocupación, y su esposa, Marie, todavía no ha sido repatriada de Londres. En algunas zonas, los agricultores no saben dónde pueden trabajar la tierra sin arriesgarse a que explote alguna mina terrestre.

Por todo lo dicho, creo que pasará algún tiempo hasta que sea seguro que nos visites, o nosotras a ti. Ay, hermana querida, las dos te echamos de menos tanto como siempre y te mandamos nuestro amor. Espero que te guste el dibujo que te he hecho. ¿Cómo está Jack? Me sorprendí al saber que es posible que él te acompañe a Malta y que tú has pasado tanto tiempo en Devon, pero maman *me explicó en sus cartas que eso te ha permitido ahorrar dinero suficiente para tus viajes.*

Te deseo suerte en tu búsqueda de Rosalie.

Hélène

Florence dobló la carta y la guardó antes de secarse las lágrimas. La había leído varias veces con la esperanza de que el contenido hubiera cambiado, pero huelga decir que las palabras seguían siendo las mismas y no podía evitar sentirse triste y preocupada, tanto por sus hermanas como por Francia.

Jack había conseguido dos pasajes en un navío de la Armada Real que transportaba medicinas y otros suministros a Roma, Nápoles y Sicilia. Después tomarían un ferri en Siracusa que habría de llevarlos a Malta.

En un principio, Florence estaba entusiasmada ante la idea de poder emprender por fin el viaje, pero este había resultado ser lento e incómodo.

En el barco abundaban las escalerillas metálicas, estrechas y resbaladizas; la cubierta estaba siempre mojada debido a la espuma de mar, por lo que no era tarea fácil sortear los cabrestantes, las amarras enrolladas y los botes salvavidas que se alineaban allí, listos para su uso; había un sempiterno olor a metal y a alquitrán, además de un tufillo subyacente que recordaba a esas gruesas lonas anaranjadas; el mar le había parecido inmenso, y había sufrido fuertes mareos hasta que había terminado por acostumbrarse al vaivén. Pero los últimos días de travesía sí que los había disfrutado; se había entretenido deslizando los dedos por la sal que cubría las barandillas del barco, había disfrutado de la sensación del viento en la cara. Su madre le había pedido que encontrara a Rosalie, y por fin estaba dando el primer paso.

En cuanto a Bruce, después de que la besara durante la celebración del Día de la Victoria, se había dado cuenta de que, si bien era cierto que le gustaba y le caía bien, no estaba enamorada de él y jamás llegaría a estarlo. Aún amaba a Jack. Así que había quedado con él para decirle que solo podían ser amigos, y eso era lo que habían sido en aquel último año. Él había sido una de las primeras personas de su círculo de amistades que habían pronosticado la victoria aplastante de los laboristas en julio de 1945, y que Churchill perdería las elecciones.

Y Jack iba a tener que trabajar ahora en Lípari, un lugar que no se encontraba en Sicilia en sí, sino en una de las pequeñas islas Eolias. Se trataba de un archipiélago un poco más remoto y, aunque ella anhelaba desde hacía mucho ver Sicilia, lo cierto era que empezaba a preocuparla cuánto iba a tardar en poder ir a Malta.

Cuando desembarcaron en Sicilia, Jack y ella se tomaron unos segundos para volver la vista hacia el mar. Alzaron entonces sus abultadas maletas de lona, y echaron a andar. Dejaron atrás los muelles y se adentraron en la calurosa y estática masa de aire de la ciudad propiamente dicha. Palermo se encontraba en la llanura llamada Conca d'Oro (cuenca de oro) y estaba rodeada de un semicírculo de montañas de color violáceo, pero lo que tenían ante sus ojos aquella tarde no era oro, precisamente. Florence contempló pasmada los escombros apilados en estrechas callejuelas, las paredes derrumbadas, el yeso salpicado de agujeros de bala, los bombardeados restos de aristocráticas casas de un color crema con un ligero toque rosado.

Al ir adentrándose más en los oscuros callejones, las casas que encontraban a su paso estaban descoloridas o prácticamente derruidas; algunas tenían la puerta medio colgando, otras no tenían ni techo. Ella no había estado en Londres con posterioridad al Blitz, aunque Jack le había relatado lo ocurrido; aun así, habían zarpado de Portsmouth, donde había podido ver los estragos provocados por las bombas. Por no hablar de que ella misma había presenciado el daño que podía causar un artefacto sin explosionar. Allí, en las derruidas calles de piedra de Palermo, tosió cuando el viento alzó el polvo ocre que lo cubría todo.

Llegaron a un jardín donde cipreses y árboles de Judas daban paso al verdor de un huerto de naranjos. Había varios arcos y columnas indemnes, así como un edificio cuyas ventanas tenían los cristales hechos añicos, pero conservaban intactas sus intrincadas celosías metálicas. Desde allí alcanzaban a verse también los altos chapiteles de la catedral.

—Es horrible ver esto, Jack. Debió de ser aterrador.

—Sí, era una de las ciudades más bellas del mundo.

—Hasta la guerra.

—El bombardeo masivo de Palermo estaba diseñado para destruir el puerto, los aeródromos, las bases militares y las estaciones de ferrocarril, pero siempre hay bajas civiles. Y eso contribuyó a que no opusieran resistencia cuando las tropas aliadas invadieron finalmente, claro.

Florence estaba poco menos que enmudecida al pensar que Malta debía de estar igual de destruida. En Francia había presenciado de cerca los horrores causados por los nazis, pero ver aquella destrucción tan terrible la hacía tomar conciencia de la escala de la guerra mundial.

—Trae, dame tu maleta —le dijo él.

—Puedo llevarla yo.

—Está bien, pero debemos apresurarnos antes de que anochezca. No creo que podamos llegar hoy a Lípari, necesitamos un hotel. Si es que todavía queda alguno.

Siguieron deambulando sin rumbo fijo y Jack preguntó a varias personas; al parecer, no solo hablaba francés y alemán aparte de su inglés natal, sino que también tenía conocimientos básicos de italiano.

En un momento dado, comentó que no terminaba de entender del todo las respuestas que estaba recibiendo.

—El problema es que los sicilianos no hablan italiano propiamente dicho —le explicó—. Prácticamente tienen su propio idioma.

Muchas de las personas que veían a su paso tenían un aspecto lastimero. Delgados niños que correteaban descalzos, vestidos con ropa harapienta y agujereada; ancianas vestidas de negro y con la cabeza cubierta, sentadas en taburetes ante los escombros de lo que otrora habían sido sus respectivos hogares; burros y perros deambulando libres por las calles, los unos tan delgados como los otros. Era una escena desoladora. Florence sabía que Sicilia tenía una historia convulsa que se había escrito con la sangre, el sudor y las lágrimas de sus gentes, pero no esperaba ver semejante desolación.

Después de preguntar a varias personas más, Jack encontró una pensión que había sido una villa privada en otros tiempos y cuya propietaria, una viuda llamada Margarita, soltó una amarga carcajada cuando él le preguntó si había habitaciones libres.

—Eche un vistazo alrededor, ¿usted qué cree? —La mujer indicó con un amplio gesto del brazo lo que la rodeaba.

Él recorrió el lugar con la mirada. Florence lo hizo también y dijo con voz suave:

—No te preocupes, Jack. Vamos a buscar otro sitio.

Pero él no parecía estar dispuesto a rendirse tan pronto, y menos aún al ver que de vez en cuando entraba y salía gente de la pensión.

—Señora, si tiene espacio, podemos pagarle bien —insistió.

Margarita lo miró con desconfianza, pero al final se encogió de hombros.

—La instalación eléctrica y las tuberías están destrozadas, mis preciosas habitaciones… En fin, pasen y véanlo ustedes mismos.

Después de acordar un precio con Jack, los condujo a un jardín dotado de una gran terraza. Florence se sorprendió al percibir el aroma de las abundantes rosas que caían en cascada de una pérgola, ¿cómo habían logrado sobrevivir en medio de toda aquella destrucción? Exuberantes geranios rebosaban también de maceteros, la terraza estaba flanqueada por dos bancos de piedra rotos situados a la sombra de sendas palmeras. Cruzaron un huertecito de olivos hasta llegar al otro extremo del jardín, donde había un pequeño granero sin puerta. Florence tenía calor y hambre, se sentía mugrienta, pero lo único que quería en ese momento era una cama.

—Ahí hay un pozo. —Margarite señaló a un lado—. Es agua potable. Esta es su habitación. —Indicó el granero—. Después de los alemanes, los Aliados. Ahora solo queda gente sin casa, gente que lo ha perdido todo. —Exhaló un profundo suspiro y se marchó.

Jack entró primero en el granero, y se volvió hacia Florence con ojos interrogantes.

—¿Te parece bien pernoctar aquí?

—Claro que sí, no me importa dormir sobre un montón de paja.

Fingió indiferencia ante el hecho de tener que compartir aquel espacio con él, pero era consciente de que aún quedaba cierta tensión subyacente entre ellos.

—¿Estás segura? Podemos ir a otro sitio, debe de haber algo mejor.

—Estoy demasiado cansada, Jack. Solo quiero dormir.

—Voy a echar un vistazo al pozo.

Florence se tumbó sobre la paja. Era un alivio estar en tierra firme, pero tenía la mente tan ocupada que fue incapaz de dormirse al instante y yació allí despierta, deseando plasmar aquellos pensamientos en su diario. En el transcurso del año anterior, había empezado a escribir también una novela inspirada en su vida en el Dordoña, y se moría de ganas de retomarla. Suspiró con resignación, consciente de que eso iba a tener que esperar… Y eso fue lo último que le pasó por la mente antes de quedar profundamente dormida.

Al despertar por la mañana, tuvo que usar la mano a modo de visera para protegerse de la brillante luz del nuevo día. Jack no estaba en el granero, y al salir lo vio comiendo lo que parecía ser un panecillo y con un cubo de agua a sus pies.

—Ten, aún están calientes —dijo él.

—Gracias. ¿Qué es? ¿Una especie de brioche?

—Al estilo siciliano, relleno de crema de almendras.

Florence lo probó y le gustó mucho.

—¡Está delicioso!

—También hay leche. De cabra. —Le entregó una rebosante tacita de hojalata; después de que ella se la bebiera con rapidez, añadió—: Puedo esfumarme mientras te aseas y te cambias de ropa. —Indicó el cubo de agua—. ¿Has dormido bien?

—Como un tronco.

Florence esperó a que se fuera y, después de lavarse someramente, sacó un vestido limpio de su maleta y se pasó un cepillo por su enmarañado pelo. Cuando Jack regresó, ella procedió a guardarlo todo en la maleta y propuso planear bien la jornada que tenían por delante.

—Tenemos que ir en autobús hasta Milazzo —dijo él—. Una vez allí, habrá que encontrar a alguien que nos lleve en barca hasta el pequeño puerto de Lípari. Hoy no hay ningún ferri.

—¿Todavía no puedes contarme nada sobre lo que hacías cuando te ausentabas de Devon? La guerra ya ha terminado.

—Sigue siendo información clasificada. —Hizo una mueca—. Pero puedo decirte que trabajaba en colaboración con el SIS y el Gobierno de la Francia Libre. Y que me ofrecieron un puesto en el MI6.

—¿Lo rechazaste?

—No sé si te acuerdas, pero resulta que soy arquitecto.

Ella se echó a reír.

—Ya, ¡eso es lo que tú dices! Voy a ir a Malta en busca de Rosalie. ¿Irás también, una vez que termines el trabajo que tienes que hacer aquí?

—Claro que sí, pero será mejor que nos centremos por ahora en la tarea que tenemos entre manos. No sé gran cosa sobre el lugar al que nos dirigimos, pero no creo que resulte difícil encontrar la casa de mi amigo Edward. Está en la costa norte de Lípari, pero es una isla pequeñita.

—¿Qué quiere que hagas allí? —preguntó ella.

—Antes de nada, inspeccionar el lugar para ver si ha sido bombardeado. Comprobar si está en buenas condiciones.

—¿Y después?

—Tengo entendido que tiene grandes planes para esa casa, aunque no sé cuáles son exactamente ni si piensa contratarme como arquitecto.

—No te habría pedido que vinieras si no tuviera intención de contratar tus servicios, ¿no?

—Quién sabe. Es millonario, posee propiedades por todo el mundo y antes de la guerra estaba creando una red de hoteles exclusivos.

—En ese caso, debe de ser una casa muy grande.

—A lo mejor quiere usarla como residencia privada. No sé, está de lo más enigmático. Quiere que contacte con él para darle una primera valoración.

—En ese caso, será mejor averiguar si los ferris tienen un horario. Para cuando tengamos que volver.

La barquita pesquera se mecía con suavidad en un deslumbrante mar azul y no tardó en dejarlos en un pequeño embarcadero. Aferrada con fuerza a su maleta, Florence inhaló el aire salobre y el olor a algas mientras Jack hablaba con un hombre que podía llevarlos en un carro a su destino.

Cuando emprendieron el camino, ella contempló aquel lugar polvoriento y montañoso y se preguntó qué diantres hacía allí. ¡A dónde la había llevado Jack! ¡Malta parecía más lejana que nunca! El conductor iba a lomos del burro que tiraba del carro. Avanzaron primero por un camino pedregoso (no podía considerarse una carretera) desde donde se veía de vez en cuando alguna granja de aspecto melancólico; al cabo de un rato, enfilaron traqueteantes por senderos de tierra más estrechos que ascendían por las resecas colinas.

Lo único que ella alcanzaba a ver desde allí eran riscos de color ocre que iban alzándose más y más conforme iban dejando atrás el mar. Se frotó los ojos cuando el fuerte viento se los llenó de arena, pero lo único que logró fue empeorar aún más el escozor.

—¿Estás bien? —le preguntó Jack.

Ella asintió, pero estaba cada vez más desanimada.

—¡Hemos venido en una mala época del año! —explicó él, alzando un poco la voz para hacerse oír por encima del ruido de las ruedas traqueteando sobre las piedras—. Todo está muy seco. El paisaje es más verde en la zona noreste.

Ella giró la cara y mantuvo los ojos cerrados, dudaba mucho que hubiera alguna época del año buena en aquel lugar.

Coronaron la montaña que estaban subiendo e iniciaron el descenso. El terroso paisaje parecía incoloro bajo la luz del sol, y se le escapó una exclamación ahogada al ver el mar. Era un espectáculo tan arrebatador que la dejó sin aliento. La gran extensión de agua parecía no tener fin y tenía un intenso tono azul violáceo.

Jack esbozó una gran sonrisa al verla tan sorprendida.

Descendieron la ladera entre zarandeos. Desde allí se veían acantilados volcánicos que caían en picado hacia el mar, donde se mecían barcas de pesca pintadas de vivos colores.

—Debe de haber abundante pesca —comentó él.

—No se puede vivir solo a base de pescado —contestó ella, sonriente.

Llegaron a un largo… ¿Qué era aquello? Un camino, un sendero, lo que fuera. La cuestión es que estaba bordeado de árboles y conducía de nuevo hacia las montañas, pero era llano. Un peón de piel curtida por el sol enfundado en un largo delantal de cuero saludó con la mano al conductor. La asaltó la duda de si llamar «conductor» a un hombre montado en un burro sería lo correcto, pero no se le ocurría ninguna alternativa. En todo caso, al ver las estatuas sobre pedestales que se alineaban ahora a ambos lados del camino, dedujo finalmente que se trataba del camino de entrada de una casa.

Fue entonces cuando la vio, y no pudo evitar silbar con admiración. Lo que parecía ser una imponente mansión iba apareciendo a la vista.

El conductor dijo algo en un siciliano gutural y Jack intentó descifrarlo.

—Creo que nos está diciendo que era un palacio, y que un ama de llaves es la única que vive aquí desde hace décadas.

El edificio de dos plantas en tonos terracota y crema se extendía ante ellos en un largo y elevado rectángulo. Florence contó las ventanas de la primera planta, todas ellas guarnecidas por delicadas barandillas de hierro forjado. ¿Eran diez? No, doce. Como mínimo. Todas tenían su correspondiente estor de tela bajado, pero con la parte inferior ligeramente apartada de la ventana para dejar entrar algo de aire.

El hombre condujo el carro hacia el lateral de la casa, que resultó ser la entrada principal, y Jack la ayudó a apearse.

Por primera vez en quién sabe cuánto tiempo, se sintió llena de entusiasmo y vitalidad. En aquel lugar estaba esperándola algo importante, estaba convencida de ello.

Alzó la mirada hacia la entrada principal de la imponente mansión; situada en la primera planta, estaba flanqueada por dos ventanas y rodeada de ornamentada mampostería, y tenía delante un balcón flanqueado a su vez por sendas escaleras que descendían curvándose hasta la zona central. Bajo la puerta principal había una gran arcada cerrada con elevadas verjas. La piedra del edificio brillaba como el oro bajo la luz del sol, buganvillas de color violeta trepaban por las paredes; un intenso aroma a limón impregnaba el perfumado aire, además de un ligero olor a hierbas..., tomillo y menta, y también romero. Inhaló profundamente y se pellizcó el brazo para cerciorarse de que no era un sueño, de que aquel lugar era real. Por detrás de la casa se alzaba la montaña volcánica, magnífica, rosada, brumosa; al girarse hacia el otro lado, vio el brillo del plateado mar a poca distancia de allí.

Miró a Jack y, al ver que parecía casi tan sorprendido como ella misma, le preguntó con curiosidad:

—¿Tu amigo no te lo había dicho?

—No. ¡Este lugar es enorme!

Una mujer enfundada en un descolorido vestido negro con un pequeño cuello blanco y un delantal salió en ese momento por la arcada y, sin decir palabra ni esbozar una sonrisa, se limitó a indicar que la siguieran escalera arriba. Era alta y muy delgada, su canoso pelo estaba trenzado y recogido en un moño a la altura de la nuca, y tenía unos ojos negros como la medianoche.

Florence se moría de ganas de ver el interior de la casa mientras subía por los amplios escalones blancos, pero no tuvo más remedio que reprimir su impaciencia; la mujer se movía con suma lentitud, quizá le convendría lubricar sus articulaciones. Al llegar a lo alto de la escalera, abrió la puerta de bronce, que estaba oxidada por el paso de los años o por las inclemencias del tiempo —o por ambas cosas, probablemente— y tenía una delicada pátina azul verdosa. Y entonces los hizo pasar a una larga sala.

A lo largo de una de las paredes había una docena de ventanas abiertas con cortinas de encaje italiano de color crema, todas ellas ondeando bajo la brisa que entraba por los estores que se veían desde fuera. Florence se dio cuenta de que Jack enarcaba las cejas, era obvio que estaba tan maravillado como ella. Era como si se hubieran adentrado en un mundo que pertenecía a tiempos pasados. Era una sala del siglo XIX, un lugar donde no había cambiado nada con el transcurso del tiempo. No había luces eléctricas y era poco probable que hubiera agua corriente, pero todo tenía un aspecto exquisito. Oscuros muebles labrados y sillas tapizadas con una tela dorada a rayas; candelabros sobre las mesas laterales; el suelo de baldosas más espectacular que ella había visto en su vida, decorado con motivos árabes de color azul, ocre, blanco y terracota.

—Increíble, completamente intacto —murmuró Jack. Alzó la mirada y soltó un silbido de admiración.

Ella miró también hacia el techo y vio un espectacular fresco donde querubines danzaban entre las nubes.

El pasado la rodeaba, así como también los fantasmas de aquellas épocas pretéritas. Oyó el susurro y el tintineo de una fantasmal campanilla, imaginó a los habitantes de aquel lugar y fue como si estuvieran allí, como si no se hubieran ido. Puede que hubieran salido un momento, ¿y si habían bajado de pícnic a la playa y regresaban de un momento a otro? Se extrañarían al verlos allí, se preguntarían qué hacían en su casa aquellos viajeros de otra época. Oyó el susurro distante del mar y la recorrió un desagradable escalofrío. Había una sensación de amenaza en el ambiente, tuvo la impresión de que los espíritus que moraban en aquel lugar no eran de los que estaban felices y contentos.

El ama de llaves esbozó una sonrisa bastante siniestra y le dijo algo a Jack.

—¿Qué ha dicho? —preguntó Florence.

—Que se llama Claudia y nos va a llevar a nuestras habitaciones.

Pasaron junto a varias estancias que tenían la puerta abierta, lo que les permitió ver los muebles cubiertos con guardapolvos que había dentro. La mujer les mostró finalmente dos habitaciones situadas a uno y otro lado del pasillo, y Jack se asomó a echar un vistazo antes de volverse hacia Florence.

—Tú elijes —le dijo.

Eran dos dormitorios idénticos, pero uno daba a la montaña (que parecía estar increíblemente cerca) y el otro tenía vistas al mar. Florence titubeó. Se sentía atraída por la montaña y, aun así, resultaba… intimidante, incluso podría decirse que ominosa. Pero, a pesar de eso, fue aquel el dormitorio que escogió.

—¿Estás segura? ¿No prefieres el mar? Es más liviano —dijo Jack.

Ella se asomó a mirar y negó con la cabeza.

—Segurísima.

Claudia dijo algo y él volvió a hacer de intérprete.

—Dice que se encargará de todas las comidas, y que tiene una carta para mí.

—¿Y eso? —preguntó Florence.

—Ni idea. Ha ido a buscarla.

La mujer había salido del dormitorio mientras ellos hablaban y regresó poco después con un sobre blanco dirigido a Jack, quien dejó las maletas en el suelo antes de abrirlo y de proceder a leer el mensaje.

—¿De quién es? —preguntó Florence con curiosidad.

—De Edward, el propietario de este lugar. Ya está en Sicilia.

—¿Va a venir?

—No, parece ser que debo ir a su casa de Donnafugata con mi informe.

—¿Te pide que te hagas cargo de la restauración?

—No, solo quiere una opinión sincera del estado en que se encuentra la casa antes de seguir adelante con sus planes.

—¿Cuánto falta para que podamos ir a Malta?

—Llevará algo de tiempo evaluar debidamente este lugar, y después tengo que ir a ver a Edward para darle mis conclusiones.

Florence acarició con las yemas de los dedos la pulsera con colgantes que llevaba alrededor de la muñeca, recordó el extraño brillo que había visto en los ojos de su madre cuando esta se la había dado. No le había pasado desapercibido el hecho de que Claudette estaba muy delgada, lo había notado también al abrazarla, pero esta había contestado con impaciencia que estaba «perfectamente bien» cuando le había preguntado al respecto.

Había albergado la esperanza de recibir la visita de su madre en Devon antes de partir hacia Sicilia y, de hecho, habían hecho planes en ese sentido; pero, llegado el momento, su madre le había mandado un mensaje diciendo que tenía una leve gripe, nada serio, y no iba a poder ir. Pensó en Rosalie y en su madre, en lo que debía de haber supuesto para ambas no haberse visto en veinte años. Era inimaginable pasar tanto tiempo sin ver a tu hermana y deseó poder decirle a Claudette lo cerca que se encontraba de Malta en ese momento.

34

Mientras Jack estaba atareado midiendo, revisando y examinando, Florence se entretuvo recorriendo la finca, pero no se aventuró a alejarse demasiado. Aquella pequeña e implacable isla tenía algo que la inquietaba, y sentía que debía permanecer en las inmediaciones de la casa. Así que sacó su libreta y empezó a tomar notas para su novela. Contemplaba a menudo los cambiantes colores de la montaña…, violáceo, azul, verde, gris e incluso ocre, dependiendo de la luz. Pero en ocasiones percibía su malevolencia y le hormigueaba la piel. Tanto en aquella montaña como en la casa había fallecido gente, estaba segura de ello. Y también tenía la certeza de que las muertes habían sido violentas.

Aparte del conductor del carro tirado por el burro, quien solo había aparecido para realizar una entrega, no había visto a nadie más. Oyó el lastimero sonido del mar y del viento y sintió de nuevo que en aquel lugar estaba esperándola algo, aunque todavía no tenía claro de qué se trataba. Recogía flores, rosas de aroma celestial y ramos de hierbas aromáticas que colocaba por la casa; en teoría, tendría que haber sido un paraíso, pero no se oía el canto de los pájaros y había algo en eso que resultaba terriblemente desolador. La montaña era demasiado intimidante y la casa demasiado silenciosa, como si le hubieran arrebatado toda la vida que contenía. Notas discordantes resonaban en su cabeza. Campanillas, silbatos, un estridente y agudo zumbido. No se sentía segura y caminaba de puntillas por la casa, con el miedo de que alguien saliera de repente de las sombras y se la llevara. Tenía la sensación de que los fantasmas de aquel lugar suplicaban ser rescatados, oía sus voces en las brisas marinas; miraba alrededor y prácticamente podía sentir la tristeza que los embargaba, su dolor, su trauma, y le daba miedo. Sí, era un lugar precioso en cierto sentido, pero también resultaba escalofriante. La gente que había vivido allí en otros tiempos debía de haberse sentido tan atrapada como ella en ese momento; de hecho, cuando Jack le preguntó al ama de llaves qué era lo que les había ocurrido, esta se negó a contárselo.

En un momento dado, cuando Florence le confesó que la inquietaba la atmósfera amenazante que percibía tanto en la casa como en los alrededores, él contestó que no tardarían en marcharse de allí y que, si bien era cierto que era un lugar evocador, no había nada de lo que preocuparse y solo eran imaginaciones suyas.

Pero ella sabía que no era así.

Fueron pasando los días; al finalizar la primera semana, Jack anunció que iba a tomarse uno libre.

—Tengo una sorpresa, vamos a dar un paseo en barca. Bueno, en realidad es un bote inflable, pero Claudia nos ha preparado algo de comida.

—Le gustas.

Él se echó a reír.

—Sabe que no entiendes ni una palabra de lo que dice, así que habla conmigo.

—Lo hace porque eres el hombre.

Él hizo una mueca y afirmó, con teatral pomposidad:

—¡Y soy terriblemente importante!

—¡Qué idiota eres!

—Pues este idiota desea invitar a *mademoiselle* Florence a un pequeño paseo en barca. Y tiene que ser hoy, mientras aguanta el buen tiempo.

Para ella era un alivio salir de la casa a pesar de que, por regla general, le encantaban las cosas antiguas, los vestigios olvidados de tiempos pasados. En Francia visitaba las librerías de la zona en busca de viejos libros de cocina y manuales de jardinería descatalogados; en su niñez, eran los cuentos de hadas; en Devon se había convertido en una coleccionista de lazos, cordeles, imperdibles, hebillas, lápices, horquillas de pelo y un largo etcétera. Pero aquella casa era distinta. Las paredes de la parte de atrás estaban salpicadas de agujeros de bala; fuera lo que fuese lo que había ocurrido allí, ella podía percibirlo aún.

Después de cruzar la isla, subieron a la balsa con motor Johnson fueraborda y salieron de Marina Corta con rumbo sur. Las zonas de terreno llano que veían a su paso no tardaron en ser reemplazadas por escarpadas cumbres.

Florence vio una playa en un momento dado y dijo, alzando la voz para hacerse oír por encima del ruido de las olas y del motor:

—¡Podríamos nadar ahí!

—Vamos a ver qué otras opciones hay, podemos volver si no encontramos nada mejor.

Pasaron junto a inmensos acantilados que caían en picado hacia las relucientes aguas del mar, y junto a un promontorio donde la lava había formado un arco; entonces vieron acantilados más bajos, y otros más altos, y después apareció una playa de guijarros totalmente desierta. Más allá se extendía una impresionante panorámica de costa con islitas, cuevas, ensenadas y acantilados de color cobre, con la montaña de color violáceo alzándose sobre ella.

—Esta es la mejor hasta el momento —afirmó Florence.

Y entonces la encontraron: una pequeña playa escondida tras un acantilado en la que Jack amarró la balsa.

Florence tenía calor y estaba sudorosa a pesar de las brisas marinas, pero había unos cuantos pinos y eucaliptos que lograban perfumar el aire con su aroma; sumado a la sal del mar y a la abrasadora arena, era una delicia estar allí y, en un arranque de júbilo, se desvistió hasta quedar en paños menores y se zambulló en el agua. No estaba fría, así que chapoteó y chilló entusiasmada y entonces nadó durante quién sabe cuánto tiempo.

Jack había salido ya del agua y estaba echando un vistazo a la comida. El día se había aclarado, el cielo tenía un color alimonado y el mar estaba teñido de un oscuro tono violáceo.

—Venga, ¡a comer! —le dijo él, al verla regresar a la orilla.

—El cielo tiene un color raro, ¿es normal?

—Supongo que sí.

Sintiéndose revigorizada, sacudió la cabeza y se sentó en una roca para secarse al sol. Él sacó varios paquetitos envueltos en papel encerado y comentó:

—Creo que esto es queso. —Sonrió al desenvolverlo—. Sí, pecorino a la pimienta.

Ella desenvolvió un paquetito más grande.

—Aquí hay pan. —Le dio un trozo.

—¿Vas a querer más queso? —preguntó él.

—No, está un poco salado.

—¡Ajá! Tenemos salami, ya está cortado. —Le pasó unas lonchas.

Florence las olisqueó antes de dictaminar:

—Una mezcla de cerdo y magro de ternera, diría yo. —Las probó de inmediato—. ¡Qué bueno está! Realmente sabroso.

—También hay tomates y vino.

—Me quedaré dormida si bebo.

Cuando terminaron de comer (y después de apurar la botella de vino), Jack se tumbó de espaldas con las manos detrás de la cabeza y su respiración se aquietó al instante.

Florence fue en busca de una sombra. Se mojó un poco al sortear los charcos acumulados en las erosionadas rocas y, aunque caminaba con cuidado por el pedregoso terreno, se hizo un pequeño rasguño en la rodilla. Encontró una ensenada peñascosa con una pequeña cueva que le pareció ideal. Le dolería la cabeza si se adormilaba bajo el sol del mediodía, pero aquella sombra era perfecta y sería una delicia dormirse arrullada por el susurro de las olas.

Más tarde, al despertar, oyó la voz de Jack llamándola por encima del rugido de una tormenta. Se levantó apresuradamente y se dio cuenta de que el mar se había embravecido mientras dormía y las olas se estrellaban contra las rocas. Para regresar a la playa donde había dejado a Jack tendría que meterse en las revueltas aguas, no veía ninguna ruta alternativa, pero temía que estas la arrastraran; de hecho, ni siquiera alcanzaba a verlo desde la cueva, y tampoco la balsa. Olas enormes golpeaban los acantilados, alzándose espumeantes, y el ominoso cielo iba tornándose negro. Se situó de pie en una sección de roca y apretó firmemente la espalda contra la pared del acantilado para evitar resbalar. Llamó a Jack a gritos, pero el viento se llevó su voz. Tenía el corazón desbocado, aquello no pintaba nada bien.

No sabía con certeza si la cueva llegaría a inundarse, quizá pudiera limitarse a esperar allí a que la tormenta amainara; al fin y al cabo, la arena de la zona del fondo estaba bastante seca. No tenía ni idea, la verdad. Llamó de nuevo a Jack. Nada.

Alzó la mirada en busca de alguna vía de escape, fue entonces cuando lo vio. Estaba subido a una roca situada muy por encima de donde estaba ella, contemplando con expresión sombría el agua. Agitó los brazos para atraer su atención y vio el alivio que inundó su rostro al verla.

—¡Espera ahí! ¡Ahora bajo! —gritó él.

Esperó con el corazón en un puño mientras él iba descendiendo, resbalando y deslizándose sobre piedras que se desmoronaban y cedían bajo sus pies. Incluso suponiendo que llegara hasta ella, ¿cómo iban a ingeniárselas para volver a subir por allí bajo los envites de semejante lluvia torrencial?

El viento aullaba, el agua empezó a arremolinarse en la entrada de la cueva. No había forma de pasar por allí. El mar estaba cada vez más embravecido. El estruendo de las olas y el chasquido de los truenos eran tan ensordecedores que apenas podía pensar. Y entonces vio que Jack estaba allí, que se asomaba por el borde superior de la entrada de la cueva y alargaba una mano hacia ella.

—¡Vamos, Florence! ¡Ahora, venga! ¡No tenemos mucho tiempo!

Iba a ser un salto al vacío, un acto de fe. Iba a tener que saltar para agarrar su mano, pero, si no lo lograba, caería al agua y sería arrastrada en cuestión de segundos. Ni siquiera Jack podría salvarla en esa ocasión.

Le daba miedo moverse, pero también le daba miedo no hacerlo. Respiró hondo mientras él le pedía que se apresurara. Por poco se le detuvo el corazón al estirarse y saltar, y entonces… ¡Ay, Dios! Entonces sintió que él le agarraba la mano y empezaba a subirla. Las rocas le rasguñaron la piel, apenas podía respirar por miedo a que a él se le resbalara su mano y la soltara. Pero no fue así y, cuando la sacó por encima del borde por fin, permanecieron allí tumbados, jadeantes, exhaustos por el esfuerzo. La tormenta dio una pequeña tregua en ese momento.

Una vez que consiguieron recobrarse un poco, Jack se levantó del suelo y la ayudó a ponerse en pie, pero el viento redobló su fuerza con la furia de un ciclón.

—Agáchate un poco —dijo él—. Hay que ir zigzagueando, intenta tantear con los pies para buscar puntos de apoyo.

Ella asintió. Comprendía lo que se suponía que debía hacer, pero no sentía ninguna parte de su cuerpo, incluyendo los pies.

Al llegar por fin a una zona un poco más llana, se detuvieron a descansar un momento y Jack señaló hacia un punto situado un poco más arriba.

—Ahí hay una cabaña. Vamos, esperaremos allí a que pase la tormenta.

Avanzaron trastabillantes bajo el azote del viento y de la lluvia, concentrándose en no dar un traspié sobre las inestables piedras y sintiendo que aquello no iba a terminar jamás. Pero lograron llegar por fin a la cabaña. Jack abrió la puerta de aquella pequeña construcción que aguantaba estoica bajo la tormenta y los dos se precipitaron al interior, temblando de pies a cabeza y atónitos al ver que lo habían logrado.

—¡Dios, Florence...! —alcanzó a decir él, jadeante.

Era un hombre que solía mantener la compostura en situaciones difíciles, pero estaba visiblemente afectado por lo ocurrido.

—Lo... siento... —Logró hablar a duras penas, se había quedado sin fuerzas.

—¡Me has asustado! —exclamó, mientras la envolvía entre sus brazos.

—Me he asustado a mí misma.

El mar seguía bramando, las olas atronaban contra los acantilados y la lluvia golpeaba el techo de hojalata. Florence se acercó tambaleante a una esquina, las piernas le flaquearon y se desplomó como una muñeca de trapo sobre unas mantas que olían como si llevaran años allí.

Jack se sentó junto a ella con las rodillas encogidas contra el pecho. Los dos permanecieron en silencio y Florence se sumió en una especie de estupor.

No habría sabido decir cuánto tiempo pasó, pero, en un momento dado, tomó conciencia de nuevo del mundo que la rodeaba y se dio cuenta de dos cosas: la tormenta parecía estar amainando (solo se oía el golpeteo de la lluvia) y Jack había encendido una vela.

—La cerilla no estaba húmeda, hemos tenido suerte —dijo él.

—¿A esto le llamas tener suerte?

Él soltó una seca carcajada.

—La he encontrado aquí junto con la vela. Solo había una en la caja, los dioses estaban de nuestro lado.

—Entonces ha sido un milagro.

Otra seca carcajada, pero ella percibió algo más en aquel breve sonido. ¿Miedo, quizá?

Después de eso, la conversación llegó a un punto muerto y se hizo un largo silencio. Él la mantenía abrazada contra su cuerpo, y Florence notaba el golpeteo de los latidos de su corazón. Cuando estaban fuera a merced de la tormenta, había sentido el viento a su espalda empujándola, impulsándola hacia delante. Aterrada, había creído que iba a morir. Pero ahora todo eso estaba haciéndola reflexionar, estaba sacando sus sentimientos a flor de piel y obligándola a expresar lo que sentía.

—Te cerraste en banda, Jack. Te desconectaste de mí, de la vida —soltó de repente—. ¿Por qué?

—¿A qué viene eso?

Parecía irritado, pero ella insistió.

—Después del susto que acabamos de pasar, debo preguntártelo. Existe una conexión entre nosotros. Sé sincero. Sabes que es verdad, pero te empeñas en negarlo.

—No he dicho ni una palabra.

—No hace falta que lo hagas.

—No te entiendo, Florence.

—Eso no es verdad, me entiendes perfectamente bien. Mantienes las distancias conmigo, ¿a qué le tienes tanto miedo?

—¡Hoy hemos estado a punto de morir, ¡eso es lo que me ha dado miedo! —dijo él con exasperación.

—No, no es verdad, no te da miedo morir. No se trata de eso. Lo que te da miedo es vivir.

Él se apartó de ella en silencio, el ambiente estaba cargado de tensión. Permaneció callado unos largos segundos, y habló al fin:

—¿Podemos dejar el tema?

—¿De qué te estás evadiendo?

Él soltó un bufido y exclamó con ironía:

—¡No tienes ni idea!

—¡Pues explícamelo! —No pudo evitar alzar la voz.

Él inhaló aire de golpe.

—Está bien. Tienes razón, no me daba miedo morir. Mi miedo era que murieras tú.

—¿Por qué?

—¡Estás bajo mi responsabilidad! —Se le quebró la voz.

Ella se dio cuenta de que habían llegado al meollo de la cuestión.

—Cuánto dolor tienes dentro todavía —susurró.

Él no respondió en un primer momento; cuando lo hizo, su voz salió quebrada y gutural.

—No mantuve a salvo a mi niño. Y no te mantuve a salvo a ti de los hombres de la Brigada Norteafricana que te violaron.

Florence oyó la angustia que lo atenazaba y anheló poder reconfortarlo de alguna forma, pero permaneció callada porque intuyó que él estaba a punto de sincerarse por completo.

—La pérdida de un hijo es indescriptible. —Jack hizo una pausa y, cuando habló de nuevo, había un ligero temblor en su voz—: Era mi obligación, pero no pude protegerlo.

Ella sintió una punzada de dolor en el corazón. Se moría de ganas de abrazarlo, pero se limitó a escuchar al ver que proseguía.

—No puedo permitirme amar a nadie, Florence. ¿No lo ves? No merecía al niño que perdí. Cuando Charlie murió, llegué a mi límite. Sería incapaz de volver a pasar por esa agonía.

—Oh, Jack…

Él soltó un sollozo y de repente rompió a llorar desconsolado, tomando grandes bocanadas de aire. Ella no se atrevió a intentar detenerlo y sintió que sus propios ojos se llenaban de lágrimas. Se preguntó si él habría llorado así por su pérdida en alguna ocasión anterior. Probablemente no, ya que los hombres como Jack no lloraban casi nunca.

Le acarició la espalda hasta que al final, al cabo de un rato, él se pasó una mano por sus húmedas mejillas. Todavía estaba tembloroso.

—Perdona.

Ella no dijo nada, se limitó a tomar su mano.

—Hélène me preguntó una vez si desearía tener una familia propia algún día —añadió él.

—¿Qué contestaste?

—Habría querido contarle la verdad, pero estar en Francia era mi única vía de escape. Si hablaba sobre lo ocurrido estando allí…, en fin, era imposible. Me limité a decirle que no podía pensar en eso mientras estuviéramos en guerra.

—Era la verdad.

—Sí, pero sentí que estaba mintiéndole.

Ella lo abrazó con fuerza.

—Puedes superar esto.

Él negó con la cabeza y contestó con voz queda.

—No sé cómo hacerlo, Florence.

—No es lo mismo, por supuesto, pero, después de la violación, descubrí que un dolor insoportable puede atravesarte sin llegar a destruirte. Vas dejándolo entrar poco a poco, lo sientes, y entonces pasa.

—¿De verdad?

—Sí, y así es como se aprende a volver a vivir. Puede haber paz, aunque parezca imposible. Tan solo momentos, pero esos momentos de paz van alargándose. El dolor terminará por destruirte si pasas la vida reprimiéndolo.

—Sabes que te amo, Florence.

—Sí. Sí, lo sé. Y también sé que has estado intentando borrar ese sentimiento.

—¿Podrías ayudarme a seguir adelante?

Ella parpadeó para intentar reprimir las lágrimas.

—Claro, claro que sí. Eres el único que puede hacerlo, pero no tienes que hacerlo solo. Estaré a tu lado, Jack. Siempre.

Él asintió.

—Y todo pasa —añadió ella—. Todo, por muy amado o preciado que sea. Todos vivimos con esa realidad, así es la vida. Aun así, tenemos la valentía de amar sabiendo que llegará un día en que ese mismo amor nos romperá el corazón.

Y Jack la besó entonces. Fue un beso de verdad, un beso lleno de anhelo y pasión.

35

RIVA

Malta, 1930

Fue Addison quien la salvó, Addison quien la devolvió a la vida una vez que se recuperó tras la pérdida del bebé y que quedó claro que Bobby no regresaría jamás. Fue Addison quien, varias semanas después de que ella hiciera trizas la nota que le había dejado Bobby, se presentó en su puerta y le pidió que le acompañara sin especificar a dónde.

Ella estaba escuchando la radio, donde seguían informando a todas horas sobre el crac de Wall Street del año anterior y la depresión económica mundial por la que estaban pasando. Había millones de personas desempleadas, hambrientas y desesperadas, y cada vez eran más los alemanes que veían en el partido nazi una cura para sus problemas. Era obvio que la paz era frágil, pero eso parecía algo lo bastante remoto como para no suponer un problema para ella. Prefería oír las noticias de lugares lejanos a tener que enfrentarse al mundo real que había al otro lado de su puerta.

Salió tras Addison del apartamento con bastante reticencia, lo siguió por el pasillo y escalera abajo.

—¿A dónde vamos?

Él se volvió a mirarla con ojos chispeantes y se limitó a contestar:

—Ya lo verás.

—Sabes que no quiero salir de la casa todavía.

Él se echó a reír.

—No tendrás que hacerlo, ¡te lo prometo!

Al llegar a la planta baja, Addison cruzó el majestuoso vestíbulo y usó una llave para abrir una puertecita que quedaba justo enfrente de la escalera. Riva no tenía ni idea en aquel momento de hasta qué punto él estaba abriendo una puerta que conducía a un futuro distinto. Había pensado en un primer momento que se trataba de un armario o algo así, pero él le pidió entonces que le siguiera por un pasillo estrecho y oscuro.

—Por el amor de Dios, Addison, ¿vas a encerrarme en una mazmorra hasta que me haga vieja?

Él se echó a reír de nuevo y abrió otra puerta al llegar al final del pasillo. La luz del sol entró a raudales y Riva se puso una mano a modo de visera para protegerse los ojos.

—Vamos —dijo él, antes de salir.

Ella miró hacia el exterior y, mientras sus ojos iban acostumbrándose a la luz, entró en el jardín interior más precioso que había visto en su vida. Se oía el suave tintineo del agua de una fuente en forma de taza situada en el centro, estaba rodeada de flores que crecían en maceteros azules esmaltados y de rosas que ascendían por las paredes. Al fondo había un arco de estilo árabe que daba entrada a lo que parecía ser una especie de gruta cubierta.

—Mi jardín marroquí, mi mujer y yo fuimos a Marrakech de luna de miel y prometí construirle uno aquí.

—¿Lo disfrutó?

—No, fui dejándolo para después y Filomena falleció antes de que cumpliera mi promesa. Tendría que haber hecho tantas cosas antes de que fuera demasiado tarde…

Riva contempló los preciosos colores enjoyados del suelo. Azulejos de color azul, blanco, ocre y turquesa rodeaban la fuente, y revestían también las paredes hasta media altura; por otro lado, baldosas de terracota pavimentaban los bordes de una zona donde se habían plantado naranjos en dos secciones rectangulares. La embargó una cálida sensación de bienestar mientras miraba alrededor. El arco estaba flanqueado por dos macetas de terracota con sendas palmeras que se alzaban cual gigantescos centinelas; parecían exóticos pájaros con las alas extendidas, a punto de alzar el vuelo.

—¿A qué huele? —Olisqueó el aire, percibía un aroma que parecía envolverla.

Addison sonrió e indicó con la mano unas flores blancas que crecían alrededor de la fuente.

—Trompetas de ángel.

—Huelen de maravilla.

—Me alegra verte más animada —dijo él.

—¿Cómo no voy a estarlo? ¡Esto es el paraíso!

—Eso de ahí es plumbago. —Addison dirigió la mirada hacia el arco—. He ido podándolo para que dé sombra a la gruta, es perenne.

—¿Pintabas aquí tus cuadros?

—Algunos de ellos, hasta que la artritis me ganó la batalla.

—Ah. Lo siento, no lo sabía.

—Bueno, quizá te sorprenda saber que tengo setenta y muchos años —contestó él, con una amplia sonrisa—. No suelo admitirlo. En cualquier caso, la artritis se va extendiendo por las caderas y la espalda, pero lo peor es que los dedos y las muñecas también están afectados.

—¿Puedo ayudarte en algo?

Él la observó en silencio antes de contestar.

—Puede que sí.

Inmersa en sus propios pensamientos, Riva le siguió en dirección a la umbría gruta, donde había un sofá blanco con unos cojines estampados preciosos. Se volvió a mirar el jardín e inhaló de nuevo el agradable aroma; al mirar de nuevo al frente, se sorprendió al ver que él viraba a la derecha y abría otra puerta.

—Este lugar es una madriguera, Addison.

—Más de lo que tú crees —contestó él.

Entraron en un pequeño y bastante oscuro vestíbulo que se abría a un dormitorio y un cuarto de baño; ambos estaban pintados en un rosado tono terracota, y tenían unas ventanas altas desde las que se veía el cielo. Addison accionó un interruptor y se encendió una lámpara cuya luz hizo que las paredes brillaran como si estuvieran iluminadas desde dentro.

—¡Oh! ¡Qué maravilla! —exclamó ella, al ver el tapiz marroquí que había en la pared de detrás de la cama.

—Lo compré en Marrakech. Como bien sabes, las instalaciones

eléctricas tienen limitaciones en esta isla, así que una parte de este lugar tiene lámparas de aceite como única fuente de iluminación. Ven, subamos.

Al salir de nuevo al vestíbulo, Riva se dio cuenta de que había una escalera de caracol en la esquina.

—No la había visto.

—La luz estaba apagada. Tú primera.

Ella se sorprendió al llegar a un rellano que daba directamente a una cocina amplia y luminosa que tenía una mesa al fondo. Estaba desconcertada ante aquella especie de casita del revés tan llena de encanto y, al mismo tiempo, tan extraña.

—Hay una nevera —alardeó él—. Americana, por supuesto. Fabricada por General Electric. Sigue subiendo.

Así lo hizo, y al llegar arriba contempló sorprendida una espaciosa sala de estar con techo alto y una vista panorámica de Malta. Estaba decorada en claros tonos verdes y azules, había dos grandes lámparas cubiertas con delicados pañuelos de seda, un espejo del que colgaban sartas de cuentas plateadas, un sofá con cojines bordados. No tenía una gran terraza, tan solo había unas puertas de cristal dobles que daban a un balcón del tamaño justo para acomodar una pequeña pérgola que daba sombra a una mesita de hierro forjado y dos sillas.

—¿Te gusta? —le preguntó Addison.

—Me encanta, pero ¡es un lugar muy extraño! —contestó ella, sonriente—. Es la primera vez que veo una casa con una estancia por planta.

—Sígueme, he pedido que nos preparen un café con pastas.

Una de las paredes de la sala de estar no tenía ventanas, tan solo una puerta que Addison procedió a abrir. Riva entró tras él en un pequeño espacio donde había otra puerta más.

—¿Aún hay más?

—No. Esto es mi apartamento, y… —abrió la puerta— ahora estamos en mi estudio. Pasa.

—Esto sí que no me lo esperaba.

Se dirigieron a la terraza, donde ya se había dispuesto una mesa con una cafetera, dos tazas con sus respectivos platitos y una bandeja repleta de dulces de aspecto delicioso.

—Sírvete lo que quieras —la invitó él.

Riva sirvió el café, eligió dos dulces y procedió a saborearlos. Era la primera vez en semanas que no tenía que obligarse a comer.

Él esperó a que terminara antes de preguntar si le gustaría que le explicara la historia del pequeño apartamento que acababa de mostrarle.

Ella asintió, aunque aquel lugar le parecía más bien una casa pequeñita.

—Este palacio es un laberinto, al igual que muchos otros de esta ciudad. Pero tardé bastante en descubrir todos sus secretos. La puerta por la que acabamos de entrar a mi estudio había sido tapiada, y durante mucho tiempo ni siquiera supe de su existencia.

—¿Por qué la tapiaron?

—Es posible que el hueco fuera en otros tiempos un escondite donde ocultar a algún párroco en caso de necesidad, pero me parece más probable que lo usaran contrabandistas.

—¿Cómo descubriste la puerta? —preguntó ella.

—Se coló un pájaro y oí el aleteo. Como bien sabes, el palacio está integrado en las murallas exteriores de Mdina y desde fuera alcanzaba a ver un pequeño balcón, por supuesto, pero supuse que pertenecía al edificio de al lado. Fui a preguntar y me dijeron que allí no había ni rastro de un pájaro atrapado.

—¡Qué emocionante! Como uno de esos sueños en los que descubres que tu casa tiene alas enteras que no habías visto jamás, y entonces despiertas emocionada y te llevas una decepción al darte cuenta de que no es verdad.

—Yo diría que esos sueños indican algo.

—¿El qué?

—Que albergas en tu interior más facetas de las que crees y posibilidades que jamás has imaginado siquiera.

—Eso espero —dijo ella, sonriente—. Continúa, por favor.

—Bueno, contraté de inmediato a un arquitecto que detectó una probable vía de conexión a través de mi estudio. Tendrías que haber visto cómo estaba todo cuando el albañil echó abajo el muro, lleno de moho y polvo.

—¿Restauraste entonces el apartamento?

—En absoluto, lo dejé mucho tiempo así. Pero entonces tuve la extraña sensación de que alguien lo necesitaría algún día.

—¿Quién?

—Pues has resultado ser tú, querida mía. Tú.

Riva lo miró con perplejidad, sin entender a qué se refería, y él procedió a explicarse.

—Es obvio que seguir viviendo en el apartamento de Bobby no es lo mejor para ti. Esa pequeña «casita del revés» oculta entre las paredes del palacio está desocupada. Aunque no sé si te ha gustado.

—¡Me ha encantado! —Estaba estupefacta ante lo que él estaba proponiendo—. Pero no puedo quedarme a vivir aquí. Debo trabajar, ganarme un sustento.

—Bueno, resulta que también he pensado en eso. A lo largo de mi vida he ido escribiendo diarios y, lo creas o no, también poesía. Un editor británico va a publicar mis memorias.

—Ah, no solo eres pintor.

—La escritura fue mi primer amor, pero no pude ganarme la vida con ella; además, pintar me resultaba más fácil, aunque el dinero dejó de ser un factor a tener en cuenta cuando me casé con una mujer adinerada.

—Y seguiste con la pintura.

—Al principio no, pero no puedes convertir a una persona en la única motivación de tu vida. Lo descubrí cuando Filomena murió.

Ella lo miró con una pequeña sonrisa comprensiva y él siguió hablando.

—De modo que sí, retomé la pintura tras su muerte, y debo admitir que me fue bastante bien. Pero ahora tengo los dedos rígidos por la artritis, y mi editor vendrá dentro de un par de meses para ver cómo llevo la tarea. —Addison alzó las manos en un gesto de impotencia—. Necesito con urgencia que alguien me ayude a seleccionar y a recopilar. Alguien de mi confianza.

Riva lo miró boquiabierta.

—¿Quieres que yo…?

—No me des una respuesta ahora mismo, piénsatelo. Te pagaría, por supuesto, y calculo que la tarea nos llevará unos seis meses. Más o menos. Puedes usar mi automóvil cuando tengas que salir.

—No sé conducir.

—Eso tiene fácil solución.

—Mi taquigrafía tampoco es brillante, que digamos. Mi madre me obligó a tomar clases, pero quizá te convenga más una secretaria profesional.

—No. Necesito a alguien en quien pueda confiar, alguien con el talante necesario para un trabajo así; además, creo que a ti también podría ayudarte desempeñarlo.

—Me conmueve que pienses así, pero es que…, en fin, no sé cómo decirte esto, pero en realidad no soy quien tú crees.

Él la miró con una indulgente sonrisa y le dio unas palmaditas en la mano.

—Mi querida muchacha, sé bien quién eres. Rosalie Delacroix, procedente de París.

Riva sintió el escozor de las lágrimas en los ojos al oír su verdadero nombre, pero consiguió reprimirlas.

—Bobby me lo contó —admitió él—. Puede ser culpable de otras cosas, pero no de eso. Fui yo quien se lo sonsacó. Y te tengo noticias de tu familia.

Aquellas palabras la impactaron de lleno y escuchó con el aliento contenido mientras él le explicaba lo ocurrido: se había llevado a cabo una investigación policial de gran repercusión en los medios, pero al final se había descubierto que el asunto había sido un mero intento de extorsión a su padre, quien no había cometido ningún fraude; aun así, su adicción al juego había salido a la luz, lo que le llevó a perder su trabajo. Por ello y por las deudas de juego, se habían visto obligados a vender el apartamento de París y las joyas de su madre. Se habían retirado entonces a un pueblecito de la campiña donde llevaban una vida mucho más tranquila y modesta. Riva se sintió aliviada al saber que su padre no había ido a la cárcel, pero la embargó una abrumadora tristeza al imaginar lo humillado que debía de haberse sentido. Y ahora, al pensar en la vida y en las personas que había dejado atrás, las lágrimas brotaron finalmente.

36

Malta, varios meses después

A Riva no le había hecho falta tomarse un tiempo para sopesar la propuesta de Addison, había aceptado aquel mismo día. Había puesto en pausa el trabajo que hacía para Otto, pero tenía intención de retomarlo más adelante. La novedad del pequeño y precioso apartamento se había convertido ahora en su solaz, el trabajo que desempeñaba para Addison era su respiro. Durante los días que había pasado en el apartamento de Bobby había vivido con el temor constante de que él pudiera presentarse en cualquier momento con su novia americana, a pesar de que Addison le había advertido que se mantuviera lejos de allí. Había sepultado el dolor que sentía por la pérdida de su bebé, ya que era un sufrimiento demasiado inmenso. Y ahora vivía en su pequeña casa del revés y se esforzaba por no pensar en la traición de Bobby, aunque todavía seguía echándolo de menos; todavía sentía el dolor demoledor, la inconsolable pérdida y la furia, todavía conservaba los recuerdos. No volvería a despertar junto a él nunca más. No estaba muerto, pero lo había perdido para siempre.

Había escogido con esmero su vestimenta para ese día: un vestido de algodón azul marino y unos zapatos blancos de tacón. Quería causar una buena impresión al editor de Addison, Gerard Macmillan. Pero no tenía claro lo que iba a hacer respecto a su pelo, porque, aunque el tinte iba esfumándose con rapidez y había decidido dejar que recobrara su vívido color rojizo natural, todavía se veía una línea divisoria. Rebuscó entre sus cosas hasta encontrar una bufanda roja y azul que se colocó a modo de turbante, hizo una pequeña mueca al mirarse al espejo, y entonces añadió un poco de pintalabios rojo que procedió a limpiarse de inmediato. No quería parecer una bailarina de cabaré de Strait Street, sino dar una imagen formal.

Más tarde, cuando entró en el estudio de Addison después de llamar a la puerta que dividía los apartamentos de ambos, él alzó la mirada de inmediato y sonrió.

—¿Estoy bien? —Todavía se sentía un poco insegura.

—Mi querida muchacha, siempre estás preciosa. ¿Un café?

Cuando ella asintió, Addison se levantó y fue a llamar al mayordomo, quien trajo café para los dos al cabo de unos minutos.

—No disponemos de mucho tiempo, Riva. Necesito que vayas a por Gerard.

—¡Ay, Dios! ¿En serio?

—¿Te ves capaz de hacerlo?

Ella ladeó la cabeza y lo miró con una sonrisa de oreja a oreja.

Poco después circulaba al volante del espectacular coche de Addison. Tenía miedo de estrellarlo contra algo, pero, por otro lado, estaba decidida a demostrarle que podía confiar en ella. La había llevado a practicar todos los días por los tranquilos caminos de los alrededores de Mdina, y ella había tomado el coche con asiduidad para ir a hacer la compra a Rabat, una ciudad cercana. Pero esa era la primera vez que iba al puerto de La Valeta con el coche.

Su nerviosismo fue en aumento conforme fue acercándose a la ciudad. El puerto era un hervidero de actividad, como siempre, pero vio de inmediato al señor Macmillan. Era un hombre alto, pálido y delgado de unos treinta y cinco años que iba vestido con un traje de lino color crema, camisa blanca y corbata azul. Llevaba un ligero sombrero panamá y unas oscuras gafas redondeadas de montura fina, y tenía una mano alzada a modo de visera para proteger los ojos del sol. Se le veía sorprendido, y Riva recordó su propia reacción ante semejante bullicio y ajetreo a su llegada a la isla.

Se apresuró a acercarse a él y se presentó, intentando aparentar una seguridad en sí misma que distaba mucho de sentir. Él le estrechó la mano con vigor y se dirigieron entonces al coche.

—Bu-buen motor —dijo él con un ligero tartamudeo, después de meter en el vehículo su maleta de cuero marrón.

—Es de Addison.

—¿Hace mucho que conduce?

—No, la verdad es que no. —Lo dijo con desparpajo, procurando no revelar lo tensa que estaba.

Su nerviosismo ya no era tanto por el hecho de tener que conducir, sino porque aquel hombre estaba allí para evaluar tanto el trabajo de Addison como el suyo, y permanecería quince días allí.

Addison guardaba sus escritos en tres cajoneras de caoba que abarcaban desde el suelo hasta el techo (según le había explicado, las había mandado hacer a medida), y los dos habían pasado horas y horas revisando el contenido de los cajones.

Ella había ido revisando sus diarios, poesías y bocetos, y se había sentido abrumada ante lo conmovedoras que eran sus palabras, sobre todo cuando hablaba de su difunta esposa. Sus ojos se habían anegado de lágrimas en multitud de ocasiones y tenía un fuerte sentimiento protector hacia aquellas obras, así que esperaba que el tal Macmillan no las hiciera trizas. El problema radicaba en que había demasiado material para unas memorias y necesitaban la ayuda de un editor.

Durante el trayecto de regreso por las accidentadas carreteras rurales, conversaron un poco sobre Londres y la situación económica. Ella le habló entonces de la sucesión de invasores y colonizadores de la isla —fenicios, árabes, italianos, franceses, británicos—, y no tardaron en llegar al trecho de carretera bordeado de pinos que conducía a Mdina.

—Hemos llegado, señor Macmillan —dijo ella minutos después, al pasar por la enorme entrada de la antiquísima ciudad.

—Por favor, tu-tutéame, me llamo Gerard. Llámame Gerry, si no te importa.

Riva aparcó y, cuando ambos se apearon del coche, él miró estupefacto alrededor y admitió:

—Vaya, no sé qué decir. No tenía ni idea de que era un lugar tan bello. Sabía que sería impresionante, pero esto…

*　*　*

Gerry (insistía en que ella le llamara así) resultó ser un hombre amable que tenía una sonrisa inesperadamente franca y abierta que iluminaba sus ojos azul claro. Era amable y diplomático y, conforme fueron transcurriendo las horas, fue encauzando con tacto a Addison en la dirección que deseaba que tomara el libro.

—Debemos decidir cuál es el relato que vamos a narrar.

—¿Qué relato? —contestó Addison con rigidez—. Se trata de mi vida, no es una novela.

—Aun así, tus lectores querrán un relato, una historia. Esa es nuestra prioridad ahora, podría decirse que el punto clave será decidir cuál es la historia que quieres contar.

—No sé si te sigo, joven —refunfuñó Addison.

—Bueno, por poner un ejemplo, ¿es una historia de amor?

Addison masculló algo que Riva no alcanzó a oír, pero que había sonado a palabrota.

—También podría ser un relato sobre el camino de un artista desde sus inicios, o centrarse en las exhibiciones que has organizado por todo el mundo.

Addison parecía indeciso; cuando Gerry salió a dar un paseo para dejarlos hablar a solas, se volvió hacia ella y le pidió su opinión.

—¿Quieres que sea sincera?

—Sí.

—Yo creo que la historia de amor sería la más atrayente. La gente querrá saber cómo conociste al amor de tu vida, cómo la perdiste y cómo sobreviviste y te convertiste en el hombre más generoso y bueno que he conocido.

—Ay, mi querida muchacha… —La miró con ojos llorosos.

La decisión quedó tomada en ese momento, aunque Addison tardó dos días en ceder. Mientras él se tomaba ese tiempo «para pensárselo», le pidió a Riva que le mostrara a Gerry la isla de Malta, y ella decidió comenzar por Mdina.

—Su nombre medieval era Notabile, la ciudad noble —le explicó, mientras él contemplaba las silenciosas calles—. Las familias nobles de

Mdina que viven en estos palacios son descendientes de los gobernantes normandos, sicilianos y españoles que la construyeron.

—Es extraordinaria, atemporal.

—No todo es bonito. Se han descubierto mazmorras bajo uno de estos palacios, aunque podría haber más.

—Suena de lo más interesante —afirmó él.

—Addison tiene libros al respecto que explican para qué se usaban, su historia; por lo que he leído, eran básicamente unas cámaras de tortura. Malta era una colonia esclavista durante la época de los romanos, pero las torturas siguieron perpetrándose a lo largo de los siglos, incluso durante la ocupación francesa.

Mientras Gerry contemplaba maravillado el lugar, ella no pudo evitar acordarse de Bobby al ver aquellas calles. Tenía la sensación de que al girarse lo veía allí, mirándola sonriente, y el corazón le daba un brinco. Pero su ánimo se desmoronaba de golpe al darse cuenta de que aquello no iba a suceder, era imposible que sucediera. Si alguna vez llegaba a verlo allí, ninguno de los dos sonreiría.

—¿Quieres que salgamos de la ciudad? —le propuso a Gerry—. Puedo llevarte a la catedral de San Pablo en otra ocasión, no puedes perderte su cúpula rayada.

Lo llevó al complejo de Ħaġar Qim, el templo megalítico situado en la cima de una colina del sur de la isla. Estuvieron recorriéndolo durante media hora y después fueron a un pueblo llamado Qrendi, donde hicieron una parada en una cafetería antes de dirigirse a las cuevas situadas un poco más al sur.

—Desde lo alto del acantilado alcanzan a verse en parte —dijo ella—. Solo hay que caminar un poco, aunque la mejor opción es ir en barca.

No mencionó que Bobby había alquilado una barca para mostrarle las cuevas y el increíble mar azul, y se quedó callada.

—¿Estás bien? —le preguntó Gerry.

Ella tragó con fuerza y se limitó a negar con la cabeza.

Siguieron caminando hasta llegar a lo alto del acantilado, y él se quedó impresionado mientras contemplaba el paisaje desde allí arriba.

—Si quieres, mañana podemos ir a los acantilados de Dingli —propuso ella—. Son los que más me gustan.

—Esperaba poder retomar ya el trabajo.

—Sí, por supuesto.

—Perdona, no quería parecer tan brusco. —Él titubeó antes de añadir—: Riva, es obvio que te pasa algo. ¿Puedo hacer algo por ti? Se me da bien escuchar.

De hecho, ese resultó ser el día en que Riva terminó por hablar de lo ocurrido. Después de una cena tardía, Addison se levantó de la silla y bostezó.

—Yo me retiro ya. Pero tú siéntete con toda libertad de ir a tu apartamento con una botella de vino y este joven tan encantador, Riva. Buenas noches a los dos.

—No hace falta que vengas, pero yo me retiro también —dijo ella, en cuanto Addison se fue—. Es su forma de decir que quiere algo de tranquilidad, estar solo. Revivir todos esos recuerdos de su mujer debe de ser agotador desde un punto de vista emocional.

—Me gustaría acompañarte, si no te importa. —Gerry miró la hora en su reloj de pulsera de cuero—. Solo son las diez.

No había forma de negarse después de eso y Riva asintió, pero descubrió que la puerta del estudio por la que se accedía a su propio apartamento estaba cerrada. Addison había echado la llave y siempre la llevaba consigo, así que iban a tener que bajar al vestíbulo y entrar por el pequeño jardín marroquí.

Condujo a Gerry hasta allí, pero al entrar en su apartamento vio de inmediato que la puerta del dormitorio estaba abierta y que había dejado encendida la lámpara; aparte de ser un despilfarro de electricidad, parecía una invitación abierta. Gerry tomó su mano con suma delicadeza y escudriñó sus ojos, como intentando descifrar lo que se esperaba de él; al verlo sonreír, Riva lo tuvo claro de inmediato y asintió.

Él la besó con suavidad y después, cuando ella hizo ademán de hablar, posó un dedo sobre sus labios para silenciarla y le quitó la bufanda que usaba a modo de turbante. Se había puesto una distinta cada día.

—Tenía curiosidad por ver tu pelo, ¿por qué escondes estos rizos tan increíbles? —Deslizó los dedos por ellos.

—Estoy esperando a que el tinte negro se vaya del todo.

—Falta poco. Tienes un cabello pelirrojo espectacular. —Al cabo de un momento, añadió—: Riva, Addison me puso al tanto de lo de su sobrino, Robert.

Ella se sintió vulnerable de repente, su inseguridad se acrecentó.

—Solo si quieres —añadió él, dirigiendo la mirada hacia la cama—. Sin ataduras.

Ella supo de inmediato que aquello había sido obra de Addison. Quería que superase lo de Bobby y pensaba que aquel hombre amable y de buen corazón podría ayudarla. Addison había sabido desde el principio que iba a decantarse por la historia de amor.

Se echó a reír. Rio por la osadía de Addison y por su audacia, por lo sensato y sabio que era.

—¿De qué te ríes? —preguntó Gerry, sonriente.

—¿Te ha pedido Addison que hicieras el amor conmigo?

—¡No! Dios bendito, ¡claro que no! Solo me dijo que podría venirte bien animarte un poco.

—Madre mía, ¡menudo zorro viejo está hecho!

—En fin, ¿tú que dices?

Riva se echó a reír de nuevo.

—¿Qué más puedo decir? ¡Bienvenido a mi alcoba!

El sexo no fue como con Bobby. Fue tierno, cariñoso y más cuidadoso. Fue un acto carente por completo de aquella salvaje pasión animal, un acto que no estaba impulsado por un profundo deseo de poseer ni por un anhelo descarnado de fundirse en un solo ser. Pero fue agradable, y mucho. Era obvio que él sabía lo que hacía y puso los medios necesarios para que no se quedara embarazada.

—Háblame de ti —le preguntó después, intrigada.

—Pues Yvonne, mi mujer, es francesa. Me enseñó todo lo que sé.

—¿Estás casado?

—Solo en nombre. A ella no le gustaba Inglaterra y regresó a las soleadas tierras de la Provenza después de la guerra, llevándose consigo a nuestro hijo. Su familia se dedica al negocio de la perfumería, tienen campos de lavanda cerca de Gréoux-les-Bains. Pero mi trabajo está en Londres.

—Debes de echarlos de menos.

—Echo de menos a mi hijo.

Hubo un pequeño silencio, y fue ella quien lo rompió al fin.

—Mira, solo quiero dejar claro que no quiero ataduras. No quiero que otro hombre entre en mi vida. Pero me alegro de lo que acaba de ocurrir entre nosotros, no me había dado cuenta de lo mucho que echaba de menos que me abrazaran.

—Todos necesitamos un abrazo de vez en cuando —admitió él con tristeza.

Ella tragó con fuerza y se tomó unos segundos para reflexionar antes de decir:

—No le he contado esto a nadie, ni siquiera a Addison, pero estaba embarazada de Bobby cuando él se fue. Estaba tan alterada e impactada por su desaparición que bebí demasiado y perdí al bebé.

Él le acarició la mano y susurró:

—Cuánto lo siento…

Ella parpadeó con fuerza para reprimir las lágrimas que amenazaban con caer.

—Todavía duele. Creo que fue culpa mía. El aborto. No puedo dejar de culparme a mí misma.

—Seguro que no fue culpa tuya. Yvonne también sufrió uno y leímos que suelen suceder cuando hay algún problema con el feto.

—Si lo que dices es cierto, me ayuda a sentirme un poco mejor.

—Como debe ser. No cargues con el peso de toda esa culpa, son cosas que pasan.

Riva notó que su ligero tartamudeo había desaparecido por completo, pero no dijo nada al respecto.

—Mira, si alguna vez necesitas un cambio en tu vida, quizá podría conseguirte un trabajo en el sector editorial —añadió él—. En Londres, por supuesto. De aprendiz. Es una profesión que puede ser increíblemente entretenida.

Se sentía relajada con él, disfrutaba de su compañía y era una persona con la que era muy fácil hablar. Gerry le prestaba toda su atención y eso la hacía sentir escuchada. Lo único que quería de ella era su presencia, y viceversa. Empezó a verse a sí misma a través de los ojos de aquel hombre. Jamás habría una relación amorosa entre ellos, pero quizá no fuera una idea descabellada aceptar su propuesta de ir a trabajar a Londres.

37

Malta, diciembre de 1932

En el transcurso de aquellos dos años, Riva había seguido trabajando para Addison a pesar de que Otto la llamaba de vez en cuando para pedirle que regresara a La Valeta a echarle una mano, y de los intentos por parte de Gerry de convencerla de que se trasladara a Londres. Pero Addison completó su segundo volumen en 1932 y juró que ese sería el último, Gerry regresó por última vez a Londres, y ella había llegado a un punto en el que no podía seguir ignorando el peligro creciente que corrían las mujeres jóvenes en Malta.

Tanto el *News of the World* como el *Daily Herald* publicaban artículos describiendo los «desvergonzados» clubes de Malta; *Antros infames atraen mediante engaños a trabajadoras inglesas*, se proclamaba en los titulares, para proceder entonces a explicar que a aquellas jóvenes inocentes se les prometían grandes salarios para hacerlas viajar al extranjero, lejos de la seguridad ofrecida por su Inglaterra natal. Se veían obligadas a vivir en inmundos cuchitriles con salarios míseros, y sin apenas comida. A aquellas «pobres» muchachas inglesas se les exigía que entretuvieran en privado a los marineros en supuestas «casas» que distaban mucho de ser lugares decentes. *¡Burdeles! ¡Sórdidos burdeles!*, clamaban los titulares. Los periódicos afirmaban también que los «remilgados» malteses detestaban a las muchachas y les lanzaban comida podrida por las calles. Desamparadas, sin dinero, estaban presas en una industria del entretenimiento que en realidad era una mera tapadera para la esclavitud blanca.

«Esclavitud blanca». Esas palabras resonaron alrededor del mundo.

Después de que el *Daily Malta Chronicle* publicara también varios artículos de esa índole, Otto la llamó por teléfono para pedirle que se vieran. Él seguía trabajando aún para el mismo periódico probritánico, el *Times of Malta*, y saludó con la cabeza a unos conocidos mientras el camarero del British Hotel los conducía a la habitual mesa situada junto a la ventana.

Una vez que estuvieron acomodados y concluyeron los saludos de rigor, él le pasó un ejemplar del *Daily Malta Chronicle* por encima de la mesa.

—Los ánimos se están caldeando en la isla, mira esto.

—¡Vaya! Los malteses están furiosos —dijo ella, al leer el artículo.

—Están que echan chispas, y con razón. Que yo sepa, aquí no se le ha lanzado comida a ninguna de las chicas.

—A mí no me ha pasado nunca, menuda ridiculez.

Él le contó que ya había publicado un artículo donde se pedía la dimisión del ministro que estaba al mando de la policía.

—Sigue en el cargo, por supuesto —añadió—. Pero el *Chronicle* está exigiendo que se lleve a cabo una investigación y se rumorea que el ministro ha accedido.

—Eso es algo positivo, ¿no?

Él hizo una mueca que parecía indicar que no lo tenía tan claro.

—Podría serlo, depende de si esa investigación termina siendo un mero lavado de imagen.

—¿Crees que la cosa irá por ahí? —preguntó ella.

—Sí, la verdad. Todo el mundo está preocupado. Creen que las repercusiones del «escándalo de los cabarés» destruirán el buen nombre de Malta, que los turistas que tanto necesitamos optarán por no venir. Es probable que la investigación encubra la realidad de los hechos.

—Ojalá pudiera ayudar en algo.

—Puedes hacerlo. Trabajaste como bailarina en Strait Street. Podríamos elaborar juntos una serie de artículos sobre lo que está ocurriendo aquí realmente, para que la policía esté alerta y no pueda ignorar el asunto. ¿Estarías dispuesta a trabajar conmigo con más regularidad?

—¿En calidad de qué?

Él esbozó una gran sonrisa, se le veía bastante satisfecho de sí mismo.

—El puesto no sería nada del otro mundo. Trabajarías como mi asistente autónoma.

—Me parece un buen plan —afirmó ella, sonriente.

Lo malo era que hacía tiempo que había dejado su trabajo de bailarina en Strait Street, y no sabía si alguno de sus viejos contactos seguiría allí. Decidió tener una breve charla con su viejo amigo Tommy-O.

Al verla acercarse por la semivacía sala del Evening Star, Tommy dio unas palmaditas en el taburete de cuero que tenía al lado y ella besó su empolvada mejilla antes de sentarse. Se preocupó al ver lo avejentado y cansado que estaba. El local no había cambiado en nada: las mismas paredes espejadas, la misma decoración en tonos carmesíes y dorados, las luces de gas como única fuente de iluminación, el olor a perfume barato y cerveza rancia.

—No sabía si aún seguirías aquí.

—Pues, como puedes ver, aquí estoy. Pero no esperaba verte, pensaba que estabas trabajando para el artista más famoso de nuestra isla.

—Así era.

—¿Has visto lo que se publica en los periódicos?

—¿Y quién no? Por eso he venido. —Bajó la voz—. Otto, del *Times*, quiere que le ayude. Tú conoces a todo el mundo en esta isla, ¿podrías conseguirme un encuentro con el jefe de policía? En secreto, claro.

Él hinchó las mejillas y soltó el aire antes de contestar.

—Puedo intentarlo, pero no será fácil. La policía y la Iglesia están investigando el escándalo, pero han tomado el camino equivocado.

—¿Por qué?

—Las chicas que corren peligro no son inglesas. Incluso en los años veinte eran casi todas italianas y francesas, como tú misma. Ahora son húngaras en su mayoría, no inglesas. Pregunta en cualquier bar, en los *tabarins*, en los clubes. Es lo mismo en todas partes.

—Aunque no sean británicas, se las explota y prostituye.

—Sí, pero la cuestión no es esa. Según los artículos, son las inglesas las que han sufrido ese trato. La investigación demostrará sin ningún problema que eso no es cierto.

Gianni llegó en ese momento y se limitó a saludarla con un escueto asentimiento de cabeza. No la había perdonado todavía por haber dejado el trabajo de buenas a primeras.

Tommy le cubrió la mano con la suya y dijo con semblante serio:

—Ten cuidado, Riva.

Varios días después estaba sentada en uno de los bancos de los jardines con vistas al océano, esperando a alguien. No sabía de quién se trataba exactamente. Tommy le había mandado un mensaje donde le decía que estuviera allí a las diez, pero que no bajara la guardia. Eran las diez y media y estaba a punto de levantarse cuando vio que se acercaba un hombre con gafas, observó con atención sus medidos movimientos antes de centrarse en su rostro. Su pelo, de un herrumbroso color rojizo, empezaba a escasear; tenía una cara alargada y una barbilla puntiaguda, parecía un depredador de pequeños animales…, una comadreja de ojos astutos, quizá. Daba la impresión de que iba a mostrar los dientes de un momento a otro.

La saludó con una pequeña inclinación.

—¿Señorita Janvier?

Ella asintió.

—Hay alguien que desea hablar con usted, ¿podría acompañarme?

—¿Es usted policía?

—Sí. Nada de nombres, por favor. No queremos problemas. ¿Me explico?

—Sí. —Intentó aparentar indiferencia, aunque no estaba segura de haberle entendido. ¿No querían problemas? ¿Por parte de quién? ¿De ella? ¿De él?

—No sé si sabe que se está hablando de una posible retirada de la Constitución. Si eso ocurriera, la isla volvería a ser una colonia de la Corona británica, y todo el mundo preferiría evitar ese desenlace.

Riva lo siguió hasta el centro de la ciudad, pero su inquietud se acrecentó cuando enfilaron por una calle secundaria.

—¿Estamos yendo a la estación de policía por una ruta alternativa?

Él se echó a reír.

—Los asuntos delicados no suelen tratarse allí. Ah, ya hemos llegado.

El individuo sacó una llave, abrió una pesada puerta de madera y la instó a entrar; después de subir por una escalera de piedra, la condujo hasta una habitación situada en la parte posterior del edificio. Llamó a la puerta, entró sin esperar respuesta y sujetó la puerta mientras ella entraba a su vez.

Riva recorrió la sala con la mirada. Las tablas del suelo estaban bien abrillantadas, las paredes eran de color crema y estaban llenas de cuadros de animales salvajes.

Había un hombre delgado mirando por la ventana, de espaldas a ellos.

—Señor —dijo el individuo que la había llevado hasta allí.

El hombre se giró… y en ese preciso instante se oyó una tos. Riva dio media vuelta como una exhalación al darse cuenta de que había otro hombre junto a la puerta.

—Señorita Janvier.

Se le encogió el estómago al reconocer al instante al hombre de pelo canoso que sostenía un bastón de paseo. Stanley Lucas.

—Volvemos a vernos —añadió él. Una pequeña sonrisa asomó a sus labios—. Qué delicia.

Ella se llevó las manos a las caderas.

—Creía que se había marchado de la isla.

Él hizo un gesto con la mano para indicarles a los otros dos hombres que se fueran, y obedecieron de inmediato.

—Pasé un tiempo fuera. Quizá sepa que la policía determinó mi inocencia ante aquellas injuriosas acusaciones de fraude.

—¿Eran acaso policías corruptos sobornados por usted?

Él se echó a reír.

—Me gusta su sentido del humor. La cuestión es que se me declaró inocente. Si usted tiene pruebas que demuestren lo contrario, preséntelas.

Riva inhaló profundamente antes de hablar. No estaba segura y, aun así, lo soltó sin más.

—Le vi.

Él desvió por un momento la mirada, como si aquello lo hubiera tomado desprevenido.

—No la entiendo.

—Lo vi con jovencitas. La chica rusa, Anya, por ejemplo. —Observó con atención su reacción, y entonces ladeó ligeramente la cabeza—. ¿La policía también le declaró inocente de asesinato?

Él se enfadó visiblemente y la fulminó con la mirada.

—Me parece que es usted bastante fantasiosa, señorita Janvier. En el pasado se eliminaba a las mujeres por mucho menos.

—¿Fue eso lo que le pasó a su esposa?

—¡Ariadne murió! —Su rostro enrojeció de golpe antes de adquirir un tono violáceo.

Hubo un largo silencio mientras él le daba la espalda y encendía un cigarrillo, y Riva no supo qué hacer en esos momentos. ¿Debería marcharse? ¿Era mejor permanecer allí?

Antes de que terminara de decidirse, él se volvió de nuevo a mirarla. Era obvio que había recobrado la compostura.

—En fin, la cuestión es que tengo mi hogar aquí, al igual que usted. Soy coleccionista.

—¿De qué?

—De *objets d'art*.

«Y de gente», pensó ella para sus adentros.

Él señaló con un vago gesto de la mano hacia las vitrinas que había tras su escritorio, que contenían una serie de ornamentos, y Riva se quedó helada al dirigir la mirada en aquella dirección. Tras el cristal, colocadas en fila entre los demás ornamentos de uno de los estantes, había unas muñecas de madera…, las antiguas y únicas muñecas rusas de Anya.

La voz de la chica resonó en su mente: «Muñecas *matrioshkas*. Madre tiene hija dentro, hija tiene otra hija dentro. Muchas. Todas juntas. Así es la vida».

Se quedó mirando la más grande de todas (la mujer que sostenía un gallo negro bajo el brazo, el amarillo y el rosa estaban un poco difuminados en algunas zonas) y se sintió descompuesta.

—Tengo entendido que está interesada en la investigación relativa a esas impactantes acusaciones publicadas en los periódicos, las que hablan de un supuesto tráfico de personas.

Él estaba hablando, pero Riva tan solo podía pensar en que debía marcharse de allí cuanto antes. Inhaló profundamente y se esforzó por dar una respuesta coherente.

—Sí, por supuesto que lo estoy. De ser ciertas, son terribles. —Oyó cómo temblaba su propia voz.

—Y le gustaría averiguar la verdad, como es natural. Sin embargo, tanto para el Gobierno británico como para todos los que vivimos aquí, en Malta, es sumamente importante que este asunto se resuelva de la forma más rápida y justa posible.

—Sí, claro. —El corazón le martilleaba en el pecho.

—En estas circunstancias, sería sensato por su parte dejar en paz el tema y no intentar retrasar las cosas.

—¿Sensato? —Fue todo cuanto alcanzó a decir.

—Bueno, usted es una joven atractiva. Y ya sabe que…

Riva sintió que le hormigueaba la piel, pero no se dejó amilanar. Se respiraba un ambiente opresivo, hacía un calor asfixiante y el aire estaba cargado de humo de tabaco.

—No respondo bien a las amenazas, señor Lucas.

—No es una amenaza, considéreme una persona que desea su bien. Hay individuos muy turbios involucrados en esto, no me gustaría que saliera lastimada. Deje el asunto en manos de la policía, harán un buen trabajo. Según tengo entendido, el informe de la investigación se presentará en febrero. Falta poco.

A pesar del miedo que la atenazaba, encontró el valor necesario para plantarle cara. Sabía que aquella podría ser su única oportunidad.

—¿Cuál es su papel en todo esto, señor Lucas?

Él frunció el ceño, alzó las manos y se encogió de hombros. Estaba visiblemente sorprendido.

—Ninguno, lo que sí que tengo es un negocio. Estamos construyendo una cadena de hoteles. Un proyecto de primera. Restaurantes, casinos, pistas de tenis, piscinas. Ya me entiende. Cuando los militares se vayan, nuestro futuro estará en el turismo. Todos queremos limpiar esta mancha que perjudica a la reputación de Malta.

Era un hombre peligroso y, aun así, ella fue incapaz de ocultar el desdén que sentía hacia él.

—Y usted es quien va a encargarse de ello.

—Si supiera lo que es la pobreza, la de verdad, lo comprendería. No permitiré que destruya lo que he construido.

—¿Qué pobreza? ¿De qué está hablando?

Él sacudió la cabeza, claramente agitado.

—Soy húngaro. Mis padres eran pobres y los mató la gripe española, me convertí en un huérfano sin hogar.

Por un instante, estuvo a punto de sentir lástima por él.

—Habla con acento británico.

—Uno debe adaptarse a las circunstancias. —Esbozó una fría sonrisa.

—¿Cuál es su verdadero nombre?

—Me llamaba Lukáč. Zoltán Lukáč.

—Así que no es Stanley Lucas. ¿Por qué me lo dice ahora?

—Su amigo del *Times* ya lo sabe. Pero yo no soy el único que usa un nombre falso, ¿verdad? Cuídese, señorita Janvier.

—¿Tengo libertad para marcharme?

Él esbozó una sonrisa.

—Por supuesto. Le deseo lo mejor.

Riva se fue de allí con el corazón latiéndole desbocado.

Al regresar a Mdina, redactó a grandes trazos un artículo para Otto donde refutaba por un lado lo que decían los periódicos ingleses sobre abusos a jóvenes inglesas y, por el otro, afirmaba que era un problema real que afectaba a chicas de otras nacionalidades. La policía estaba entrevistando a todas las jóvenes que trabajaban no solo en Strait Street, sino en otras zonas. Algo era algo. Decidió que su próximo paso sería hablar con las autoridades eclesiásticas, sabía que estaban deseosas de erradicar la inmoralidad que moraba en la isla. No iba a permitir que tipejos como Stanley Lucas salieran victoriosos. Podía amenazarla tanto como le diera la gana, pero ella no iba a achantarse.

38

Riva estaba sentada en la terraza de Addison bajo un cielo repleto de densas nubes que tapaban la luna y las estrellas, conversando con él y quejándose amargamente de los mandamases eclesiásticos. Había ido a hablar con ellos y se habían negado a admitir que existiera una explotación. Alegaban que el problema estaba en la inmoralidad de las mujeres, quienes, según su modo de ver, debían ser subyugadas; según ellos, había que mantenerlas dóciles y deferentes porque, de no ser así, el tejido social se destruiría.

—No dijo abiertamente que hay que mantenerlas en la ignorancia para evitar que emerja el diablo que llevan dentro, pero fue lo que dio a entender —dijo, indignada.

Addison suspiró pesaroso.

—Qué horror. Que a estas alturas haya gente con esa mentalidad…

—Son los condenados prejuicios. Todos, del primero al último, saben lo que está pasando. Pero nadie se atreve a lidiar con ello, nadie está dispuesto a ayudar.

—La investigación también culpará a las mujeres, ya lo verás. No analizarán cómo han contribuido a la explotación el Gobierno colonial británico y la presencia de tanto personal militar.

—No sé qué hacer —admitió ella—. No hacen ni caso a los artículos de Otto, no se me ocurre con quién más podría hablar. Estaba pensando en organizar una reunión.

—¿De qué clase?

—Una abierta, para señalar la hipocresía. Y para impulsar también una campaña exigiendo que se actúe de inmediato para garantizar la seguridad de las chicas.

—Ten cuidado, Riva. No quiero que te encuentren muerta en algún callejón.

A comienzos de 1933, a pesar de las advertencias de Addison, Riva puso en práctica su idea y organizó la reunión en una sala cercana a Strait Street. Paseó de acá para allá con nerviosismo mientras esperaba a que llegara la gente, se sentía expuesta y, al mismo tiempo, temía que no acudiera nadie. Al final fueron llegando algunas feligresas de la iglesia, portando pancartas donde se pedía que se pusiera fin a la prostitución. No era el ángulo ni el enfoque que ella buscaba, pero logró convencerlas de que se sentaran alegando que se tratarían todos los temas a su debido tiempo.

Se sintió complacida al ver entrar a varias chicas que se sentaron al fondo, llevaban el pelo cubierto y no apartaban la mirada de la puerta lateral. Ella volvía a lucir su lustrosa cabellera pelirroja, que caía ondulante sobre sus hombros; hacía mucho que había dejado de teñirse el pelo de negro para proteger su verdadera identidad. Cuando dio la impresión de que no iba a llegar nadie más, tomó la palabra y habló con apasionada convicción en defensa de los derechos humanos y en contra de la violación de dichos derechos, sostuvo que había que poner fin a la explotación de muchachas traídas de países extranjeros. Habló de su propia experiencia como bailarina y, sin dar nombres, les contó el caso de Anya.

—¡Ya es hora de que las autoridades se tomen en serio este asunto! —afirmó hacia el final de su intervención—. ¿Cuánto tiempo más tendremos que esperar a que se tomen medidas que ayuden realmente a estas chicas? Por favor, firmad la petición que podéis ver en esa mesa de ahí, y decidles a vuestras amistades que celebraré otra reunión como esta la semana que viene a la misma hora. Si conseguimos reunir firmas suficientes, se las entregaré al jefe de policía. El ministro no podrá ignorar nuestras peticiones, hay que implementar más controles de seguridad.

Miró hacia la puerta principal y vio entrar a un grupo de hombres que se quedaron al fondo de la sala con los pies separados y los brazos cruzados. Se le aceleró el corazón, una muda amenaza flotaba en el ambiente. Al principio no pasó nada, así que siguió hablando. Ese fue su error.

Todo empezó con el runrún de unos murmullos que fueron ganando intensidad hasta convertirse en una especie de letanía cada vez más fuerte. No alcanzó a descifrar las palabras, pero el mensaje era claramente amenazante. Se quedó atónita al darse cuenta de que salían de boca de las mujeres, quienes las repetían una y otra vez con semblante inexpresivo.

No podía creerlo, ¿acaso no se daban cuenta de que estaba intentando ayudarlas?

Poco después, todas ellas ocultaron su rostro y se marcharon por la puerta lateral. Habían cumplido con su tarea.

La atenazó el miedo, pero no cedió en su empeño. Miró a los hombres y les dijo con firmeza:

—¡No quiero discutir con vosotros!

Ellos respondieron con risas burlonas y pedorretas.

—¡Vete a tu país, franchuta! —gritó uno.

Ella no dio su brazo a torcer y siguió hablando, intentando hacerse oír por encima de los comentarios burlones y los silbidos. Se dijo a sí misma que terminarían por calmarse, pero no fue así y siguieron armando barullo. Sus voces fueron volviéndose más agresivas mientras proferían insultos cada vez peores... «¡Zorra! ¡Puta!». Vio sus rostros distorsionados por la furia mientras repetían una y otra vez aquella cantinela. «¡Zorra! ¡Puta! ¡Zorra! ¡Puta!». Aunque temblaba por dentro, no estaba dispuesta a permitir que aquella agresión la detuviera y alzó una mano para pedir silencio. Vio a un policía parado de brazos cruzados a cierta distancia de los hombres, ¿intervendría para poner orden?

No lo hizo.

Ella miró alrededor mientras los gritos continuaban. «¡Zorra! ¡Ramera! ¡Puta! ¡Puta! ¡Zorra! ¡Puta!».

—¡Frígida de mierda! ¡Tengo claro lo que le haría, chicos! —gritó uno, provocando las risotadas de aprobación de los demás.

Fue entonces cuando dirigió la mirada hacia la puerta lateral, consciente de que iba a tener que salir corriendo de allí antes de que recurrieran a la violencia física. Tendría que haberse marchado antes de que la situación llegara a ese punto.

Alguien le lanzó algo. No la alcanzó, pero las feligresas que estaban sentadas en las sillas de delante y que habían permanecido allí, pasmadas y enmudecidas, gritaron y agacharon la cabeza ante una súbita lluvia de piedras.

—¡Considéralo una advertencia! —gritó alguien. Soltó una carcajada al ver que una de las piedras la golpeaba en la mejilla—. ¡La próxima vez serán balas, señoritinga!

Los tipos se dieron por satisfechos y, felicitándose unos a otros con palmaditas en la espalda, se marcharon por fin.

Temblando de pies a cabeza, Riva sintió que un hilo de sangre le bajaba por la mejilla y dio por terminada la reunión sin miramientos. Nadie había prestado atención a sus palabras. Ni las feligresas, ni las chicas, ni los hombres. Nadie. Pero ¿qué esperaba?

La noche, negra y densa, ya había caído para cuando Riva se apeó de un taxi frente a la casa de Addison y caminó hacia la puerta. Oyó un sonido a su espalda y recordó las palabras de Otto: «La isla es preciosa, pero hay una corriente sumergida que pasa de lleno por Strait Street». No estaba en La Valeta, aquello era Mdina, pero la recorrió un ominoso hormigueo y se detuvo en seco, atenazada por un miedo visceral. Silencio. ¿Habría alguien agazapado entre las sombras, esperándola? La sensación de advertencia se acentuó aún más y miró alrededor, pero no vio nada. Quienquiera que fuese, no estaba a la vista. Echó a andar de nuevo, y al oír el runrún de un motor dedujo que no era más que alguien que se iba de Mdina; alguno de los habitantes de la ciudad, seguramente. Nada siniestro, habían sido meras imaginaciones suyas.

Al cabo de un rato estaba sentada a solas en la terraza de Addison, quien había ido a por una segunda botella de vino. No podía dejar de pensar en la conversación que había mantenido con Lucas y, en aquel momento de desánimo y desaliento, la asaltaron los recuerdos del pasado…, pero no fue la época compartida con Bobby la que le vino a la mente. No, sus pensamientos la llevaron de vuelta a París, su ciudad natal y el lugar donde, cerca de ocho años atrás y sin pensárselo dos veces, había hecho la maleta y había huido de casa. Pensó en su hermana Claudette y en lo mucho que la echaba de menos, y pensó también en sus padres; aunque no había encajado jamás ni se había sentido integrada en la familia, no podía acallar del todo la llamada de su hogar natal.

Alzó la mirada al oír que Addison regresaba con la botella.

—¿Tienes un suministro inagotable de alcohol?

—Algo así —admitió él, con una carcajada que logró hacerla sonreír—. He estado pensando que no sería mala idea que aceptaras la propuesta de Gerry de trabajar en Londres. —Alzó la mano al ver que iba a interrumpirlo—. Seguirás teniendo aquí tu apartamento para las vacaciones o si cambias de idea y decides regresar de allí. Te echaría de menos, por supuesto, pero has hecho todo lo que has podido.

—¿Todo?

—No lo sé, pero piénsate lo que te he dicho. Por favor, piénsatelo al menos. Me preocupa tu seguridad.

—Está bien. Gracias por pensar en mi bienestar.

—Sabes que te tengo mucho afecto.

—Creo que voy a acostarme ya, si te parece bien. Estoy muerta de cansancio.

Estaba dando media vuelta cuando su mirada se dirigió hacia la oscuridad y los faros de un coche le llamaron la atención. Dio la impresión de que el vehículo se acercaba con cautela, pero terminó por esfumarse. No le dio mayor importancia, bajó a su propio apartamento y olvidó el asunto. Ni siquiera se desvistió. Se metió en la cama, apagó la luz y el dormitorio quedó sumido en la oscuridad. Se quedó dormida al instante, pero unos frenéticos golpes en la puerta del apartamento la despertaron poco después.

Agarró la bata a toda prisa y salió a ver qué pasaba. La puerta estaba abierta y Addison estaba en el umbral, acompañado de un policía.

—¿Qué pasa? —preguntó con apremio.

—Otto, está herido —contestó él.

—¿Un accidente?

—No, le han agredido. Quiere verte.

Otto permaneció una semana en el hospital. Tenía varias costillas rotas y conmoción cerebral, no recordaba casi nada de lo sucedido. Cuando le dieron el alta, ella fue a visitarlo a su casa y se quedó haciéndole compañía.

—Así no estás solo. —Lo dijo sonriente para explicar su presencia allí, pero ya había encargado que le instalaran unos cerrojos más seguros en la puerta—. ¿No viste quién fue? —preguntó entonces, con la esperanza de que hubiera recordado algo.

—No, estaba demasiado oscuro. Creo que había más de uno.

—¿Dijeron algo?

—Me amenazaron diciendo que me harían algo peor, y a ti también. Es lo único que recuerdo.

—¿Crees que los mandó Stanley Lucas?

Él se encogió de hombros.

El informe de la investigación se presentó una semana después y, tal y como había vaticinado Addison, se centraba en la inmoralidad de las extranjeras. Por desgracia, eso alimentó aún más el sentimiento xenófobo que iba arraigando en la isla. Aprovechar los miedos subyacentes de la gente era una estrategia tan hábil como fácil. Era como un volcán que acumulaba mucho odio latente, que Dios se apiadara de ellos si llegaba a entrar en erupción alguna vez.

Según clamaron los titulares, eran las mujeres las culpables.

La solución que se proponía en el informe consistía en denunciar a las jóvenes corruptas y obligarlas a cargar con el peso de la culpa, en vez de afrontar el impacto que había tenido el Gobierno británico en la sociedad maltesa. Y las autoridades militares británicas, en vez de analizar su propia responsabilidad en todo aquello, se centraron en la amenaza que las enfermedades de transmisión sexual suponían para sus tropas.

Los titulares de los periódicos anunciaban que ninguna chica británica había sido víctima de aquella explotación, e ignoraban por completo a las demás.

Se negó tajantemente la existencia de una esclavitud blanca. Todas las chicas entrevistadas (tanto camareras como artistas de cabaré, la mayoría de ellas extranjeras) habían llegado a Malta por voluntad propia y ninguna de ellas había sido prostituida. Cualquiera que leyera el informe o los periódicos llegaría a la conclusión de que en Malta no existía la prostitución ni se explotaba a las mujeres.

Riva presentó una solicitud para entrevistarse con un ministro de la Tesorería. Le fue denegada. Escribió una carta al ministro a cargo de la Policía y la Seguridad Nacional. No obtuvo respuesta. Ni en La Valeta ni en Londres había una sola persona con autoridad en el Gobierno de Malta dispuesta a hablar del tema. Como Otto no estaba en condiciones de trabajar, redactó ella misma un artículo donde condenaba las conclusiones a las que había llegado la investigación, pero nadie quiso publicarlo.

Quedó a tomar un café con Tommy-O y este se encogió de hombros, se lamentó de lo que ocurría en el ámbito político y le aconsejó que no fuera más allá en el asunto del tráfico de personas.

—La cosa se está volviendo más peligrosa, cielo. Con todo ese barullo, lo que han conseguido es que la prostitución se vuelva más clandestina aún. Las chicas no se atreven a hablar, los criminales que las controlan las mantienen endeudadas. Todo sigue igual.

—¿Jamás estarán dispuestas a aportar pruebas? —preguntó ella, con un pesaroso suspiro.

—No, de eso se encargan los traficantes con sus amenazas. Y los agentes, con sus ofertas de habitaciones a precios abusivos; y las matronas que «prestan» joyas y ropa a las chicas. Todo ello sirve para mantenerlas atrapadas.

—Si ellas no pueden hablar, ¿cuál es la solución?

—Legalizar la industria. Conceder autorizaciones a las prostitutas y a los burdeles, y sacarlos de La Valeta.

A ella no le pareció una idea nada descabellada.

—En serio, Riva, creo que deberías dejar este asunto por tu propia seguridad.

* * *

La investigación cayó rápidamente en el olvido debido al furor generado por la decisión de que Malta volviera a ser una colonia de la Corona a todos los efectos. El poder volvía a estar en manos del gobernador, como en 1813. Había habido una concesión de autogobierno en 1921, y la política maltesa se había vuelto más diversa y complicada en el transcurso de la década posterior a dicha concesión por parte de los británicos. El nacionalismo maltés había florecido y muchos de sus defensores trabajaban para alcanzar la verdadera independencia en el futuro, pero la decisión que acababa de tomarse suponía un gran paso atrás en muchos aspectos y los ánimos estaban muy encendidos.

El día en que se hizo público el anuncio, Riva se cruzó por la calle con Stanley Lucas, quien le lanzó una mirada socarrona. «¿Lo ves, jovencita? No hay nada que puedas hacer».

Sí, ella sabía que no podía hacer nada en lo que a él se refería, al menos de momento. Y aceptaba que debía dar un paso atrás y seguir adelante con su vida. Quizá no llegara a saber nunca lo que les había ocurrido a Anya y a las otras chicas que habían muerto o desaparecido, pero haría lo que pudiera por ayudar a Otto a mejorar las condiciones de vida de las que todavía estaban allí.

Pero entonces la investigación, la situación de Malta como colonia de la Corona y todo lo demás pasó a un segundo plano porque, a finales de la década, se estaba fraguando un conflicto de otra índole. La clase de conflicto que nadie podía creer que fuera a repetirse de nuevo.

39

FLORENCE

Sicilia, 1946

Florence y Jack estaban de vuelta en la isla de Sicilia. Tras apearse de un taxi bajo un sol de justicia, con el tañido de unas campanas como sonido de fondo, contemplaron la granja que tenían delante. La valla era de color ocre, y estaba rodeada de campos de cultivo abiertos y de zonas cubiertas de vegetación silvestre. Florence estaba encantada de haberse marchado de Lípari. Desde que Jack había admitido lo que sentía por ella y habían compartido aquel beso, había surgido entre ellos una sensación expectante que había ido intensificándose cada vez más.

Abrió la puerta de madera y entraron en un patio. Las losas de piedra del suelo tenían un precioso color arena, y el sol dibujaba en ellas franjas doradas.

—Piedra caliza.

Florence se volvió de golpe al oír aquella voz a su espalda. Un hombre bajito y muy delgado se acercaba sonriente a ellos con los brazos abiertos.

—Procedente de aquí mismo, de Sicilia. De los montes Ibleos. ¡Bienvenido, Jack!

Los dos se estrecharon la mano, y Jack se volvió entonces hacia ella.

—Te presento a Florence.

El hombre sonrió y la besó en ambas mejillas. Mientras ella contemplaba los exuberantes bambúes que crecían en enormes macetas de terracota y las plantas cargadas de flores que caían en cascada desde una ventana superior, Edward explicó que los dos «salones» comunes o salas de estar daban al patio.

—Usad la que queráis, como si fuera vuestra. Gloria y yo vivimos solos aquí. Y allí hay una piscina. Bueno, en realidad es un estanque, pero podéis mojaros los pies en el agua. Los peces no muerden.

Florence exhaló un suspiro de placer cuando entraron en la casa y Edward los condujo a un dormitorio de techo alto con una araña de luces. Las paredes eran de un pálido tono azul, unas cortinas de lino de color crema enmarcaban dos descoloridas puertas azules, las dos ventanas tenían diáfanas cortinillas de gasa recogidas a ambos lados. Dirigió la mirada hacia el paisaje de colinas doradas, era un alivio haber dejado atrás el palacio de Lípari y la inquietante atmósfera que se respiraba allí.

—Gloria es mi sobrina, es diseñadora de interiores —dijo Edward—. Venid a conocerla.

Varios minutos después estaban saludando a una mujer alta y elegante. Iba enfundada en un caftán rosa y naranja que ondeaba a su paso, su cabello rubio caía en una lisa cascada hasta la cintura y tenía unos ojos de un intenso azul eléctrico.

—Queremos vivir de forma sostenible —les dijo ella en un momento dado—. Todo va a un ritmo más pausado aquí. Es un placer conoceros.

—¿Tenéis huerto? —preguntó Florence.

—Sí. Berenjenas, pimientos, calabacines, melones, cebollas y fresas.

—Yo cultivaba todo eso en Francia.

—Bueno, este es nuestro primer año —dijo Gloria—. Con la guerra...

—¿Sufristeis muchos daños?

—Algunos.

—¿Vivís aquí todo el año?

Gloria suspiró, la tomó del codo y la condujo hacia otra descolorida puerta azul con paneles de cristal que daba a un pequeño patio. Unas palmeras proporcionaban algo de sombra, el aire vibraba con el zumbido de las abejas y el canto de los pájaros. Aquel lugar era muy distinto a Francia y a Inglaterra, parecía tener influencias árabes. Buganvillas trepaban por las paredes de piedra, tres pequeños helechos crecían en baldes de cerámica y había dos sillones de mimbre, una mesa de pequeño tamaño, un diván y un limonero.

311

—Este patio es vuestro —le dijo—. Esa puerta de ahí da directamente a vuestro dormitorio.

Florence miró a Jack y esperó a ver si decía que necesitaban dos habitaciones, pero permaneció callado.

Disfrutaron de una cena ligera acompañada de un vino tinto de la región, y se fueron a dormir temprano alegando cansancio. Florence fue la primera en asearse en el cuarto de baño privado del dormitorio, iluminado tan solo por la luz de unas velas; Jack se aseó también una vez que ella terminó, y apagó después la lámpara de aceite que daba luz al dormitorio. Y entonces yacieron en silencio entre las impolutas sábanas blancas bajo el ventilador del techo, con el tintineo de la fuente como sonido de fondo y un suave olor a tomillo entrando por la ventana abierta. Estaban a finales de verano, pero todavía hacía calor.

Florence jamás había sentido nada parecido. Alargó una mano para tocar su piel desnuda con la yema de los dedos, notó en su propio cuerpo el estremecimiento que lo recorrió y le oyó inhalar aire de golpe. Giró la cabeza para mirarlo. Hacía mucho que anhelaba tenerlo así, tumbado a su lado, pero solo alcanzaba a ver la silueta de su perfil. Se obligó a esperar, ahora ya tenía la certeza de que él la deseaba. Y también tenía la certeza de estar preparada, a pesar de que tiempo atrás le preocupaba no poder mantener relaciones íntimas con un hombre debido a la violación. Ahora estaba en ese delicioso momento de espera previo a que ocurriera algo, pero con la total certeza de que no iba a llevarse una decepción. Trazó el musculoso contorno de los brazos de Jack y entonces giró hasta quedar tumbada de lado, mirándolo en la oscuridad.

Él la besó con una delicadeza que fue ganando intensidad, y entonces se apartó ligeramente y preguntó:

—¿Estás segura?

—¿Necesitas preguntarlo? —Soltó una pequeña carcajada.

Él le acarició el cuello, los pechos, los muslos… Deslizaba los dedos por su piel con delicadeza, con una ternura infinita.

—Jack, no voy a romperme en pedacitos —le dijo. A pesar de la oscuridad, notó que él esbozaba una sonrisa—. He superado lo que me pasó. De verdad.

Después de tan larga espera, Florence esperaba que el encuentro fuera rápido y breve, pero no fue así. Hubo interludios de un goce inimaginable en los que ambos se tomaron su tiempo, y otros en los que las lágrimas le humedecieron las mejillas y sintió que la abrasaba el calor que emanaba de él. Le besó las muñecas y notó el golpeteo de su pulso; maravillada al sentir contra los labios los latidos de su corazón, se dejó llevar por completo. Hacía mucho que se preguntaba cómo sería Jack en ese sentido, y ahora lo sabía. Inmersa por completo en él, tenía el corazón tan acelerado que pensó que iba a salírsele del pecho. Fue una experiencia maravillosa, mágica, y él la satisfizo en todos los sentidos.

A la hora del desayuno, se tomaron de la mano bajo la mesa mientras el blanco mantel ondeaba con suavidad bajo la brisa. En un momento dado, él se levantó a liberar a una mariposa que había quedado atrapada entre los pliegues de las cortinillas de gasa. Fascinada, como inmersa en un sueño, le vio sostener al animalillo entre las manos con suma delicadeza y liberarlo en el jardín.

Gloria les llevó café recién hecho y unas pastas caseras, además de queso elaborado en la zona y pan. Se dio cuenta de que se le había olvidado el zumo de naranja y Jack se levantó para ir a buscarlo, pero ella le indicó con un gesto que volviera a sentarse y regresó poco después con la jarra.

Al cabo de un rato, Florence y Jack salieron a dar un paseo por una zona rocosa poblada de matorrales que se alzaba sobre un profundo valle. Desde allí se veían las cuevas que salpicaban las paredes de los acantilados, y ella comentó con ironía:

—No creo que me acerque a ninguna cueva por el momento.

Él se echó a reír y la atrajo contra sí.

Un poco más adelante vieron ondulantes zonas boscosas y escarpadas colinas.

—Podemos ir a Noto, si quieres —propuso él—. Según me ha dicho Edward, es un laberinto de edificios de color miel. He pensado que te gustaría.

—¿Vais a reuniros hoy para hablar de trabajo?

—Después de comer.

—¿La granja es suya, o es Gloria la dueña? Ella no me contestó cuando le pregunté si vivía aquí todo el año.

—Me parece que ella vive en Nueva York y pasa temporadas aquí. Está labrándose un nombre en el mundo del diseño…, bueno, así era al menos antes de la guerra. Este lugar es su último proyecto.

Mientras él se reunía con Edward, Florence aprovechó para echar una siesta…, o para disfrutar de un *buon riposo*, como dirían allí. Pasó una delicia de hora medio dormida, medio despierta, oyendo sonidos como en la lejanía, felizmente sumida en sus ensoñaciones mientras el mundo seguía su curso. Pero entonces le vino a la mente Hélène y, una tras otra, fueron emergiendo escenas de su vida en el Dordoña y no pudo evitar ir reviviendo cada uno de aquellos momentos. Se vio ascendiendo por las colinas con sus hermanas antes de que se disipara la niebla de primera hora de la mañana; se vio cuidando de sus queridas cabras; se vio nadando con Hélène, quien siempre había sido como una madre para ella. Se consideraba a sí misma una buena persona, pero… ¡Ay, Dios! Amaba a Jack, le amaba de todo corazón y él la amaba a su vez, pero Hélène era su propia hermana y la quería también y le preocupaba cómo reaccionaría al enterarse. Siguió dándole vueltas y más vueltas al preocupante asunto. Sentía que había obrado mal, que le había fallado a su hermana y, cuanto más ahondaba en esos sentimientos, peor le parecía el daño causado a su relación con Hélène.

En las postrimerías de la tarde, cuando Jack regresó a su lado y la miró con aquellos preciosos ojos verdes y una expresión mucho más relajada que antes, se sintió mejor solo con verlo. Era una mujer que estaba creciendo y experimentando cambios, y sabía que eso conllevaba enfrentarse a situaciones difíciles. Todo saldría bien con Hélène, se aseguró a sí misma; sí, todo tendría que encajar en su sitio al final. Aquella relación nueva y distinta que tenía con Jack era muy frágil todavía, empezaban apenas a descubrirse el uno al otro. No quería que nada estropeara eso.

—¿Estás bien? —le preguntó él—. Después de lo de anoche.

—Estoy de maravilla —le aseguró ella con una sonrisa—. Aunque no puedo evitar pensar en Hélène.

—Tu hermana encontrará la felicidad, Florence, ya lo verás. Es una buena persona.

Ella asintió y rezó para que así fuera.

—Edward ha decidido postergar los trabajos de restauración del palacio de Lípari, pero me ha pasado el contacto de una persona de Malta que podría necesitar que le eche una mano. Sufrieron un machaque terrible durante el Gran Asedio.

—¿De quién se trata?

—Alguien que trabaja en uno de los departamentos gubernamentales que se encargan de la reconstrucción. Por lo que me ha dicho Edward, la destrucción es incluso peor que en Palermo.

—Cuesta imaginarlo, ¿verdad?

—Cabe preguntarse cómo habrá afectado a Rosalie, si es que todavía sigue allí. —Jack suspiró pesaroso—. Como ya te comenté, Malta tiene un gran valor estratégico como colonia de la Corona británica.

—Sí, dijiste que había sufrido terribles bombardeos aéreos.

Él tomó su mano y le dio un ligero apretón.

—Lo que estoy intentando decir es que existe la posibilidad de que Rosalie no esté viva.

Hubo unos segundos de silencio mientras Florence se planteaba aquella posibilidad, y terminó por admitir:

—Sí, es verdad.

—Esperemos que esté bien. Por cierto, cambiando de tema, Edward me ha contado algo sobre la casa de Lípari. Tenías razón sobre lo de la atmósfera enrarecida; al parecer, tres generaciones de la familia fueron asesinadas allí. Él cree que fue una *vendetta* de la mafia. Muy poca gente de la zona se atreve a acercarse, creen que ese lugar está embrujado.

A Florence no le extrañó oír aquello; no era nada descabellado, teniendo en cuenta cómo se había sentido allí.

Permanecieron sentados en silencio; en un momento dado, el ambiente que reinaba en la sala se alivió de forma perceptible.

—Hay algo más que quería decirte desde hace algún tiempo —dijo él. La tomó de la mano, pero se quedó callado.

315

Ella sonrió. Se le veía muy inseguro y, al mismo tiempo, muy solemne y sincero.

—Puedes decirme lo que sea, Jack. Lo que sea.

—Es que… —Agachó un poco la cabeza para eludir su mirada.

Florence se limitó a esperar pacientemente.

—No se me dan bien estas cosas, Florence, pero quiero amarte sin miedos… y la idea de no tenerte en mi vida…, en fin, antes no podía contemplar siquiera esa posibilidad, y cuando estabas viéndote con Bruce, pues…, en fin…, no me sentía cómodo.

Ella no pudo evitar sonreír al verle describir así sus sentimientos. Guardó silencio, y él alzó entonces la cabeza y la miró con ojos penetrantes, como si estuviera intentando escudriñar su alma.

—Vale, la verdad es que por dentro sentía que me moría. Necesito que comprendas bien esto, Florence. Necesito dejarte muy claro que no estoy jugando contigo, que nunca lo haré y que no quiero aprovecharme de ti por nada del mundo…

Jack le acarició el pelo con delicadeza. Cuando ella hizo ademán de hablar, la silenció posando un dedo sobre sus labios, entonces la besó.

40

Al día siguiente, Florence oyó que llamaban a la puerta de las habitaciones que compartía con Jack. Era Edward, su anfitrión, quien los llamó en voz alta al entrar en la sala de estar.

—¡Estamos aquí! —contestó ella desde el pequeño patio.

Él se dirigió hacia allí y le entregó unos periódicos.

—He encontrado esto. Son periódicos malteses en su mayoría, he pensado que podrían interesarte.

Ella los revisó a fondo para ver si se mencionaba a Rosalie en alguno de ellos, pero no encontró nada. Se sorprendió al leer en uno de ellos, fechado en 1944, que las mujeres de Malta todavía no tenían derecho al voto y que se había formado una asociación, la Asociación de Mujeres de Malta, para exigir el sufragio femenino; por lo que sabía de Rosalie, era una mujer que luchaba por sus ideales, así que no sería de extrañar que se hubiera unido a aquella causa. Leyó los nombres de ochenta mujeres que habían participado en aquella lucha, pero no encontró ni rastro de ella.

Leyó también que, aunque tanto el Partido Constitucional como el Nacionalista tenían dudas sobre el papel de las mujeres, la Iglesia se oponía firmemente a que se permitiera la participación de delegadas en la Asamblea Nacional, y a que las mujeres pudieran tener cualquier tipo de presencia política que afectara al papel de madres y amas de casa que desempeñaban tradicionalmente.

—¡Y la cosa sigue igual! —Lanzó sobre la mesa un segundo

periódico, uno más reciente, justo cuando Jack estaba saliendo al patio—. Dos años después, y no lo han conseguido todavía.

—¿El qué? —preguntó él.

Ella volvió a tomar el periódico y se lo ofreció.

—Léelo tú mismo, las mujeres todavía no tienen derecho al voto en Malta. ¿Te lo puedes creer? En Francia lo han conseguido por fin, pero en Malta siguen igual.

—Antes de lanzarnos de cabeza e intentar buscar una aguja en un pajar, creo que deberíamos tener en cuenta lo que tu madre te contó sobre Rosalie.

—Explícate.

—Claudette dijo que era una mujer independiente y obstinada, ¿verdad? Si Malta es un lugar tan anticuado, es posible que no le apeteciera vivir allí, al menos por mucho tiempo.

—Vayamos a Noto y hablamos allí del tema —propuso ella.

Poco después, mientras el autobús circulaba sin prisa por serpenteantes caminos que discurrían por olivares, pequeños viñedos y huertos repletos de perales y albaricoqueros, Florence sacó la cabeza por la ventanilla y saboreó el aroma a eucalipto y a hinojo.

Aquel viejo autobús traqueteante con asientos metálicos era muy distinto a los que hacían la ruta de Exeter en Inglaterra, con aquellas conductoras dicharacheras que parloteaban sin cesar. Ahora estaba rodeada de gente que hablaba en siciliano y no entendía ni una sola palabra. Finalmente llegaron a Noto, donde un laberinto de viejos edificios de piedra emergía de las dos arterias principales: el Corso Vittorio Emanuele y la Via Camillo Benso Conte di Cavour.

—Tropas aliadas desembarcaron cerca del golfo de Noto —dijo Jack—. Todo comenzó el diez de julio de 1943.

Ella cerró los ojos por un segundo, imaginando lo que debía de haberse vivido allí.

—Las bombas no parecen haber causado tantos estragos como en Palermo, algo es algo —comentó.

Subieron los amplios escalones que conducían a la catedral barroca. El sol de mediodía cada vez apretaba con más fuerza y se sentía un poco sofocada, notaba la húmeda sensación del sudor en los muslos.

—Es preciosa —dijo, al contemplar la magnífica fachada—, pero me gustaría ir a tomar algo fresco.

Fueron a una cafetería cercana y tranquila donde se estaba más fresco, y Florence se quitó los zapatos y se relajó mientras Jack, haciéndose entender como buenamente pudo, pidió una comida sencilla consistente en unos enormes y jugosos tomates, un queso de oveja delicioso, pan crujiente y vino de la región.

—Sicilia debe de tener un montón de relatos por contar —comentó ella—. La historia jamás llega a desaparecer del todo, ¿verdad?

—¿Sabías que los sicilianos se rebelaron contra los franceses a finales del siglo XIII?

—No, ¡no tenía ni idea!

Mientras disfrutaban de aquel ratito relajado en la cafetería, hablaron de cuál sería el mejor punto de partida en la búsqueda por Malta.

—Lo lógico sería acudir primero a las oficinas gubernamentales. Y a la policía, claro —dijo él.

—Tendrán registros de la gente que ha muerto durante la guerra, ¿verdad? Y también debe de haber una hemeroteca donde consultar los periódicos. —Florence hizo una pequeña pausa—. Incluso puede que haya un censo.

—Bueno, ya lo veremos. Es una lástima no saber más sobre Rosalie.

—Lo único que sé es que era la inconformista de la familia. Le daba muchos quebraderos de cabeza a sus padres. Era una rebelde, igual que Élise.

—Una mujer de armas tomar —afirmó él con una sonrisa.

—Y, como bien dijiste antes, Malta parece ser muy tradicional.

—Sí, no es la clase de lugar que le gustaría a una mujer como ella. La decisión es tuya, por supuesto, pero no sé si sería mejor olvidarnos de Malta, regresar a Inglaterra cuando yo termine mi trabajo aquí.

Florence no contestó, tenía sus dudas. Por un lado, la idea de regresar a las familiares rutinas y a la sensación de estabilidad que ofrecía Meadowbrook resultaba muy tentadora; por el otro, tanto por el bien de su madre como para satisfacer su propia curiosidad, lo lógico sería no cejar en su empeño de intentar encontrar a Rosalie, ¿no? Teniendo en cuenta más aún que ya había viajado hasta allí.

Horas después, mientras tomaban unas copas de vino en su pequeño patio privado de la granja con los olores del atardecer flotando en el aire, Florence vio cómo colisionaban sus esperanzas y sus miedos. Las esperanzas de un futuro con Jack, el miedo de hacerle daño a Hélène y de no poder encontrar a Rosalie.

Presa de toda aquella incertidumbre, inmersa en sus pensamientos, apenas se dio cuenta de que él alargaba la mano hacia la mochila que tenía en el suelo.

—¿Florence?

—Perdona, tenía la cabeza en las nubes.

Contuvo el aliento cuando él abrió la mano para mostrarle una cajita de terciopelo azul.

—Florence Baudin. ¿Querrías…? —Se interrumpió mientras ella lo miraba enmudecida—. ¿Quieres…? En fin, ¿quieres que nos casemos? ¿Te gustaría? —La miró alarmado al ver que los ojos se le inundaban de lágrimas—. ¡Perdona! ¡No quería hacerte llorar!

Ella se echó a reír.

—¡Son lágrimas de felicidad, tonto! Y sí, claro que quiero.

Él esbozó una sonrisa un poco bobalicona, abrió la cajita y alzó un anillo de compromiso con un zafiro engarzado.

—Pertenecía a mi abuela —dijo al ponérselo.

—¿Cómo sabías que me quedaría bien?

—Hice que lo ajustaran. Tiempo atrás.

—¿Llevabas tiempo dándole vueltas a esto? —Aquello la sorprendía, teniendo en cuenta lo reacio que había sido a aceptar sus propios sentimientos.

—Sí, pero mis dudas no eran por ti, sino por mí. Siempre supe que eras perfecta, me preocupaba no poder darte lo que mereces.

Florence pensó apesadumbrada en todo el tiempo que habían perdido. Aunque quizá no fuera una pérdida, después de todo; quizá fuera aquello lo que el destino les tenía deparado desde el principio: una propuesta de matrimonio en el lugar más bello que ella había visto en su vida.

—¿Cómo supiste mi talla?

—Te quitaste un anillo para lavar los platos, lo tomé prestado.

—Ah, el que pensé que había perdido hasta que volví a encontrarlo en la jabonera. —Suspiró al verle esbozar una sonrisa traviesa—. Podrías haberte declarado allí, la verdad. No hacía falta llevarme a una playa de Sicilia y poco menos que ahogarme en una cueva para conseguir que aceptara tu propuesta de matrimonio.

Se echaron a reír, y Florence alzó la mano para ver el anillo bajo la luz que entraba por la ventana.

—Es precioso.

—Procede de Ceilán.

—Qué maravilla. Increíble, es una verdadera maravilla.

—Tengo otro para ti. Una alianza de boda.

Ella se echó a reír de nuevo.

—Lo tradicional es esperar hasta la boda, ¿no?

—Malta es un lugar muy conservador. Si terminamos por ir allí, creo que debería ser como marido y mujer. Será mejor que lleves puesta la alianza incluso antes de que nos casemos.

—No me gustaría tentar a la suerte.

—Lo comprendo. Podríamos alojarnos en habitaciones separadas, por supuesto.

—¡Ni hablar! Ya he tardado bastante en conseguir meterte en mi cama, ¡no voy a soltarte tan fácilmente!

—¡Eres una sirena picarona, Florence Baudin!

Mientras se cambiaba de ropa para la cena, Florence decidió que tenía que mandarle una carta a Hélène cuanto antes. No quería que se enterara de lo del compromiso matrimonial por nadie más, debía ser ella quien se lo contara. Pensar en su hermana mayor desencadenó otro pasajero momento de desazón.

Supo que ya estaban preparando la mesa fuera al oír el tintineo de los cubiertos, oyó también risas y unas palmadas, le llegó el olor del pulpo al ajillo que estaban asando. Se desvanecieron los nubarrones que habían ensombrecido su ánimo.

Y después, cuando se unió a los demás para la cena mientras el sol se teñía de un intenso dorado que dio paso a un rojo encendido, Edward y Gloria se pusieron en pie de inmediato y exclamaron sonrientes:

—¡Felicidades!

Jack se puso rojo como un tomate mientras terminaba de descorchar una botella de champán; en cuanto a Florence, estaba que no cabía en sí de felicidad. Las cosas iban a salir bien en adelante, estaba convencida de ello. Su relación con Jack tenía unas raíces lo bastante fuertes. Iban a casarse, y Hélène aceptaría la situación.

Incluso antes de que él le propusiera matrimonio allí, Sicilia siempre la había atraído de forma especial, y ahora sabía que no olvidaría jamás aquel lugar.

Esa noche, mientras yacían en la cama, él le besó la palma de la mano y dijo con voz suave:

—Soy el hombre más feliz del mundo.

Ella sonrió y sintió que la recorría una cálida oleada de dicha.

—No hemos hablado de lo que vamos a hacer.

—¿A qué te refieres? —preguntó él.

—¿Seguiremos viviendo en Devon?

—Lo había dado por hecho, pero si tú no quieres…

—¡Claro que quiero! Me encanta Meadowbrook.

Él le habló entonces sobre Devon, sobre los lugares a los que podrían ir juntos y las actividades que podrían hacer… Hope Cove, la bahía de Lannacombe, Bantham. Oírle hablar sobre la costa sur de Devon sirvió para relajarla, a pesar del calor y el sudor.

Pensó de nuevo en Rosalie. Aunque la idea de regresar directamente a Devon resultaba muy tentadora, seguía muriéndose de ganas de averiguar qué tipo de vida habría llevado su tía, en Malta o donde fuera; además, aunque quizá fuera un poco iluso por su parte, creía que aquella podría ser su oportunidad para reparar una parte de su familia que se había desgajado.

Miró a Jack y preguntó sonriente:

—Bueno, ¿cuándo salimos rumbo a Malta?

—¿Sigues decidida a ir?

—¡Por supuesto que sí! No he venido hasta tan lejos para renunciar ahora a encontrar a Rosalie.

41

RIVA

Malta, 1940

Nadie podía creer que la guerra fuera una realidad. Pero el 11 de junio, a una hora temprana de la mañana, un estridente estallido y un estruendo ensordecedor despertaron de golpe a Riva. Se incorporó como un resorte en la cama y tembló de miedo al notar que el edificio se sacudía, estaba convencida de que habían recibido un impacto y el techo estaba a punto de derrumbarse. El estruendo seguía sonando y sonando sin parar y le atronaba en los oídos, en la cabeza, en el cerebro. Entonces se oyeron las sirenas de ataque aéreo y el fuego antiaéreo procedentes de los buques de guerra británicos del puerto. La espera había terminado. Habían estado preparándose para aquello: la inevitable guerra contra Italia que los dejaba vulnerables, ya que las costas de Malta tan solo estaban a unos 185 kilómetros de distancia.

En ese momento se encontraba en la habitación libre de Otto, a escasos minutos del puerto a pie; por cuestiones de trabajo, era más práctico vivir en La Valeta que en Mdina. No sabía si los muelles habrían sufrido daños, ¿habría muerto alguien? Se quedó inmóvil por un segundo, paralizada por el terror, pero logró sobreponerse y se puso la ropa y las botas a toda prisa. Trastabillante, dando traspiés, corrió escalera abajo junto con Otto y salió como una exhalación a la calle.

Había gente pidiendo ayuda a gritos mientras polvo, humo y fragmentos de material volaban por los aires frente a ellos a lo largo de los muelles, empezaron a sonar las sirenas de las ambulancias. Apenas podía respirar, tosió y se frotó los ojos para intentar aliviar el escozor. Otto la agarró del brazo y la llevó al puesto de socorro, que se había creado justo antes de que Mussolini declarara la guerra.

Fueron pasando los días y anheló contar con una mano amiga que la guiara y le mostrara el camino a seguir, que le dijera cómo podía ayudar. No tenía ni idea. Lo único que sabía era que, cuando se asegurara de que Addison estaba a salvo, sería incapaz de permanecer de brazos cruzados en La Valeta. Tenía que encontrar la forma de ayudar de algún modo. Pero entonces volvió a reinar una extraña quietud…, más adelante se daría cuenta de que había sido la calma antes de la tempestad.

Para cuando llegó diciembre, los alemanes habían iniciado una ofensiva aérea más intensiva y aterradora; la Luftwaffe comenzó en enero el ataque contra el portaaviones HMS Illustrious, orgullo de la Armada británica.

Riva estaba leyendo en la cama cuando cayeron las bombas alemanas, pero vio el fogonazo azul en las paredes de su dormitorio. Se levantó de golpe y corrió a mirar por la ventana mientras las sirenas empezaban a sonar. Hubo entonces una serie de explosiones por encima del Gran Puerto y más allá, el aire se expandió y se hinchó como si fuera a reventar y a tragarse la isla entera. El edificio de Otto vibraba con tanta fuerza que parecía estar a punto de venirse abajo. Había sido una tonta, no había ido al refugio a tiempo y ahora tan solo podía presenciar horrorizada lo que ocurría. Se encendieron los focos reflectores y entonces, uno tras otro, los bombarderos fueron separándose del grupo y lanzándose en picado hacia la artillería antiaérea. Aquello no era como los ataques italianos que ella había vivido hasta el momento; en aquellas ocasiones, había visto cómo las bombas emergían del avión con un estridente silbido y terminaban por caer en el agua, e incluso había llegado a reírse ante semejante fracaso. Pero ahora se trataba de unas bombas alemanas mucho más feroces, lanzadas desde cerca por Stukas. El cielo se llenó de proyectiles incandescentes y centelleantes aviones que atacaban a los buques; entre estos se encontraba el Illustrious, cuyos cañones antiaéreos hacían fuego a su vez con tremendas descargas. Se oyó el aterrador chillido de las bombas, se derrumbaron edificios enteros, el fuego devoraba lo que encontraba a su paso.

Esa noche, a eso de las diez, el HMS Illustrious fue remolcado por la entrada del Gran Puerto. Iba muy escorado, rojizas llamas iluminaban el casco en la oscuridad. Terminó por atracar en uno de los muelles de French Creek y trabajadores del muelle subieron a bordo, adentrándose en la humareda impregnada de los gases de sustancias explosivas, pertrechados con equipos de respiración y de extinción de incendios para luchar contra las llamas.

Al amanecer, junto a cientos de personas más, Riva fue corriendo a las murallas del puerto y vio la devastación que se extendía al otro lado del agua, las nubes de polvo y humo, los edificios convertidos en escombros, las casas que todavía estaban en llamas.

Otto y ella tomaron el ferri que salía de los escalones de la Casa de Aduanas en dirección a las denominadas Tres Ciudades, que se habían llevado la peor parte del ataque. Al desembarcar vio docenas de cabras muertas flotando en el agua. Las calles estaban intransitables, totalmente cubiertas de fragmentos de hormigón amontonados y cristales rotos y montañas de ladrillos, y la policía les impidió el paso. Riva habría de enterarse más adelante que esa noche habían muerto ciento veintiséis hombres en el Illustrious, y noventa y uno habían resultado heridos.

El HMS Illustrious fue alcanzado por dos bombas más durante otro ataque aéreo contra Malta. Pero sobrevivió a pesar de estar dañado, al igual que los propios muelles. Los alemanes no se rindieron y, a pesar de los subsiguientes bombardeos, los hombres del muelle siguieron trabajando noche y día para que el buque estuviera en condiciones de escapar. El 23 de enero, un maltrecho HMS Illustrious zarpó rumbo a Egipto.

Pero las bombas seguían cayendo.

Noche tras noche.

Día tras día.

En el transcurso de las semanas posteriores, mientras los ataques continuaban y la gente pasaba las noches en bodegas subterráneas y sótanos, el personal de «Demolición y Limpieza» trabajó a destajo. Cuando Riva emergió entumecida del refugio a un mundo lleno de polvo y escombros, no pudo hacer otra cosa sino ayudar a llevar a los heridos a un lugar seguro y colaborar como buenamente pudiera. Sabía que no estaba hecha para ser enfermera, pero ayudó mientras miles de malteses abandonaban sus hogares de la zona costera y, dejando atrás a la mayoría de sus animales, apilaban algunas pertenencias en carros —cazuelas, cobijas, fardos de ropa— y partían para intentar buscar cobijo junto a los familiares que vivían en la zona del interior.

Otto y ella escribían artículos sobre lo que ocurría. Ella optó por centrarse en las historias de la gente común y corriente, en la valentía que tenían, en su aguante y sus tragedias, e intentó hallar destellos de esperanza en la oscuridad que los envolvía. Otto, por su parte, escribía sobre cómo transcurría la guerra. Las noticias no eran halagüeñas. No, casi nunca lo eran.

Riva sentía la necesidad de ir a ver a Addison, quería cerciorarse de nuevo de que seguía estando bien. Exhausta tras pasar otra noche más ayudando en el puesto de socorro, fue en autobús a Mdina, ya que hacía mucho que le había devuelto su precioso coche.

Al llegar a lo alto de la escalera, vio que la puerta de su apartamento estaba entreabierta. No le extrañó porque sabía que el mayordomo la dejaba así de vez en cuando para airear un poco el lugar, así que entró sin más. Oyó el vago runrún de unas voces, pero no tenía ni idea de lo que estaba a punto de ver.

—¡Hola! —dijo, al entrar en la sala de estar.

Addison se volvió hacia ella, al igual que otro hombre de ojos azules vestido de paisano.

Se detuvo en seco al verlo.

—Cuánto tiempo sin verte —dijo el hombre.

—Doce años —contestó ella con voz cortante, antes de volverse hacia Addison—. Solo he venido a ver cómo estabas.

—Estoy bien, Riva. Gracias por estar pendiente de mí.

—Lo hago con gusto, ya lo sabes. —Hizo una pequeña pausa y entonces, con el corazón martilleándole con fuerza, se volvió de nuevo hacia el otro hombre, que permanecía inmóvil—. ¿Cómo estás, Bobby? —alcanzó a decir.

—Bastante bien.

—¿Y tu esposa? —La buscó con la mirada.

—Murió hace cinco años. Cáncer.

Ella asintió e inhaló profundamente mientras reprimía una oleada de amargura.

—Ah. Lo siento, Addison, pero tengo que regresar a La Valeta.

—¿No vas a quedarte a tomar un café? —dijo Bobby.

Dio un paso hacia ella y, al notar que tenía una visible cojera, Riva dedujo que ya no era piloto. Negó con la cabeza y se dirigió hacia la puerta.

—Nos vemos, Addison.

Se detuvo en el descansillo para serenarse, y oyó la voz de Bobby.

—¿Ya no vive aquí?

—No —contestó Addison—. Vive con Otto, el periodista de La Valeta.

No esperó a oír más y bajó a toda prisa la escalera.

El domingo por la noche oyó el chillido de una bomba, seguido de un estruendo ensordecedor y del sonido de disparos. Las sirenas no habían dado la alerta. El edificio de Otto se sacudió de nuevo y él entró corriendo en la habitación para ver si estaba herida.

—¿Nos han alcanzado? —le preguntó ella, con el corazón desbocado.

—¡No lo sé! ¿Estás bien?

—Sí. ¡Vámonos de aquí!

Corrieron escalera abajo a toda velocidad con el estruendo de las explosiones atronando a su alrededor; cuando llegaron por fin a la bodega subterránea repleta de mugre, Otto la abrazó con fuerza mientras respiraban jadeantes, encogidos por el terror. El ataque siguió y siguió, parecía que no iba a terminar nunca, el sonido de motores y explosiones y fuego antiaéreo martilleaba la cabeza de Riva sin piedad. Era un infierno, un verdadero infierno. Ninguna otra palabra podría describir aquella experiencia para la que no se sentía preparada.

Al llegar la mañana, contemplaron las ventanas rotas, las calles llenas de cristales y el polvo, había muchísimo polvo, aunque la mayoría de los edificios más cercanos parecían intactos. Pero quienes deambulaban por las calles estaban airados, gritaban y soltaban imprecaciones, y muchos de ellos estaban tan alterados que apenas sabían qué hacer. Riva intentó consolar a los ancianos, les llevó mantas y bebidas calientes; ellos, sintiéndose reconfortados, se levantaron y siguieron adelante.

Al final, el terrorífico espectáculo de explosiones en el cielo nocturno se convirtió en algo tan cotidiano que terminaron por acostumbrarse. Cuando yacía despierta, escuchando los sonidos de la destrucción, se permitía a sí misma pensar en Bobby. ¿Para qué habría ido a Malta? ¿Por qué habría ido a ver a Addison a Mdina? Se había evacuado a casi todos los civiles británicos, así que su presencia allí resultaba extraña. Por mucho que se esforzaba en olvidarlo, no lograba sacarlo de sus pensamientos.

Meses después, al final de un día terriblemente largo, Riva se enteró por Lottie de que Hugh Lloyd, comandante de la RAF, estaba buscando en secreto a mujeres con el objetivo de prepararlas para desempeñar tareas en las salas de guerra. Estas estaban desbordadas y se precisaba más personal, pero se trataba de un trabajo altamente secreto y debían ser muy cautelosos a la hora de seleccionar a alguien. Deseosa de participar, fue directa a la dirección que le había facilitado Lottie, aunque le preocupaba que solo buscaran a inglesas.

La hicieron entrar a una sala donde una oficial de aspecto severo que se hacía llamar Roberts le entregó unas hojas de papel.

—Es un test de inteligencia. Tienes media hora.

Riva se sentó tras un pequeño escritorio situado en un rincón y agachó la cabeza. Estaba nerviosa, era como estar de vuelta en el colegio con media hora escasa para hacer un examen.

Antes de darse cuenta, la media hora había terminado y la mujer tocó una campanilla y le indicó que se acercara.

—Eres francesa —dijo, al ver su nombre escrito en la primera página. Pulsó un botón de su mesa y otra mujer entró segundos después—. Giovanna, revisa esto, por favor.

La tal Giovanna asintió y tomó las hojas.

—Soy francesa, pero vivo aquí desde 1925 —dijo Riva.

—Sí, he oído hablar de tus esfuerzos por rectificar el problema de la prostitución. Según tengo entendido, no eres de las que se callan.

—Hice lo que pude.

—Lo principal es tu dominio del inglés, aunque tendrás que aprobar el test y recibir el visto bueno de los de seguridad. Como llevas tanto tiempo en la isla y tienes buenos antecedentes, no creo que haya ningún problema con eso.

Riva cruzó los dedos tras la espalda.

Poco después, cuando Giovanna regresó y le entregó el test a Roberts, esta dirigió la mirada hacia la parte superior de la primera hoja, donde había un número rodeado por un círculo.

—Bueno, has conseguido la calificación más alta. Por mi parte, tienes el visto bueno. Giovanna, llévala a la sección de seguridad, por favor.

En dicha sección, un hombre calvo revisó su solicitud de ingreso y le hizo varias preguntas sobre su origen, sobre si solía visitar Italia antes de la guerra y si tenía ascendencia alemana en algún grado. Ella contestó que no y él preguntó entonces acerca del trabajo que había desempeñado para Addison. Las preguntas fueron sucediéndose una tras otra, y le preocupó que terminaran por rechazarla debido a su documentación falsa. Pero ahora tenía tanto tarjetas sanitarias como un número de seguro bajo su nueva identidad, además de un pasaporte falso, y no se dijo nada al respecto; aun así, salió de allí con la sensación de que no iban a seleccionarla.

De ahí su sorpresa cuando, poco después, recibió una carta donde se le informaba de que había conseguido el trabajo. Dos días después la condujeron a las salas de guerra subterráneas de Lascaris; Linda, la mujer que estaba al mando, las llamaba en broma «el agujero», y era fácil ver por qué. Buena parte del complejo era un laberinto formado por lóbregas salas y sombríos túneles sin un resquicio de luz solar, y a Riva le recordaba una claustrofóbica madriguera de conejo. El complejo se había formado a partir de unos viejos túneles construidos por los Caballeros de San Juan, pero las fuerzas británicas habían llevado hasta allí a mineros de Yorkshire y Gales para que derribaran algunas zonas de roca y acantilado. De modo que, bajo la sección superior de los jardines de Barrakka (los que tenían unas espectaculares vistas al Gran Puerto), se habían extendido los túneles para la RAF y la Armada. Los mineros habían creado también kilómetros de túneles bajo la ciudad para que sirvieran de refugio a la gente, e incluso habían excavado pequeñas cámaras donde las familias podrían tener algo de privacidad durante los ataques aéreos.

La llevaron a hacer un recorrido por las distintas salas. Ella iba a trabajar en la de operaciones (Sala de Operaciones del Sector n.º 8), donde había una galería superior desde donde los comandantes podían ver desde arriba la enorme mesa donde estaban marcadas las posiciones de todo. También le mostraron una sala de defensa costera y una de operaciones antiaéreas, entre otras.

—El aire se ventila de forma mecánica a través de tuberías de metal procedentes de barcos hundidos en el Gran Puerto —le explicó Linda con orgullo—. Empiezas el lunes, pero recuerda que somos el centro neurálgico de la defensa de Malta y no debes hablar jamás de lo que hacemos aquí. ¿Entendido?

El fin de semana fue relativamente tranquilo y Riva pudo dormir unas horas sin interrupciones, salvo por los sueños en los que Bobby apareció de forma inesperada.

Cuando empezó a trabajar como trazadora ese primer lunes por la mañana, contempló en silencio la enorme mesa central, donde vio un mapa de Malta y de la zona circundante, incluyendo parte de Sicilia y de las islas Eolias. Alzó la mirada hacia la galería superior, desde donde observaban los «hombres entre los dioses» (así los llamaba el personal de abajo), y se quedó atónita.

—Ese es el líder de operaciones —susurró Linda, al ver la dirección de su mirada—. Nuestro controlador jefe, capitán de Grupo sir Robert Beresford, ayudado por el teniente de Aviación Weston.

Riva se había quedado sin palabras, se limitó a asentir mientras reprimía el impulso de salir corriendo de allí. ¿Estaba enterado Bobby de que ella iba a trabajar allí? A lo mejor no se percataba siquiera de su presencia si ella mantenía la cabeza gacha y se limitaba a hacer su trabajo.

Se puso los auriculares, tal y como le habían enseñado, y empezaron a llegar los mensajes procedentes de la sala de filtrado. Consciente de la seriedad de la tarea que tenía entre manos, se centró por completo en ella y procedió a recoger y a ir moviendo por el mapa las fichas que representaban a los distintos aviones. Tenía que emplear una larga vara para planear las ubicaciones conforme el avión viajaba en dirección sur y se acercaba a Malta, y la aterraba la posibilidad de equivocarse. Hubo un súbito revuelo de actividad en la galería superior mientras las voces de los pilotos emergían de los altavoces y se enviaban los escuadrones; cuando sus compañeras y ella oyeron «Objetivo a la vista» por los auriculares, supieron que su tarea estaba completada y que tan solo les quedaba rezar para que los pilotos volvieran sanos y salvos.

Los días fueron pasando. Riva apenas tenía tiempo de pensar, dormir ni respirar, y fue a la mañana siguiente de una noche de esa índole cuando, al salir al denso y polvoriento aire de la calle, vio a Bobby apoyado exhausto en una pared, fumando un cigarrillo.

—Hola, Riva.

Le ofreció un cigarrillo y ella lo aceptó, aunque fue más por nervios que porque le apeteciera. No fumaba casi nunca.

—Esperaba que pudiéramos hablar —añadió él.

—¿De qué? Uy, perdón. ¿De qué, señor?

—Me alegra ver que no has cambiado —dijo él con una sonrisa.

Ella soltó un bufido burlón.

—No soy la misma ni por asomo.

—Lo siento, lo siento de verdad. Pero no quiero que peleemos. Somos amigos, ¿no?

«Ah, ¿así vamos a llamarlo?», pensó ella para sus adentros. Optó por no contestar, y él añadió:

—Voy al comedor de oficiales de la RAF del palacio de Xara, en Mdina. ¿Te apetece acompañarme? Podrías pasar a ver a Addison. Tengo dos días libres, creo que tú también. Aunque puede que tu novio se enfade si te vas.

—¿Qué novio?

—Otto.

Ella sacudió la cabeza y se echó a reír.

—No es mi novio. Me alojo en la habitación libre que tiene en su apartamento, nada más. —Vislumbró el alivio que relampagueó en sus ojos, aunque él lo ocultó rápidamente.

—¿Qué me dices? ¿Te vienes a Mdina?

Su mente le advirtió que era una pésima idea, que debía mantener las distancias, pero terminó por asentir.

—Está bien.

—Tengo un coche oficial con chófer, pero será mejor que conduzca yo. A la RAF no le gusta que los oficiales tonteen con las jóvenes damas de Lascaris.

—En primer lugar, no tengo intención de tontear; en segundo lugar, a estas alturas no soy una «joven dama».

—Estás igual que antes.

—Voy a cumplir los treinta y cinco, Bobby. Es imposible que esté igual.

—En cualquier caso, no creo que los mandamases puedan objetar nada si dos viejos amigos toman unos tragos. ¿Todavía usas el apartamento que tenías en casa de Addison? Él me lo contó todo al respecto, y me contó también que trabajaste en sus libros. Han tenido mucho éxito.

—Fue un placer trabajar con él.

—Me sorprende que no te contratara alguna editorial de Londres o Nueva York.

—Recibí ofertas —admitió ella.

—No lo dudo. ¿No te has casado?

—No.

Guardaron silencio durante todo el trayecto; cuando las antiguas murallas de Mdina aparecieron un poco más adelante, él propuso pasar a tomar una copa a su propio apartamento antes de ir a ver a Addison, y ella titubeó por un instante. Sabía que no era buena idea y, aun así, aceptó el ofrecimiento. Poco después subieron la escalera hacia el lugar donde había compartido con él tantas y tantas horas de felicidad.

—¿Un *whisky*? —preguntó él, mostrándole la botella.

—Una copita.

Salieron con sus respectivas bebidas a la pequeña terraza, y Riva tomó unos sorbitos mientras ambos guardaban silencio. Oyó el ladrido de un perro, percibió un ligero olor a leña quemada, vio los serpenteantes caminos blancos y los ondulantes campos donde dormitaban viejos burros.

Bobby se sentó frente a ella en el embaldosado suelo y, en un momento dado, tragó con dificultad y tomó la palabra.

—Creo que te debo una explicación.

—No hace falta. —Estaba luchando por mantener un rígido control de sí misma. Sabía que estaría acabada si daba rienda suelta a los sentimientos que albergaba en su interior.

—Claro que sí, me porté…

—Como un impresentable. Tu comportamiento fue deplorable.

—Fui…

—Mira, eso ya no importa, pasó hace años. Los dos hemos cambiado.

—¿Estás segura de eso? Porque yo no dejé de amarte jamás.

Riva se enfureció al oír aquello y se puso en pie como un resorte.

—¡Pues yo sí! —Entró en la sala de estar y fue directa hacia la puerta.

—¡No te vayas, por favor!

No pudo evitar volverse a mirarlo. Él se levantó del suelo, extendió una mano y, cojeando, dio un paso hacia ella.

—¡No!

Corrió escalera abajo, salió frenética de allí y no se detuvo hasta que, oculta en una de las estrechas callejuelas empedradas, se apoyó en una pared y fue entonces cuando dio rienda suelta a las lágrimas. Se dobló hacia delante, sacudida por hondos sollozos de dolor. ¿Cómo se atrevía Bobby a ir hasta allí y decirle algo así? ¡Qué estúpida había sido al acceder a acompañarlo! No era una niña, ¿cómo había podido cometer semejante insensatez?

Momentos después, al oír que unos pasos dispares se acercaban, se apresuró a secarse la cara con la manga y echó a andar para alejarse de allí cuanto antes, pero se detuvo al sentir que la agarraba del codo. Se revolvió desesperada, le aporreó el pecho una y otra vez como si pudiera aplastar así el dolor que había permanecido enterrado en su interior durante tanto tiempo. El dolor al que nunca se había permitido a sí misma dar rienda suelta por completo.

—Riva… —Su voz se quebró.

—¡No!

—Por favor…

—¡Me rompiste el corazón, malnacido!

—Me…

Ella se tambaleó bajo el salvaje envite de la furia que la recorría. Tenía el corazón desbocado, la sangre le hervía en las venas… Inhaló una bocanada de aire, pero de repente se quedó sin fuerzas y se derrumbó contra la pared como si fuera una muñeca de trapo.

—Me… Me rompiste… el corazón… ¡y perdí a nuestro bebé!

—¿Qué bebé?

El silencio que reinaba en Mdina pareció volverse más denso mientras él la ayudaba a incorporarse. La abrazó con fuerza y los dos rompieron a llorar. Ella por el alivio de habérselo contado; él… Bueno, Riva no lo sabía con certeza, pero era obvio que lo embargaba una profunda tristeza.

—No sabes cuánto lo siento, no sabía que estabas embarazada —susurró él, cuando amainó la tormenta de lágrimas.

—¿Eso habría cambiado en algo las cosas?

—¡Claro que sí! —La miró consternado—. No habría permitido por nada del mundo que pasaras sola por eso. Ya sé que no podrás perdonarme jamás, pero estoy dispuesto a hacer lo que sea con tal de enmendar en algo lo que hice. Lo que sea.

Riva se tensó y se apartó de él.

—No hay nada que puedas hacer, hay cosas que no pueden enmendarse. Me vuelvo a La Valeta, Bobby.

—Deja que te lleve.

—No, prefiero ir en el autobús. No malgastes gasolina.

42

Riva mantuvo las distancias después de lo ocurrido. Veía a Bobby en la galería superior, pero se esforzaba por evitar un nuevo encuentro. Linda se dio cuenta de que estaba un poco tensa y se la llevó a un aparte para hablar con ella.

—No sé lo que te pasa, pero tienes que centrarte en el trabajo. Un solo error por nuestra parte podría suponer la muerte segura de alguno de los pilotos. Eres consciente de ello, ¿verdad? —Suspiró al verla asentir y añadió, sin acritud en la voz—: Está bien, esta guerra está siendo dura para todos. ¿Has perdido a alguien?, ¿se trata de eso?

—Podría decirse que sí.

Linda le dio unas palmaditas en el hombro.

Después de recibir aquella advertencia, Riva mantuvo la cabeza gacha y se centró por completo en el trabajo.

Varias semanas después, después de oír el acostumbrado «Objetivo a la vista», una de sus compañeras estalló en llanto y Linda se apresuró a llevársela de la sala. Riva miró con ojos interrogantes a Tilly, una joven brillante de unos veinte años teñida de rubio, y preguntó en voz baja:

—¿A qué ha venido eso?

—Está casada, pero tiene una aventura con un militar desde hace algún tiempo. Linda va a tener que echarla.

Bobby le vino a la mente de inmediato al oír aquello.

—La RAF no puede hacer nada si una pareja soltera quiere verse estando fuera de servicio —siguió diciendo Tilly—, pero esto es distinto.

335

Las aventuras extramaritales no se permiten, se consideran dañinas para la moral. El hombre en cuestión es piloto y, según he oído, ya lo han trasladado a otro sitio.

Los días iban sucediéndose, indistinguibles unos de otros, pero las noches eran cada vez más agotadoras y duras. Había cuatro turnos de guardia, con unas catorce mujeres cada uno. Se mantenía guardia de forma ininterrumpida durante las veinticuatro horas del día, hombres y mujeres trabajaban codo a codo en la intensa atmósfera de la sala de operaciones. Multitud de vidas dependían de que todos ellos cumplieran debidamente su tarea, las emociones estaban más a flor de piel que en condiciones normales. Cuando estaban fuera de servicio salían juntos a liberar el estrés.

Tanto Riva como el resto del personal de las salas de guerra tenían un pase especial que debían mostrar en caso de que la policía militar les diera el alto de noche. Había que andarse con mucho cuidado. No se podían encender cigarrillos en la calle y todas las farolas estaban apagadas de forma permanente, por la noche reinaba una oscuridad total.

Se celebraban bailes de tres a seis de la tarde, pero ella solo iba en contadas ocasiones. Prefería dejarle esos entretenimientos a la juventud. Lo que sí que hacía era salir a pasear, y en esas ocasiones siempre estaba pendiente de la ubicación de los refugios antiaéreos más cercanos. Se empleaban con esa finalidad túneles de ferrocarril, bodegas subterráneas y sótanos, además de aberturas en los riscos de piedra caliza que daban entrada a pasajes y túneles formados a lo largo de los siglos.

Fue durante uno de esos paseos estando fuera de servicio cuando volvió a toparse con Bobby. Aunque «toparse» no era la palabra más adecuada para describir lo que pasó. Iba caminando por la sección superior de los jardines de Barrakka cuando lo vio acercarse, y se quedó paralizada por un momento; él tardó unos segundos más en percatarse de su presencia y, cuando la vio al fin, titubeó ligeramente antes de acercarse a paso lento con la ayuda de su bastón. Ella sintió que se le derretía el corazón y se mordió el labio para contener las lágrimas que acababan de surgir de la nada.

—Hola, Riva.

La miró con una sonrisa tan triste y melancólica que ella extendió la mano. No tenía intención de hacerlo, el gesto le salió de forma involuntaria, pero él envolvió sus dedos entre los suyos de inmediato.

—¿Quieres que nos sentemos? Lo digo por tu pierna…

—Sí, hoy en día no puedo caminar tanto —asintió él.

—¿Te duele?

—De vez en cuando.

A pesar de sus palabras, Riva le vio hacer un pequeño gesto de dolor cuando llegaron al banco y dobló la pierna para sentarse.

—Ay, Bobby…

—No esperaba verte en las salas de guerra, me descolocó.

—A mí también.

—¿Podríamos volver a ser amigos por lo menos? Ya sé que no quieres oír esto, pero te he echado de menos. No sabes cuánto.

Ella suspiró.

—¿Por qué te fuiste sin avisar? Eso fue lo que más me dolió.

—Por cobardía, pura y simple cobardía.

—Y por tu madre. Era lo que ella tenía planeado para ti, ¿verdad?

Él se limitó a asentir con semblante sombrío.

—¿Cómo está? —le preguntó Riva.

—Ya sabes, como siempre.

—¿Tienes hijos?

—No. Mira, no me porté bien ni contigo ni con mi mujer. No podía amarla. Le tenía cariño, la cuidé cuando enfermó, pero era incapaz de amarla. Mi único amor siempre has sido tú, Riva. Me…

—No, Bobby, no sigas. No quiero oírlo, de verdad que no.

Él la miró con ojos suplicantes.

—Tengo que decirlo. Dejarte fue el mayor error de mi vida.

Ella tragó atropelladamente y no pudo evitar que su voz se tiñera de amargura al contestar.

—Pero hacerlo te sirvió para resolver tus problemas económicos, así que tu abandono estuvo justificado, ¿no?

—Riva, por favor…

Ella negó con la cabeza, pero él insistió.

337

—Esto me está consumiendo por dentro. Perdóname, te lo suplico.

—Me… —Se interrumpió al darse cuenta de algo.

—¿Qué pasa?

—No es mi perdón el que necesitas, sino el tuyo propio.

Bobby bajó la mirada al suelo y los dos permanecieron en silencio durante un largo momento.

—La vida es corta —dijo él al fin—. En especial ahora, lo sabes bien. Riva, ¿existe alguna posibilidad de que podamos empezar de nuevo?

Y, de repente, se cerró el ciclo. Riva había luchado por aceptar lo ocurrido, pero el tiempo se plegó ahora como un acordeón y fue como si los años que habían transcurrido desde entonces, la angustia, el dolor y la furia se hubieran esfumado sin más.

—Puede ser —contestó al fin.

Él la abrazó con tanta fuerza que la dejó sin respiración.

—¡Suelta! —alcanzó a decir, sonriente.

—No te soltaré jamás, voy a aferrarme a ti hasta que exhale mi último aliento.

El tiempo libre del que disponían era muy escaso, pero, en el transcurso de las siguientes semanas, empezaron a pasar juntos todo el tiempo posible cuando estaban fuera de servicio. Casi siempre iban a Mdina, lejos de miradas indiscretas. Tan solo tenían unas horas y, aparte de Addison, quien estaba dichoso al verlos tan felices, se aislaban del mundo entero. Lo que compartían ahora era distinto…, un amor menos reluciente, menos chispeante, en un tono más apagado; un amor que había quedado marcado por la experiencia, por la traición y, ahora, por el perdón. Estaban destinados a estar juntos porque, a pesar de todo, hételos allí otra vez. Anteriormente, Riva creía saber cómo era el amor que los había unido en el pasado, pero en realidad no lo había comprendido en absoluto. Había sido un amor alimentado por el deseo, la pasión, la excitación y el anhelo. Una adicción. Ebrios de amor, se habían dejado arrastrar por aquel frenesí, habían ardido juntos y habían estado a punto de ser destruidos por las llamas.

Aun así, también había habido dicha…, algo inefable de lo que no se había hablado jamás, a lo que nunca se le había dado nombre, a lo que no hacía falta darle nombre, pero que ahora se había perdido para siempre. Esa clase de amor que solo podía sentir la juventud. Una joven Riva, un joven Bobby. Y ahora, de repente, estaban viviendo algo distinto. ¿De qué se trataba? Parecía ser un amor distinto, entre ellos volvía a existir una conexión donde no hacían falta las palabras. ¿Significaba eso que el amor volvería a cambiar al cabo de diez años, veinte, treinta…? ¿Era una mujer demasiado mayor para tener hijos?, ¿acaso importaba eso? Habían vuelto a encontrarse el uno al otro. Y era como si se conocieran íntimamente y, al mismo tiempo, como si no se conocieran en absoluto.

43

Los bombardeos prosiguieron sin dar tregua. El 15 de abril de 1942, Jorge VI concedió la Cruz de San Jorge a Malta, que se había convertido en el foco de los ataques aéreos alemanes e italianos. El objetivo era destruir las bases militares, y matar de hambre a la población hasta lograr que se rindieran.

Riva fue un día a la panadería y se encontró con una cola especialmente larga. Una mujer cuyo rostro estaba surcado por arrugas y que cubría buena parte de su cabello canoso con un pañuelo se volvió a mirarla y, con desesperación en los ojos, murmuró:

—Es una pérdida de tiempo.

—¿El qué? —preguntó Riva.

—Se han quedado sin pan. ¿Qué le va a dar de comer mi hija a su niño? ¡Solo tiene dos años!

—Cuánto lo siento. Si no hay pan, ¿por qué hacen cola?

La mujer suspiró, parecía estar al borde de las lágrimas.

—Para comprar queso de cabra y mantequilla. Ahora se venden aquí, bombardearon la mantequería. No se te ve asustada, ¿no tienes miedo? Yo vivo asustada.

Riva posó una mano en su brazo.

—La entiendo, me pasa lo mismo.

—Nos vamos a quedar sin comida, ¿verdad? Mi marido, Pawlu, dice que vamos a morir todos de hambre.

Otra mujer se unió a la deprimente conversación.

—Mi hijo cree que para mediados de agosto estaremos hambrientos si no consiguen hacernos llegar suministros. Trabaja en los muelles, dice que no ha llegado casi nada.

Riva asintió. La mera idea parecía inconcebible y le habría gustado poder creer que lo que decían eran puras exageraciones y temores infundados, pero tenía la sospecha de que no era así.

El 16 de junio, sus peores temores se confirmaron cuando encendió la radio que Otto tenía en su casa y subió el volumen. El gobernador se disponía a transmitir un mensaje a los habitantes de la isla:

Lamento tener que anunciar que los dos últimos convoyes de veinticuatro barcos que zarparon para traernos provisiones no han logrado su cometido. Uno de ellos sufrió un ataque tan masivo por parte de la Luftwaffe que solo han logrado llegar a nuestras costas dos de los barcos. El otro se vio obligado a dar media vuelta.

Riva soltó una exclamación ahogada al oír aquello.

—¡Ay, Dios! Otto, ¡se avecinan tiempos terribles! Solo han llegado dos de veinticuatro, ¿qué vamos a hacer?

Es una mínima parte de lo que esperábamos recibir, estaba diciendo el gobernador.

—Y tan mínima —murmuró Otto—. Por cierto, el mercado negro no servirá de nada; según mis fuentes, Stanley Lucas está metido en ese negocio.

—Vaya, ¡qué sorpresa! —dijo ella con ironía—. Bobby me comentó que se han interceptado las provisiones destinadas al comedor de oficiales de Mdina, y que han extraído el combustible de algunos vehículos militares.

—Menudos malnacidos. Pero siempre han existido buenos y malos, incluso en tiempos de guerra; de hecho, situaciones como esta ofrecen nuevas oportunidades a la gente como Lucas.

El gobernador seguía hablando por la radio.

Habrá escasez de productos y debemos hacer todo lo posible por evitar despilfarrar lo que tenemos. Nuestras reservas de combustible están bajas, apenas

queda parafina. El racionamiento será más riguroso que nunca. Los suminis-
tros terminarán por llegar, eso no podemos olvidarlo. Pero, mientras tanto, va-
mos a establecer sanciones severas como parte de la campaña para pararle los
pies al mercado negro. Habrá una pena máxima de cinco años de cárcel.

Poco después de oír el anuncio, Riva estaba recorriendo desesperada
la ciudad para ver si encontraba algunas de las provisiones que necesitaban, pero lo único que había obtenido hasta el momento era un poco de
leche de cabra… y una tableta de chocolate que, según le había advertido el tendero, debía de estar mohosa porque la habían encontrado bajo
una caja al fondo de la tienda. A ella le había dado igual y la había comprado de todos modos, aunque lo que realmente esperaba poder encontrar eran huevos. Había gente que todavía tenía pollos y gallinas, así que
tenía que haber huevos en alguna parte. La devastación que veía a su paso,
el olor a destrucción, la gente flaca y demacrada con la que se cruzaba…
era descorazonador y le dieron ganas de darse por vencida, de sentarse en
el polvoriento y sucio suelo empedrado de la calle y darse por vencida sin
más. Pero no lo hizo. Siguió adelante, siguió caminando y fue alejándo-
se de las zonas con las que estaba familiarizada.

Un feroz bombardeo en picado comenzó de buenas a primeras, sin
ningún tipo de aviso previo. Se quedó petrificada por un segundo y entonces echó a correr de vuelta a la parte de la ciudad que conocía bien. La mayoría de los malteses se refugiaban de los largos y aterradores ataques
durante el día y tenían sus zonas preferidas en los túneles excavados por los
mineros británicos, pero la gente también había estado cavando sus propios refugios subterráneos en la piedra caliza…, en el campo, en los patios,
bajo las casas de la ciudad. En esa ocasión, Riva encontró cobijo en uno de
ellos, uno cercano a la bombardeada Casa de la Ópera; una vez dentro, se
sentó en cuclillas y vio que alguien sostenía una vela encendida. Se cubrió
los oídos lo mejor que pudo, pero seguía oyendo el escalofriante chillido de
las bombas, el golpe seco, el estruendo, entonces luchó por respirar al oír
el sonido de rocas cayendo, y parte del refugio se derrumbó.

La envolvía un aire fétido, el lugar había quedado a oscuras, no sabía si la vela se había apagado o si había ido a parar al otro lado de las

rocas caídas. Sumida en la oscuridad, con el corazón martilleándole en el pecho, palpó alrededor en busca de su bolsa, la encontró y rebuscó en el interior. Siempre llevaba encima una linterna, ¿por qué no estaba allí? Tanteó el suelo, cada vez más frenética, oyó gemidos y entonces encontró la linterna, gracias a Dios, había salido rodando hasta quedar a medio metro de distancia. Emitía una luz tenue, pero bastaba para permitirle ver que las rocas caídas habían formado una pared dentada. Se acercó y tanteó para ver si había alguna posible vía de escape, pero sus esfuerzos fueron en vano. La atenazó el miedo, un miedo absoluto e inmediato.

Los únicos que habían quedado atrapados allí eran un hombre mayor que estaba sentado en un rincón y que parecía más muerto que vivo, una embarazada acompañada de dos niños y ella misma; todos los demás estaban al otro lado de las rocas. Cuando la mujer se echó a llorar, intentó consolarla, le sostuvo la mano y habló con voz tranquilizadora a los niños, que habían empezado a sollozar también.

—No os preocupéis —les dijo, a pesar de tener el estómago encogido por algo mucho peor que mera preocupación.

Se acercó de nuevo a las rocas y vociferó pidiendo ayuda, gritó que estaban atrapados, aporreó las rocas con los puños antes de golpearlas con una piedra que tomó del suelo. Oyó voces amortiguadas procedentes del otro lado y aguzó el oído, tan solo se oía un runrún ininteligible. Gritó de nuevo para alertarlos de su presencia.

—¡Estamos aquí! ¡Estamos aquí!

La embarazada emitía pequeños gemidos, ¿era eso normal? Recordó los dolores que había sentido ella misma al sufrir el aborto. La mujer gritó de repente, se aferró el vientre y la miró con ojos muy abiertos y llenos de impotencia bajo la luz de la linterna. Solo estaba asustada, ¿verdad? ¡Era imposible que fuera a dar a luz allí!

La aterraba no poder salir de allí, no volver a ver la luz del día ni a Bobby, pero tenía que centrarse en ayudar a aquella mujer. El lugar estaba lleno de suciedad y, aunque extrañamente amortiguado, todavía alcanzaba a oír el sonido de las bombas cayendo sobre la ciudad por encima del refugio, todavía oía el distante *ra-ta-tá* del fuego antiaéreo. Le vino a la mente la imagen del pequeño y exquisito jardín de Mdina, su jardín. Tragó saliva con dificultad. ¿Y si terminaban muriendo todos? Los niños lloraban con quedos gemidos. La mujer había empezado a jadear y se aferró con más fuerza a su muñeca de repente, soltó un grito, y entonces se aquietó de nuevo cuando pasó la oleada de dolor.

Riva entraba y salía de una especie de estupor, se sentía descompuesta y sofocada por el calor y el olor. Fueron pasando las horas, unas horas interminables, había perdido la noción del tiempo. Se moría por ver la luz, la luz del día, cualquier luz, allí solo había oscuridad y el resplandor mortecino de la linterna.

El bombardeo terminó.

Hubo entonces un respiro.

Los niños se habían quedado dormidos y les dio la tableta de chocolate cuando despertaron.

Se hizo el silencio de nuevo.

Pero no duró mucho, lo quebró un súbito gemido gutural seguido de un grito. Riva no podía ni imaginar el dolor que debía de estar sufriendo aquella mujer, le sostuvo la mano y le habló con voz suave intentando calmarla mientras la oía suplicar ayuda con desesperación. No tenía ni idea de lo que iba a durar el parto.

La mujer empezó a jadear entre pequeñas inhalaciones entrecortadas.

Riva esperó y rezó con el corazón encogido.

Tuvo la impresión de que hacía más frío…, o más calor, no estaba segura. ¿Hasta cuándo iba a durar el oxígeno? Los pensamientos se sucedían atropelladamente en su cabeza hasta que sintió que se mareaba, lo único que quería en ese momento era poder cerrar los ojos y dormir.

Pero entonces se oyó un berrido agudo e inconfundible. El bebé. Recobró la conciencia por completo y extendió las manos entre las rodillas alzadas de la mujer. Atónita, con el corazón palpitando acelerado, tocó la suave piel de un bebé que se retorcía en el suelo. Se quitó la bufanda, lo envolvió en ella con sumo cuidado y se lo entregó a su madre. Esta estaba hablando con apremio y, aunque no la entendió, oyó la palabra «placenta» y comprendió lo que estaba intentando decirle. Claro, sabía lo que tenía que pasar a continuación.

Permaneció a la espera, rezando para que ocurriera de forma natural; poco después, la mujer soltó una exclamación ahogada y se oyó un chorro de líquido. ¿Sangre? ¿Era sangre? Y entonces oyó que algo húmedo caía al suelo.

—¡Corta! —dijo la mujer, imitando unas tijeras con los dedos.

Pero allí no había cuchillos ni tijeras, ¿no? A lo mejor llevaba unas de manicura en el bolso, pero no sabía si servirían, ¿sería peligroso? ¡No tenía ni idea! «¡Date prisa!», se dijo con apremio. «¡Date prisa!». Dejó la linterna en el suelo, rebuscó en el bolso con dedos trémulos y estuvo a punto de echarse a llorar de alivio cuando abrió la cremallera del bolsillo interior y las encontró allí, junto con un pintalabios. Tomó la linterna de nuevo para echar un vistazo a la situación y vio la placenta en el suelo, como un bulboso pedazo de hígado de color violáceo. No sabía por dónde cortar, la mujer le indicó que un poco más arriba; batalló entonces con el duro cordón con sus minúsculas e inútiles tijeritas, mientras la oía exhalar sonidos de impaciencia y exasperación. Una vez concluida la tarea, la mujer le indicó con gestos que hiciera un nudo, alzó al bebé y lo despojó de la bufanda. Ella anudó el cordón con rapidez y lo más cerca que pudo del vientre del recién nacido, no se percató de que tenía el aliento contenido hasta que lo soltó al terminar con un largo y trémulo suspiro.

Los dos niños se acurrucaron junto a su madre y Riva se acercó de nuevo a las rocas caídas, las iluminó con la linterna para ver si podía mover alguna sin arriesgarse a provocar otro desprendimiento. Le daba miedo equivocarse, pero al final decidió que no tenía más opción que correr el riesgo y sacó algunas de las más pequeñas; fue ganando confianza de forma gradual y apartó unas cuantas más grandes. Y así siguió, haciendo alguna que otra pausa para gritar pidiendo auxilio, a pesar de que ya no oía voces procedentes del otro lado. Exhausta, sintiéndose como si tuviera la garganta y el pecho en carne viva, se sentó en cuclillas de nuevo. Temía que no lograran salir jamás de allí.

44

FLORENCE

Malta, 1946

Florence estaba de pie en la cubierta del ferri al amanecer, pensando en Rosalie bajo la caricia de una suave brisa que traía consigo un penetrante olor a algas y el olor salobre del Mediterráneo. Se preguntaba si podría encontrar a su tía después de tanto tiempo, si lograría descubrir sus secretos y averiguar lo que había estado haciendo a lo largo de aquellos años. Claudette anhelaba recibir noticias de su hermana, ¿podría dárselas? Aferró la barandilla con fuerza y rezó por obtener algún resultado positivo. Estaba decidida a hacer todo lo posible y se sentía esperanzada, pero tenía muy poca información acerca de Rosalie; de hecho, ni siquiera estaba segura de poder reconocerla en caso de cruzarse con ella por la calle. Lo único que sabía era que tenía un lustroso cabello pelirrojo, que había sido una joven rebelde… y que poseía una pulsera idéntica a la de Claudette, la pulsera que esta le había entregado para ayudarla a encontrar a Rosalie y que ahora llevaba puesta a diario. Y sabía también —o creía saber, al menos— que su tía había vivido en Malta en algún momento dado. Pero las probabilidades de encontrarla parecían remotas; al fin y al cabo, quién sabe si se había marchado de allí años atrás.

Era temprano aún cuando el ferri procedente de Siracusa echó el ancla en las aguas del puerto de La Valeta. Las aves marinas parecían darles la bienvenida con sus graznidos mientras contemplaba maravillada la estampa de los enormes adarves, muros defensivos y baluartes que se alzaban como riscos de las profundidades del mar.

—Qué lugar tan impresionante, Jack —dijo minutos después.

Él la tomó de la mano para ayudarla a bajar a una de las pequeñas embarcaciones que se mecían en el agua; al parecer, se llamaban *dghaisas*, y eran una especie de góndolas de color rojo, amarillo y azul con unos ojos pintados a ambos lados. Un barquero que permanecía de pie en la proa y empujaba con un largo remo los condujo a un muelle situado junto a unos amplios escalones; desembarcaron entonces, y se tomaron un momento para mirar alrededor. El lugar olía a pescado y había un montón de gatos esperando en la zona a la que se llevaba la pesca capturada, pero se quedó horrorizada al ver que buena parte de los muelles estaban destruidos.

—Santo Dios. Aún les queda mucho trabajo por delante.

Edward había cumplido con lo dicho; le había facilitado a Jack el número de teléfono y la dirección de un oficial de urbanismo que estaba a cargo de los planes de reconstrucción de Malta, y también se había encargado de reservarles una habitación con vistas al Gran Puerto en el British Hotel.

Mientras se dirigían hacia allí, vieron a su paso los desoladores daños causados por las bombas; había escombros amontonados en las calles, casas maltrechas, y algunos edificios antiguos habían quedado totalmente destruidos. Se habían acondicionado viviendas temporales por todas partes, aunque Florence tuvo la duda de si eran una especie de refugios y le preguntó a Jack al respecto.

—Esta gente debe de haberse quedado sin casa —contestó él.

Las pequeñas cabañas estaban construidas con hojalata y fragmentos de edificios derruidos. Florence percibió un olorcillo a carbón y a cebollas fritas, y vio a un grupo de mujeres cocinando en fogatas preparadas en la calle; otras lavaban ropa en palanganas o cortaban leña, y había niños correteando de acá para allá.

—Dios, aquí han pasado las de Caín —dijo Jack—. La RAF operaba principalmente desde el aeródromo de Luqa, una localidad de Malta. Se convirtió en su cuartel general de las operaciones en el Mediterráneo durante la guerra.

—¿Cómo lo sabes?

—Ahora ya es información de dominio público.

El hotel estaba en buenas condiciones, pero localizar a Rosalie en medio de aquel caos parecía una tarea imposible y Florence se sintió abrumada.

—No sé por dónde empezar —admitió, mientras Jack contemplaba el paisaje por la ventana de la habitación—. Antes de nada, me gustaría conocer un poco la isla, y formular un plan a partir de ahí. Tú puedes hablar con la gente para ver si averiguas algo.

Jack bajó a recepción para llamar al teléfono que le había facilitado Edward, y concertó una cita para el día siguiente. No sabía si se le presentaría alguna oportunidad de trabajo durante su estancia allí, pero iba a intentarlo al menos.

—Vamos a acostarnos ya —le dijo ella horas más tarde, tras regresar al hotel después de dar un paseo por la ciudad.

Él se acercó de inmediato, la tomó en brazos y la llevó a la cama.

—Eres tan liviana como una pluma.

—No es verdad. Gladys estuvo cebándome durante meses, y comí como una cerda en Sicilia.

—Una cerdita adorable —dijo él, sonriente, antes de besarle la punta de la nariz.

A la mañana siguiente, Florence se levantó temprano y escribió una carta dirigida a Hélène. Había estado posponiéndolo, pero se obligó a sentarse y a hacerlo de una vez.

Mordisqueó pensativa su lápiz antes de empezar.

Mi querida, queridísima Hélène:

Por fin estoy en Malta con Jack, esperamos poder encontrar a Rosalie. Acabamos de llegar. La ciudad ha sufrido muchos daños, multitud de bellos edificios antiguos fueron destruidos durante la guerra. ¿Sabías que esta islita sufrió 3000 ataques aéreos? Es difícil de creer, pero hay daños por todas partes. La gente pasó mucha hambre en un momento dado, porque se bloqueó el paso de los buques de aprovisionamiento. Tampoco tenían medicinas. Se me rompe el corazón solo con pensarlo, es horrible.

En fin, dejemos el tema. Espero que Élise, mi preciosa sobrina Victoria y tú misma estéis bien. Me muero de ganas de veros, pero, antes de eso, hay algo que debo contarte.

Cuando estábamos en Sicilia, antes de venir a Malta, Jack me propuso matrimonio y yo acepté. Espero que esta noticia no te moleste, soy consciente de que tuvisteis una relación estrecha en el pasado. Jack y yo nos hicimos pareja hace muy poco, fue cuando estábamos en Sicilia. Como bien sabes, él pasaba buena parte del tiempo ausente durante mi estancia en Devon. Pero, durante ese tiempo, me debatía con los sentimientos cada vez más fuertes que albergaba hacia él, y ahora sé que a Jack le pasaba lo mismo conmigo. Lo lamento muchísimo, Hélène. Espero que puedas comprenderlo. Y espero de corazón que tú también encuentres a alguien, o que te sientas con ganas de encontrarlo.

Jack me ha dado permiso para que te cuente ciertas cosas sobre las que no podía hablar durante su estancia en Francia. En primer lugar, en aquel entonces estaba casado, aunque el divorcio ya se ha llevado a cabo. Es una historia muy triste. Belinda (su exmujer) y él tenían un hijito de cuatro años que murió durante la guerra, creo que eso explica en buena parte su actitud cuando lo conociste.

Ha estado llorando la pérdida de su hijo durante todo este tiempo, pero ahora ya se siente preparado para seguir adelante.

En fin, así están las cosas.

Te mando todo mi amor. Dale un abrazo a todo el mundo de mi parte, por favor. Por cierto, casi se me olvida: la última vez que vi a maman, *estaba muy delgada. Si las líneas telefónicas se han restablecido, ¿podrías llamarla desde la consulta para ver si está bien? Necesita con desesperación que yo encuentre a Rosalie, así que voy a hacer todo lo que pueda por conseguirlo. Quién sabe, a lo mejor podemos estar todas juntas por fin dentro de poco.*

Te quiero, hermana.

Florence xxx

Jack ya se había ido, así que se vistió y decidió salir en busca de algún lugar donde poder mandar la carta. Atraída por el delicioso aroma a café y pan, se detuvo a desayunar en una pequeña cafetería. La dueña se acercó a preguntar si necesitaba algo más cuando vio que había terminado y, consciente de que debía empezar por alguna parte, contestó en inglés:

—Tengo que encontrar a una persona desaparecida, ¿sabe dónde podría buscar información?

La mujer hizo una mueca.

—Hubo muchos desaparecidos después de los bombardeos, casi todos han sido encontrados. ¿De cuándo estamos hablando?

—No lo sé, puede que viviera aquí durante años. Era una mujer francesa, Rosalie Delacroix.

—Lo siento, ese nombre no me suena de nada. Intenta buscar en los archivos de la ciudad, lo que queda de ellos. O en los registros del ayuntamiento. —La mujer hizo una pausa y entornó los ojos como si estuviera pensando en algo—. No sé si esto te servirá de algo, pero el hijo de mi prima es profesor universitario y tiene contactos. —Anotó algo en su libretita, arrancó la hoja y se la dio.

Al salir de la cafetería, Florence se tomó unos segundos para recorrer la calle con la mirada. Los transeúntes avanzaban entre los montones de escombros que todavía estaban a la espera de que los recogieran. Preguntó a un anciano dónde estaban los archivos de la ciudad, y él señaló en dirección al ayuntamiento.

—Todo lo que queda está ahí.

—¿Y el Registro Civil?

—Pues no sé dónde estará ahora —contestó él, rascándose la cabeza—. Lo trasladaron durante la guerra.

Cuando llegó al ayuntamiento y solicitó entrar a consultar los archivos, el funcionario no se mostró nada dispuesto a cooperar. Sentado tras una ordenada y bien lustrosa mesa de caoba, la miró ceñudo y dijo que no con la cabeza.

Pero ella no se rindió y lo miró con la mejor de sus sonrisas antes de dirigir la mirada hacia el cuadro que él tenía a su espalda, uno donde aparecía una Malta dorada y sin los estragos de la guerra.

—Debía de ser un lugar precioso —afirmó. Le oyó mascullar algo ininteligible, pero no cejó en su empeño—. Mire, he venido desde Inglaterra para encontrar a mi tía. Debo averiguar si sobrevivió a los bombardeos, ni siquiera sé si se encontraba aquí.

—¿Tiene autorización para consultar los archivos?

—¿Dónde puedo obtenerla?

—La concede la policía, hay que cumplir los requisitos.

—¿Cuáles son?

—Vaya a la policía, allí la informarán.

—¿No puede ayudarme? Aunque sea un poquito.

Él se encogió de hombros y se limitó a bajar la mirada hacia los documentos que lo tenían atareado.

—En ese caso, ¿podría decirme dónde está el Registro Civil? Ya sabe…, nacimientos, defunciones, matrimonios.

—Primera puerta a la izquierda.

Bueno, al menos estaba cerca, eso no se lo esperaba. Pero su alegría fue efímera porque, después de una larga espera en una incómoda silla de madera, el funcionario del registro (un hombre corpulento que se movía con una lentitud supina) regresó y le dijo que no había encontrado ningún dato relativo a Rosalie Delacroix.

—Todos los registros realizados durante la guerra se perdieron en un incendio. La oficina se había trasladado temporalmente a Rabat porque no esperábamos que hubiera bombardeos en aquella zona, pero cayó una bomba.

—¿Hay algo posterior a la guerra?

—He buscado el nombre que usted me ha dado. Me temo que no hay nada.

Florence suspiró, pero no se dio por vencida y decidió que, en vez de acudir a la policía, probaría primero en la dirección que le había dado la dueña de la cafetería. Rezó para que el edificio siguiera en pie, y se sintió aliviada cuando llegó y vio que parecía intacto. Era un lugar antiguo y laberíntico repleto de pasillos y salas, escaleras y aulas, y olía a canela y a cera de abeja. Cuando encontró por fin la sala de la primera planta que buscaba, tocó a la puerta. Nada, no obtuvo respuesta. Dio varios toquecitos más, ligeramente titubeante, y entonces oyó movimiento en el interior…, retrocedió un paso, sobresaltada, cuando la puerta se abrió de golpe y apareció en el umbral un hombre desaliñado que la fulminó con la mirada.

—Perdón, ¿le he despertado de la siesta? —Intentó decirlo con toda la naturalidad posible.

El robusto y despeinado desconocido se quedó mirándola con indignación, y de repente se echó a reír.

—Sí, lo admito. ¿Quién es usted?

Florence se presentó y explicó el motivo de su visita.

—Soy Fleming Camilleri. Llámame Cam, así se me conoce. ¿Y dices que estás buscando a tu tía?

—Sí. Rosalie Delacroix, francesa.

—¿Has acudido a la policía?

—Aún no. Necesito una autorización para consultar los archivos del ayuntamiento.

—Eso es fácil, puedo facilitarte una yo mismo.

—¿En serio? El funcionario del ayuntamiento me ha dicho que las da la policía.

—Sí, y yo también. Y cualquiera de los profesores de esta universidad, de hecho. Espera un momento, voy a buscarlas.

Se puso a rebuscar en los cajones de su escritorio, sacó un talonario y arrancó la primera hoja.

—Aquí está. ¿Puedes repetirme tu apellido, Florence?

—Baudin. —Lo dijo sin pensar, y entonces se dio cuenta de que tendría que haber dicho que se apellidaba Jackson si quería fingir que estaba casada con Jack.

Él rellenó la autorización, la firmó y se la entregó. La observó en silencio unos segundos antes de decir:

—No sé, pero… ¿quieres que te acompañe?

—¿Podrías hacerlo? ¡Me serías de gran ayuda! Si no estás muy ocupado, claro.

—Esta semana la tengo libre, no hay estudiantes. Lo que sea, con tal de librarme de ordenar esto. —Indicó con la mano su escritorio cubierto de papeles y los montones de archivos que había diseminados por el suelo.

Ella se echó a reír.

—¿Qué asignatura enseñas?

—Ojalá lo supiera.

—¡Venga ya!

—La dichosa Historia Antigua, ni más ni menos. —Se echó a reír—. Lo que se conoce como «los clásicos». Anda, vamos.

No encontraron ningún dato sobre Rosalie en el ayuntamiento, así que él se ofreció a llevarla a hacer un recorrido por La Valeta. Ella aceptó, agradecida de tener un guía.

—Me gustaría colocar tarjetas en la ventana de algunas tiendas, preguntando si alguien sabe dónde está mi tía o tiene alguna información sobre ella. Ya he preparado unas cuantas.

—¿Tienes alguna fotografía suya?

—No, por desgracia.

—Qué lástima. No te preocupes, iremos parando en las tiendas por el camino. Hay que ir en moto, espero que no te importe. No tengo coche. En cualquier caso, es mejor la moto mientras las calles sigan llenas de escombros.

Florence asintió. Era un alivio haber encontrado a alguien que estaba dispuesto a ayudarla.

—Perfecto. Así podré hacerme una idea de la distribución de las calles de La Valeta, y saber dónde está cada cosa.

Y así fue como, yendo de paquete en una moto, aprendió rápidamente a ir desde el fuerte de San Elmo hasta la Casa de Aduanas, y de allí a la sección superior de los jardines de Barrakka. Él indicó la biblioteca y la estación de policía, la llevó desde la bombardeada Casa de la Ópera hasta los jardines de Hastings y el hotel Phoenicia, la llevó después de vuelta al hotel donde se alojaban Jack y ella. Y por el camino fue seleccionando una media docena de tiendas cuyos propietarios accedieron de buen grado a poner en sus ventanas las tarjetas que ella había preparado.

* * *

Más tarde, cuando Cam la llevó a los acantilados, las playas y los pueblecitos del interior, Florence se enamoró de la isla. Albergaba la esperanza de que a Rosalie le hubiera pasado lo mismo. Sí, ojalá que aquel precioso cielo azul, los blancos caminos de tierra y las brillantes aguas turquesa del mar la hubieran cautivado hasta el punto de que decidiera permanecer allí. El mar se atisbaba prácticamente desde cualquier parte y, mientras sentía la cálida brisa en las mejillas e inhalaba el olor a sal y a algas, imaginó a Rosalie haciendo lo mismo.

Mientras recorrían los caminos con la moto, vieron granjas rodeadas de campos protegidos por muros de piedra, unos muros tras los cuales asomaban chumberas y algarrobos. Cam era una inagotable fuente de información sobre la historia de la isla, un tema que la fascinaba. Cuando fueron adentrándose en la zona del interior, su mente retrocedió en el tiempo hasta la época en que el rey Carlos V cedió la isla a la Orden de los Caballeros de San Juan. «Todo va y viene», se dijo para sus adentros, antes de inhalar hondo y saborear el perfumado aire.

—¡Lo que daría por ser una mosca en la pared de la historia! —exclamó.

Sonrió al ver que Cam se echaba a reír. Le caía muy bien, era uno de esos hombres que parecían disfrutar de la vida; además, a pesar de ser profesor de «la dichosa Historia Antigua», era alegre y divertido.

Cuando Jack regresó al hotel, ella misma acababa de llegar y todavía estaba cepillándose el pelo para intentar quitarse el polvo del camino.

—¿Al final has podido salir? —le preguntó él.

Se dio la vuelta para mirarlo y asintió sonriente.

—Sí, ¡ha sido maravilloso!

Procedió a hablarle de Cam y a contarle cómo había pasado el día.

—¿No habéis encontrado ni rastro de Rosalie?

—No. —Apartó la mirada.

—A ti te pasa algo. Venga, cuéntame.

Florence suspiró. Quería localizar a Rosalie por su madre, pero le preocupaba la posibilidad de terminar sacando a la luz algo oscuro o perturbador.

—No es nada —le aseguró a Jack.

—Bueno, en ese caso…, tengo noticias…

—¡No me tengas en ascuas!

—Ha sido por pura casualidad, pero he encontrado un lugar donde alojarnos. —La alzó en brazos y la hizo girar—. He visto un anuncio y he pedido información.

—¡Bájame, salvaje! ¿Dónde es?

—Bastante cerca de aquí, y podemos instalarnos mañana mismo.

45

El espacioso apartamento que Jack había encontrado en La Valeta estaba situado en una segunda planta, y era una verdadera joya. Pertenecía a un banquero inglés que había regresado a Londres al inicio de la guerra y no pensaba regresar todavía. Jack se había enterado de su existencia durante su visita al oficial de urbanismo, quien había puesto un anuncio solicitando un supervisor para los trabajos de restauración que se iban a llevar a cabo. Había resultado ser la oportunidad perfecta. Era un apartamento de altos techos ornamentados y grandes ventanales que había sido fabuloso en otros tiempos, pero había sufrido daños durante la guerra; aun así, seguía siendo habitable: había que reparar parte del enyesado y uno de los balcones estaba medio colgando y era un peligro. Podían alojarse allí sin pagar ningún tipo de alquiler, con la condición de que Jack supervisara las obras y consiguiera terminarlas en un plazo de tres meses.

Había un par de grandes dormitorios con vistas a una calle de casas barrocas de piedra caliza, cada una de ellas con su colorido *gallarija* de madera; el cuarto de baño, la cocina y la sala de estar, por su parte, daban al patio de la parte posterior, que parecía ser el lugar donde todo el mundo tendía la colada. El propietario del apartamento había mandado un giro con cierta suma de dinero al oficial de urbanismo, quien se encargaría de ir entregando al constructor lo necesario para los materiales tras recibir la factura correspondiente.

—¡Me encanta! —dijo Florence, al verlo por primera vez.

—Sí, es fantástico —asintió Jack—. Solo tienes que ir con cuidado de no pisar el balcón del segundo dormitorio.

Al día siguiente de instalarse allí, él le preguntó qué planes tenía para buscar a Rosalie y si necesitaba que la ayudara. Florence estaba encantada de haber dejado el hotel; aunque todavía no había encontrado ninguna pista, estaba muy animada y deseosa de centrarse debidamente en la búsqueda.

—No, no te preocupes. Quiero ir a ver un sitio antes de ponerme a pensar en lo que hay que hacer y en qué orden. ¿Y tú?

—Voy a verme con alguien en una pequeña iglesia de Rabat; según me han dicho, está cerca de una ciudad llamada Mdina.

—¿Mdina? Ahí es a donde tenía pensado ir hoy.

—¿Con tu amigo Cam? ¿Debería ponerme celoso? —Fingió estar indignado.

Ella se echó a reír.

—¡No digas tonterías! Iré en autobús en cuanto el constructor se vaya.

—Perdona que te haya encasquetado esa tarea.

—No te preocupes. Oye, quizá pueda ir caminando después a tu iglesia, si está lo bastante cerca. Dame la dirección, igual podemos comer juntos.

El constructor que había recomendado el oficial de urbanismo llegó poco después de que Jack se fuera. Era un maltés de rostro rubicundo con mostacho y ojos chispeantes que solo decía alguna palabra esporádica en inglés; parecía dominar el italiano, lo que no servía de mucho en ese caso porque ella no hablaba dicho idioma.

Por suerte, Jack ya se había reunido previamente con él y le había explicado lo que había que hacer, y el hombre estaba recorriendo ahora el edificio en busca de grietas, meneando la cabeza y poniendo caras; cuando ella le dio un vaso de agua, él le dio las gracias asintiendo repetidamente y sonriendo, y entonces alzó tres dedos. Sonrió complacido al verla asentir, aunque lo cierto era que ella no tenía ni idea de lo que había querido decir.

Cuando él se marchó, Florence tomó un autobús en dirección a

Mdina. Cam le había asegurado que merecía la pena visitar aquel lugar, y no había mentido. Se quedó maravillada al ver los baluartes centenarios, los elevados y dorados muros, los domos, las torres y las cúpulas. Era un lugar perfectamente conservado, completamente inexpugnable. Después de cruzar la enorme entrada de piedra, paseó por el laberinto de estrechas calles y se dio cuenta de que alguien estaba observándola desde una ventanita situada en lo alto de uno de los edificios de piedra. Aunque aquella ciudad tan antigua era una verdadera maravilla, no pudo contener un escalofrío. El silencio que reinaba allí tenía algo de fantasmagórico, y le costaba imaginar a Rosalie viviendo en un lugar así.

—¿Quién vive aquí? —le preguntó a un anciano que paseaba un perro.

—Nobleza maltesa —contestó huraño y sin detenerse.

Después de pasear un rato por Mdina, le preguntó al conductor de una furgoneta de fruta que iba en dirección a Rabat si podía llevarla, y este accedió. Poco después estaba en la pequeña iglesia de la que le había hablado Jack. Él estaba inspeccionando aún el lugar, cubierto de polvo y mugre, pero sonrió al verla llegar.

—¿Has averiguado algo?

—No —contestó ella—. Todavía estoy ubicándome, pero es una isla preciosa a pesar de los destrozos de las bombas. Ahora ya estoy lista para planear lo que voy a hacer.

—He conseguido dos bicicletas de segunda mano y he hecho que nos las traigan aquí, así podrás moverte con mayor libertad. Podemos volver juntos a La Valeta pedaleando, si no te importa esperar una media hora.

Más tarde, cuando regresaron en bici al apartamento, Florence preparó algo sencillo para comer, tortilla y ensalada, y después se puso a escribir una lista.

—¿Qué es lo primero? —preguntó Jack.

—Bueno, he puesto los hospitales, las iglesias y los periódicos para mañana, pero esta tarde voy a ir a la policía.

* * *

El agente que estaba en el mostrador de la central de policía, un hombre corpulento con un gran mostacho, se rio abiertamente de ella.

—Usted cree que puedo encontrar a alguien que desapareció hace… —alzó la mirada hacia el techo— no sabe cuánto, de no sabe dónde, y que puede que ni siquiera estuviera aquí. ¿Es eso? Y lo único que puede decirme es que era una mujer francesa.

—¡Sigue siéndolo! —No pudo evitar indignarse, pero suspiró y decidió cambiar de táctica y adularle—. Tengo entendido que la policía de esta ciudad es especialmente eficiente.

—Hacemos lo que podemos —asintió él.

—Sí, ya me lo dijeron en el hotel.

—¿Está aquí de visita?

Florence se mordió el labio y probó con el papel de damisela en apuros, aunque en realidad estaba molesta y tenía ganas de zarandear a aquel hombre.

—Estoy intentando localizar a mi tía. Verá, es que mi madre está de lo más afectada por su desaparición.

—Lamento oír eso, querida mía.

Ella lo miró con ojos lastimeros y cara de indefensión.

—¡Mi pobre madre solo quiere que encuentre a su hermana!

—Qué triste. Perdimos a mucha gente durante la guerra, incluyendo a mi propio primo. Pero así son las cosas.

—Es posible que fuera bailarina, ¿podría revisar los registros?

—Lo siento, pero esta no es nuestra ubicación habitual. Esta oficina es temporal. La mayoría de nuestros registros quedaron hechos cenizas. Y, para serle sincero, está buscando una aguja en un pajar.

—Pero esta isla es muy pequeña…

En esa ocasión fue él quien se indignó.

—Puede que sea pequeña, pero mucha gente pasa por aquí. Tanto legal como ilegalmente.

Florence bajó la cabeza, parpadeó repetidamente con disimulo, y alzó la mirada con los ojos humedecidos. El truco funcionó y el hombre cedió de inmediato.

—Mire, si era bailarina, debería ir a preguntar a los clubes de Strait Street una noche de estas. ¿Cuándo calcula que pudo estar aquí su tía?

—Hace unos años.

—Vaya. En fin, le deseo suerte.

Florence regresó al apartamento y se puso a hacer unos cartelitos con intención de ponerlos en las ventanas de algunas tiendas; más tarde, al anochecer, fue a Strait Street con Jack. Era una zona decrépita, había carteles medio caídos en las derruidas paredes y multitud de gatos y perros callejeros. Tuvieron que pasar por encima de montones de escombros, y Florence sintió que se asfixiaba con el pestilente olor a col hervida, cerveza rancia, orina y perfume barato. Estaba cansada y sudorosa, necesitaba con urgencia darse un largo baño; aun así, entraron a preguntar en todos y cada uno de los clubes que estaban abiertos. Había muchos cerrados, y estaban a punto de darse por vencidos cuando encontraron uno donde había un tipo que parecía tener ganas de hablar.

—¿Una francesa?

Florence asintió.

—Teníamos bailarinas extranjeras. Francesas al principio, después eran casi todas húngaras. Y las extranjeras tuvieron que largarse cuando estalló la guerra, claro. Las británicas se quedaron, algunas francesas también. Pero se montó un buen lío en los años treinta.

—¿De qué tipo?

—Pagadme una cerveza y os lo cuento.

Jack se la pagó y Florence se sentó, dispuesta a escuchar.

—Tráfico de personas. Aunque en aquel entonces solíamos llamarlo el mercado de la esclavitud blanca.

Ella soltó una exclamación ahogada, se preguntó angustiada si su tía habría corrido esa suerte. ¿A eso se refería con aquel único mensaje que había mandado a Claudette, pidiendo ayuda?

Jack le pasó un brazo por los hombros.

—Lo siento, ricura —dijo el hombre—. No quería hacerte pasar un mal rato.

—No, estoy bien. ¿A quién debería dirigirme en busca de información sobre ella?

—Prueba en los periódicos, informaron sobre una investigación que hizo la policía. Puede que haya algo si la entrevistaron, aunque no es muy probable. Además, el *Times of Malta* también fue bombardeado, como todo lo demás. Y también podrías probar en las iglesias, claro. Puede que se casara… o que la enterraran.

Ella asintió pensativa. Esperaba que la segunda opción no resultara ser la correcta.

—Tendrás que llamar al *Times*, concertar una cita —añadió él.

El tipo del club estaba en lo cierto. Cuando Florence cruzó las puertas del *Times of Malta* una semana después para acudir a la cita, un hombre de aspecto oficioso que tenía unos dientes horribles, una boca pequeña y un aliento fétido la condujo a un despacho diminuto que apestaba a tabaco. Él le dijo que sí, que el periódico había sido bombardeado junto con la hemeroteca, aunque una parte del edificio estaba razonablemente bien y se consideraba lo bastante segura para trabajar en ella. Cuando ella le explicó el motivo de su visita, le dijo que debía presentar la petición por escrito y que el archivista contactaría con ella después de buscar la información solicitada. En el transcurso de aquella semana previa a su visita al periódico, no había tenido suerte en las iglesias ni en los hospitales de La Valeta, y ahora se sentía totalmente frustrada. Había regresado a Strait Street y había hablado con unas cuantas bailarinas, pero ninguna de ellas había oído hablar de Rosalie; en cuanto a la investigación sobre el tráfico de personas, solo sabían que se había llevado a cabo mucho tiempo atrás. Y también había regresado a la estación de policía para preguntar si Rosalie había sido arrestada en alguna ocasión, pero tampoco había servido de nada.

Fue pasando el tiempo, a Florence se le agotaban las opciones y todavía no había tenido noticias del archivista del *Times*. En ese momento tenía ante sí una carta procedente de Francia que había llegado por correo aéreo, Jack había pasado a retirarla en poste restante. Estaba nerviosa y le dio vueltas en las manos varias veces, había reconocido la letra y estaba haciendo acopio de valor para abrirla.

Suspiró y abrió el sobre con cuidado. Los ojos se le nublaron de lágrimas cuando empezó a leer.

Querida Florence:

He hablado con nuestra madre y tienes razón, no está bien. Lamento tener que decírtelo así, sin más, pero Claudette padece un cáncer incurable. No sé cuánto tiempo piensas permanecer en Malta, pero creo que solo le quedan unos pocos meses. Tres o cuatro, quizá; puede que menos. Ahora que es posible viajar, voy a ir a Inglaterra para cuidarla, pero Élise y Victoria se quedarán en Francia hasta que el inevitable desenlace esté más próximo.

En cuanto a Jack, lamento saber lo de la pérdida de su hijo. Transmítele mis condolencias, por favor.

Élise te manda su amor.

Hélène

La releyó varias veces. Su madre estaba enferma, enferma de gravedad. Dios, tendría que haberse quedado con ella, tendría que haberla cuidado cuando había tenido oportunidad de hacerlo. Tan solo le quedaban unos meses, la mera idea le resultaba inconcebible. Sintió que el pecho se le constreñía de dolor, sus ojos se inundaron de lágrimas. «¿Por qué no me lo dijiste, *maman*? ¿Por qué hiciste que me embarcara en esta búsqueda inútil cuando podría haber permanecido a tu lado?».

Miró a Jack y dijo con voz trémula:

—Son terribles noticias. Claudette está enferma, es grave. Cáncer. Hélène dice que solo le quedan unos meses. Mira, lee… —Apenas pudo terminar de hablar y le entregó la carta.

Permaneció allí sentada, con la cabeza apoyada en las manos, mientras él la leía. Anhelaba con todas sus fuerzas estar junto a su madre, le dolía estar tan lejos de ella. Tal y como estaban las cosas, todo parecía indicar que encontrar a Rosalie era una tarea imposible, así que tan solo quedaba regresar junto a Claudette lo antes posible. La imaginó saludable y con las mejillas radiantes, maquillada con su pintalabios rosa preferido y su brillante sombra de ojos azul. El pelo recogido en un moño perfecto, como siempre. Pero otra imagen apareció entonces en su mente, y sofocó a duras penas un sollozo. Claudette muy delgada, macilenta, moribunda, sin nadie a su lado; sin ella, sin su hija, acompañándola. Se cubrió la boca con las manos, cerró los ojos con fuerza. Y entonces pensó en lo formal y fría que sonaba la carta de Hélène, y en que esta sí que estaría en casa de su madre. Empezó a mecerse y apoyó la cabeza en las manos de nuevo, sacudida por desgarradores sollozos, destrozada ante la posibilidad de que Claudette muriera antes de que ella estuviera de vuelta en casa.

46

Florence y Jack estuvieron hablando hasta altas horas de la noche; hecha trizas por el agotamiento, la desilusión al ver que la búsqueda de Rosalie no avanzaba y el miedo por lo que pudiera pasarle a su madre, tenía el ánimo por los suelos.

—¿Podrías averiguar cuánto falta para que zarpe un barco rumbo a casa? —le pidió a Jack.

—No son frecuentes, eso lo tengo claro.

—A lo mejor tenemos suerte, quién sabe.

—Es posible que tengas noticias del archivista del *Times* antes de que podamos marcharnos —le advirtió él.

Florence anhelaba con toda su alma ver a Claudette, pero, por otra parte, la había visto tan desesperada por saber lo que había sido de Rosalie, que le dolía regresar con las manos vacías. Claudette contaba con ella, y quería darle algo de paz antes de que muriera.

—Voy a ir a cortarme el pelo —dijo, cuando Jack salió desnudo del baño—. No me apetece en absoluto, pero voy a enloquecer si me quedo de brazos cruzados.

—¿No preferirías volver a la cama?

Él tomó su mano y tironeó para atraerla hacia su cuerpo, pero Florence lo apartó con suavidad.

—¡Estás mojado! La decisión está tomada, tengo el pelo hecho un desastre y necesito tiempo para pensar. La peluquería es un buen lugar para ello.

—Yo creo que tienes bien el pelo.

—Pues iré a revisar los registros de alguna iglesia.

Sabía que centrarse con firmeza en su tarea era lo único que podía evitar que rompiera a llorar cada vez que pensaba en Claudette.

—Creía que ya habías estado en todas —dijo Jack.

—Solo he ido a las más grandes; además, no hablo maltés. Cam me dijo que esta vez vendría conmigo, puede que me sirva de ayuda.

—Está bien, nos vemos luego. ¿Me encargo de hacer la compra?

—¿Cómo va lo de la pequeña iglesia de Mdina? —preguntó ella.

—Aún estoy esperando a que me den el visto bueno. Por lo que parece, las cosas van muy lentas en este lugar.

—¿Qué pasará con la restauración del apartamento si tenemos oportunidad de volver pronto a Inglaterra?

—Ya se me ocurrirá algo.

Salió apesadumbrada del apartamento y se dirigió a Paris Style, la peluquería más antigua que pudo encontrar. Era un lugar al que la gente acudía desde hacía décadas, y cabía la posibilidad de que hubiera revistas del pasado; quién sabe, quizá encontrara allí alguna pista sobre Rosalie.

La mujer que iba a lavarle y a cortarle el pelo se llamaba Ganna. Era una señora maltesa grandota de enormes manos que iba vestida de negro de pies a cabeza, pero su cabello castaño era espectacular: largo, ondulado y lustroso.

—¿Te hago una melena por encima del hombro? —le preguntó con un brillo en la mirada.

—No, solo quiero un repaso. Arréglamelo un poco, por favor.

Ganna alzó las manos al aire.

—¡Siempre lo mismo! ¡Soy una artista! Me gusta cortar, dar forma, cambiar.

—Lo siento —murmuró Florence.

Ganna suspiró con resignación, le lavó el pelo y se puso a trabajar con las tijeras; era sorprendentemente diestra con ellas, a pesar del tamaño de sus manos.

Las dos mujeres que estaban sentadas junto a ella hablaban de sus respectivos hijos, pero Florence creyó oír algo que le llamó la atención. Aguzó el oído.

—Lulu dice que se lo contó su vecina.

—Pero ¿será verdad? —contestó la otra, en un audible susurro.

—Vete tú a saber. Por lo que tengo entendido, la vecina es bastante cotilla.

—A lo mejor es un caballo muerto.

—Qué va, Lulu dice que es el cadáver de una persona.

—¿Dónde lo han encontrado?

—En la zona de detrás de la vieja Casa de la Ópera.

—¿Hoy?

—Esta misma mañana.

—Vaya. La guerra terminó hace más de un año y todavía siguen apareciendo cuerpos. ¿Es un hombre?

—Lulu no lo sabía.

En cuanto tuvo oportunidad de marcharse sin parecer descortés, y a pesar de que todavía no tenía el pelo seco del todo, Florence pagó y se dirigió a la Strada Reale; allí estaban desde 1942 las ruinas de la Casa Real de la Ópera, flanqueadas por South Street y Ordnance Street. Era lamentable que la guerra hubiera destruido tantas y tantas cosas bellas. A escasa distancia había una casa derruida y llena de escombros que había sido acordonada, dos hastiados policías hacían guardia y se acercó de inmediato a ellos.

—¿Qué ha pasado? —Se lo preguntó al más joven de los dos, que tenía pinta de novato.

—Había un cadáver bajo los escombros. Una bomba extraviada debió de impactar aquí cuando faltaba poco para que terminara la guerra. Seguimos encontrando alguno que otro. Es triste, la verdad.

—¿Hombre o mujer? —preguntó ella.

—Mujer. No sé si estaba en muy malas condiciones, pero el pelo llamaba la atención.

—¿Por qué?

—Pelirrojo, llamativo. Debía de ser extranjera, aquí no hay nadie con un pelo así. —La miró con suspicacia—. ¿A qué viene tanto interés?

—Pobrecilla, ¿a dónde la han llevado? —Intentó aparentar indiferencia, aunque el corazón le latía a toda velocidad. Insistió al ver que él parecía reacio a dar más información—. ¿Sabe dónde está? Lo pregunto por mera curiosidad.

—Está en la morgue del hospital.

—Ah. En fin, que pase un buen día, agente. Espero que no tengan que pasar mucho tiempo aquí parados, haciendo guardia.

Florence consultó su reloj mientras intentaba controlar el pánico. Dios, ¿una mujer pelirroja? ¿Sería ella?, ¿sería Rosalie? Por si fuera poco, había quedado con Cam y temía llegar tarde. Se obligó a calmarse. Conocía un atajo hasta la universidad, puede que consiguiera llegar justo a tiempo.

Cuando tocó a la puerta de su despacho, él ya tenía la chaqueta puesta y comentó:

—Empezaba a pensar que no vendrías.

—Perdona, es que acabo de enterarme de que han encontrado un cadáver. Necesito un favor, ¿podrías ayudarme?

Al llegar esa noche a casa, Jack se dio cuenta al instante de que le pasaba algo.

—¿Estás triste por lo de tu madre? —La miró y se acercó a abrazarla—. Lo siento, Florence, pero habrá que esperar diez días hasta el siguiente barco. Ayer mismo zarpó uno, lo hemos perdido por los pelos.

—No es solo por ella, ¿no te has enterado?

—¿De qué?

—Hoy han encontrado el cadáver de una mujer, bajo los escombros de un edificio bombardeado. Cam ha llamado a un conocido suyo del hospital.

—Supongo que es normal que sigan apareciendo cuerpos, incluso después de tanto tiempo.

—Creen que murió en las postrimerías de la guerra; hará un par de años, quizá. Una bomba extraviada. Debido a cómo se mantuvo el cadáver bajo los escombros, solo está parcialmente descompuesto.

—Te preocupa que…

—No lo sé. Mañana voy a la morgue del hospital.

—Puede ser bastante…, en fin, desagradable.

—Jack, le han dicho a Cam que llevaba puesta una pulsera con colgantes. Y se trata de una mujer pelirroja, me he enterado por un policía. Tengo que ir, aunque solo sea para quedarme tranquila.

—Debe de haber multitud de pulseras similares.

—Puede ser.

—¿De verdad crees que podría ser Rosalie?

—No sé qué pensar. Incluso suponiendo que fuera así, eso no explicaría por qué nadie ha oído hablar de ella.

Él asintió…, y Florence lo miró enmudecida al comprender de pronto lo que pasaba.

—¡Ay, Dios! ¡Qué tonta soy! Seguro que se cambió el nombre, ¿cómo no se me había ocurrido antes? ¡Menuda obviedad! Debería preguntar por una francesa sin más.

—No te fustigues. Este lugar estaba lleno de franceses hace años, así que estarías en las mismas.

Jack acompañó a Florence a la morgue al día siguiente. Cam había telefoneado previamente al hospital para informarlos de que ella acudiría a ver el cadáver porque podría estar emparentada con la fallecida.

Al entrar en el vestíbulo, cuyas paredes estaban pintadas de un pálido verde amarillento, fueron directos al mostrador de recepción y allí les indicaron una escalera y les dijeron que doblaran a la derecha al llegar abajo, y que siguieran después los carteles indicadores. Presa de una profunda desazón, Florence tomó de la mano a Jack mientras seguían las instrucciones, que los condujeron a una puerta donde un cartelito invitaba a entrar y a tomar asiento. Giró el picaporte y entró en una sala del mismo verde horrendo del vestíbulo y los pasillos; vio un cartel con la dirección y el número de teléfono de una funeraria, junto con una pequeña fotografía de una iglesia. Después de tocar una campanilla situada en la pared, se sentó a esperar en una dura silla metálica con el corazón en un puño. No sabía lo que iba a encontrar al otro lado de aquella última puerta que iba a abrirse de un momento a otro, no sabía si estaba a punto de ver el cadáver de Rosalie.

Varios minutos después, un hombre casi calvo de mediana edad abrió la puerta.

—¿Señorita Baudin?

—Sí.

—Sígame, por favor.

Los condujo a una pequeña antesala y les pidió que esperaran de nuevo. La embargó un abrumador sentimiento de inminente fatalidad. Toda aquella espera interminable estaba poniéndola todavía más nerviosa y allí abajo, en las entrañas del hospital, hacía mucho frío, y no había nada con lo que distraerse porque lo único que había en la sala era una cruz en una de las paredes.

El asistente de la morgue regresó finalmente con algo envuelto en un trapo blanco, lo desenvolvió con cuidado y extendió la mano para mostrárselo.

Florence sintió que se le constreñía la garganta al ver de qué se trataba. Ay, Dios. La reconoció de inmediato, estaba familiarizada con todos aquellos pequeños colgantes. El caballito, el conejo, la torre Eiffel y la cabra, entre otros. Asintió con la cabeza y le mostró al hombre su propia pulsera antes de decir:

—Quiero ver el cuerpo. Creo que debo hacerlo.

—Si le preocupa que esté en muy malas condiciones, puedo asegurarle que no es así. Creemos que quedó atrapada en un espacio que permaneció sellado y seco; un sótano, probablemente. Tierra seca y escombros la cubrieron en esa burbuja de aire.

—¿Murió al instante?

—Es difícil de saber, pudo ser por las heridas sufridas o por asfixia. Cuando el edificio se derrumbó, quedó atrapada en una especie de cámara rocosa, por decirlo de alguna forma. Cabría esperar que hubieran entrado insectos, pero no parece ser el caso.

Los condujo a una pequeña sala donde un cadáver cubierto con una sábana blanca yacía sobre una camilla. El aire estaba impregnado de un olor dulzón, penetrante, y Florence se cubrió la nariz con una mano. La pulsera pertenecía a Rosalie, ¿estaba ante su cadáver? Sintió que el corazón se le iba a salir del pecho cuando el hombre apartó un poco la sábana y vio el rostro parcialmente descompuesto de aquella mujer. Tenía los ojos abiertos, la piel amoratada. Sofocó un gemido. A pesar de tener las facciones dañadas, era obvio que era pelirroja. Y sabía que la pobre Rosalie tenía una lustrosa melena pelirroja.

Retrocedió un paso, encorvó los hombros. Había perdido toda esperanza. Seguro que se trataba de su tía, quien había fallecido al caer una bomba en aquel edificio. En un momento dado, Rosalie debía de haber cambiado de identidad... o se había casado, aunque no había encontrado registros de un matrimonio en ninguna iglesia. ¿Había notado alguien su desaparición?, ¿había pasado totalmente desapercibida su muerte? Tenía que tratarse de Rosalie, era la única conclusión lógica, pero los muertos guardaban con celo sus secretos y aquella pobre mujer no iba a revelar su identidad.

Salió de la sala y el asistente de la morgue la hizo tomar asiento; entumecida, incapaz de asimilarlo aún, intentó explicar que no tenía ni idea de la identidad que había usado su tía en la isla, pero el hombre no le dio ninguna importancia a eso. Solo parecía estar interesado en certificar que la muerte de una mujer sin identificar hallada en las cercanías de la Casa de la Ópera había sido causada por una bomba extraviada en las postrimerías de la guerra.

Horas después, en la implacable oscuridad de la noche, Florence era incapaz de conciliar el suelo. No podía quitarse de la cabeza las imágenes de su tía fallecida, pero no era eso lo único que la desvelaba; a decir verdad, tenía la insistente sensación de que algo no encajaba, pero no habría sabido decir de qué se trataba. Jack farfulló algo entre sueños y la rodeó con un brazo, pero ella se apartó procurando no despertarlo, salió de la cama y fue de puntillas a la otra habitación.

Se sentó y pensó en su tía, se preguntó qué tipo de vida habría llevado. Sentía una profunda tristeza por la forma en que había muerto y por el hecho de que, al final, Claudette no volvería a ver a su hermana. Rosalie estaba muerta, Claudette lo estaría en breve. Jack había dicho que habría que esperar diez días al siguiente barco, ¿cómo era posible? Tenía que haber alguno antes, ¡no podía esperar tanto! Tenía que cuidar a su madre, transmitir la triste noticia y hablar cara a cara con Hélène. No tenía sentido seguir pensando en Rosalie.

47

RIVA

Malta, 1942

Riva no tenía conciencia del tiempo que llevaba atrapada en el refugio y estaba perdiendo la esperanza. Había dejado de rogar a Dios y de intentar hacer un trato con él; ya no albergaba esperanzas de que pudiera ocurrir un milagro y no tenía ni idea de cuánto podrían aguantar sin agua. Aquel lugar no tenía ninguna ventilación, hacía un calor sofocante, olía a miedo; cuanto antes llegara la muerte, mucho mejor. Le escocían los ojos, le dolía la cabeza y se sentía descompuesta, lo único que podía hacer era susurrar plegarias con voz queda. No tenía ninguna noción del tiempo, estaba inmersa en una eternidad sin principio ni fin. Anhelaba con toda su alma que Bobby la estrechara entre sus brazos, cobijarse contra su cuerpo. No sabía si volvería a verlo, ¿iban a quedar encerrados en medio de aquel denso silencio hasta el final?

En medio de la negrura, oyó un pequeño sonido sordo seguido de un fuerte chasquido. Soltó una exclamación ahogada. El refugio estaba a punto de derrumbarse, ¡quedarían enterrados vivos! Apretó la espalda contra la pared, se tapó frenética los oídos y aguardó el inevitable desenlace, pero no pasó nada. Hubo un breve silencio tras el cual volvió a oírse aquel sonido sordo, y fue entonces cuando la recorrió un chispazo de esperanza al comprender de dónde procedía. Se acercó a gatas a la pared de piedras caídas y gritó con todas sus fuerzas:

—¡Aquí! ¡Estamos aquí!

Esperó con el aliento contenido, no oyó nada y siguió pidiendo ayuda a gritos hasta que sintió la garganta en carne viva. Nada.

Pero entonces, gracias a Dios, oyó el amortiguado sonido de una voz. No alcanzó a entender lo que decía, pero, quienquiera que estuviera al otro lado, estaba moviendo las rocas. ¡Sí, no había duda! Los tenía cerca, ¡muy cerca! Esperó de nuevo con el aliento contenido, aterrada ante la posibilidad de que se desprendieran más rocas. La mujer se puso a rezar, los niños rompieron a llorar; un fino rayo de luz entró finalmente por una pequeña grieta.

—¡No os mováis! —dijo un hombre al otro lado de las rocas—. Vamos a sacaros, pero ¡no mováis ninguna piedra a ese lado!

Se mordisqueó el interior de las mejillas, aún no se atrevía a dar rienda suelta a la esperanza. No podía quedarse quieta, así que fue a ver cómo estaba el anciano y confirmó sus sospechas: estaba muerto, el pobre debía de haber fallecido del susto al caer la bomba. Regresó a la pared de piedras. Se moría de ganas de ponerse a apartar algunas, pero sabía que no debía hacerlo.

—¿Cuántos sois? ¿Cuánta gente hay atrapada? —preguntó el hombre, conforme el agujero iba agrandándose poco a poco.

Ella se lo dijo.

—Vale. Cuando yo lo diga, pásame primero a los niños. Tendrán que pasar arrastrándose.

Mientras los rescatadores seguían retirando las rocas, Riva enfocó con la linterna a la mujer, quien dijo algo en maltés con apremio e intentó empujar a sus hijos hacia el agujero. Contuvo el aliento cuando el hombre anunció que estaba listo. Los niños se aferraban a su madre y se negaban a soltarla, aterrados, pero el rescatador les habló en maltés hasta que logró convencerlos y se arrastraron por el agujero hacia sus extendidas manos.

—¡Ahora la mujer y el bebé! ¿Está en condiciones de hacerlo? —preguntó el hombre.

—Creo que sí —contestó Riva.

Gimiendo de dolor, sosteniendo al bebé frente a sí, la mujer logró pasar a rastras por el agujero.

—¡Ahora tú! —dijo el hombre.

—Hay un hombre muerto.

—No podemos arriesgarnos a que esto se derrumbe, debemos salvar a los vivos.

—Un momento, comprobaré si lleva identificación.

Se acercó trastabillante al anciano, pero no encontró nada en sus bolsillos.

Le dio un vuelco el corazón al oír un retumbante sonido sordo seguido de un fuerte chasquido. Consciente de que las rocas estaban moviéndose, regresó a toda prisa al agujero y, conteniendo el aliento, se arrastró hasta el otro lado como buenamente pudo. Al emerger vio a gente ayudando a la mujer y a los niños en aquella parte del refugio, oyó a su espalda el sonido de las rocas derrumbándose de nuevo y supo que acababa de salvarse justo a tiempo. Apenas podía sostenerse en pie, tenía náuseas y mucho calor, pero respiró poco a poco y la embargó un profundo alivio. Alguien le frotó la espalda y la ayudó a salir del refugio. Empezó a sentirse mareada, el mundo que la rodeaba fue nublándose y terminó por desaparecer cuando perdió el conocimiento.

Cuando volvió en sí estaba en el centro médico tapada con una áspera sábana, Bobby estaba sentado junto a la cama y la miraba con ojos llenos de preocupación y ansiedad. Pero ella todavía tenía la visión borrosa y miró sorprendida alrededor, ¿eran imaginaciones suyas? Le costó creer lo que estaba viendo. ¿Bobby era real? ¿Estaba allí de verdad? No recordaba lo que había ocurrido; intentó hacer memoria, pero sus esfuerzos fueron en vano. Se sentía confundida, con los sentidos embotados, como si estuviera inmersa aún en el denso y sofocante aire del refugio. Pero entonces oyó los pájaros que trinaban en el árbol que había más allá de la ventana, vio el cuadro de un ciervo en la pared que tenía enfrente. Dedujo que había salido del refugio antes de que este se derrumbara. Pero sentía irritación y dolor en los ojos, y estaba tiritando a pesar de que tenía la sensación de que le ardía la frente. Sacudió la cabeza, apretó los ojos con fuerza, volvió a abrirlos, intentó enfocar la mirada.

—Es por el *shock* —le dijo él—. Te pondrás bien.

Ella no pudo contestar, tan solo se frotó los ojos. Y fue entonces cuando la realidad la golpeó de lleno. Sintió que la luz se volvía luminosa, la inundó una oleada de felicidad y gratitud tan inmensa que los sentimientos se desbordaron y brotaron en grandes sollozos de alivio.

—¡Estoy viva! —susurró cuando recobró el uso de la voz. Apenas fue consciente de que Bobby estaba intentando contener las lágrimas.

—Sí, gracias a Dios —dijo él con voz estrangulada, antes de acariciarle la mejilla.

Riva tomó su mano y se la besó. Él la miró con fingida indignación y refunfuñó:

—Te dejo cinco minutos sola y ¡mira lo que pasa!

—Tú estabas ocupado con unos documentos y decidí salir a dar un paseo para reponer energía. —Tenía la garganta irritada y la voz áspera—. Pensé que iba a morir.

—Me has dado un susto de muerte, te he buscado como un loco por todas partes. —Le acarició de nuevo la mejilla y la atrajo con cuidado hacia sí.

—Lo siento.

—Te has convertido en una especie de heroína.

—¿Por qué? —Lo miró sorprendida.

—Otto está preparando el titular en este momento —contestó él, sonriente—. *¡Una mujer asiste un parto en un refugio bombardeado!*

—¿Está bien el bebé?

—Hasta donde yo sé, sí. —Se puso serio y se frotó la nariz—. Riva, quizá no te dieras ni cuenta, pero te golpeaste la cabeza. La tenías cubierta de sangre y te han dado unos puntos. —Le tocó la frente con delicadeza.

—No sentí nada.

—Te pondrás bien, pero quieren tenerte monitorizada por si sufres una conmoción cerebral.

—Maldita sea, lo que me faltaba. —Soltó un suspiro de exasperación.

La enfermera llegó poco después con una infusión de menta.

—No quedan galletas, lo siento. Pero he puesto un terrón de azúcar en la infusión, se reservan para casos de emergencia.

Riva se la tomó de buen grado y se reclinó cómodamente en la almohada.

—Tengo buenas noticias —anunció Bobby.

—Dime.

—Cuatro buques mercantes y un petrolero han conseguido llegar ilesos. Esta isla no se va a morir de hambre, al menos de momento.

—¡Gracias a Dios! ¡Qué gran noticia!

—¿Puedo preguntarte algo?

—Claro que sí. —Cerró los ojos, relajada.

—Riva, ¿quieres casarte conmigo?

Ella abrió los ojos de golpe y, aunque le dolieron el pecho y la garganta, se echó a reír. ¡Se sentía jubilosa! Su corazón todavía estaba danzando triunfal por haber escapado de las garras de la muerte, y aquella era la guinda del pastel. ¡Qué maravilloso, delicioso momento para estar viva!

—¿Y bien? —dijo él.

—¿Estás loco? ¿Le pides matrimonio a una mujer que podría sufrir una conmoción cerebral? ¡Eso se llama aprovecharse de las circunstancias!

Él sonrió con cansancio y le acarició la mano.

—Lo digo en serio, Riva. ¿Necesitas un tiempo para pensártelo?

—¡Qué idiota eres, Beresford! He tenido trece años para pensármelo.

—¿Qué contestas?

Ella tomó su mano y se la apretó con suavidad.

—Claro que me casaré contigo, me sentiré honrada. —Esbozó una gran sonrisa al ver que sus ojos se llenaban de lágrimas—. Eh, ¡no puedes llorar aquí! ¿Y si te ve alguien?

—¡Que me vean! Que me vea el mundo entero, ¡me da igual! ¿Puedo abrazarte?

—No voy a romperme.

Y la abrazó tan estrechamente como pudo, con mucho cuidado de no rozarle siquiera los puntos de sutura.

Ella frotó la nariz contra su mejilla e inhaló el olor de su piel, de su pelo. Bobby. Su Bobby. Y esa vez sí que era para siempre.

48

Riva y Bobby escogieron la iglesia de Santa María Ta' Doni de Rabat para su boda, un precioso edificio de piedra no muy grande que databa del siglo XVI. No era nada ostentoso, pero tenía unos preciosos frescos en las paredes y un bellísimo techo abovedado. Addison sería el encargado de entregar a la novia y entre los invitados se encontraban algunos de sus amigos más cercanos: Otto, Tommy-O y varios compañeros de la RAF de Bobby, entre otros. Organizaron algo sencillo, después de la ceremonia se celebraría una pequeña fiesta en casa de Addison y procuraron llevar a cabo los preparativos con toda la discreción posible. Gerry mandó un telegrama expresando sus mejores deseos, deseándoles felicidad y lamentando no poder asistir por culpa de la guerra. Querido Gerry, era un verdadero cielo de hombre.

En un momento dado, estaba sentada con Bobby en la terraza de Addison y protestó mohína:

—¡No sé qué ponerme!

Addison acababa de regresar en ese momento y, al oírla, exclamó sonriente:

—Un momento, ¡tengo la solución a eso! —Entró de nuevo en el apartamento.

Bobby se inclinó a besarla y Riva sintió el burbujeante cosquilleo de una felicidad inmensa que se extendió por su cuerpo. Habían alcanzado una nueva frontera en la relación que los unía. Era una relación donde había vulnerabilidad (¿cómo no iba a haberla, con la guerra librándose aún?), pero ella no tenía miedo. Los días de embriagador frenesí habían quedado atrás hacía mucho, pero aquel amor más sosegado era toda una revelación. Sí, había sido capaz de perdonarlo, pero eso solo había sido posible porque, con ayuda del propio Bobby, se había permitido a sí misma sentir cuánto la había herido realmente. Y le había instado a perdonarse también a sí mismo. Ladrillo a ladrillo, ella había ido quitando los muros que había erigido a lo largo de tanto tiempo, y ahora los dos vivían el presente. El futuro era incierto todavía, pero todo el mundo compartía esa incertidumbre en ese momento, ¿no?

Addison regresó poco después con un vestido colgado del brazo, uno de un color verde pálido como el cristal marino.

—Era de mi mujer. Es de seda. Diseñado, bordado y confeccionado en París. Podemos hacer las alteraciones que necesites.

Riva se levantó de la silla y tocó la prenda.

—Ay, Addison, es precioso. Pero ¿estás seguro? A decir verdad, no me importa ponerme lo que sea.

—No, querida mía, el día de tu boda debes estar magnífica. Es una orden. Además, estarás haciéndome un favor, porque este vestido lleva demasiado tiempo colgado en mi armario. Ahora es tuyo. —Se lo entregó sonriente.

—Pero Bobby no debería verlo —dijo ella.

—¡Cierra los ojos, sobrino! Ven, Riva, a ver cómo te queda.

Los dos se dirigieron al apartamento de Bobby, y ella se puso el vestido en el cuarto de baño. Cuando salió para mostrárselo, la mirada de Addison se nubló con los recuerdos del pasado, pero se repuso y sonrió.

—Estás preciosa. Pero has perdido peso en estos años, querida mía.

—Sí, ya lo sé. Supongo que nos ha pasado a todos.

—Mis camisas las confecciona una mujer de Rabat, seguro que puede encargarse de hacerle unos arreglos al vestido. El próximo día que vuelvas a librar, la avisaré para que venga.

—No hace falta, he presentado mi carta de renuncia en las Salas de Guerra.

—Ah. —La miró sorprendido.

—No les hemos dicho que vamos a casarnos, pero no se nos permitiría trabajar en el mismo turno si se enteraran. Apenas nos veríamos si nuestros turnos no coincidieran nunca, así que nos parece la decisión más acertada.

—Bueno, has hecho hasta de partera, así que has cumplido de sobra con tu deber.

—¡No hice nada! —protestó ella con una carcajada.

Él se echó a reír y agitó el dedo, como reprendiéndola.

—¡Nada de falsa modestia! Hablando de otra cosa, ¿has pensado en el ramo de novia?

—No.

—Si no te importa, quiero encargarme yo. ¿Prefieres algún color en especial? Yo creo que algo rojo o anaranjado combinaría a la perfección con ese pelo tan extraordinario que tienes. Gracias a Dios, esta isla maravillosa sigue estando repleta de flores. Eso es algo que los alemanes no pueden arrebatarnos. —Se acercó a acariciar su pelo. Ahora lo llevaba largo, y caía sobre sus hombros con su encendido color rojizo natural.

Riva lo miró sonriente, estaba feliz al verlo tan volcado en la planificación de la boda. Iban a emparentar a través de aquel matrimonio, claro, pero Addison ya era más que un padre para ella.

Riva y Bobby se casaron un precioso y soleado día de mayo, un día donde reinaron el amor y una mágica dicha. La ceremonia fue breve, terminó con rapidez, pero entonces llegó la celebración del banquete. Mientras todos subían al apartamento de Addison, sonrientes y felices, uno incluso podría llegar a pensar que no existía guerra alguna ni bombas, que no había muertes ni un miedo opresivo. La vida volvía a ser como la de antaño con charlas animadas, risas francas, copas alzadas y brindis, ¡tantos y tantos brindis! El olor a rosas y a tabaco flotaba en el aire, la sencilla comida rural estaba deliciosa. Addison había abierto su bodega y disponían de centenares de botellas acumuladas a lo largo de los años, así que, a pesar de las privaciones que se sufrían en la isla, el champán corría como el agua. Ella lanzó un beso a Bobby desde el otro extremo de la terraza. «Juntos para siempre», pensó, mientras imaginaba lo que harían después en la cama. Él estaba radiante de felicidad, nada podía romper ahora el vínculo que los unía. Estando allí, en la terraza de Addison, lo único que sentía al contemplar los verdes campos primaverales era esperanza, y una sensación de amplitud que tan solo había experimentado en contadas ocasiones. En esa ocasión, el amor que los unía no terminaría desmoronándose; en esa ocasión, tenía una fe absoluta tanto en él como en sí misma.

Pasó el verano, el otoño llegó también a su fin.

Después de días de cielos amoratados, lluvia incesante y fuertes tormentas, el cielo había quedado raso y tuvieron un día de Nochebuena soleado y despejado. Bobby, Addison y Riva tomaron un *karozzin* (un carruaje típico maltés) en dirección a la Porta Reale, al igual que multitud de gente. El aire vespertino estaba impregnado del olor a incienso y vibraba con los cánticos que inundaban las calles, las iglesias estaban llenas a rebosar. Los tres entraron en la de los Carmelitas, situada en Old Theatre Street, y vieron las estrellas al alzar la mirada. Parecía significativo, especial; en medio de la destrucción, las estrellas seguían brillando sobre ellos.

Todas las iglesias estaban llenas hasta los topes de personas arrodilladas que, con la cabeza gacha, rezaban pidiendo la salvación y el fin de la guerra. Seguida de cerca por Bobby y Addison, Riva entró en el barroco edificio de Nuestra Señora de la Victoria y se situó en un huequecito de la parte de atrás. El interior de la iglesia estaba bañado por un resplandor dorado y luminoso, procedente de la multitud de velas del altar. Sintió el escozor de las lágrimas en los ojos y tomó de la mano a Bobby. Era increíble la esperanza que podía llegar a albergar el corazón humano.

49

Diez días después, Bobby había ido a comer al centro con uno de sus compañeros de la RAF cuando Riva oyó el sonido de un bombardeo aéreo sobre La Valeta. Cruzó los dedos y se dijo que no iba a pasar nada, pero, al cabo de una hora más o menos, oyó que tocaban a la puerta. Estaban en enero y hacía frío, así que se puso la bata y fue a abrir.

Vio a Addison primero, parado con semblante solemne ante sus ojos. Y entonces se percató de la presencia del policía uniformado, que tenía la cabeza gacha.

Se quedó mirándolo enmudecida, consciente de lo que se avecinaba, mientras empezaba a temblar de pies a cabeza.

—Lo lamento mucho, señora —dijo el policía, alzando finalmente la mirada.

Ella retrocedió un paso e intentó cerrar la puerta.

Addison avanzó de inmediato, mantuvo la puerta abierta.

—Bobby —susurró ella—. Bobby no. Por favor, él no.

—Un impacto directo —estaba diciendo el policía.

—¡Tengo que ir a verlo!

Fue corriendo a por su abrigo, pero Addison la detuvo.

—No, Riva. No.

Ella no pudo contener las lágrimas ni el gemido gutural que emergió por voluntad propia. Oyó que Addison le decía algo al policía y se alejó de ellos. Aquello no era real, no podía estar pasando.

Addison y el policía entraron también.

—¿Cuándo? —preguntó, mientras una extraña y gélida sensación de calma se adueñaba de ella.

—Hace unas dos horas, aproximadamente —contestó el policía.

—¿Y su cuerpo?

Addison la miró angustiado.

—Ya sabes cómo pueden ser estas cosas, Riva.

Sí, claro que lo sabía. En los momentos más cruentos del asedio, había visto los cuerpos destrozados, los trozos de gente, las familias despedazadas. Había visto restos entremezclados con los escombros hasta tal punto, que lo único que quedaba era una mano o un pie. Lo había visto todo y, aun así, todos ellos habían creído que los bombardeos habían terminado. ¿Cómo había podido pasar algo así? Bobby, su Bobby. No le entraba en la cabeza.

Cuando el policía se fue, se derrumbó en una alfombra y Addison no intentó levantarla del suelo, se limitó a sentarse en el sofá con las manos apoyadas en las rodillas y la cabeza gacha. Al mirarlo más de cerca y ver las lágrimas que le bajaban por las mejillas, Riva se levantó del suelo y se acercó a él. Y allí se quedaron, sentados el uno junto al otro, temblando, sin poder creer lo que acababa de ocurrir.

En el transcurso de los días y las noches posteriores, el dolor la hizo pedazos. No llevaban casados ni ocho meses. Creía haber llorado su pérdida cuando la había abandonado para casarse con otra, pero no había sido así. Porque él se había marchado, pero seguía vivo. Sí, había sufrido, se había sentido traicionada y furiosa. Pero no había sentido el dolor de la pérdida, ese dolor corrosivo que te desgarra por dentro al saber que la persona a la que amas por encima de todas las demás ya no existe, no tiene un cuerpo. Que jamás podrá caminar ni hablar ni respirar, ni comer, ni hacer el amor. Daba vueltas por el apartamento, incapaz de quedarse quieta, rezando para poder verlo una vez más, solo pedía darse la vuelta y verlo sentado allí, sonriente. Se moría por sentir el contacto de su piel. Era un anhelo físico, mental, emocional. Le bastaría con sentir el roce de su mano en la mejilla cuando pasaba por su lado, enfrascado en un libro. Sí, eso sería suficiente.

—¿Por qué Bobby? ¿Por qué? —gritaba a las paredes, a la butaca de Bobby, a la cama que habían compartido.

Silencio. No existía una norma que dictaminara la llegada de la muerte. No había ninguna fórmula para sobrevivir al dolor mientras los días y las noches se sucedían de forma indistinta. No había respiro.

Addison entró en el apartamento una mañana.

—He organizado el funeral, espero que te parezca bien.

Ella no quería ni pensar en eso.

—No creo que pueda asistir. Lo siento, Addison. Pero casi nadie sabía que estábamos casados y me pondría a llorar, y la gente se me quedaría mirando. Bobby no habría querido algo así.

—No, por supuesto que no. He avisado a su madre. Es imposible viajar, así que tampoco asistirá. Ya hablaremos más adelante del tema de la lápida.

Riva asintió y él se fue.

¡La lápida! Ella no quería ninguna lápida. La muerte de Bobby no era real, no podía serlo. Los recuerdos le venían a la mente y se disolvían con los latidos de su corazón, con el ritmo pulsante de su sangre, con su respiración quebrada. No dormía, no creía que pudiera volver a hacerlo en toda su vida. Incluso desenterró viejos recuerdos de su antigua vida en París y se preguntó si regresaría algún día a su tierra natal. No, esa era una posibilidad muy remota. Su lugar estaba ahora en Malta. Sí, estaba allí, en aquella isla donde Bobby estaba en todas partes y en ninguna.

Mantenía mudas conversaciones con él. Tenía la extraña sensación de que, en cierta forma, había sabido que aquello iba a suceder. Era como si hubiera habido algo de inevitable en todo ello, algo que no sabría explicar. El regreso de Bobby. La boda. El profundo amor que compartían, el hondo dolor que la desgarraba. Lloró y cayó de rodillas, su mundo y su vida habían quedado hechos añicos.

El día en que Simon Wilson-Browne, el abogado, procedió a leer el testamento en la sala de estar de Addison, ella tomó asiento en una silla de respaldo duro y mantuvo la espalda bien erguida mientras se clavaba las uñas en las palmas de las manos para no llorar.

—Sir Robert le ha legado casi todos sus bienes, señora Beresford —afirmó Wilson-Browne al cabo de unos segundos, antes de leer el contenido exacto de las cláusulas correspondientes.

Ella escuchó las palabras, pero de forma distante. Era como si estuviera ocurriendo en otra sala y se estuviera hablando con otra versión de sí misma.

En un momento dado, miró a Addison y preguntó:

—¿Y su madre?

Él asintió.

—Su bienestar está asegurado. La casa de Inglaterra ya estaba a su nombre y posee su propia fuente de ingresos. Bobby se encargó de eso cuando se hizo piloto.

—Me alegro.

—En aquel entonces, la esperanza de vida de un piloto de combate podía ser corta. Todos tenemos una vida breve en este mundo.

Fue como si Addison supiera que a él tampoco le quedaba mucho tiempo de vida. Porque, varias semanas después, Riva subió a su apartamento y lo encontró como si estuviera fingiendo haberse quedado dormido en su butaca preferida. Pero no respiraba, no tenía pulso ni vida. Se sentó junto a él, sosteniendo su mano en la silenciosa sala, esperando mientras el mayordomo llamaba al médico.

—Ay, Addison… —susurró, acariciando su inerte mano—. Cuánto lo siento.

El médico llegó una hora después y dictaminó que había sido un ataque al corazón. «Un corazón roto», pensó ella para sus adentros.

Tener que afrontar tan pronto aquella segunda pérdida inesperada fue demasiado para ella, no pudo soportarlo. Se retrajo tanto física como emocionalmente, y encontró una especie de solaz en el silencio absoluto donde se enfrentaba a las horas más oscuras de la más oscura de las noches. Sola.

Y, aunque la guerra proseguía, era como si fuera la única persona de la isla que había quedado con vida. No quería ver a nadie, ni siquiera a Otto. Y cuando terminara la guerra, si es que llegaba a terminar algún día, permanecería en Mdina, vistiendo de luto hasta el día de su muerte.

Tenía poca ropa de color negro, pero encontró la de la esposa de Addison. Había chales negros, faldas largas, blusas de seda. Todas aquellas prendas estaban pasadas de moda, pero eso le dio igual y se las puso de todas formas, aunque parecía una bruja porque le quedaban grandes. Un día, abrió también el joyero y se puso unos pendientes, unos largos de oro con piedras preciosas…, rubíes, esmeraldas, zafiros.

Otto no cejaba en su empeño de intentar verla, se presentaba allí cada dos por tres y llamaba a la puerta con insistencia.

Al cabo de varias semanas, ella cedió y le dejó pasar, y tomaron unas copas de vino.

—Bueno, te alegrará saber que traigo noticias de Stanley Lucas —dijo él, con una gran sonrisa de satisfacción.

—Dime.

—Fue arrestado, se presentaron cargos contra él, le declararon culpable y ha sido sentenciado a la pena máxima: cinco años.

—¿Por las chicas?

—No, eso habría supuesto una pena mucho mayor. Lamentablemente, quedará impune en lo que a ese asunto se refiere. Pero ahora no ha podido salirse con la suya. Resulta que había estado birlando material militar para venderlo en el mercado negro.

—Tal y como sospechábamos.

Ella sabía que lo más probable era que Lucas no pagara por los crímenes cometidos contra Anya y las demás chicas, pero algo era algo.

—¿Todavía estaba metido en lo del tráfico de chicas?

—No, parece ser que decidió centrarse en otro negocio. Para la gente como Lucas, la guerra es una fuente de nuevas oportunidades.

—Otto titubeó antes de preguntar si había pensado en lo que iba a hacer en adelante.

Riva no lo sabía, no tenía ni idea.

—Podrías volver al periódico —le propuso él. Suspiró al verla negar con la cabeza—. ¿Vas a quedarte aquí?

—¿En Malta?

—En Mdina.

—¿Adónde más podría ir?

Aquel palacio secreto, su palacio, la había conquistado, pero la conversación con Otto había desencadenado algo en su interior e hizo que se diera cuenta de que tenía que salir antes de hundirse aún más en aquel pozo de aislamiento y desolación. Empezó a dar pequeños paseos por Mdina y fue reconociendo de forma gradual a alguna que otra de las personas que veía por la calle, aunque no sabía si se trataba de los habitantes del lugar o de los empleados de estos. Durante su tercera salida, una dama de aspecto imperioso que también vestía de negro se paró a hablar con ella a las puertas de la catedral.

—Disculpe la intrusión —dijo la mujer, con una pequeña inclinación de cabeza—. Por favor, acepte estas flores y permítame expresarle mis más sinceras condolencias.

—Gracias —murmuró, antes de aceptar las delicadas rosas blancas.

Mientras la veía alejarse, se preguntó si aquella mujer había ido a verla para darle las flores o si llevaba encima aquel ramo por pura casualidad.

Al día siguiente, un hombre con unas pobladas patillas la detuvo en la plaza situada en el centro de la ciudad.

—Si necesita algo, solo tiene que decírmelo. Conocía bien a Addison.

Claro, era de esperar que casi toda aquella gente lo conociera; al fin y al cabo, Addison había vivido durante muchos años en Mdina. Y su esposa, Filomena, había nacido allí.

Siguió dando breves paseos mientras hacía acopio del valor suficiente para aventurarse a salir de la ciudad. Creía que se sentiría peor si oía hablar a la gente sobre su pérdida, pero no había sido así. En Villegaignon Street, justo enfrente de la plaza de la catedral, se detuvo a las puertas del Palazzo Santa Sofía, su edificio favorito, y se dio cuenta de la gran afinidad que sentía con Mdina y sus gentes.

Una mujer silenciosa en una silenciosa ciudad.

Los habitantes de aquel lugar guardaban con celo su privacidad, pero algunos de ellos empezaron a dejarle pequeños regalos en la puerta. Más flores, libros, incluso una cesta de fruta; dejaron tarjetitas deseándole lo mejor, y se sintió tan conmovida que rompió a llorar.

A pesar de la amabilidad de aquellos desconocidos, el dolor siguió constriñéndola hasta que su vida se hizo tan pequeñita que sintió que podría llegar a desaparecer por completo. De modo que finalmente, un soleado y luminoso día, hizo acopio de valor, dejó atrás las murallas de la ciudad y puso rumbo a los acantilados de Dingli. Se obligó a caminar en aquella dirección, a ir poniendo un pie delante del otro; una vez allí, contempló el luminiscente mar multicolor, el vacío y borroso horizonte. Siguió contemplándolos en silencio hasta que le escocieron los ojos. Notó el sabor de la sal en la lengua, sintió cómo el viento liberaba algunos mechones de pelo del yugo de las horquillas, percibió el olor a algas y recordó la primera vez que había visto la isla, allá por 1925.

¿Dónde estaba la muchacha que había sido en aquel entonces?

El dolor había desatado algo en su interior, una rebeldía que tenía casi olvidada. En el pasado se trataba de una rebeldía distinta y añoraba aquellos días de irresistible despreocupación y desenfado, pero ahora estaba en otro punto de su vida y no sabía qué hacer. Los recuerdos afloraron, imparables, y no pudo hacer más que alzar los brazos con resignación y clamar a los dioses del océano. «¡Decidme lo que debo hacer! ¿Qué hago cuando la guerra termine?».

Y los dioses del océano le dieron una respuesta, o eso quiso creer.

Para cuando llegó el fin de la guerra, no había subido todavía al apartamento de Addison. Él le había dejado en herencia el palacio entero, pero estaba tan entumecida por el dolor que todo le daba igual. No había subido hasta allí desde la lectura del testamento, pero llegó el día en que sacó la llave, abrió la puerta y entró con el corazón encogido. A pesar del tiempo transcurrido, el lugar todavía olía ligeramente a él. Tabaco, vino; incluso flores…, lirios, quizá, que olían a muerte. El mayordomo de Addison se había marchado mucho tiempo atrás, por supuesto.

El apartamento estaba a oscuras, así que subió las persianas y abrió las ventanas para dejar entrar algo de aire fresco. Hasta ese momento, no había tenido claro lo que iba a hacer, cómo iba a lidiar con la pérdida que había sufrido; pero entonces fue al despacho de Addison, sacó todos sus trabajos restantes y los contempló en silencio. Regresó al día siguiente; al cabo de unos días más, regresó otra vez. Hizo acopio de todas sus fuerzas y llamó a Gerry, quien estaba en Londres. Perder a Bobby había supuesto un dolor que no podría desaparecer jamás. Pero así debía ser, era lógico que no desapareciera. Ese dolor y el propio Bobby formaban parte de ella, pero eso no quería decir que no pudiera vivir su vida.

—No sabía si las líneas telefónicas funcionarían —dijo, cuando Gerry contestó.

—¡Cuánto me alegra oír tu voz! ¿Cómo estás, cielo?

—Ya sabes, paso a paso.

—No te olvides de comer, Riva.

Su voz era tan cálida y gentil que ella sintió que los ojos se le llenaban de lágrimas.

—Ojalá pudiera estar ahí —añadió él—. Podrías venir a Londres, sigo dispuesto a encontrarte un trabajo.

—No necesito dinero, pero tengo en mente otra idea. ¿Estarías interesado en publicar un tercer y último volumen de las obras de Addison?

Su respuesta la hizo sonreír. A Gerry le entusiasmó la idea, su risa y su alegría llegaron a través de la línea telefónica.

—¡Querida mía! ¡Ahí estaré tan pronto como pueda!

—No, creo que quizá será mejor que sea yo quien viaje a Londres. Me vendrá bien alejarme de aquí por un tiempo. Llevaré conmigo algunos de los trabajos de Addison y haré que me envíen el resto a Londres.

—¿Tienes un pasaporte reciente?

50

FLORENCE

Malta, 1946

Compraron pasajes para regresar a casa en un barco que zarparía en nueve días. A Florence le habría gustado averiguar al menos alguna información acerca de la vida de Rosalie, tener algo que ofrecerle a su madre antes de que esta falleciera. No podía quitarse aquello de la cabeza. Sus sueños habían sido tremendamente inquietos debido a lo que le ocurría a Claudette, por supuesto, pero había algo más rondándole por algún recóndito rincón de la mente, justo fuera de su alcance. Era algo relacionado con Rosalie, pero no habría sabido decir de qué se trataba.

Jack y ella fueron a cenar esa noche al British Hotel y les dieron una mesa desde donde había unas preciosas vistas del puerto. El reflejo de las luces de los buques y las barcas titilaba en el agua.

—Es como un mundo de cuento de hadas —comentó ella, antes de suspirar pesarosa—. Pero no puedo relajarme.

—Inténtalo, te vendrá bien. —Jack tomó su mano por encima de la mesa y le dio un pequeño apretón.

Y entonces, al ver cómo se iluminaban sus ojos verdes al mirarla sonriente, se encendió de repente una chispa en su mente.

—¡Ay, Dios! ¡Pues claro!

—¿Qué pasa?

—Mi madre me dijo que Rosalie tenía los ojos azules, ¡no sé cómo se me pudo olvidar! Estaba tan impactada al verla, al ver un cadáver de esa forma, que no me di ni cuenta. Solo me fijé en el pelo rojizo y en la pulsera, pero la mujer de la morgue… Jack, sus ojos no eran azules, ¡los tenía marrones!

Él se inclinó hacia delante.

—En ese caso…

—¡Exacto! Esa mujer no era…, no es Rosalie. No sé si piensan hacer una autopsia, pero está claro que no es ella. ¡Rosalie podría estar viva! Incluso podría vivir aún en Malta, quién sabe.

Regresaron a casa sin prisa e hicieron el amor por primera vez en días, Florence había estado demasiado inmersa en sus preocupaciones como para pensar en eso; después, mientras él dormía, permaneció un rato despierta mientras reflexionaba sobre los siguientes pasos a seguir, pero estaba tan cansada de buscar infructuosamente que, finalmente, se acurrucó contra él, cerró los ojos y se quedó dormida.

Lo primero que hizo a la mañana siguiente fue contactar con Cam para decirle que se había equivocado al identificar el cadáver, que la mujer no era Rosalie y habría que identificar a la fallecida mediante los registros dentales.

Esa misma mañana, llegó al apartamento una carta del archivista del *Times of Malta*. Suspiró pesarosa al leer que no se había encontrado ningún dato sobre Rosalie Delacroix, la euforia de la noche anterior se esfumó y su ánimo cayó en picado.

—Jack, ahora ya no me cabe ninguna duda de que Rosalie se cambió el nombre —afirmó, mientras él preparaba el desayuno—. Es la única explicación que se me ocurre.

—O puede que nadie la recuerde porque pasó muy poco tiempo aquí.

—Sí, es posible, pero debo preguntarle al archivista del *Times* si alguna francesa se involucró en la investigación sobre el asunto de la esclavitud blanca; si me lo permiten, buscaré yo misma la información.

Guardó silencio mientras saboreaba su café; cuando él le preguntó cuáles eran los otros pasos que tenía en mente, admitió pensativa:

—No lo sé. Estaba preguntándome si hay algo más que pueda hacer, aparte de contactar de nuevo con el archivista.

—¿Has probado en las iglesias?

—Sí, revisamos los registros, pero solo en las más grandes. También hay iglesias de pueblo, algunas de ellas sufrieron daños. Y lo más probable es que en esas solo se hable en maltés. Cam conoce la ubicación de todas ellas y me iba a ayudar, pero la cosa quedó ahí cuando apareció el cadáver de esa mujer.

—Pues ahí lo tienes. Si Cam todavía está dispuesto a ayudar, es el último paso que te queda por dar.

Poco después, Cam la dejó atónita al contarle las últimas novedades sobre la mujer que había sido hallada muerta.

—¡No me digas! ¿La asesinaron?

—Sí. La han identificado mediante los registros dentales. Charlotte Lambden, una inglesa casada con un tal Archie Lambden. Lo han arrestado por las marcas de estrangulación que tenía en el cuello y los vestigios de antiguas lesiones, aunque aún no se han presentado cargos contra él. Las autoridades tienen tanto el acta de matrimonio como la partida de nacimiento de Charlotte, así que el caso está claro.

—¡Pobrecilla! Pero ¿por qué llevaría puesta la pulsera de Rosalie?

—Quién sabe, puede que tu tía se la vendiera.

—Sí, es posible que lo hiciera si necesitaba dinero.

Fueron a consultar los registros de algunas de las pequeñas iglesias de los pueblos. Después de estar en tres de ellas, revisando documentos hasta tener los ojos enrojecidos debido al calor y a tener que forzar la mirada, Cam propuso que fueran a comer.

—Tengo que trabajar esta tarde —añadió.

—¡Solo una más! —le pidió ella.

Poco después estaban en Rabat, ante las puertas de una preciosa iglesia del siglo XVI llamada Santa María Ta' Doni. Era un lugar lleno de encanto que cautivó a Florence al instante.

—¿Habrá alguien? —Contempló maravillada aquella dorada construcción de piedra mientras el sol le daba de lleno en la nuca.

—No, pero tengo la llave —contestó Cam.

Fue un alivio entrar en el fresco interior. El lugar parecía estar en unas condiciones relativamente buenas, y Florence miró alrededor con curiosidad.

—¿Por qué han dejado de usarla? —preguntó, al contemplar los frescos de las paredes—. No me parece que esté en tan mal estado.

—Durante la guerra no sufrió daños. Pero una pequeña bomba italiana sin explosionar causó destrozos poco después en la sacristía. No te preocupes, ahora no hay ningún peligro.

Mientras él miraba alrededor, Florence exploró la dañada sacristía y echó un vistazo a los documentos que la explosión parecía haber dejado diseminados por todas partes. Había cartas y registros eclesiásticos, así como también hojas amarillentas donde se anunciaban nacimientos, defunciones y matrimonios; había devocionarios tirados por el suelo, hojas dominicales y hojas repletas de salmos aleteando bajo la brisa, viejos sermones manuscritos amontonados aquí y allá.

Oyó que Cam la llamaba y se dispuso a salir de la sacristía, pero algo le llamó la atención de repente. Por debajo de un devocionario asomaba un trozo de papel donde eran visibles cuatro únicas letras: *Rosa*. Estuvo a punto de marcharse, pero al final decidió que no perdía nada por echar un vistazo.

Su mirada se deslizó sobre las palabras al ir sacando el papel de debajo del devocionario, pero se apresuró a leerlas con más detenimiento. Le temblaban las manos.

—¡No me lo puedo creer! —susurró, con el corazón atronándole en el pecho. Una carta, ¡era una carta!

Llamó a Cam con voz estrangulada por la emoción, agitó la carta al verlo aparecer en la puerta.

—¡Mira! ¡Aquí se menciona a mi tía! Pone *Rosalie Delacroix*, ¡tiene que tratarse de ella!

La carta había sido escrita en 1942 por un tal capitán de Grupo Robert Beresford, quien solicitaba al párroco que se leyeran las amonestaciones previas a su próxima boda con Rosalie Delacroix, que habría de celebrarse a finales de mayo.

Cam esbozó una gran sonrisa al leerla.

—Vaya, ¡menudo hallazgo!

—Sigamos buscando, a ver si logramos averiguar la fecha exacta de la boda.

Buscaron a fondo en la sacristía, pero no encontraron el registro de matrimonios. No había forma de saber si había sido destruido o si lo habrían trasladado a otra parte.

—¿Llegaron a casarse?, ¿se casaron? —murmuraba Florence una y otra vez—. Ay, ¡siento que lo tengo prácticamente a mi alcance! ¡Sería horrible acabar con las manos vacías después de llegar tan lejos! Tengo que revisar otra vez el registro de matrimonios del ayuntamiento. Allí tiene que haber algo, ¿no?

—Sí, tienes razón.

—Venga, ¡vamos! —Tironeó de su codo con apremio—. Quiero pasar a por Jack.

Media hora después, Cam había regresado a su despacho y ella llegó al registro acompañada de Jack, pero no hubo suerte.

Un oficioso funcionario con la cara llena de granos negó con la cabeza y les dijo que tan solo había registros a partir de 1944, ya que los anteriores habían sido destruidos durante la guerra.

—¿Puede comprobar si aparecen los nombres, por favor? —insistió ella—. Creemos que la boda se celebró en mayo de 1942, pero es posible que se postergara.

El hombre asintió con renuencia y los condujo a una sala sombría donde todo estaba ordenado por fecha.

—Pueden buscar ustedes mismos —les dijo.

Pero no encontraron nada, a pesar de revisar uno por uno todos los registros.

—Es posible que decidieran irse a vivir a Inglaterra —dijo Jack—. A lo mejor se fueron de Malta y se casaron allí después de la guerra. O en Francia.

Florence se sentía desalentada. Era frustrante llegar tan lejos y no poder avanzar más allá.

—Cuando lleguemos a Inglaterra, podemos ir a consultar los registros —propuso él.

Ella sopesó la idea, pero dijo que no con la cabeza.

—Primero quiero averiguar más cosas sobre el tal capitán de Grupo Robert Beresford. En las oficinas de las Salas de Guerra deben de tener información sobre él, si es que siguen abiertas.

A la mañana siguiente, la joven que los atendió en el mostrador de recepción de las Salas de Guerra frunció el ceño cuando preguntaron por Beresford.

—Lo siento, es que soy nueva. Casi todos los que trabajamos aquí somos civiles contratados para el mantenimiento de las instalaciones. Los militares se han marchado y se han llevado toda su documentación confidencial.

Le dieron las gracias y, justo cuando se disponían a marcharse, se abrió una puerta y una mujer más entrada en años se acercó a entregarle unos archivos a la recepcionista.

—Pon al día todo esto, por favor.

Dio media vuelta, dispuesta a marcharse por donde había llegado, pero a la joven recepcionista se le ocurrió algo de repente.

—Linda, ¡espera un momento! Estos señores preguntan por el capitán de Grupo Beresford, puede que le conocieras. Trabajaste aquí durante la guerra, ¿verdad?

—De trazadora. Y sí, sí que le conocía. —Se volvió hacia Florence y Jack—. ¿Por qué preguntan por él?

—Estoy buscando a alguien —contestó ella—. Creo que pudo casarse con mi tía.

—¿Cómo se llamaba su tía?

—Rosalie Delacroix.

—No, no se casó con ninguna mujer llamada así; que yo sepa, al menos. Fue una verdadera tragedia. Sé que mantenía una relación con otra de las trazadoras. Riva, fuimos compañeras de trabajo. Valía mucho. Pero lo mató de forma fulminante una bomba que nos tomó por sorpresa, justo cuando teníamos las cosas bien encauzadas. Fue horrible. Y ahora, si me disculpan…

Retrocedió un paso, pero Florence la detuvo.

—Lamento lo sucedido, pero ¿sabe dónde se encuentra Riva ahora?

—No. Robert Beresford falleció en 1943, y me temo que no volvimos a saber nada de ella.

—¿Estaban casados?

—No sabría decirle.

Florence se compadeció de Rosalie, seguro que se había quedado devastada si él se había casado con otra.

—Venga, será mejor que nos vayamos —dijo Jack.

Se disponía a asentir cuando su mente llegó a una súbita conclusión. La recorrió un súbito latigazo de energía. Miró a Linda y preguntó con apremio:

—Esa mujer, la tal Riva, ¿qué aspecto tenía?

La mujer puso cara de sorpresa, pero contestó.

—A decir verdad, era espectacular. Pelirroja y francesa, aunque dominaba el inglés a la perfección.

—¿Puede darme algún dato más? ¿Sabe cómo se apellidaba?

—Pues… ¡Ah, sí! Janvier, ¡eso es! Llevaba una vida bastante interesante, de bailarina pasó a ser editora. Y también hizo mucho por las jóvenes que trabajaban en Strait Street.

Florence se mordió el labio, intentando reprimir la emoción.

—La zona existe todavía. Cabarés, clubes nocturnos, chicas…, pero las cosas no están tan mal como antes, ni mucho menos. Riva contribuyó a mejorar las cosas. Lo siento, pero debo marcharme ya.

—¿Dónde la vio por última vez?

—Aquí, pero les aconsejo que prueben suerte en el Registro de la Propiedad; si mal no recuerdo, Beresford tenía una casa cerca del comedor de oficiales de la RAF, que en aquella época se encontraba en el palacio de Xara. Riva solía ir con él. Buena suerte en su búsqueda. Lo siento, pero tengo una reunión.

Florence agarró a Jack de la mano con fuerza y susurró:

—Estoy segura de que la tal Riva es Rosalie. Mi madre siempre decía que era una gran bailarina, y que había trabajado en secreto en un cabaré de París.

En el Registro de la Propiedad, los atendió un joven solícito y diligente que les permitió buscar primero a Riva Janvier.

—Es posible que se quedara a vivir allí tras la muerte de Beresford —afirmó Florence.

Pero no encontraron ningún registro donde apareciera ese nombre.

—Linda no la ha visto ni ha vuelto a saber nada de ella en tres años, yo veo más probable que decidiera marcharse de la isla —dijo Jack—. ¿Nos vamos?

—Espera un momento.

Florence siguió buscando, y una sonrisa triunfal iluminó su rostro poco después.

—¡Ay, Dios! ¡Lo sabía! ¡Mira!

El corazón le martilleaba con fuerza al indicar la línea que acababa de encontrar, donde figuraba una dirección de Mdina que había pertenecido a Rosalie Beresford desde 1943.

Jack siguió leyendo el documento y exclamó:

—Y la propiedad perteneció antes de eso a un tal Addison Darnell y al baronet sir Robert Beresford, ¡madre mía!

—Rosalie —susurró Florence—. Ay, Rosalie, ¿todavía sigues ahí? Y, de no ser así, ¿dónde estás?

51

Florence habría querido ir a Mdina en cuanto averiguaron el nombre de su tía en el Registro de la Propiedad. Pero se hacía tarde y las bicis no tenían luces, así que Jack la convenció de que era mejor esperar. No concilió el sueño en toda la noche. Estaba llena de impaciencia, nervios y emoción, pero, por otro lado, temía que su tía hubiera terminado por marcharse a Francia o a Inglaterra.

Según le había explicado Cam, los habitantes de Mdina eran nobles malteses en su mayoría, así que sentía curiosidad por saber cómo había llegado a manos de Beresford y del tal Addison la propiedad que Riva debía de haber heredado posteriormente.

Al menos sabía que Beresford se había casado con ella, eso la reconfortaba.

Jack y ella se dirigieron a Mdina montados en sus respectivas bicis, pedaleando sin prisa. No sabía si estaba lista para la desilusión que iba a llevarse si al final, después de tantos esfuerzos, descubría que Rosalie se había marchado de la isla.

—¿Podemos parar un ratito? —Tuvo que alzar la voz para que la oyera, porque se había quedado rezagada.

Él se detuvo a esperarla.

—Creía que estarías deseosa de llegar.

—Lo estoy, pero me parece que romperé a llorar si resulta que Rosalie no está allí.

—Y a mí me parece que llorarás si resulta que sí que está.

Florence se echó a reír.

—Vale, ¡tienes razón! Y eso que ni siquiera la conozco. Si nos vimos alguna vez, yo debía de ser muy pequeña.

—Es una lástima que no hayáis tenido ningún tipo de relación.

—Se marchó sin más con diecinueve añitos, nadie sabía dónde estaba. Mis abuelos se fueron de París al cabo de un tiempo, pero nunca supe por qué. Mi madre se negaba a hablar del tema.

—Qué asunto tan extraño —dijo él.

—Vamos a centrarnos en averiguar primero si Rosalie vive aún en Mdina. Cuando estuve allí el otro día, ese lugar no terminó de gustarme. Es precioso, pero muy triste y vacío.

Cuando la antigua ciudad apareció ante ellos poco después, Florence se detuvo de nuevo y se tomó unos segundos para contemplar a placer las altas murallas doradas que se alzaban sobre la amplia cima de la colina. Era una estampa majestuosa, pero, tal y como le había sucedido la vez anterior, le resultó un poco intimidadora. Parecía un lugar completamente inexpugnable… quizá porque, de hecho, lo era en realidad.

Después de cruzar la enorme entrada de piedra, se apearon de las bicis y echaron a andar por las empedradas calles mientras intentaban averiguar si la dirección que habían encontrado existía realmente y, de ser así, dónde estaba. Estuvieron buscando durante un rato mientras pasaban junto a los imponentes *palazzi*. Todos ellos tenían las persianas bajadas, sus magníficas puertas estaban cerradas a cal y canto, había señales prohibiendo el paso por todas partes. Resultaba verdaderamente desmoralizador.

Jack indicó con un amplio gesto de la mano la impresionante arquitectura que los rodeaba y comentó:

—La llaman la ciudad silenciosa, y con razón.

Florence se detuvo a escuchar.

—Lo único que se oye es el viento, hace que me sienta un poco melancólica.

No tardaron en encontrar la dirección que buscaban y se detuvieron ante un enorme edificio.

—Es enorme, ¿seguro que es aquí? —Contempló las inmensas puertas dobles, las dos macizas aldabas metálicas con forma de cabeza de león.

—Creo que sí —contestó él, antes de silbar con admiración.

—Vale, vamos allá. —Alzó una de las pesadas aldabas, la dejó caer y se sobresaltó con el retumbante eco que generó.

Esperaron. Nada, ni un mero susurro.

—Volveré a probar. —Alzó de nuevo la aldaba, la dejó caer.

Nada.

Le entraron ganas de llorar, tal y como ella misma había predicho. El alma se le cayó a los pies.

—Podemos volver dentro de un rato —propuso Jack con voz tranquilizadora, mientras le pasaba un brazo por los hombros—. Puede que Rosalie haya salido a hacer algo, a lo mejor ha ido a comprar.

—Y también es posible que ya no viva aquí.

—Sí, pero no lo sabemos. Anda, vamos. Te vendrá bien comer algo y tomar una copita de vino.

En Mdina no había ningún lugar donde comer, pero encontraron una cafetería en Rabat donde comieron, bebieron y esperaron; al cabo de una hora más o menos, cuando regresaron a la antigua ciudad, llegaron a la casa justo cuando un hombre alto estaba metiendo la llave en el cerrojo de la inmensa puerta.

—¡Espere! —exclamó Florence. Al ver que se giraba con cara de sorpresa, se apresuró a disculparse—. Perdone.

—No pasa nada. ¿En qué puedo ayudarles?

—Es inglés —dijo Jack.

—Gerard Macmillan. —El hombre les estrechó la mano—. ¿Y ustedes?

—Soy Florence Baudin —contestó ella, reprimiendo a duras penas los nervios—. Y él es Jack Jackson, mi prometido.

Él se quedó mirándolos con cara de no entender nada, y Florence procedió a explicarse.

—Mire, lo que pasa es que estoy buscando a alguien. Se llama Rosalie, es mi tía.

—Vaya, no sé qué decir.

—¿Se encuentra aquí?

—¿Cómo la han encontrado? Casi todo el mundo la conoce por otro nombre, y lleva una vida muy solitaria desde la muerte de su marido. Solo me permite venir porque estamos publicando juntos un libro.

—Ah, ¿es escritora? —Florence lo miró sorprendida.

—Principalmente, se encarga de recopilar. Si no les importa, esperen un momento en el vestíbulo. —Sacó la llave y empujó una de las hojas de la inmensa puerta doble.

El interior del edificio estaba muy oscuro, y los ojos de Florence tardaron unos segundos en adaptarse a la penumbra; al ver que el señor Macmillan hacía ademán de alejarse, dijo suplicante:

—Por favor, ¿podría decirle que vine en su busca a petición de su hermana? Claudette es mi madre y está gravemente enferma, traigo un mensaje de su parte para Rosalie.

Él asintió, cruzó el enorme vestíbulo, abrió una puerta y cerró tras de sí.

La espera se hizo eterna. Florence no podía dejar de pasear de acá para allá, cada vez más nerviosa, hasta que él reapareció de repente.

—Vengan conmigo, quiere verlos.

Entraron en una gran sala, una de techo abovedado repleta de sombras y surcada por extraños haces de luz.

—Solo hay que cruzar el patio —les dijo él.

Recorrieron un pasillo y una galería porticada, y salieron entonces a un patio interior rodeado por muros de piedra de color miel. Florence lo contempló maravillada mientras inhalaba el delicioso aroma de las plantas en flor.

—Qué maravilla —susurró.

—Eso de ahí es una higuera, y allí hay dos naranjos.

Vio unos chorros de agua que brotaban de tres surtidores y caían en una pila de piedra pegada a uno de los muros.

—Náyades —dijo él, al seguir la dirección de su mirada—. Los surtidores.

—Son preciosos. —Respiró hondo—. En fin.

—Sí, en fin. ¿Lista para conocer a Rosalie?

Ella asintió.

Después de cruzar el patio, pasaron por el arco de entrada de una antesala que conducía a unas escaleras. Estas terminaban por abrirse a un majestuoso pasillo abovedado, con ventanales que abarcaban del suelo hasta el techo a lo largo de una de las paredes y retratos alineados a lo largo de la otra.

Florence percibió un olor a cera de abeja y a limones; miró por una de las ventanas y vio otro suntuoso edificio, cuyos balcones de piedra estaban decorados con estatuas.

—Madre mía, todas estas casas son unos gloriosos palacios secretos. Nadie lo diría. Al verlas por fuera parecen verdaderas fortalezas, mucho más intimidantes.

—Espere a ver las vistas que hay al otro lado. —El señor Macmillan los condujo a través de un salón y llamó a una puerta que abrió segundos después una mujer enfundada en un almidonado delantal blanco—. Gracias, Marie. —Se volvió hacia ellos—. Marie es el ama de llaves de Rosalie.

—¿Mi tía es la dueña del edificio entero, o solo le pertenece este apartamento?

—El edificio entero es suyo.

—¿Cuántos habitantes hay?

—Ella es la única que vive aquí en la actualidad.

Florence se disponía a contestar, pero se quedó sin aliento al ver que habían salido a una terraza con balaustrada desde donde había unas magníficas vistas de la isla. Tenía la mente despierta y despejada, pero se sintió mareada de repente cuando una mujer que estaba sentada de espaldas a ellos se puso en pie. Debía de tener unos cuarenta y tantos años, estaba muy delgada, pero había algo en ella que le confería una belleza impactante. Tenía una lustrosa cabellera pelirroja, unos profundos ojos azules y la misma cara de corazón que ella misma. Vestía de negro de pies a cabeza; el vestido, los zapatos…, el único toque de color lo daban las joyas de oro, y el contraste de todo ese negro con el color rojizo de su cabello era increíble. Se quedó mirándola como paralizada, no podía moverse ni articular palabra.

—Así que tú eres la pequeña Florence, ¿no? Cómo has crecido, apenas puedo creerlo —dijo la mujer.

Ella se mordió el labio mientras luchaba con todas sus fuerzas por no echarse a llorar.

—Ven aquí, deja que te vea bien.

Florence se acercó a ella, parpadeando como una boba. Sabía que iba a terminar por romper a llorar, pero quería evitarlo a toda costa.

La mujer la tomó de las manos y se miraron en silencio mientras Jack y el señor Macmillan presenciaban la escena sin decir palabra.

—Gerry me ha dicho que traes un mensaje de parte de mi hermana.

Florence asintió y recobró por fin la voz.

—Sí, he…

—Espera. Marie, ¿podrías traer té y unos pastelitos? Creo que todos necesitamos sentarnos y recuperarnos después de semejante sorpresa. Y empieza a hacer bastante calor aquí fuera, será mejor que entremos a la sala. Seguidme, por favor.

Poco después se habían acomodado en una sala de estar. Florence no podía dejar de mirar a Rosalie, quien estaba sentada bien erguida en una silla de respaldo duro; Jack y ella misma, por su parte, habían optado por ocupar juntos uno de los sofás, y el señor Macmillan estaba sentado con las piernas cruzadas en una voluminosa butaca.

—Este era el apartamento de Addison Darnell —dijo Rosalie—. Era el tío de mi marido y un hombre maravilloso. —Recorrió la sala con la mirada—. Todavía puedo sentir su presencia en este lugar. ¿Te ha pasado alguna vez, Florence?

—¿Sentir la presencia de quienes ya no están entre nosotros?

—Sí.

—La verdad es que sí, aunque solía pasarme con más frecuencia en el Dordoña.

Rosalie sonrió al oír aquello.

—A mí también, en especial en el río.

—Sí, ¡exacto!

—Creo que tú y yo tenemos algunas cosas en común, Florence. En fin, fue Addison quien me legó este antiguo y precioso palacio. Bobby tenía un apartamento en la planta de abajo, pero terminé por instalarme aquí arriba. Una vez que empecé a trabajar de nuevo, era la opción más práctica. Gerry y yo estamos trabajando en nuestro tercer volumen recopilatorio de los dibujos y los escritos de Addison, era un artista de renombre.

—A su tía se le dan de maravilla las tareas de recopilación y edición —afirmó Gerry—. De hecho, nos han encontrado aquí por los pelos.

—¿Y eso?

Fue Rosalie quien contestó.

—Zarpamos rumbo a Inglaterra en unos días. Esperaba poder viajar antes, pero mi pasaporte…

—¡Tus pasaportes, en plural! —la corrigió Gerry con una carcajada.

—Está bien, mis dos pasaportes estaban caducados. Pero al final hemos logrado solucionarlo, y voy a viajar de nuevo bajo mi verdadera identidad. Gerry vino de Londres para ayudarme a empacar los trabajos de Addison.

Marie regresó en ese momento portando una bandeja con el té, y la dejó sobre la mesa antes de ir a por un plato repleto de pastelitos de chocolate.

Rosalie llenó las tazas y fue repartiéndolas junto con sus respectivos platitos.

—Aquí hay platos para los pasteles. Servíos, por favor.

Hubo una pequeña pausa mientras procedían a hacerlo; cuando todos tuvieron sus respectivos platos, Rosalie centró su atención en Jack.

—¿A qué se debe su presencia aquí, señor Jackson?

—Tutéeme, por favor. Me llamo Jack.

—Está bien. ¿Has venido acompañando a Florence?

—Soy arquitecto restaurador y estoy echando una mano con un proyecto que se está llevando a cabo en la isla, pero también vine para ayudar a Florence a encontrarla a usted.

Cuando no quedaba ni uno solo de los deliciosos pastelitos y todos seguían disfrutando relajadamente del té, Rosalie respiró hondo como si estuviera haciendo acopio de valor y preguntó:

—¿Mi hermana no está bien de salud?

—Padece un cáncer incurable —dijo Florence. La vio tomar una abrupta inhalación de aire y añadió—: Me pidió que te encontrara.

—¿Por qué ahora?

—No lo sé. Me lo pidió por primera vez en 1944, cuando llegué a Inglaterra procedente de Francia, pero nos fue imposible viajar hasta ahora. Supongo que mi madre sabía que estaba enferma, aunque no me lo contó. Yo no tenía ni idea. —Se interrumpió al recordar lo ocurrido. Primero habían discutido y habían intercambiado duras palabras, pero su madre se había sincerado después y se lo había contado todo.

Rosalie asintió, claramente conmovida.

—Por eso no me lo dijo —añadió Florence—. Porque sabía que yo no me marcharía de su lado si me enteraba de lo que le pasaba.

—¿Y tienes un mensaje para mí?

—Sí. Mi madre quiere que te diga que lamenta de todo corazón no haberte ayudado cuando lo necesitabas. Me dijo que es de lo que más se arrepiente en esta vida.

Por la mejilla de Rosalie bajó una lágrima, seguida de otra. Se sacó un pañuelo del bolsillo y se secó la cara.

Florence sintió que un nudo le constreñía la garganta y guardó silencio.

Rosalie bajó la mirada al suelo; la alzó hacia el techo al cabo de unos segundos, parpadeando para intentar contener las lágrimas. Entonces se levantó de su asiento y todos siguieron su ejemplo.

—¿Dónde os alojáis? —le preguntó a Florence.

—En un apartamento de La Valeta.

—La próxima vez que vengáis a Malta, os alojaréis aquí. Tenemos mucho de lo que hablar. Quiero saberlo todo, aunque no sé ni por dónde empezar. Jamás pensé que volvería a ver a algún miembro de mi familia. —Hizo una pausa, era obvio que le costaba hablar por la emoción—. Y no sabes cuánto te agradezco que me encontraras.

—Pero podrías haber vuelto en cualquier momento dado.

Rosalie exhaló un pesaroso suspiro.

—Sentía que no podía hacerlo, me marché en unas circunstancias horribles. En fin, ahora estás aquí y me siento dichosa por ello.

Extendió los brazos hacia ella y se dieron un fuerte abrazo.

—Debemos acudir al lado de Claudette. Juntas. Gerry, ¿podemos conseguirles pasajes en nuestro mismo barco?

—Ya tenemos unos para un barco de pasajeros que zarpa dentro de seis días —dijo Florence.

—Sería mejor que pudiéramos ir todos juntos —alegó Rosalie.

—Veré lo que puedo hacer —dijo Gerry—. Se trata de un carguero, por lo que no cuenta con muchas plazas para pasajeros. Aunque a veces mantienen una o dos en reserva, ya veremos. Si me dicen que no, tendremos que ir por separado.

—No se me ocurrió preguntar por los cargueros —dijo Jack—. ¿Cuándo zarpa?

—En tres días —contestó Gerry—. Tardaremos unos diez días más en llegar a Portsmouth.

Rosalie no apartaba los ojos de Florence, era como si no quisiera dejarla ir.

—Podríais alojaros aquí estos próximos días si queréis, por supuesto.

Florence miró a Jack con ojos interrogantes.

—¿Qué opinas?

—Si conseguimos pasajes en ese carguero, tendré que organizarlo todo para que alguien se encargue de supervisar las obras en el apartamento, así que sería más conveniente que nos quedáramos en La Valeta.

—Pero gracias de todos modos —le dijo Florence a Rosalie.

Esta la tomó de la mano y esbozó una cálida sonrisa.

—No te preocupes. Además, si todo sale bien, tendremos tiempo de sobra para conversar durante el trayecto hasta Portsmouth. No os preocupéis por el dinero de los pasajes que comprasteis, lo más probable es que se encarguen de revenderlos y os los abonen; en todo caso, estos los pago yo.

Florence sonrió. Se sentía aliviada, tenía el corazón rebosante de alivio y felicidad por haber logrado encontrar por fin a la desaparecida hermana de Claudette.

52

Cuando el barco atracó finalmente en Portsmouth, el gris día invernal parecía tan apagado en comparación con la vibrante luminosidad de Malta que Florence se sintió decaída y aprensiva. Habían desayunado apresuradamente y en ese momento estaba junto a Jack en la cubierta, contemplando el muelle mientras esperaban a que aparecieran Rosalie y Gerry.

—¿Crees que tienen una relación… estrecha? —le preguntó a Jack en voz baja.

—Yo diría que solo son buenos amigos.

—Como nosotros.

—No exactamente —protestó él, antes de mordisquearle la oreja.

Ella le dio una pequeña palmadita para que se apartara.

—¡Estamos a plena vista!

—¿Te importa eso?

—No. Pero nada de carantoñas delante de Hélène, no quiero restregarle nuestra relación en la cara.

—Estoy seguro de que tu hermana habrá superado hace mucho lo que fuera que sintiera por mí.

—Solo han pasado dos años, Jack.

—¡Venga ya!

—Ya la conoces.

—¿Élise y su hija también estarán allí?

—Sí, yo creo que ya habrán llegado; según Hélène, Élise no iba a tardar mucho más en ir.

Aparte de lo nerviosa que estaba por el inminente encuentro con su hermana mayor, la aterraba la posibilidad de que su madre pudiera fallecer antes de su llegada; de hecho, ni siquiera tenía la certeza de que todavía estuviera viva.

—Me parece que ya vamos a desembarcar —dijo Jack.

Gerry había hecho los arreglos necesarios para que un chófer los llevara a los tres a los Cotswolds, junto con el equipaje. También les había reservado habitaciones en un hotel de Stanton, y todo ello en los escasos días previos a que partieran de Malta; por su parte, él tenía intención de regresar a Londres.

El trayecto hasta Stanton se hizo eterno y Florence recordó su visita anterior cuando el coche enfiló por la pintoresca calle principal. Contempló los edificios que la flanqueaban, todos ellos construidos con aquellas piedras de color miel, algunos más imponentes que otros. En esa ocasión hacía mucho más frío, por supuesto, y soplaba un viento helado.

—Es como si este lugar hubiera quedado anclado en el pasado —comentó Rosalie—. Se parece un poco a Mdina en ese aspecto.

—Sí, a mí también me dio esa impresión.

Florence miró a su tía. Su delgado y bello rostro no revelaba ni un ápice sus sentimientos, pero, tal y como solía hacer Claudette cuando estaba nerviosa, se estrujaba las manos sobre el regazo.

—¡Es ahí! —Estalló en llanto al ver a una niñita de oscuro y largo pelo ondulado parada tras la puerta de la valla, esperando pacientemente. Le dio un brinco el corazón, era incapaz de articular palabra.

Jack, que estaba sentado delante junto al chófer, se volvió a mirarla y le estrechó la mano antes de decir:

—Es igualita a Élise.

Florence no podía dejar de sonreír a través de las lágrimas.

—Ay, Dios, ¡déjeme bajar ya! ¡Por fin llegó el momento!

Se apeó de un salto en cuanto el coche se detuvo y echó a correr hacia la casa. Se le formó un nuevo nudo en la garganta cuando aquella niñita de ojos de color coñac alzó la mirada hacia ella.

—Hola, cariño —alcanzó a decir con voz estrangulada—. Soy tu tía Florence.

—*J'ai deux ans* —anunció la niña.

—Victoria, por favor, en inglés.

Florence dirigió la mirada hacia la casa al oír aquella voz. Era su hermana Élise, quien echó a correr hacia la valla, alzó a su hija y, sosteniendo a la pequeña en un brazo, la abrazó a ella con el otro.

—*Maman!* —gritó Victoria—, ¡no estrujar!

—Perdona, cielo. —Élise tenía los ojos humedecidos por las lágrimas cuando la bajó al suelo.

—Cre… ¡creí que este día no llegaría jamás! —exclamó Florence, con la respiración entrecortada por la emoción.

Se miraron la una a la otra sin decir palabra. Élise parecía la misma de siempre a simple vista. Las únicas diferencias eran que su oscuro pelo largo había dado paso a una media melena y que, en vez de ir vestida con la ropa de costumbre (pantalones anchos, botas de cordones y jersey), llevaba puesto un vestido naranja. La prenda combinaba a la perfección con sus ojos, unos ojos idénticos a los de su hija que se iluminaron con una sonrisa que suavizó sus facciones como nunca.

Florence pensó para sus adentros que la maternidad le sentaba de maravilla y le devolvió la sonrisa antes de añadir:

—Pero aquí estamos. Sí, carajo, ¡aquí estamos!

—¡Shhh! ¡Nada de palabrotas delante de la niña! —le advirtió su hermana.

A Florence le hizo mucha gracia que fuera ella precisamente quien dijera eso, y se echó a reír.

Jack se acercó en ese momento a saludar. Besó a Élise en ambas mejillas, tal y como se estilaba en Francia, y le dio un afectuoso apretón en los brazos.

—Voy al hotel para registrarnos a los tres, nos vemos luego.

—Puedes quedarte. —Élise le lanzó una mirada elocuente.

—No, disfrutad a solas de este reencuentro. El reencuentro del grupo de mujeres más increíbles que he conocido en mi vida.

—¡Sigues tan encantador como siempre! —exclamó Élise con una carcajada.

—Hasta luego.

Florence dirigió la mirada hacia el coche. Rosalie seguía sentada en el asiento de atrás, pero no iba a tener más remedio que apearse para que el chófer llevara a Jack al hotel. A menos que decidiera irse con él, claro. Rodeó el vehículo y le abrió la puerta.

Su tía alzó la mirada hacia ella y tragó visiblemente, estaba extremadamente pálida.

—Estoy muy cansada, ¿os parece bien que venga mañana a visitar a mi hermana?

Florence se volvió hacia Élise. Se había sentido tan dichosa al volver a verla y al conocer a su sobrina, que por un momento había estado a punto de olvidar lo enferma que estaba su madre.

—Por supuesto, no hay problema —asintió su hermana.

—En ese caso, iremos paso a paso —dijo Rosalie—. Este día es para vosotras, sobrinas. El mío será mañana.

Pero la puerta principal se abrió de nuevo, y una mujer alta y atlética de complexión fuerte y pelo castaño claro se plantó en el umbral. Los ojos de color nuez de Hélène no sonreían ni reflejaban calidez alguna, actuó como si Florence no existiera y se limitó a decir con sequedad:

—*Maman* está despierta. Creo que sería prudente que Rosalie la viera hoy mismo.

El corazón de Florence se desbocó, ¿su hermana ni siquiera iba a dignarse a saludarla? Permaneció allí plantada sin saber qué hacer, sosteniendo la mano de la pequeña Victoria mientras Élise ayudaba a Rosalie a salir del coche.

Hélène invitó a su tía a entrar en la casa y, antes de seguirla, se limitó a dedicarle a Florence un escueto asentimiento de cabeza. Esta entró tras ellas y preguntó:

—¿Puedo subir yo también? —Era plenamente consciente de la tensión que existía entre su hermana y ella.

Hélène la miró de nuevo —con expresión gélida, pensó Florence para sus adentros—, y terminó por asentir antes de ordenar con sequedad:

—No agobies a *maman*, quédate en la puerta mientras Rosalie habla con ella.

Las tres subieron a la planta de arriba y Hélène les pidió que esperaran en el descansillo mientras hablaba con Claudette. Florence aferró con fuerza la mano de su tía, quien susurró:

—No sé quién está más nerviosa, tú o yo.

—¿Estás nerviosa?

—¡Muchísimo! Hace unos veinte años que no veo a mi hermana, y ahora se está muriendo. Tengo tantas ganas de verla que me tiembla todo el cuerpo.

Esperaron con los nervios a flor de piel mientras oían a Hélène hablando entre murmullos; cuando esta las llamó con voz suave, dejó que su tía la precediera. Al llegar a la puerta, vio a Hélène ahuecando las almohadas de su madre antes de ayudarla a incorporarse hasta quedar sentada. Oyó a su tía inhalando aire con brusquedad mientras ella misma luchaba por respirar. Su madre tan solo tenía cincuenta y tantos años, pero el cáncer había hecho estragos en ella y estaba muy envejecida.

Claudette soltó un grito gutural al ver entrar en la habitación a su hermana desaparecida, pero entonces empezó a toser sin parar y Hélène susurró palabras tranquilizadoras mientras le daba palmaditas en la espalda.

—Pásame ese vaso de agua, Florence. —Lo dijo sin volverse a mirarla.

Florence obedeció de inmediato, y aguardó mientras su hermana acercaba el vaso a los labios de Claudette. No habría sabido decir si esta había llegado a beber, ya que Hélène volvió a depositar el vaso sobre la mesita de noche poco después.

Los ojos de Claudette se posaron de nuevo en Rosalie y se llenaron de lágrimas mientras la veía acercarse.

Florence retrocedió un poco y se limitó a presenciar el reencuentro en silencio. Era imposible expresar ciertas cosas con palabras; ese momento en el que Rosalie se sentó en una silla junto a su hermana y la tomó de la mano fue buen ejemplo de ello.

—No escribiste jamás —dijo Claudette con voz grave, pero sin reproche alguno en su mirada.

—Tan solo aquella única vez —respondió Rosalie.

—Más de veinte años —dijo aquello con voz casi inaudible.

Florence respiró hondo al verla cerrar los ojos, Hélène se inclinó hacia delante para comprobar su pulso. Pero entonces, justo cuando parecía estar tan cerca de exhalar su último aliento, Claudette se repuso y abrió los ojos de repente.

—Bueno, hermanita, cuéntame. ¿Qué has estado haciendo todos estos años? —Soltó una pequeña carcajada teñida de tristeza.

Rosalie había estado intentando mantener la compostura, pero ya no pudo seguir reprimiendo las lágrimas; al cabo de unos momentos, se recompuso también y se secó los ojos antes de contestar.

—Ya sabes, un poco de todo.

La inconfundible risa de Claudette inundó la habitación. Extendió los brazos hacia su hermana y, mientras ellas se fundían en un abrazo, Florence intercambió una mirada con Hélène y albergó la esperanza de que ese pequeño momento de conexión significara que esta la había perdonado.

Cuando Claudette tosió de nuevo, Hélène se acercó a la cama.

—Creo que *maman* ha tenido bastante excitación por hoy. —Cedió al ver la mirada suplicante de su madre—. Vale, diez minutos más.

—Qué mandona eres —dijo Claudette.

Florence sonrió al oírla refunfuñar así, estaba claro que seguía siendo por dentro la madre que todas conocían.

Rosalie narró una versión abreviada de su vida y concluyó explicando dónde vivía en la actualidad.

—¿Tienes un palacio? —preguntó Claudette.

—Es absurdo, ¿verdad?

—Siempre supiste valerte por ti misma.

Hélène intervino al verla cerrar los ojos.

—Bueno, ya basta por hoy. Nos vemos mañana, Rosalie. Voy a quedarme con ella.

Las acompañó a la puerta, y Rosalie le dio unas palmaditas en la mano antes de entregarle una nota.

—Por favor, llama al hotel si pasa cualquier cosa. Aquí tienes el teléfono.

Florence se acercó a besar a su hermana en las mejillas, pero se detuvo al verla tensarse.

Cuando la puerta principal se cerró, vio a Élise intentando poner buena cara ante la adversidad. Tenía a Victoria en los brazos, las dos estaban lanzándoles besos y despidiéndose con la mano por la ventana de la sala de estar. Se tragó un sollozo, ¿quién habría podido imaginar que sucedería algo así? Tanto sus hermanas como ella estaban devastadas por el dolor, por la culpa que sentían por no haberse dado cuenta antes de que Claudette estaba enferma. Hélène y Élise no habían podido ir a visitarla debido al caos que imperaba en Francia, pero puede que eso tan solo hubiera sido una excusa; al fin y al cabo, cualquiera habría movido cielo y tierra hasta encontrar la forma de poder viajar al enterarse de que su madre estaba moribunda, ¿no? Eso era algo que a las tres les rondaba por la cabeza. Y ahora Claudette se aferraba a un finísimo hilo de vida, a pesar de saber que, en realidad, no quedaba nada a lo que aferrarse.

Cada día traía consigo sus propios desafíos. Ver a su madre había sido el primero; despedirse de ella sería el siguiente. Después de eso, llegaría el momento de que Hélène y ella mantuvieran una conversación.

Rosalie, por su parte, estaba macilenta mientras el taxi las conducía al hotel; cuando se sintió con fuerzas para hablar, dijo con voz queda:

—Me habría gustado poder quedarme un poco más de tiempo con ella.

—Ya lo sé, a mí también. Pero Hélène sabe lo que hace. Así existe al menos la posibilidad de que puedas volver a hablar mañana con *maman*.

—«Por favor, que mañana esté aún con vida», susurró para sus adentros. «Por favor».

53

Florence lloraba desconsolada en la cama, cobijada entre los brazos de Jack. Permaneció despierta conforme el día fue dando paso a la noche con lentitud, completamente desvelada, mientras la aflicción y el dolor iban acrecentándose, aplastándola bajo su peso, asfixiándola. De haber sabido lo que pasaba, habría podido quedarse a vivir con su madre tras aquella primera visita, en 1944.

—Intenta dormir un poco, cariño —murmuró Jack, mientras la estrechaba contra su cuerpo.

Logró conciliar el sueño por fin, pero, víctima de sus propios pensamientos turbadores, no dejó de dar vueltas en la cama. Imágenes de Hélène iban y venían en su mente: Hélène con el rostro enrojecido por el enfado, Hélène airada, Hélène gritando. Pero más dolorosas aún eran aquellas en las que veía a su madre viva, riendo, preparando champán de sauco, llena de vitalidad.

Después de una hora de sueños inquietos, despertó temprano; yació allí, escuchando la rítmica respiración de Jack en la penumbra, y empezó a clarear poco a poco. Cuando él despertó también, hicieron el amor sin prisa, con mucha ternura. En aquellos momentos en los que rondaba la muerte, parecía importante reafirmar que uno estaba vivo.

—¿Estás pensando en todos los momentos que has compartido con tu madre? —preguntó él después, mientras yacían el uno junto al otro.

—¿Cómo lo sabes?

—A mí me pasó cuando murió mi abuela. Sentí la necesidad de ir reviviendo los recuerdos, año por año, retrocediendo en el tiempo hasta llegar al final.

—Sí, exacto.

—Aunque los recuerdos te hagan llorar, es inútil luchar contra ellos. Aparecen de todas formas, lo quieras o no.

—Como sombras. Pero mi madre no ha muerto todavía.

—No, pero estás preparándote emocionalmente para lo que se avecina. Es inevitable.

—Tendría que haberme quedado con ella en vez de regresar a Devon.

—No te fustigues, Florence. Ella rechazó tu ayuda. Cuando alguien muere, todo el mundo se echa la culpa.

—Anoche tuve un sueño. Yo corría y corría sin parar, sin llegar a ningún sitio.

—Yo también lo he tenido alguna vez.

—¿Qué crees que significa?

—Que estás intentando huir de la muerte de tu madre, quizá.

—Sí, a mí también se me había ocurrido esa explicación, pero también podría ser que…, en fin, siento que tengo demasiadas cosas en la cabeza y no puedo huir de ellas.

—Te refieres a Hélène, ¿verdad? Además de lo que está pasando con tu madre, tienes que lidiar también con lo de tu hermana.

—Me odia, mi hermana me odia —afirmó ella, con un pesaroso suspiro.

—¿Te lo ha dicho?

—No.

—Estás proyectando tus miedos en ella. Está cuidando a vuestra madre, puede que no tenga cabeza para nada más. Imagina lo duro que debe de ser para ella. Espera un poco y tendréis oportunidad de hablar tarde o temprano, ya lo verás. Dale tiempo.

Se sentaron a desayunar con Rosalie, quien estaba claro que tampoco había podido pegar ojo. Pero Florence era consciente de que ella, al menos, tenía a Jack; su tía, sin embargo, estaba sola.

En el transcurso de los días siguientes, vivieron inmersas en un nubarrón de ansiedad. Estaban tensas y con los nervios a flor de piel, se ofrecían unas a otras pequeñas sonrisas cautas que daban paso con rapidez a semblantes llenos de preocupación. Rosalie pasaba horas sentada junto a la cama de su hermana; cuando esta estaba despierta, le hablaba con voz suave y recordaba los viejos tiempos con ella, pero durante la mayor parte del tiempo se limitaba a sostenerle la mano mientras dormía o a acariciar su fina y translúcida piel. Florence iba y venía, al igual que Élise.

Un día llegaron todas al mismo tiempo a la habitación de Claudette por casualidad, como si el instinto las hubiera avisado de que faltaba poco. El aire era denso; la atmósfera, triste y sombría. La respiración de Claudette era irregular, dio la impresión de que se detenía por unos segundos. Florence se quedó paralizada, ¿se había ido ya? Inhaló aliviada al verla abrir la boca y le acarició la mejilla, la piel de su madre estaba fría y moteada.

—Puedes marcharte en paz, *maman* —dijo Hélène con voz suave.

Florence oyó a Victoria musitando una cancioncilla para sí. La pequeña estaba tumbada en el catre que había compartido con Élise durante aquellos días; Hélène, por su parte, solía dormir en un sofá situado más cerca de la cama de su madre.

En el silencio de la habitación de Claudette, las palabras se oyeron de nuevo en la dulce voz de la niña.

Alouette, gentille alouette
Alouette, je te plumerai

Era una canción francesa que todas ellas conocían. Pensaban que Claudette estaba dormida o incluso inconsciente, pero en ese momento abrió los ojos. A Florence le pareció oírla musitar unas notas de la melodía y que sonreía, como si reconociera aquella cancioncilla. Su respiración se aceleró entonces por un momento, los músculos de su rostro se relajaron y se quedó incluso más pálida, más vacía, como si hubiera dejado de ser ella. Todo había terminado, se había ido. El invisible hilillo final que la había mantenido conectada a la vida se había roto. Acababan de presenciar ese momento en el que la llamita de una vida terminaba por apagarse del todo.

415

Hélène comprobó su pulso, y entonces se persignó.

Florence soltó una exclamación ahogada, pero logró contener las lágrimas.

Élise, quien estaba parada junto a la ventana y era la que había permanecido más apartada de la cama, se acercó entonces a Claudette, le cruzó las manos sobre el pecho y depositó un beso en su frente.

Al ver que Hélène se sentaba en el sofá con las manos en la cabeza, Florence anheló acercarse a consolarla, pero Rosalie se le adelantó y abrazó a su hermana, quien rompió a llorar. Sus sollozos eran tan desgarradores que, como de común acuerdo, tanto Élise como la propia Florence salieron de la habitación. Se llevaron con ellas a Victoria al verla llamar a Élise, confundida y ansiosa, y le dieron un poco de leche tibia antes de abrigarla bien y de llevarla a dar un paseo por la colina para protegerla del dolor que reinaba en la casa.

Las tres llevaban sus respectivos sombreros encasquetados hasta los ojos, gruesos abrigos abrochados hasta arriba y bufandas alrededor del rostro; aun así, estaban ateridas de frío. Florence no habría sabido decir si las lágrimas que le humedecían los ojos se debían al gélido viento, o si estaba llorando.

—*Mamaaan! J'ai froid* —protestó Victoria.

—Ya lo sé, cariño. Ya lo sé. ¿Quieres que hagamos una carrera? ¡A ver quién llega antes a lo alto de la colina!

—*Oui.*

Y corrieron colina arriba, columpiando a la niña entre las dos.

Durante los días posteriores, multitud de tareas las mantuvieron ocupadas. Una vez que el médico expidió el acta de defunción, Élise contactó con el director de la funeraria, quien acudió ese mismo día a la casa. También contactó con el párroco. Hélène parecía haberse derrumbado, era como si hubiera consumido toda su energía al procurar que las últimas semanas de vida de su madre fueran cómodas. Cuando estaban en Francia, Hélène siempre había insistido en mantener los rituales cotidianos del día a día, y eso las había ayudado a mantenerse unidas y a seguir adelante. Pero ahora se la veía deshecha. Florence se encargaba de hacer la compra, de cocinar y de hacer buena parte de la colada, pero se sentía como si estuviera andando con pies de plomo alrededor de su hermana. Élise llamó de nuevo al párroco, hizo las disposiciones necesarias para los arreglos florales y, con ayuda de Florence, planeó el servicio fúnebre. Las dos jugaban con Victoria, le daban de comer y la mantenían relativamente alegre en una casa donde reinaban la tristeza y el dolor. Jack permanecía buena parte del tiempo en el hotel y hacía compañía a Rosalie, que estaba destrozada.

La noticia de la muerte de Claudette se había extendido por el pueblo, y fue llegando gente a ofrecer tarjetas de pésame y ramos de flores invernales procedentes de sus jardines. Había quien llevaba comida (pastelitos, galletas…), y también quien se ofrecía a ayudar en lo que hiciera falta.

—Tu madre fue de gran ayuda durante la guerra —afirmó una señora entrada en años, antes de ofrecerle a Florence un pastelito de jengibre—. Todas colaboramos con el Instituto de la Mujer.

—No sabe cuánto me alegra oír eso, muchas gracias.

A pesar del frío, el día del funeral amaneció despejado; el sol brillaba, el azul del cielo era poco menos que cegador y la iglesia se llenó hasta los topes. El velatorio se hizo en el salón municipal porque en la casa de Claudette no había espacio suficiente; hacia el final, en un momento dado en el que Jack había sacado a Victoria a los columpios y la gente empezaba a marcharse, Élise llevó a Florence a un aparte y preguntó:

—¿Sabías que *maman* era tan popular aquí?

—Sabía que ayudó en lo que pudo durante la guerra, supongo que esa colaboración general contribuyó a estrechar lazos entre la gente del pueblo. Es normal que una experiencia así sirva para unir a la gente.

—Y aquí no tenían que preocuparse por los dichosos alemanes.

—Sí, era muy distinto. A diferencia de lo que pasaba en Francia, aquí estaban todos del mismo bando.

—¿Has hablado ya con Hélène?

—A juzgar por su actitud, no quiere hablar conmigo.

—Bueno, puede que aún no sea el momento. Pero ya falta poco para que todo esto termine, y entonces ninguna de las dos tendréis una excusa para no hablar.

Florence estaba exhalando un suspiro cuando Rosalie se acercó a ellas.

—Qué jerez tan horrible, ¿verdad? ¿Os apetece venir al hotel para tomar una copa en condiciones? —Esbozó una pequeña sonrisa al verlas asentir, y entonces miró a Florence y dijo con voz suave—: No sabes cuánto me alegra que me encontraras… a tiempo.

Florence se quedó esperando allí a sus hermanas mientras su tía iba en busca de Jack y Victoria, pero Élise regresó sola poco después y dijo pesarosa:

—Hélène no viene.

—¿Dónde está?

—Sigue plantada junto a la tumba, leyendo las tarjetas de pésame.

Élise salió a reunirse con Rosalie, Jack y Victoria, pero Florence se dirigió a la tumba. Estaba situada por detrás de la iglesia, era un lugar precioso desde donde se veía el ganado pastando en las amplias extensiones de terreno.

—Hélène, ¿podemos hablar? —preguntó, titubeante, al acercarse a ella.

Se le constriñó la garganta cuando su hermana alzó la mirada. Aquellos ojos donde siempre se reflejaba una aguda inteligencia estaban empañados de angustia.

—¿Qué pasa?

Lo preguntó con toda la delicadeza posible, pero Hélène la fulminó con la mirada.

—¿Acaso no lo sabes?

Florence no supo qué decir, no sabía si su hermana estaba refiriéndose a Jack. Antes de que pudiera contestar, Hélène espetó con sequedad:

—¡Pues te lo voy a explicar! ¿Imaginas lo que es cuidar sola a tu madre, ver cómo va apagándose día tras día sin tener a nadie a tu lado?

—Cuánto lo siento.

Hélène soltó una áspera carcajada, ni siquiera parecía haberla oído.

—¿Y sabes de qué hablaba durante todo ese tiempo?

Florence negó con la cabeza.

—¡De vosotras dos! De Rosalie y de ti, ¡de nada más! Cuando Élise llegó con Victoria, apenas le dedicó una mirada a su nieta. Y tú te dedicaste a pasear por Malta, y apareciste en el último momento con Jack.

—¡No estaba paseándome por allí ni mucho menos! Solo estaba cumpliendo los deseos de *maman*. Ella me rogó que encontrara a Rosalie, Hélène, ¡me lo suplicó!

—Claro, ¡qué conveniente para ti! Y supongo que ahora querrás que te dé mi bendición, ¿no?

El crudo viento invernal de Inglaterra acrecentaba aún más la tensión que había en la atmósfera.

—Por favor, Hélène, ¡tú no eres así! ¿No podemos intentar comportarnos como personas civilizadas?

Su hermana exhaló un bufido burlón.

—¡No te molestaste en ser civilizada cuando te apropiaste de lo que quisiste!

—Las cosas no fueron así.

—¿Ah, no?

—No, ¡claro que no! —insistió Florence.

—¿Y qué fue lo que pasó? Sabías que yo estaba enamorada de Jack, Florence. Lo sabías, pero seguiste adelante de todas formas.

Florence no pudo evitar agachar la cabeza, ya que su hermana tenía razón en eso.

—¿Creías acaso que te diría «Tranquila, hermanita, no pasa nada, quédatelo, es todo tuyo»? ¿Eso creías?

—Lo siento. —Buscó las palabras adecuadas, se sentía muy culpable por haber lastimado a su hermana—. Esperaba que pudieras comprenderlo con el paso del tiempo.

Era horrible ver los ojos de Hélène tan llenos de dolor y se le encogió el corazón. Era obvio que su hermana había estado soportando mucha tensión mientras cuidaba a Claudette. Aquella vigilia debía de haber sido agotadora y, sumada además a la llegada de Jack, no era de extrañar que estuviera a punto de estallar.

—Por cierto, hablando de actuar como personas civilizadas, ¿no crees que podrías haber ayudado más a Claudette?

—Eso no es justo, Hélène —protestó Florence con voz apagada—. Fue ella quien me pidió que buscara a Rosalie, ya te lo conté. ¿Mis esfuerzos por encontrarla no cuentan para nada?

—Me refiero a antes de eso.

Florence se sintió indefensa, pero se mantuvo firme.

—Me ofrecí a quedarme con ella, a ayudarla. Me dijo que me fuera.

—¿Y en aquel momento no se te ocurrió avisarme de que estaba enferma? Yo podría haber hecho algo, algo más que quedarme sentada de brazos cruzados mientras la veía morir lentamente.

Florence procuró mantener un tono de voz calmado.

—Eso tampoco es justo. Soy consciente de lo horrible que habrá sido para ti, pero no estás siendo razonable. Te conté que Claudette quería que encontrara a Rosalie, yo no estaba enterada de su enfermedad en aquel entonces. ¿Cómo iba a saberlo? Ella me dijo que estaba bien.

—Ya, y te convenía creer que era cierto.

—Intenté hacerlo lo mejor que pude.

—¡No te esforzaste lo suficiente!

La tarde se ralentizó hasta detenerse. Florence abrió la boca, pero no emergió ningún sonido; se le inundaron los ojos de lágrimas, pero se tragó su angustia. Hélène tenía algo de razón.

—Uy, ¡y ahora la pequeña y dulce Florence va a echarse a llorar!

Había sido un día tan largo y duro, que aquello era el remate final. Florence se tragó las lágrimas e intentó contestar con calma.

—Mira, ¿sabes qué? Acabamos de enterrar a nuestra madre. Tú no eres así, Hélène.

Se miraron en silencio, le costaba creer la frialdad que veía en los ojos de su hermana. El instinto le advertía que era mejor dar un paso atrás, pero un súbito arranque de furia hizo que perdiera los estribos.

—Santo Dios, ¡te has convertido en una verdadera imbécil!

—¿Quién, yo? —Hélène la miró con incredulidad.

—¡Sí, tú! Jack me dijo que te había escrito una carta en cuanto llegamos a Inglaterra, que te había explicado las cosas. ¡No me digas que sigues enfadada por todo esto después de dos años!

—No recibí ninguna carta suya.

—Te envió una, me lo dijo.

—Qué amiguitos erais, ¿no?

—No me lo dijo en ese momento, fue mucho después —aclaró Florence—. Es posible que la carta se extraviara.

—Y tú le crees en todo, ¿no?

—Lo siento, Hélène. Lo siento de corazón, pero Jack y yo reprimimos nuestros sentimientos durante muchísimo tiempo. Le di mil vueltas a este tema, no quería hacerte ningún daño. Me parece que todo esto no es por lo mío con Jack, sino por *maman*. —Al ver que guardaba silencio, insistió de nuevo—. ¿Qué más puedo hacer?

—¡Regresar a Devon! ¡Eso podrías hacer! Y ahora, si no te importa, quiero estar a solas para poder leer estas tarjetas en paz.

Florence se acercó a su hermana, extendió una mano hacia ella mientras decía con voz suave:

—Jack sentía afecto por ti, Hélène. Pero no te amaba como tú habrías querido. Estás aferrándote a algo que solo existió en tu propia mente.

La mirada de su hermana se endureció y, de buenas a primeras, le estampó un bofetón tan fuerte que la hizo retroceder trastabillante. Florence se quedó mirándola, aturdida, con la mejilla y los ojos ardiendo.

Dio media vuelta sin poder asimilar lo que acababa de pasar y se alejó tambaleante de allí.

Había oído hablar de hermanas que se distanciaban por algún motivo, pero jamás habría podido imaginar que les sucedería a ellas. Su relación con Hélène había quedado hecha pedazos, y daba la impresión de que no había nada que ella pudiera hacer ni decir para enmendarla.

Más tarde, al atardecer, estaba sentada junto a Jack en la cama. Horas atrás, le había contado a Rosalie que su amiga Charlotte había sido hallada muerta y que llevaba puesta la pulsera de colgantes; su tía se había entristecido mucho al enterarse de la noticia y, en cuanto a la pulsera, le había explicado que se la había regalado a su amiga como agradecimiento porque esta le había permitido usar su apartamento.

—Baja conmigo al bar, Florence —propuso Jack—. Me da la impresión de que necesitas una copa, al igual que Rosalie. Creo que quiere hablar.

Ella dijo que no con la cabeza, no se sentía capaz de dar la cara ante nadie en ese momento.

—¿Ha pasado algo más? —insistió él—. Por lo que me has dicho, te has caído al tropezar con un tronco en el cementerio. ¿Eso es todo?

—Sí.

—¿No hay nada de lo que quieras hablar?

—No. —Fue incapaz de admitir que Hélène la había abofeteado.

—Está bien, nos vemos luego. —La besó, se levantó de la cama y se dirigió hacia la puerta.

—¡Espera! —exclamó ella, justo cuando estaba a punto de salir de la habitación—. Hélène me ha dicho que no recibió ninguna carta tuya.

—Pues yo se la envié, te lo aseguro.

—Sí, es lo que le he dicho.

—Es una lástima, quizá se sentiría de forma distinta en este momento si la hubiera leído. Pero tienes que dejar atrás de una vez el sentimiento de culpa, Florence.

—¿Significa eso que también debo dejar atrás a mi hermana?

—No. Pero la vida es efímera. Cuando se nos presenta la oportunidad de ser felices, debemos aprovecharla. Terminará por aceptarlo, ya lo verás.

—No lo entiendes.

—Puede que no, pero lo que tengo claro es que esto no te está beneficiando en nada. Florence, sécate los ojos y ven a tomar una copa, te lo pido por favor.

—No puedo. Tengo la cara hinchada y enrojecida, estoy horrible.

Él sonrió, se acercó de nuevo a la cama, tomó su rostro entre las manos y le besó la punta de la nariz antes de anunciar:

—Tú nunca estás horrible.

—Ve tú.

—¿Estás segura? Si quieres, me quedo contigo y aviso a Rosalie de que no voy a bajar.

—No, no te preocupes por mí. Vete.

Le salió con más aspereza de la que pretendía, y se sintió fatal al ver que él se tensaba al oírla hablar en ese tono y procedía a marcharse sin más.

Fue cayendo la noche con lentitud y la oscuridad fue adueñándose de la habitación, pero no encendió ninguna lámpara. No quería ver su propio rostro en el espejo. No esperaba que Hélène la perdonara al instante, pero albergaba al menos la esperanza de que pudieran hablar y encontrar la forma de volver a ser hermanas. No había nada que pudiera solucionar aquella situación. Jack y ella se pertenecían el uno al otro, ¿serviría de algo romper el compromiso? Probablemente no. Recordó cómo la habían cuidado Hélène y Élise después de la violación. Recordó cómo la habían protegido y colmado de cariño, cómo la habían cobijado en un cálido manto de amor. ¿Ayudaría en algo a alguna de ellas que se viera obligada a escoger entre su hermana y el hombre al que amaba?

54

El testamento de Claudette ya se había leído y todo el mundo estaba preparándose para partir. Élise había heredado la casa de Francia, Hélène la de Inglaterra, y Florence las acciones y participaciones. Antes de partir rumbo a Devon, Rosalie llevó a esta última a un aparte para comentarle algo.

—No quiero ser entrometida, pero quería preguntarte si Jack y tú tenéis algo planeado para la boda.

—Pues no, la verdad es que no. Solo hemos comentado que estaría bien celebrarla en verano. Aunque aún habrá racionamientos, claro, así que no sé cómo irá la cosa.

—Todo saldrá bien, ya lo verás.

—Preparé litros y litros de champán de sauco en junio, más de los que tenía pensado. Jack todavía bromea al respecto.

—Pues eso ya lo tienes, es un primer paso.

—Sí, supongo que sí.

Rosalie sonrió con calidez y se sonrojó ligeramente al decir:

—Para mí sería un placer inmenso que me permitierais participar en los preparativos…, pagar la boda y el vestido, colaborar en lo que haga falta.

—Es muy amable de tu parte, pero, en fin, me has tomado por sorpresa. Creía que sería una boda muy sencilla.

—Somos familia, hacía mucho tiempo que no tenía una. —La voz de Rosalie se quebró—. Tu madre ya no está aquí para ayudarte y, aunque sé que no es lo mismo, me encantaría hacerlo. Permaneceré en Inglaterra hasta agosto.

—En ese caso, muchas gracias —contestó Florence, sonriente—. Mis hermanas no estarán aquí, así que me vendrá bien toda la ayuda posible.

Élise y Victoria iban a ir a Exeter en tren junto a Jack y ella, regresarían a Francia después de las navidades. Rosalie también iba a pasar las fiestas con ellos; en cuanto a Hélène, a pesar de haber sido invitada, había decidido quedarse en Stanton para encargarse de las pertenencias de Claudette, y para vender la casa cuando quedara completada la legitimación.

Mientras cada una de ellas escogía un pequeño tesoro como recuerdo de su madre, Florence tocó a Hélène en el hombro con suavidad.

—Si quieres, podría quedarme también para ayudarte con todo esto.

Su hermana no se giró a mirarla, se limitó a murmurar una seca respuesta:

—No, gracias.

Florence no se rindió y lo intentó desde otro ángulo.

—Pasarás sola las navidades.

—¿Crees que eso me importa?

—Antes disfrutabas mucho de esas fiestas.

Hélène no contestó, siguió tomando esto y aquello antes de volver a dejarlo en su sitio. A Florence le dolía verla sufrir así, pero sabía que no podía hacer nada al respecto. Hélène era la buena hermana, la que siempre ayudaba, la que sanaba, aquella a la que acudir cuando había un problema. ¿Quién la ayudaría a ella?

Los días que Rosalie, Élise y Victoria pasaron en Devon fueron agridulces. Dulces porque para Florence era una alegría pasar tiempo con su hermana y su tía, así como llegar a conocer mejor a su sobrinita, quien estaba resultando ser una pequeña diablilla. Cantaban juntas, salían a pasear, jugaban frente a la chimenea cuando llovía. La canción preferida de Vicky era *Ring a Ring o' Roses*; en especial la parte del *a-tishoo*, cuando todo el mundo tenía que dejarse caer y rodar por el suelo. Pero los ojos se llenaban de lágrimas cuando la pequeña cantaba *Alouette, Gentille Alouette.*

—¿Cómo te sientes con lo de *maman*? —le preguntó Florence a Élise un día.

Estaban sentadas a solas en la cocina. Jack y Vicky estaban en el prado de agua, dando de comer a los patos.

—Siempre tuve sentimientos encontrados en lo que a ella se refería, ya lo sabes.

—Erais muy parecidas físicamente, pero creo que tu temperamento la asustaba porque era muy distinto al suyo.

—¿En serio? —Élise la miró sorprendida.

—Aunque ella no lo admitiría jamás, por supuesto.

—Me siento un poco mal conmigo misma, tengo la sensación de que tendría que haber sido más afectuosa con ella…

—Pero quizá podría decirse lo mismo en su caso, quizá tendría que haber sido más afectuosa contigo. O haberlo intentado, al menos. Pero te quería con todo su corazón, Élise. Eso no lo dudes.

—Puede que tengas razón. Pero hace que me resulte duro aceptar su muerte, el hecho de no poder…, no sé, de no poder arreglar las cosas entre nosotras, supongo. Me dolió que no mostrara ningún interés por Victoria.

Florence la tomó de la mano en un gesto de consuelo.

Al cabo de un rato, salió a dar un paseo con Rosalie. Subieron por el camino, bajaron por la ladera y se internaron en el bosque. Hacía un frío vigorizante, el cielo estaba completamente despejado. La vida en Meadowbrook había sido tan ajetreada últimamente, que agradeció poder pasar algo de tiempo a solas con su tía.

—¿Cómo te sientes? —le preguntó.

—Agradecida de haber podido volver a ver a mi hermana antes de su muerte, pero siempre lamentaré los años que pasamos separadas.

Florence no contestó, aunque no pudo evitar preguntarse si Hélène y ella estaban condenadas a repetir la misma historia.

—Este lugar es una maravilla. Y me encanta la casa, es preciosa. —Rosalie la tomó del brazo—. No me extraña que te sientas tan a gusto aquí. En cuanto a Jack, salta a la vista que te adora.

—He sido muy afortunada. Me enamoré de Jack desde el primer momento en que le vi; de hecho, sentía admiración hacia él. Pero…, en fin, cuando me ayudó en el peor día de mi vida fue cuando empecé a sentir que era el único hombre en el que podría confiar en lo que me quedaba de vida.

—¿Quieres hablar del tema?

Florence se tomó unos segundos para pensárselo. Había recorrido un largo camino desde aquel terrible encuentro con aquellos dos hombres despreciables. Era difícil de aceptar que realmente había sufrido una violación, una agresión como aquella. Pero lo había hecho, lo había aceptado; de no ser así, no habría sido capaz de amar a Jack. Quizá no llegara a aceptarlo del todo jamás, pero ya no se echaba a temblar al pensar en ello ni se sentía avergonzada.

—En otra ocasión, quizá —contestó.

—Como quieras.

Las dos siguieron andando en silencio hasta que, finalmente, Florence se volvió a mirarla y preguntó con voz suave:

—No sé nada acerca de tu marido, Robert Beresford. Me gustaría que me hablaras un poco de él, si quieres.

—Mi divertido, adorable y valeroso Bobby, ¡claro que quiero hablar de él! Encontrar un gran amor es uno de los regalos más valiosos que puede darte la vida. Mi gran amor fue él.

—Debiste de quedar destrozada cuando murió.

—Sí, pero no lamenté ni por un instante haberle conocido. Puede que suene a cliché, pero realmente fue el amor de mi vida.

Las dos se quedaron en silencio de nuevo, tan solo se oía el sonido de sus pasos y el canto de algunos pájaros entre los árboles.

—¿Crees que volverás a casarte alguna vez? —preguntó Florence.

—No. Mi vida está en Mdina, y seguiré trabajando con Gerry en el último volumen de las obras de Addison durante mi estancia en Londres.

—¿Le tienes afecto?

—Mucho. Es mi mejor amigo, algo que valoro mucho. Tengo otras amistades en Malta: Otto, por ejemplo, un periodista; y Tommy-O, un cantante transformista, aunque no le veo tan a menudo ahora que se ha retirado de la actuación. Y está de más decir que tú y yo seremos grandes amigas, después de todo lo que has hecho por encontrarme. Y espero que regreses a Mdina y te alojes en mi casa.

—Me encantaría —contestó Florence con una sonrisa.

Pero al pensar en la amistad, en su significado, se dio cuenta de que Hélène y Élise siempre habían sido sus mejores amigas. Y sentía una tristeza inmensa por el hecho de que una de ellas hubiera dejado de serlo.

Los días fueron pasando con rapidez y, una vez que las fiestas navideñas quedaron atrás, Élise y su hija regresaron a Francia y Rosalie partió hacia Londres. Las risas y las lágrimas que habían colmado la casa dieron paso al silencio y la quietud, y Florence no pudo evitar que su ánimo decayera. Intentó disimular por Jack, quien también se marcharía en enero para completar las obras del apartamento de Malta.

—Podrías venir conmigo —propuso él, la noche previa a su partida.

—No, prefiero quedarme aquí. Tengo que cumplir con mi trabajo en la casa grande, tuve suerte de que accedieran a contratarme de nuevo. Y también tengo que seguir escribiendo mi novela. Después de todo lo que ha pasado, necesito sentir algo de estabilidad y sosiego.

—Solo voy a ausentarme un par de semanas, podemos empezar a planear la boda a mi regreso.

—¡Nuestra preciosa boda veraniega! —dijo ella, sonriente—. Por cierto, Rosalie se ofreció a ayudar y a cubrir los gastos.

—No es necesario —comentó, claramente sorprendido.

—Quiere hacerlo de corazón. Además, la tradición dicta que la familia de la novia asuma los gastos de la boda, ¿no?

Él se echó a reír.

—Ahora que lo dices, creo que sí. ¿Te sigue pareciendo bien que la celebremos en verano?

—Por supuesto, no me gustaría que fuera un día frío y lluvioso.

Él le acarició la mejilla y le aseguró con semblante serio:

—Todo saldrá bien, Florence.

Ella no supo a qué se refería y frunció ligeramente el ceño, pero se dio cuenta de que estaba hablando del distanciamiento con Hélène.

Había intentado relegar ese asunto al fondo de su mente, pero había fracasado de forma estrepitosa. Había pasado una eternidad escribiéndole una carta a su hermana, estrujándose el cerebro para encontrar las palabras adecuadas, pero había terminado por romperla porque tanto Jack como Élise habían insistido en que era mejor dejar tranquila a Hélène por el momento; aun así, detestaba sentirse tan impotente.

La noche pasó volando, llegó la mañana y Jack no tardaría en emprender el viaje. El día había amanecido gris, el viento y la lluvia golpeaban con fuerza la ventana del dormitorio que compartían.

—Vaya, esperaba que pudiéramos dar un último paseo antes de marcharme —dijo pesaroso, mientras contemplaba el cielo plomizo.

—Se me ocurre algo mejor —contestó ella con una seductora risita.

Entonces se colocó a horcajadas sobre él, se inclinó hacia delante y lo besó con pasión.

El invierno transcurría a paso de tortuga y Florence anhelaba con todas sus fuerzas hablar con Hélène con afecto y cariño, oírla contestar a su vez de igual forma. Tal y como habían hecho siempre. Pero ahora no podía quitarse de la cabeza la imagen del semblante pálido y tenso de su hermana, su actitud hostil cuando habían hablado junto a la tumba de su madre. Había sido horrible. Sus hermanas siempre habían aceptado sus peculiaridades y habían bromeado con ella al respecto. La llamaban su pequeña brujita porque pasaba horas removiendo una olla en la cocina, porque dedicaba sus días a cultivar hortalizas y a elaborar encurtidos; a veces se subía a la mesa de la cocina y, guardando precariamente el equilibrio, se alzaba hacia los ganchos del techo para colgar manojos de hierbas que había que dejar secar. Fue repasando una capa tras otra de recuerdos felices…, aunque también había algunos terriblemente tristes, como la muerte de Victor o el suicidio de Victoria. Echaba de menos a sus hermanas con desesperación, era una especie de dolor en lo más hondo y se esforzaba por alimentar la esperanza de que Hélène recapacitara. Esperaba que terminara por aceptar lo ocurrido, que la perdonara. Pero ni siquiera sabía si iba a asistir a la boda.

Jack le mandó una carta por correo aéreo donde le decía que la echaba mucho de menos y preguntaba si estaba bien.

Ella había escrito a su vez asegurándole que sí, que estaba muy bien; al fin y al cabo, no podía contarle cómo se sentía en realidad, ¿no? ¿Cómo iba a decirle que se sentía condenadamente sola y llena de tristeza?

El matrimonio iba a ser una especie de final de ciclo para sus hermanas y ella, por supuesto, aunque ya había habido otro cuando se había visto obligada a marcharse de Francia. Empezó a pensar más en serio en la boda, consciente de que Hélène no iba a ser el único problema con el que tendría que lidiar. No sabía si invitar o no a su padre y a su hermanastro; al fin y al cabo, Friedrich y Anton eran alemanes, y dudaba mucho que fueran bien recibidos estando tan reciente aún el final de la guerra.

Los días de enero se eternizaban, fríos e inclementes, y la necesidad de recibir el perdón de su hermana empezó a corroerla por dentro. En vez de estar feliz por el amor que sentía por Jack, la atenazaba la culpa, aunque, por otro lado, estaba ilusionada porque iba a poder planear los detalles de la boda con Gladys y Rosalie, quien iba a llegar en breve para pasar unos días con ella.

Por algún extraño motivo, febrero resultó ser menos deprimente que enero. Y hacia final de mes, poco antes de que Jack regresara, Florence se dio cuenta de que no le había bajado el periodo por segunda vez. La primera falta la había achacado al dolor por la muerte de Claudette y a la angustia por la frialdad de Hélène, pero tenía que haber otro motivo para la segunda. Concertó una cita con el médico, quien le pidió una muestra de orina y le indicó que llamara al cabo de dos semanas.

Fueron las dos semanas más largas de su vida. Florence se guardó para sí sus sospechas, no le dijo a nadie mientras imaginaba la cara que pondría Jack al enterarse. Se sintió dichosa al ver las primeras campanillas de invierno en los bosques, florecieron en el jardín algunos narcisos tempranos. Iban a tener que adelantar la boda, por supuesto, si…, si…, si.

Y entonces, una mañana, llamó al doctor desde la cabina telefónica de la encrucijada, y este contestó con voz risueña.

—Felicidades, querida mía. Supongo que tu prometido se sentirá muy dichoso con la noticia. Habéis empezado la casa por el tejado, por decirlo de algún modo, pero todo está patas arriba desde la guerra. Vas a ser una madre maravillosa, no tengo la menor duda. Ven a verme pronto para un examen completo.

—Bueno, ¡será mejor que empiece a tejer cuanto antes! Y gracias, ¡muchas gracias!

Salió de la cabina y se echó a reír, ebria de felicidad, rio y rio sin parar; y entonces, mientras caminaba de regreso a Meadowbrook, a su hogar, lloró de alegría.

55

Varios días después, al oír llegar el taxi que traía a Jack desde la estación, Florence bajó a toda prisa la escalera, salió corriendo de la casa, saltó por encima del riachuelo, lo tomó del brazo y lo llevó a la casa poco menos que a rastras mientras el taxi se alejaba.

—Vaya, me encanta que te alegres tanto de verme, pero he dejado fuera las maletas. Está lloviendo.

—Ve a buscarlas, venga, ve a por las dichosas maletas. Tengo que contarte algo, ¡es importante!

La miró sonriente y sacudió la cabeza.

—Sea lo que sea, se te ve de lo más complacida.

—Venga, ¡ve a por ellas! —insistió, guardando para sí el secreto unos segunditos más.

—Vale, ya voy. Supongo que es inútil pedirte que pongas a calentar agua…

—¡Lo que te tengo preparado es mejor que un té!

Él enarcó una ceja, claramente intrigado, y ella suspiró. ¿Cómo era posible que los hombres pudieran llegar a tan zoquetes?

En cuanto lo vio regresar, le ordenó que dejara las maletas en el suelo.

Él obedeció, a esas alturas tenía una gran sonrisa en el rostro.

—Lo has adivinado, ¿verdad? —preguntó ella.

—Eso creo.

—Bueno, Jack Jackson, pues resulta que tú y yo vamos a tener un bebé.

La miró con ojos brillantes y abiertos de par en par mientras una sucesión de emociones se reflejaba en su rostro: asombro, dicha, incredulidad. La alzó en volandas y la hizo girar, pero se lo pensó mejor y volvió a bajarla al suelo con excesivo cuidado.

—¡No me voy a romper! —exclamó ella con una carcajada.

—Mi querido amor, ¡es la mejor noticia del mundo! ¡La mejor! —La miró con ojos llenos de lágrimas—. Quiero gritárselo al mundo entero, ¿se lo has dicho a alguien?

—¡Claro que no, tonto! Estaba esperándote. Pero para cuando llegue agosto estaré demasiado gorda, la boda tendrá que ser en abril.

De modo que quedó decidido, la boda habría de celebrarse en abril. Pero llegó la mañana del gran día y Florence no sabía aún a qué hora iba a llegar Hélène. Victoria iba a ser la damita de honor y había que tomarle las medidas para el vestido, así que había llegado una semana antes con Élise; esta había asegurado a Florence que Hélène tenía intención de llegar en breve, pero no había hecho acto de aparición hasta el momento.

En cuanto a Friedrich, Florence le había mandado una carta donde le contaba que se iba a casar y que estaba embarazada, pero le había explicado también que no era aconsejable que Anton y él viajaran a Inglaterra porque todavía existía mucho resentimiento contra los alemanes. Poco después había recibido su respuesta, era obvio que estaba entusiasmado con la noticia. *Voy a ser abuelo, con eso me bastará por ahora*, había escrito.

Rosalie entró en ese momento en el dormitorio de Florence y la miró con ojos brillantes.

—Tienes un cabello rubio precioso. Yo creo que deberíamos limitarnos a prender una flor en cada sien, y dejarlo caer de forma natural sobre tus hombros. ¿Qué opinas?

—Me parece perfecto. ¿Sabes dónde está Élise?

—Vicky ha roto su vestido nuevo, Élise está cosiéndolo mientras masculla de forma ominosa. Madre mía, esa niña es un terremotillo.

Florence se echó a reír y exclamó sonriente:

—¡Igual que su madre!

Élise iba a ser su madrina de boda, ya que lo de «dama de honor» no parecía adecuado para una mujer que ya era madre; aunque, estrictamente hablando, una madrina de boda era una mujer casada.

—¿Élise es feliz? —preguntó Rosalie.

—Supongo que sí, ¿por qué lo preguntas?

—El padre de Vicky falleció.

Florence se estremeció al recordar lo ocurrido.

—Todas sufrimos con la ejecución de Victor, pero huelga decir que para ella fue mucho peor. Victor era muy valiente y Élise estaba muy enamorada de él.

—Un amor como ese y con un final así..., eso no se olvida. —Rosalie hizo una pausa—. En fin, hoy no es día para ahondar en tristezas.

Florence asintió, y Rosalie preguntó con voz suave:

—¿Cómo te sientes?

—Estoy tan nerviosa que incluso me cuesta respirar, anoche no pude conciliar el sueño.

—Siéntate, cierra los ojos y relájate mientras puedas —le ordenó sonriente.

Florence obedeció y se quedó sentada en silencio mientras imaginaba a su madre mirándola con orgullo, con las mejillas sonrosadas, preocupada por algún pequeño detalle que no terminaba de estar bien. Se echó a reír.

—¿Qué pasa? —preguntó Rosalie.

—Estaba pensando en *maman*. El ramo de novia no le gustaría lo más mínimo.

Florence había acudido a una florista de Éxeter y había elegido narcisos, flores de naranjo y algunas delicadas hojas. A ella le parecía un ramo precioso, pero sabía que Claudette no lo habría considerado lo bastante imponente ni elegante. Y tampoco le habría parecido bien que celebraran el banquete de boda en el salón municipal. El pequeño ramo había sido entregado ante las exclamaciones de emoción de Victoria y en ese momento estaba abajo, metido en un jarrón y a salvo tanto de la niña como del gato.

Después de pasar el día anterior en el salón municipal, hinchando globos y decorando el lugar con guirnaldas y velas, Rosalie había pasado la noche en un hotel cercano. Gladys y Florence llevaban días cocinando; habían aprovechado todo lo que cultivaban en sus respectivos huertos, así como las conservas que habían preparado el año anterior, y habían cocinado también unos pollos y un jamón que había aportado el marido de Gladys a cambio de que se le echara una mano para reparar una vieja motocicleta. No tenían ningún cerdo listo para ser sacrificado. Rosalie había contratado a una pequeña banda de música que iba a amenizar la celebración con música de baile, así que todo el mundo esperaba disfrutar de una preciosa y feliz tarde.

Una vez que estuvo peinada, Florence se puso el vestido de novia y Rosalie se lo abrochó. Las dos dirigieron la mirada hacia el espejo.

—Estás preciosa, cariño.

—Me queda un poco ajustado, pero aún me cabe. ¡Menos mal! —Florence se dio unas palmaditas en el vientre.

Era un vestido sencillo de cuerpo entallado, escote corazón, cintura alta y falda ligeramente acampanada; tenía unas pequeñas hombreras, y las mangas llegaban a los codos. Tanto Florence como Gladys llevaban una eternidad acumulando cupones, apenas los usaban porque las dos confeccionaban su propia ropa con lo que tenían a mano. Y Gerry, el amigo de Rosalie, tenía contactos en Londres que habían accedido a confeccionar el vestido con seda de color marfil procedente de China, ya que la guerra todavía estaba demasiado reciente como para comprarla en Japón o en Italia. El toque final lo daba una cola de rejilla de cuatro metros de longitud; habría preferido que fuera de encaje, pero había sido imposible de conseguir.

Se había pedido a los invitados que, en vez de comprar regalos, contribuyeran con la comida y la bebida que pudieran. Debían llevar sus contribuciones directamente al salón municipal antes de la boda, que iba a celebrarse en la iglesia situada al otro lado de la calle. Gladys había reclutado a un ejército de ayudantes para que organizaran la comida y la bebida y prepararan las mesas; en cuanto a estas, Ronny y Jack ya habían conseguido todas las necesarias, y también las sillas. Gladys había pasado media noche planchando los manteles que había pedido prestados a todas sus amistades; los había blancos, a cuadros y con estampados florales, y cada mesa tenía en el centro un pequeño arreglo floral y una vela. El resultado final era precioso y lleno de encanto, había quedado tal y como Florence quería.

Cuando sonaron los primeros acordes de la marcha nupcial, Florence avanzó sin titubear por el pasillo del brazo de su tía. Élise, quien iba enfundada en un vestido largo de color violeta, las seguía junto a Victoria, que iba vestida del mismo color. Florence sintió que le daba un brinco el corazón al ver a Jack mirándola sonriente y parpadeando con nerviosismo. Recorrió con la mirada aquella iglesia llena de amigos y familiares. Y también estaban presentes los vecinos del pueblo, Gladys había insistido en ello; al fin y al cabo, la boda se había organizado con la participación de la comunidad en pleno. Pero no vio a Hélène por ninguna parte. Se tambaleó ligeramente, pero Jack tomó su mano y se la estrujó con suavidad. Lo miró con una sonrisa y se recompuso.

La ceremonia transcurrió sin contratiempos; una vez concluida, se tomaron unas fotos a las puertas de la iglesia y todo el mundo se dirigió al salón municipal. Florence se detuvo al entrar y, mientras todos aplaudían, contempló aquellos rostros sonrientes y la preciosa decoración del salón, que parecía sacado de un cuento de hadas.

Vio a Henri, Hugo y Marie mirándola sonrientes y pensó en Suzanne, la bellísima esposa del primero. Pero esa era una historia horriblemente triste, y no quería ponerse melancólica. En todo caso, fue una sorpresa maravillosa ver a sus viejos amigos, ya que nadie le había dicho que estarían allí. Supuso que Élise y Jack lo habían organizado todo en secreto. Vio al padre de este, Lionel, tomándose unas copitas con disimulo, y a Gladys y a Ronnie alzando sus vasos en un brindis mientras asentían dichosos. Vio también a Grace, quien estaba preciosa con un vestido azul cobalto y estaba acompañada de un sonriente Bruce. Algunos de los compañeros con los que Jack había trabajado durante la guerra, así como antiguos compañeros de colegio, silbaban y aplaudían, y muchos de los vecinos del pueblo aplaudían también.

Todo el mundo procedió a sentarse. Rosalie se situó a un lado de Florence junto con Élise y Victoria; Jack, su padre y Ronnie se sentaron al otro lado.

Florence se inclinó ligeramente hacia su hermana y le susurró al oído:

—¿Dónde está Hélène?

—Ni idea.

—¿Seguro que dijo que vendría?

Élise asintió.

Tomaron el champán de sauco preparado por Florence, aunque hubo quien prefirió salir un momento para ir al pub a por cerveza. La comida era una mezcolanza de ensaladas, tanto verdes como de patata, porciones de jamón y de pollo, además de hortalizas de todas las formas y tamaños habidos y por haber. Hubo quien había aportado beicon y unos deliciosos flanes de huevo (eran fáciles de transportar), otros habían llevado pan recién hecho, queso, púdines caseros. Florence apartó de su mente la preocupación por su hermana y disfrutó de cada momento, incluyendo los discursos. Uno de los antiguos compañeros de colegio de Jack se puso en pie para tomar la palabra, y todos se mondaron de risa con las anécdotas que contó.

—¡No sabía que había sido un estudiante tan travieso! —dijo Florence, horrorizada.

Los viejos conocidos de Jack se echaron a reír al escuchar aquello, y Gladys exclamó:

—¡Era un diablillo! Pero es nuestro diablillo y le queremos.

Brindaron sonrientes, llenaron de nuevo los vasos.

Jack se levantó entonces de la silla y se hizo el silencio.

—Me gustaría decir unas palabras sobre mi esposa, a la que conocí en 1944 durante la ocupación de Francia por parte de los nazis. Puede que parezca lo más dulce que veréis en estas mesas, pero puedo aseguraros que está hecha de puro acero.

Florence sintió que se sonrojaba y bajó la mirada hacia la mesa mientras luchaba por no llorar.

Él relató entonces la travesía por las montañas, pero no reveló el porqué de aquel viaje. No mencionó al padre alemán de Florence.

—Pasamos por muchas vicisitudes, vivimos juntos situaciones peligrosas, y soy el hombre más afortunado del mundo por estar casado con esta mujer valerosa y tan increíblemente bella. Tiene una cabeza sabia sobre esos jóvenes hombros; un alma vieja, como suele decirse. En fin, me devolvió a la vida después de que perdiera a mi hijo. —Tras un momento de silencio sobrecogido, alzó su vaso y su voz estuvo a punto de quebrarse al decir—: Brindo por mi amada esposa, Florence.

Todo el mundo brindó con lágrimas en los ojos, y Jack besó a su flamante esposa.

Rosalie se puso también en pie para decir unas palabras. Relató brevemente cómo Florence, llena de determinación, la había buscado hasta lograr encontrarla, y todos aplaudieron cuando terminó.

Y mientras los músicos afinaban sus instrumentos, se apartaron a un lado las mesas y las sillas para despejar el salón y Jack miró a Florence con ojos que brillaban de felicidad. Extendió una mano hacia ella, la tomó entre sus brazos y empezaron a bailar un lento vals al son de *All of Me*.

—Gracias, Jack. Soy inmensamente feliz —le susurró al oído, cuando se inclinó ligeramente hacia ella.

—Lamento que Hélène no haya llegado aún, sé que su presencia significa mucho para ti.

Ella asintió, cerró los ojos y se dio por satisfecha mientras bailaba con su marido. ¡Su marido! ¡No lo podía creer!

Entonces, cuando la música se volvió más animada, varias parejas más salieron a bailar. Poco a poco fue sumándose más y más gente, hasta que al final todos estaban bailando el *jitterbug* a su manera; incluso Gladys y Ronnie, lo que dibujó una sonrisa en los labios de Florence. Los músicos interpretaron canciones de Glenn Miller, Tommy Dorsey y Benny Goodman; una cantante se unió a ellos para cantar los éxitos de los últimos años: *We'll Gather Lilacs*, *I Dream of You*, *The One I Love*, y muchos otros. Entonces comenzó de nuevo la música de baile, movida y divertida, pero Florence estaba asándose y le dijo a Jack que iba a salir a tomar un poco de aire fresco.

—Te acompaño —dijo él.

—No hace falta, no te preocupes. Saca a bailar a alguien… Rosalie, por ejemplo. —Pero entonces la vio bailando con Gerry—. O Élise.

438

Esquivando a las parejas que bailaban (aunque tuvo que hablar con una o dos que la felicitaron y comentaron que Jack era un buen hombre y merecía disfrutar de algo de felicidad), logró abrirse paso entre el humo de tabaco y las animadas voces, y salió por la puerta. ¡Por fin! Tomó grandes bocanadas de aire fresco en cuanto estuvo fuera, sus pulmones se expandieron bajo aquella suave brisa y la recorrió una sensación de calma. Cerró los ojos y dejó que su mente vagara a la deriva. Estaba casada. El día con el que tanto había soñado y que no sabía si llegaría a materializarse había terminado por llegar. Amaba a Jack. Con todo su corazón, su alma, su cuerpo. Le amaba. Se dio unas palmaditas en el vientre; ya estaba un poco redondeado, pero el embarazo no era demasiado obvio todavía. «Y a ti también te voy a amar, pequeñín. Te lo prometo». Abrió los ojos y vio algunos pájaros volando, oyó el canto de otros entre los árboles; varias nubes avanzaban con parsimonia por el cielo, y en ese momento sintió algo a lo que no supo ponerle nombre. Vio a una pareja caminando por la calle y por un segundo pensó que la mujer podría ser Hélène, pero se dio cuenta de que no lo era. Sintió un profundo anhelo. Dio media vuelta para entrar de nuevo al salón, pero se detuvo al oír que alguien la llamaba.

—¡Baudin! ¡Telegrama para Baudin! —estaba diciendo un muchacho.

—Sí, ¡soy yo! —Vio al joven repartidor y extendió la mano, sintió que la recorría un estremecimiento de preocupación.

Abrió el telegrama, vio las palabras *Post Office* en la parte superior junto con la imagen de la corona, y leyó el mensaje: *Lo siento mucho. Al final no podré asistir. Os deseo lo mejor a ambos. Hélène.*

—He intentado entregarlo en su casa —dijo el repartidor—. Meadowbrook, ¿verdad? Pero un vecino que vive en lo alto de la colina me ha dicho que estaba aquí, casándose, así que he venido. Aunque no es que esté permitido, la verdad.

—Tranquilo, no pasa nada. Gracias —contestó ella, mientras sus ojos se inundaban de lágrimas.

El joven retrocedió tras haber cumplido con su deber, se despidió con un asentimiento de cabeza y se fue con rapidez.

Florence se quedó allí plantada, completamente ajena a los transeúntes que se habían detenido y contemplaban con curiosidad aquella extraña imagen: una joven vestida de novia con los ojos llenos de lágrimas.

—¿Malas noticias, querida? —preguntó una buena samaritana que le dio unas palmaditas de consuelo en la mano—. No te preocupes, sigue disfrutando de tu día.

Florence asintió y apretó una mano contra los labios. Hélène no iba a hacer acto de aparición, y fue en ese momento cuando entendió hasta qué punto estaban distanciadas. Apenas podía creerlo, ¿cómo era posible que estuviera celebrando su boda sin su hermana mayor?

Entró en el salón y se detuvo al ver a Jack y a Élise hablando junto a la puerta.

—Ha llegado un telegrama —les dijo, mientras batallaba de nuevo contra las lágrimas—. Hélène no va a venir.

—Cuánto lo siento. —Élise le pasó un brazo por la cintura—. ¿Explica por qué?

Ella dijo que no con la cabeza y le entregó el telegrama para que lo leyera; al ver que Jack la miraba con preocupación, respiró hondo y dijo:

—Estoy bien. No puedo permitir que esto eche a perder este día. Venga, vamos a cortar el pastel.

Miró hacia el interior del salón y, al ver las amplias sonrisas en los rostros de las personas a las que más quería en el mundo —aunque faltaba Hélène—, sintió que la dicha y la tristeza se entremezclaban.

—¿Dónde está Vicky? —preguntó.

Élise suspiró con teatralidad.

—Con Rosalie, ¡gracias a Dios! Nuestra tía obra milagros. Esa niña acabará conmigo como siga portándose así, te lo digo de verdad. ¿Siempre son tan rebeldes los niños pequeños?

—¡Tú sí que lo eras! —afirmó Florence, con una carcajada—. Que Dios te ayude cuando llegue a la adolescencia.

Élise frunció el ceño, dispuesta a negar su propia rebeldía, pero terminó por rendirse ante la evidencia y se echó a reír.

Jack intervino en ese momento.

—Venga, vamos. No sé de dónde lo habrá sacado, pero mi padre ha traído champán de verdad para acompañar el pastel.

Mientras se dirigía con él hacia la mesa presidencial, Florence recorrió con la mirada a los invitados y repasó mentalmente cómo había transcurrido el día. Se había casado con el hombre al que amaba, rodeada de todos sus seres queridos. Solo había faltado Hélène y se prometió a sí misma hacer todo lo posible por solucionar las cosas con ella; al fin y al cabo, su hermana tendría que perdonarla algún día, ¿no?

—¿A que es increíble? —le dijo a Jack—. Todo esto. La vida sigue, ¿verdad?

Él asintió.

En aquellos tiempos posteriores a la guerra en los que la vida seguía siendo tan desalentadora, proseguían los racionamientos y la gente sufría por la pérdida de amigos y familiares, había sido una boda divertida que habían organizado con lo que tenían a mano, pero eso hacía que fuera más mágica aún. Y su corazón se llenó de dicha al ver todos aquellos rostros radiantes y sonrientes, y supo que no olvidaría jamás la generosidad de sus amigos. La presencia serena y amorosa de Jack a lo largo del día la tenía tan embriagada que se sentía capaz de echar a volar. Se rio del curso que habían tomado sus propios pensamientos, ¡y eso que apenas había bebido por el embarazo!

Cuando llegó a la mesa, cerró los ojos por un momento y elevó una plegaria por su madre y por toda su familia; entonces posó la mano sobre la de Jack y cortaron la primera porción de su tarta nupcial, una casera que había quedado maravillosamente torcida. Jack la miró con una sonrisa radiante y ella sintió como si su corazón fuera a explotar por la esperanza que la embargó, por las infinitas posibilidades de futuro que tenían ante ellos. Habían sobrevivido a la guerra tanto en Francia como en Inglaterra, y tenían la vida entera por delante. Estaba deseosa de ver lo que estaba por llegar. El nacimiento de su hijo, por supuesto; no podía expresar con palabras lo que significaba eso para ella. Pero al dirigir la mirada hacia la senda que tenían por delante y los años venideros, tan solo pudo ver amor, el amor que habría de guiarlos y ayudarlos a seguir adelante ante cualquier circunstancia que encontraran a lo largo del camino.

Nota de la autora

Lamentablemente, la pandemia me impidió viajar a Malta cuando necesitaba hacerlo, pero espero haber creado una imagen convincente de la isla. Consulté para ello infinidad de libros y vi montones de maravillosas fotografías; hablé con gente que conoce Malta; vi películas, documentales, vídeos de YouTube. Lo que sí que hice fue alojarme en una preciosa casita de Devonshire situada junto a un prado de agua, y se convirtió en la inspiración para Meadowbrook. Me encantó la casa y el marco donde está ubicada, y espero que mi entusiasmo por ella haya logrado que cobre vida.

Agradecimientos

Gracias de nuevo a mi fantástica agente literaria, Caroline Hardman. No podría hacer esto sin ti. Gracias también al maravilloso equipo de HarperCollins; me ha encantado trabajar con un grupo de gente tan entusiasta, ha sido genial. Debo admitir haber expuesto a mi marido no solo a los subidones, sino también a los terribles bajones a los que se enfrenta una escritora, esos momentos en los que todo te parece imposible. Gracias, Richard. Gracias por la deliciosa comida que me da la energía necesaria para seguir adelante, por las sugerencias (no siempre bien recibidas) sobre las tramas, también por estar ahí siempre. Y, finalmente, no puedo expresar con palabras lo agradecida que estoy a todas las personas que han comprado y leído este libro.

Printed in the USA
CPSIA information can be obtained
at www.ICGtesting.com
JSHW080059180823
46755JS00007B/15